Veit Heinichen, né en 1957, a été libraire, journaliste et éditeur avant de cofonder la maison d'édition Berlin Verlag en 1994. Amoureux de la ville de Trieste depuis 1980, il s'y est installé définitivement en 1999. Après *Les Requins de Trieste*, *Les Morts du Karst* et *Mort sur liste d'attente*, *À l'ombre de la mort* est la quatrième enquête du commissaire Laurenti.

DU MÊME AUTEUR

Les Requins de Trieste
Seuil, 2006
et « Points Policier », n° P1602

Les Morts du Karst
Seuil, 2007
et « Points Policier », n° P1835

Mort sur liste d'attente
Seuil, 2008
et « Points Policier », n° P2181

Veit Heinichen

À L'OMBRE DE LA MORT

ROMAN

Traduit de l'allemand
par Alain Huriot

Éditions du Seuil

TEXTE INTÉGRAL

TITRE ORIGINAL
Der Tod wirft lange Schatten
ÉDITEUR ORIGINAL
Paul Zsolnay Verlag, Vienne

ISBN original : 3-552-05313-1

ISBN 978-2-7578-1770-4
(ISBN 978-2-02-096869-0, 1re publication)

« Ami, confie-moi ton épée, je te la garderai.
Ne te bats pas ! C'est par l'amour que se conquiert la paix. »

Épitaphe sur la tombe
de Diego de Henriquez, 1974

« J'ai vu beaucoup de villes, mais c'est la première fois que je viens à Trieste.
– Une ville intéressante. Ce qu'étaient Lisbonne et Istanbul pendant la guerre, Trieste l'est aujourd'hui. Espionnage et contre-espionnage, mouchards, partisans de Tito et adversaires de Tito, staliniens et antistaliniens, sans compter dix mille soldats anglais et américains, une population sympathique et enthousiaste et des marins de tous pays. Le monde entier dans une seule ville. »

Diplomatic Courier,
un film de Henry Hathaway,
avec Karl Malden
et Hildegard Knef, 1952

Fin – et pourtant cela aurait pu être merveilleux

Début mai, la chaleur était déjà insupportable. Il n'avait pas plu depuis trois mois et l'on craignait le pire pour les récoltes. Le lit de la Rosandra était presque à sec, bien qu'elle jaillisse dans les replis du Monte Carso, qu'arrosaient habituellement d'abondantes précipitations, au point qu'autrefois la rivière actionnait d'innombrables moulins à huile dans la vallée. Ils avaient pris un bain de mer, puis il l'avait emmenée dans sa camionnette cabossée. Il parlait d'un site grandiose qu'il voulait lui montrer. Une entaille profonde dans le karst. À une demi-heure de voiture. Ensuite une assez longue marche. Elle n'était pas enchantée. C'était déjà la fin de l'après-midi et elle aurait préféré admirer le soleil couchant sur la mer. Mais il avait fini par la convaincre. Un aqueduc romain, un bain dans la rivière, puis une petite auberge à la frontière, qui proposait une cuisine rustique et du bon vin. Naturellement, c'est lui qui paierait.

Ils avaient lentement traversé Bagnoli, étaient passés devant le bureau de l'Union des partisans pour atteindre Bagnoli Superiore qui s'appelait, en slovène, Konec : « fin ». Il lui avait parlé du vignoble environnant, dont l'exploitation avait été reprise depuis quelque temps, en misant sur la qualité, ainsi que de l'huile d'olive produite depuis des milliers d'années sur les contreforts du Monte Carso et autour du Castelliere San Michele. Selon lui, la proximité de la mer et de la montagne, les forts écarts de température garantissaient son goût unique. Il citait Starec, Ota et Sancin, dont les huiles comptaient parmi les meilleures du pays. Quand on parvenait à s'en procurer, elles étaient tout de même très chères. Il savait beaucoup de choses et il n'était pas désagréable de l'écouter en se laissant bringuebaler dans son tacot. Les petites maisons de pierre se serraient les unes contre les autres, sous la bora qui, descendant le long des pentes arides couvertes d'éboulis de calcaire gris, sifflait jusque dans la vallée et condamnait toute végétation aux endroits non protégés. Quand il coupa le moteur, elle distingua, à travers le bruyant concert des cigales, le clapotis de la Rosandra. Des acacias, des peupliers, des saules et des érables bordaient le torrent. Un chemin pierreux conduisait vers la vallée en suivant la canalisation romaine et des marques rouges ou bleu et blanc indiquaient la direction. Ils admirèrent la cascade qu'ils atteignirent au bout d'une demi-heure.

– Il y a quelqu'un qui se baigne, dit-elle en montrant un tas de vêtements abandonnés sous un buisson.

– Tu en verras d'autres ! dit-il en hochant la tête. C'est ici que les clandestins passent la frontière, elle n'est pas surveillée. Le val Rosandra, ajouta-t-il fièrement, est placé sous la protection de l'Unesco en raison de sa biodiversité. On trouve ici une foule de plantes rares.

– Et la *trattoria* que tu m'as promise ?

Il la prit par la taille pour la soutenir tandis qu'ils escaladaient une pente raide semée de cailloux, qui aboutissait à une chapelle.

– Attends, tu vas tout de suite apercevoir les toits de Botazzo. Là, de l'autre côté de la vallée, il y avait autrefois un petit chemin de fer qui reliait à la ville les villages reculés.

– Dommage qu'il n'existe plus !

– S'il existait encore, tu ne pourrais pas te baigner dans la Rosandra.

– Il suffirait de descendre au bon endroit. On ne peut vraiment pas venir ici en voiture ?

– Uniquement les forestiers et les riverains, avec des véhicules tout-terrain.

En redescendant, ils aperçurent bientôt trois maisons. Ils entendirent des voix et croisèrent un groupe de randonneurs. Lorsqu'ils entrèrent enfin dans la *trattoria*, le soleil avait déjà disparu derrière la crête de la montagne. La patronne, surprise par ces clients tardifs, leur apporta une carafe de vin rouge et leur recommanda ses saucisses aux pommes de terre et aux choux. Curieuse, elle leur demanda d'où ils venaient et claironna la réponse à la ronde. Murmure approbateur ; car qui visitait la vallée faisait partie d'un cercle d'initiés qui préféraient le karst à la mer.

Il lui fit des compliments et la fit rire ; il lui passa le bras autour du cou et l'embrassa sur la joue. Elle lui parla d'un canyon, dans sa lointaine patrie, qui grouillait de serpents venimeux. La patronne apporta son livre d'or et leur demanda d'écrire quelques mots.

– Tous ceux qui passent ici, affirma-t-elle, inscrivent quelque chose.

Ils s'amusèrent à feuilleter le livre tout en se frôlant. Elle ressentait, avec un certain plaisir, la chaleur du corps de l'homme. Lui était content que l'endroit lui ait plu. Les jours suivants, il lui montrerait d'autres sites que peu de gens en ville connaissaient. Elle retira la main de l'homme qui se posait sur sa cuisse et la ramena sur la table. Il nota dans le livre d'or tout le bien qu'il pensait de la cuisine et du vin et se contenta d'une initiale pour signer.

– Il vaut mieux ne pas laisser de traces ! commenta-t-il.

Elle rit et gribouilla un petit bonhomme.

Cela aurait pu être merveilleux. Un flirt, une promenade nocturne, un baiser. Mais ça s'était terminé tragiquement. Son dos lui faisait horriblement mal, il l'avait couchée sur des cailloux pointus. Elle ne put se retenir de vomir. Plusieurs fois. Elle se sentait malheureuse comme les pierres.

Ils avaient été les derniers à quitter la *trattoria*. La patronne, qui avait patiemment attendu leur départ, leur avait apporté une seconde carafe de vin. Mais, à la fin, elle ne put ni ne voulut s'empêcher de bâiller. Le croissant de la nouvelle lune qui se détachait sur le ciel ne renvoyait qu'une pâle lueur dans la vallée, on devinait à peine le chemin, il fallait se fier au murmure de la Rosandra.

Soudain elle trébucha et dit en riant qu'elle se demandait si c'était la faute de l'obscurité ou du vin. Il l'enlaça. Elle sentit la main de l'homme sur sa poitrine. Alors il lui montra un certain emplacement au bord de la Rosandra et lui proposa de prendre un bain. Avant qu'elle ait pu répondre, il s'était entièrement dévêtu. Son corps nu se découpa nettement à la lumière de la lune, puis il plongea. Elle hésita un instant avant de se déshabiller. Elle avait passé une bonne soirée. Ils avaient bien ri et bavardé. Il était gentil, pourtant elle n'avait aucune envie d'entamer une liaison avec lui. Il n'était pas son genre. Mais elle finit par se mettre à l'eau, elle aussi.

Pourquoi s'était-elle enfuie comme une criminelle ? Pourquoi n'avait-elle pas cherché de l'aide lorsqu'il avait rendu l'âme ? N'importe qui l'aurait crue. Ses blessures étaient si flagrantes que même un aveugle aurait pu identifier des traces de violence. Quand elle lui avait demandé de se calmer, il l'avait brutalement jetée à terre et maintenue allongée. Elle avait crié, mais sa voix se perdait dans le silence de la nuit. Elle lui avait griffé le dos de ses ongles, mais cela ne faisait que l'exciter davantage. Lorsqu'il la pénétra sauvagement, elle sentit son souffle haletant dans l'oreille.

Subitement, il s'était redressé, se tenant la gorge à deux mains en un geste théâtral, comme s'il s'étranglait. Debout d'un bond, il s'était mis à danser comme un fou. Puis la chute. Il s'était effondré avec un râle. Plié en deux, se tordant de douleur, il s'était relevé une dernière fois et il était retombé inanimé.

Elle s'était accroupie sur lui et l'avait secoué, mais son regard était fixe, les yeux semblaient lui sortir de la tête. Il ne respirait plus. Elle se releva et jeta un coup d'œil autour d'elle, paniquée. Où était-elle ? Pas une lumière pour s'orienter. Elle fouilla dans la poche du pantalon, en tira un briquet et une cigarette, qu'elle alluma d'une main tremblante. Elle entra dans l'eau et se lava longuement. Il n'avait pas eu le temps de se répandre en elle, mais à présent, elle aurait préféré qu'il soit vivant et qu'il soit parvenu à ses fins. Cela aurait été plus facile. Elle sentit le goût de sel de ses larmes sur sa langue. Et pourtant, elle ne pleurait pas. Elle sortit de l'eau et se pencha sur lui. Toujours ces yeux morts qui la dévisageaient. Elle le poussa du pied, lui donna un coup dans les côtes, mais il ne bougea pas. En toute hâte, elle enfila sa jupe et son corsage, fit un paquet du reste des vêtements, se rechaussa. Elle se mit à courir dans l'obscurité en longeant le torrent. Elle tomba et se releva en s'agrippant là où elle pouvait. Elle finit par jeter ses habits dans un buisson. À Bagnoli, elle réussit à attraper un bus de nuit qui la ramena en ville après un long trajet. Elle fit les derniers mètres à pied. Une fois chez elle, elle empoigna la bouteille de grappa et en ingurgita plusieurs rasades jusqu'à ce qu'elle tombe sur son lit, quasiment inconsciente.

Lorsqu'elle ouvrit les yeux, vers six heures, sa mémoire, encore ensommeillée, se raviva sous la douche et Mia fut saisie d'une douleur impitoyable. Elle vomit plusieurs fois.

Cela aurait pu être merveilleux. Son séjour à Trieste aurait dû être une délivrance et il avait tourné au cauchemar. Elle était venue chercher ses racines, se ressourcer, et elle avait rencontré la mort.

Marina di Aurisina

Il avançait vite avec son tuba et ses palmes. La canicule qui sévissait sur le pays depuis des semaines rendait l'eau, en ce mois de mai, nettement plus chaude que l'année précédente. Il avait quand même enfilé sa tenue de plongée, passé par-dessus l'épaule la lanière de son petit harpon et fixé à son mollet un couteau avec lequel il détachait les moules et ouvrait les oursins qu'il adorait consommer tout crus. À l'est, le jour qui se levait sur la ville avait déjà vaincu l'obscurité. Il avait descendu quelques marches et s'était laissé glisser dans l'eau. Il était en forme depuis qu'il vivait au bord de la mer et qu'il allait nager régulièrement, alors que tout le monde dormait encore. Même Laura ne trouvait plus rien à redire à son tour de taille et il lui arrivait parfois d'admirer ses épaules musclées. En matière de sexe également, tout allait mieux.

La veille, au comptoir du Pettirosso, Srečko, le dernier pêcheur de Santa Croce, lui avait soufflé que, depuis quelque temps, des types bizarres avaient fait leur apparition au petit port près du Laboratoire de recherche en biologie marine. Peut-être pas de quoi alerter la police… Parfois, ils étaient deux, d'autres fois quatre, mais ils ne faisaient pas partie des propriétaires de bateau, encore moins des baigneurs qui fréquentaient la Liburnia, la plage pour nudistes au pied de la falaise. Dans un cas comme dans l'autre, ces messieurs n'avaient pas la tenue adéquate. Le pêcheur, un paquet de muscles malgré ses soixante-quatorze ans, avec des mains comme des battoirs, sortait tous les matins. Non par nécessité – il n'en avait pas besoin pour vivre –, mais plutôt par passion et parce que cela lui permettait de fournir en poisson frais le Bellariva, restaurant idyllique que sa femme tenait près du petit port. Srečko respectait un horaire fixe et les types devaient le savoir, puisqu'ils quittaient régulièrement le môle quand, au lever du jour, il rejoignait son cotre. Et, chaque fois, c'était un de ces Zodiac qui peuvent monter jusqu'à quarante nœuds qui s'élançait.

« Il y a quelque chose qui cloche, avait dit Srečko. Il faudrait y regarder de plus près. »

Les petits ports que bordait la falaise de Trieste n'étaient accessibles qu'à pied, par des centaines d'escaliers, sauf la Marina di Aurisina, à laquelle conduisait une route étroite à forte dénivellation. Elle débouchait sur le terrain du Laboratoire, auquel seuls avaient accès les personnels et les propriétaires des quelque vingt bateaux stationnés près du môle. Les autres devaient emprunter un escalier assez raide et rejoindre le port en marchant sur les galets. Il était donc peu vraisemblable que des contrôles aient lieu ici. Aucune patrouille ne descendait jusqu'aux villas que cernaient de hauts murs et dont les systèmes d'alarme étaient directement reliés à la police. Et la plage des nudistes était, de toute façon, incontrôlable. Aucun policier n'aurait eu l'idée de s'engager dans un chemin aussi escarpé qu'il fallait ensuite remonter. Parfois, les gardes-côtes longeaient la rive, sinon c'était la police maritime, mais les hommes, qui possédaient de puissantes jumelles, semblaient plutôt intéressés par la peau nue qui s'offrait à leur vue. Il y avait des estivants qui, année après année, s'octroyaient le même emplacement et le défendaient avec acharnement, certains ayant carrément construit une sorte de résidence secondaire avec palissade et coin cuisine.

Au port, il n'y avait pas âme qui vive. Proteo Laurenti regardait les bouchots, qui dessinaient d'immenses motifs géométriques à une centaine de mètres de la côte. En pleine mer, on distinguait seulement les feux de position de quelques bateaux de pêcheurs qui rentraient ; sinon, tout était calme. Le soleil s'élevait lentement au-dessus du karst, sa lumière était encore mate comme s'il s'éveillait lui-même avec le jour. Laurenti attendait près d'une balise et observait l'entrée du petit port. Il reprenait son souffle, car il voulait parcourir le trajet en nageant sous l'eau. Ce n'était pas facile, mais s'il était découvert, il aurait perdu son temps et aurait mieux fait de rester au lit plutôt que de répondre par un mensonge à la question de sa femme qui dormait encore à moitié et qui lui demandait pourquoi il devait être si tôt sur pied.

Il avait tout juste assez d'air dans les poumons pour n'émerger que devant le brise-lames. Si les informations du pêcheur étaient exactes et si les individus faisaient effectivement leur apparition tous les matins à la même heure, alors il était encore trop tôt. Il lui fallait se glisser entre les rochers pour attendre : hors de l'eau pour ne pas trop se refroidir. Il retira masque et tuba et s'installa, tant bien que mal, entre deux des énormes blocs de pierre qui constituaient le brise-lames. Laurenti sentit revenir la fatigue qu'il avait dédaignée en se levant, mais, juste avant d'y céder, il entendit des voix et, une dizaine de secondes plus tard, il perçut le bruit sourd, à peine plus fort qu'un murmure, du puissant moteur d'une embarcation moderne qui se rapprochait à vive allure. Sur le Zodiac qui apparut alors et qui réduisit sa vitesse, deux femmes. Mais l'attention de Laurenti fut attirée par quatre hommes à la carrure athlétique, le cheveu ras à la façon des militaires, en jeans et chemisettes aux couleurs vives, les yeux cachés derrière des lunettes de soleil incongrues à cette heure. Ils descendirent les marches près du Bellariva, portant deux gros caissons étanches. Le gravier crissait sous leurs pieds. Les deux femmes du canot pneumatique que rien n'identifiait, ni immatriculation ni pavillon, n'étaient vêtues que d'un bikini sous leur anorak.

Laurenti se dissimula derrière les rochers. À quelques mètres de lui, les caissons passaient à bord du canot. Lorsqu'il se redressa de quelques centimètres, le harpon qu'il portait dans le dos heurta un bloc de pierre en rendant un son métallique qui déchira le silence. Deux des hommes se retournèrent, vifs comme l'éclair. Laurenti n'eut pas le temps de vérifier si c'étaient bien des pistolets qui avaient jailli entre leurs mains. En toute hâte, il rabattit son masque et plongea. Bien qu'il ne soit pas certain d'avoir été vu, il lui fallait rejoindre d'urgence les bouchots, où il lui serait plus facile de se cacher.

La panique lui avait fait perdre un souffle précieux. À une vingtaine de mètres du premier bouchot, il dut sortir la tête de l'eau. Instinctivement, il se retourna et vit le canot pneumatique lui filer sous le nez, puis réduire sa vitesse. Un coup d'œil lui suffit pour constater que le môle avait été déserté. Il repartit sous l'eau et se chercha un lieu sûr au milieu des bouchots. Il fit fuir une mouette effrayée. Il saisit son harpon et regarda prudemment autour de lui. Impossible de ne pas passer inaperçu dans cet enchevêtrement de tonneaux et de cordages. À une centaine de mètres, le canot se balançait sur les vagues. Peu après, le staccato d'un moteur Diesel se fit entendre en provenance du petit port et la proue d'un cotre apparut derrière le brise-lames. Le canot pneumatique fila vers la pleine mer et disparut bientôt à l'horizon.

Il avait vu ce qu'il avait vu et ne savait qu'en penser. Certes, il aurait pu donner un signalement de ces individus et les retrouver dans les fichiers s'ils y figuraient, à l'exception de l'un des hommes et de l'une des blondes, dont les visages passe-partout semblaient identiques de Hambourg à Split. Six personnages au printemps, une mystérieuse intrigue, le cadre idyllique du port des Filtri ; et cela durait depuis plusieurs jours. Deux jolies jeunes femmes en bikini. À une heure où n'importe qui en mer aurait enfilé ne serait-ce qu'un léger pull-over. Tout le contraire d'un déguisement crédible. Le moins doué des collègues de la police maritime ou de la garde côtière s'en serait rendu compte. Ils adoraient contrôler les séduisantes naïades qui faisaient du bronzage intégral sur leurs propres bateaux, non loin du rivage, tout en comparant leurs expériences en matière de chirurgie esthétique. Mais jamais si tôt le matin.

– Tu es resté combien de temps dans l'eau ? lui demanda le vieux pêcheur après l'avoir hissé à son bord. Tiens, bois, ajouta-t-il en lui versant un verre de vin blanc.

– Tu as vu quelqu'un ? interrogea Laurenti.

Srečko fit un signe affirmatif.

– Ils étaient en retard par rapport à d'habitude. Quand je suis descendu, ils étaient sur le môle, ils regardaient vers le large. Ils étaient armés, j'en suis sûr. Pourtant, j'ai fait semblant de ne pas les voir. Mon bateau est assez loin pour ça. Tout de suite après, ils sont partis en quatrième vitesse.

Laurenti se dépouilla de sa combinaison de plongeur et s'essuya avec la serviette que Srečko lui tendit. Ils se dirigeaient vers la pleine mer.

– Tu pourrais les décrire ? demanda Laurenti qui, néanmoins, savait pertinemment que ce serait une torture inutile que de lui montrer des photos pendant des heures.

Srečko fit « non » de la main et se mit à rire. Les gens du karst avaient leur caractère. Pendant un siècle, ils avaient vu plus de forces de sécurité que quiconque en Europe. Des gendarmes et des soldats autrichiens, des Italiens, des fascistes, la Gestapo, les SS et la Wehrmacht, les troupes de Tito, des Anglais, des Néo-Zélandais, des Américains, des Italiens à nouveau – et Dieu sait combien d'espions. Comment s'étonner qu'ils soient sur la réserve quand on les interrogeait ?

– Question idiote. Oublie-la. Je les ai vus moi-même.

– En tout cas, ce n'étaient pas des gens d'ici, dit le pêcheur. Bois encore un coup ! Ça me rappelle autrefois, quand il y avait beaucoup de contrebandiers. Le plus simple, c'était de passer par la mer. Mais malheur à toi s'ils t'attrapaient. Ils n'hésitaient pas à tirer. Ce n'était pas comme aujourd'hui.

– Quelle heure est-il ? demanda Laurenti, qui commençait à ressentir les effets de l'alcool.

– Un peu plus de six heures. Je te ramène. Il faudra que tu nages sur les derniers mètres, le bateau a trop de tirant.

Il leva son verre en direction de Laurenti et déballa pain, salami et fromage.

– Mange ! Tu es resté combien de temps dans l'eau ?

– À peine deux heures.

– C'est trop pour cette saison. Même avec ta combinaison. Sers-toi !

– Merci !

Laurenti ne se le fit pas dire deux fois.

– Ils t'ont tiré dessus ? J'ai cru entendre quelque chose.

Laurenti fit signe que non.

– Je ne crois pas qu'ils m'aient vu.

– Tôt ou tard, ils auraient fini par te trouver si je n'étais pas arrivé, affirma Srečko non sans fierté. Moi ou un autre. Tu aurais fini par avoir froid et tu aurais voulu revenir sur terre. Et là, ils t'auraient coincé.

– Le bateau n'a rien qui permette de l'identifier et je ne sais pas qui sont ces gens. Ils sont nerveux. Ça, c'est évident.

– Bois, dit le pêcheur. Tu veux le numéro d'immatriculation de la voiture ?

Laurenti renversa son verre en se levant d'un bond. Le vin coula sur sa cuisse nue. Srečko lui reversa à boire, cligna de l'œil et lui récita tranquillement une suite de sept chiffres et lettres. Elle était facile à retenir. Puis le pêcheur réduisit l'allure et entra dans la cabine de pilotage. D'un sac en plastique, il tira un bar d'environ quarante centimètres de long.

– Un kilo huit. Tout frais d'hier soir. J'en ai toujours un sous le coude. Quand tes collègues veulent voir mes papiers, un petit cadeau fait toujours bon effet. Je n'irai pas jusqu'à dire qu'ils s'y attendent. Mais un geste d'amitié est toujours bienvenu. Prends-le, tu feras plaisir à ta famille. Mais ne dis pas d'où il vient. Dis que tu l'as attrapé toi-même. Passe-lui le harpon à travers les ouïes avant de sortir de l'eau. Maintenant, il faut que je m'occupe de mes *canoce*.

C'est ainsi que s'appellent ici les sauterelles de mer, un mets fort apprécié, qu'elles soient grillées, gratinées ou bouillies.

– Il est temps que j'aille relever mes nasses.

Il eût été impoli de refuser un tel cadeau. Ce merveilleux vieillard était devenu depuis longtemps un ami chaleureux et généreux. Malgré ses cinquante ans, Laurenti se sentit redevenir petit garçon lorsqu'il le remercia. Puis il se laissa glisser dans l'eau et regagna la rive avec son poisson.

Bagnoli della Rosandra / Boljunec, près de Trieste

La grand-place de Bagnoli était vide. Seuls quelques véhicules restaient garés le long de la route. Sous un porche, un personnage masqué, en attente sur sa moto tout-terrain, moteur en marche, vitesse au point mort. Malgré la chaleur, la visière du casque n'était pas relevée. Deux chiens au pelage gris dormaient à l'ombre. On entendait les éclats de voix des vieux qui, sous la pergola devant le bar de l'Union des partisans, s'adonnaient déjà aux cartes et à la boisson avant le déjeuner.

Irina n'entendait rien de tout cela. Certains des vétérans avaient glissé quelques centimes à la jeune femme au sac à dos rose, comme ils le faisaient deux fois par semaine quand elle déposait sur les tables ses porte-clés bon marché ou ses briquets accompagnés de petits cartons, qu'elle ramassait ensuite, sans grand profit, pour tenter stoïquement sa chance dans un autre établissement. Personne ne remarquait le geste discret avec lequel elle remerciait. Irina était sourde et muette. Ici, l'hostilité n'était pas aussi ouverte qu'en ville, même si les gains restaient minimes. Sa tournée était déterminée avec autant de précision que le secteur qu'on lui avait attribué à Trieste. À quatre, elles se partageaient la ville et ses environs et elles devaient livrer leur butin, une fois par semaine, à un membre du groupe qui occupait une position dominante, lui-même contrôlé par le chef de l'échelon suivant, qui le sanctionnait quand il ne rapportait pas assez. Ce qui lui arrivait, à elle aussi, s'il manquait un euro ou si elle était en retard. Elle savait exactement quelles étaient les conséquences dans ces cas-là, cela faisait un an qu'elle était tombée dans cet engrenage impitoyable et elle avait connu l'enfer. Combien de pays d'Europe occidentale avait-elle traversés ? À chaque étape, la tête du chef avait changé, mais pas la méthode. On l'avait battue lorsqu'elle s'était rebellée, brûlée avec des mégots incandescents, aspergée d'eau bouillante pour la punir de ses retards, on l'avait violée, on lui avait coupé les cheveux et on les avait envoyés à ses parents, en Russie, quand elle avait tenté de s'enfuir. Elle était perpétuellement menacée. Petit à petit, elle s'était résignée à son destin et on lui en avait su gré en la laissant un peu plus longtemps dans un même endroit et en exerçant sur elle une pression moindre. Mais le contrôle ne se relâchait pas pour autant. Il était interdit de se lier d'amitié avec des autochtones et il ne se passait pas une journée sans qu'elle craigne d'être expédiée ailleurs. Dans plusieurs villes, le régime avait été plus dur qu'à Trieste, surtout quand la concurrence entre les vendeurs de roses, les Noirs, avec leur verroterie ou leurs CD, et les sourds-muets, dont elle faisait partie, atteignait un point tel que les clients des cafés finissaient par se sentir importunés. Elle avait pénétré illégalement à l'Ouest et elle était incapable de se faire comprendre. Elle n'avait personne à qui se confier et, de toute façon, qui l'aurait crue ? Irina était sur pied, presque tous les jours, seize heures durant, et pourtant il lui restait à peine assez d'argent pour vivre.

Le Bar des partisans constituait sa dernière halte à Bagnoli, petit village proche de la frontière à l'orée du val Rosandra, où une barrière peinte symbolisait l'entrée en Slovénie et où une *trattoria* attirait les randonneurs. Irina ignorait tout de cet endroit, tout comme ses chefs qui, sinon, l'y auraient envoyée. Aucun entrepreneur, aucun dealer ne savait mieux que cette organisation criminelle ce que signifiait une étude de marché.

Quand on peut les entendre, les bruits qui nous entourent sont comme des yeux supplémentaires. Jamais de sa vie Irina n'avait traversé une rue comme tout le monde. Elle regarda plusieurs fois à droite et à gauche avant de rejoindre l'arrêt de bus situé de l'autre côté de la rue. Le long trajet pour regagner le centre-ville lui permettrait de souffler, avant de reprendre sa tournée sur la grande place au bord de la mer, où l'on trouvait toujours attablés touristes ou retraités. Irina attendit à l'ombre d'un immeuble, à proximité de l'Abribus. Le motard, toujours immobile sous son porche, n'était qu'à deux pas. Regardant dans la direction d'où le bus devait venir, Irina lui tournait le dos. Le parking, de l'autre côté de la rue, s'anima progressivement : des femmes rentrant chez elles, lourdement chargées de leurs achats pour le déjeuner, traversaient la place et disparaissaient dans les ruelles adjacentes. Une petite voiture aux larges pneus passa une première, puis une seconde fois, et s'arrêta finalement quelques mètres derrière Irina. Un homme au crâne rasé en descendit et se dirigea vers la moto.

– Branka ? interrogea-t-il.

La jeune femme souleva la visière de son casque, acquiesça sans un mot et dissimula à nouveau son visage.

– Tu as les documents ?

Branka indiqua de la main l'intérieur de son blouson de cuir.

– D'abord l'argent, répondit-elle.

Le crâne rasé ne réagit pas.

– Montre-les-moi !

Branka ouvrit la fermeture Éclair de son blouson et fit voir une sacoche qu'elle serrait contre elle. Puis elle tendit la main.

– Pas d'argent, pas de documents !

L'homme lui présenta un bout de papier que la jeune femme refusa.

– L'argent se trouve dans une mallette déposée à la consigne de la gare centrale de Trieste. Voilà le ticket.

– Ce n'était pas prévu, fit sèchement Branka. Tu veux m'arnaquer ?

Le chauffeur de la petite voiture ne les quittait pas des yeux. Il glissa la main sous sa veste. Le crâne rasé, brandissant toujours son récépissé, recula de deux pas par précaution. Branka continuait de le fixer.

Irina regarda l'heure au clocher de l'église, le bus aurait dû être là depuis longtemps.

– Bon, si c'est comme ça… dit Branka.

Lorsqu'elle remonta la fermeture Éclair de son blouson, l'autre lui saisit le bras. Le poing gauche de Branka lui atterrit brutalement en pleine figure. Mais la moto limitait sa liberté de mouvement. Le crâne rasé eut une réaction fulgurante. Il lui asséna d'abord un violent coup de pied, puis il continua son œuvre en la bombardant de coups de poing. Branka sortit son pistolet et descendit de sa moto. La sacoche tomba dans le caniveau, à proximité de l'arrêt de bus. Branka mit le crâne rasé en joue et lui signifia de retourner à sa voiture. Un geste que même un *kickboxer* comprend aisément. Elle s'aperçut alors que le chauffeur de la voiture avait, lui aussi, une arme à la main. Elle tira trois fois. La vitre latérale vola en éclats, une balle vint se ficher dans le mur, juste derrière Irina qui ne s'en rendit pas compte, car elle suivait des yeux le bus qui faisait son entrée sur la place. Elle se dirigea lentement vers l'arrêt. Les deux chiens avaient disparu, ainsi que les femmes qui déchargeaient leurs voitures sur le parking. Le bus s'interposa entre Branka et son adversaire. La jeune femme en profita pour relever sa moto et partir en trombe. Les deux hommes démarrèrent de même, faisant crisser leurs pneus.

Lorsque Irina monta dans le bus, elle aperçut, sous le marchepied, une sacoche et un morceau de papier. Et comme elle ne voyait personne à qui cela puisse appartenir, elle ramassa le tout. Les portes claquèrent derrière elle. Quelques mètres plus loin, le bus freina brusquement pour laisser passer une voiture de carabiniers qui déboîtait, sirènes hurlantes, puis il redémarra. Irina s'assit et dissimula sa trouvaille sous son sac, sur ses genoux. Elle y regarderait de plus près une fois en ville, dans une demi-heure. Elle n'eut pas de mal à identifier le papier qu'elle tenait à la main. À son arrivée à Trieste, elle avait laissé son sac à la consigne avant de savoir exactement où elle irait.

Irina regarda discrètement derrière elle lorsqu'elle descendit du bus au Passeggio di Sant'Andrea, mais elle n'aperçut aucune voiture qui aurait pu la suivre. La rue qui longeait le Porto Nuovo, habituellement très fréquentée, semblait avoir été désertée sous la chaleur de midi. Irina enfila son sac à dos et remonta vers la Via Locchi, où elle partageait une chambre avec deux compagnes d'infortune. Elle ne ferait qu'y passer, car elle aurait dû depuis longtemps être opérationnelle sur la

Piazza Unità. Le chef l'y avait déjà contrôlée plus d'une fois, il fouillait son sac, comptait ses gains et, généralement, les empochait. Mais elle voulait d'abord examiner ce qu'elle avait trouvé et, si cela en valait la peine, le cacher.

Elle grimpa en toute hâte le sombre escalier qui aboutissait à sa mansarde et s'assit, hors d'haleine, sur son lit. Tout excitée, elle ouvrit son sac et en tira la sacoche. Elle fut déçue lorsqu'elle découvrit son contenu : une liasse de vieux papiers, des photos et des documents allant de 1943 à 1977. Des hommes en uniforme pour la plupart, certains avec une croix gammée sur la poitrine, mais aussi des civils. Perplexe, Irina se demanda s'il ne valait pas mieux tout jeter à la poubelle. Puis elle pensa aux magasins d'antiquités du centre-ville. Avec un peu de chance, elle en tirerait bien quelques euros. Quant au ticket de consigne, elle le retourna un bon moment entre ses doigts, puis elle décida de se rendre à la gare le soir même.

*

– Ce n'était pas ma faute ! cria Branka.

Sa voix tremblait d'indignation et de douleur. Elle sursauta quand le malabar, complice de son commanditaire, leva de nouveau la main. À sa première tentative, elle avait répondu, vive comme l'éclair, et elle aurait marqué trois points sur un ring. Mais le sang qui lui coulait du nez s'égouttait sur son tee-shirt blanc et le coup suivant la déséquilibra, elle tomba de sa chaise. Un coup de pied dans l'estomac faillit lui faire perdre connaissance. Puis elle sentit qu'on la soulevait par les bras et qu'on la rasseyait sur sa chaise.

Elle leur avait échappé de justesse. Tant qu'ils l'avaient pourchassée sur la route étroite semée de gravillons qui conduisait à Bagnoli Superiore, elle avait eu du mal à prendre l'avantage avec sa moto. Dans son rétroviseur, elle voyait ses poursuivants se rapprocher inexorablement. L'un d'eux se penchait par la fenêtre et tirait sur elle. Ce n'est qu'à l'entrée du sentier pédestre du val Rosandra qu'elle se sentit en sécurité. Trois blocs de pierre qui barraient la route obligèrent les autres à s'arrêter brutalement. Ils continuèrent de tirer jusqu'à ce que Branka disparaisse de leur vue. Une balle avait troué la manche de son blouson de cuir. Elle ne s'en rendit compte qu'arrivée en haut, à Draga Sant'Elia, lorsque, après avoir calé sa moto, elle s'épousseta.

Elle avait tout soigneusement préparé et pourtant elle avait échoué. Personne n'avait jamais parcouru à moto la totalité du difficile sentier de randonnée, il était donc impensable qu'on puisse la suivre. Les promeneurs s'écartaient en l'injuriant lorsqu'elle survolait les éboulis près de la cascade. À Botazzo, un téméraire avait réellement tenté de lui barrer la route en écartant les bras, il n'avait trouvé son salut qu'en sautant *in extremis* dans le fossé.

Elle savait qu'elle avait raté son coup, elle espérait seulement s'en tirer sans trop de dégâts. C'est en vain qu'elle avait cherché son téléphone portable : il avait dû tomber de sa poche intérieure pendant sa fuite, comme la sacoche et le ticket de consigne. Une sueur froide lui coula sur le front. Il fallait prévenir le chef immédiatement. Pourquoi l'avait-il chargée, elle, d'échanger les documents contre l'argent ? « La vache à lait est bonne à traire ! » avait dit le patron le matin même, avant de la désigner, parce qu'il voulait lui donner une chance. Il était persuadé, chantait-il sur tous les tons, que c'était son intelligence plutôt que sa parfaite maîtrise du taekwondo, qu'on n'attendait guère chez une femme, qui la rendait capable de mener à bien des missions délicates. Elle n'avait plus qu'à faire ses preuves. Branka était furieuse contre elle-même. C'était son premier échec.

À Draga Sant'Elia, le hameau situé tout en haut du val Rosandra, à quelques mètres seulement de la frontière, elle avait enlevé son casque avec dépit, l'avait posé sur la moto et était entrée à la Locanda Mario, le restaurant bien connu pour ses plats à base d'escargots et de cuisses de grenouille. Elle avait commandé un verre de vin blanc et demandé à téléphoner. La voix du chef fut glaciale, la consigne péremptoire. Il l'attendait dans l'heure qui suivait. Elle avait bu un deuxième verre, jeté quelques pièces sur le comptoir, et elle était repartie à moto. Nerveuse, couverte de poussière, elle avait fait son entrée dans le bureau du chef et, en guise d'accueil, avait reçu un premier coup de poing dans la figure. Et maintenant, voilà qu'on la tabassait comme une débutante.

– Reprenons au début. Parle enfin ! hurla le chef.

Il alluma une cigarette et retourna s'asseoir à l'autre bout du bureau. Son garde du corps restait planté à côté de Branka qui tremblait de la tête aux pieds, le visage tordu par la douleur.

– C'est à cause du bus. Il s'est arrêté juste là où la sacoche était tombée. Là-dessus, les carabiniers sont arrivés. J'ai juste eu le temps de démarrer. Les skins m'ont poursuivie jusqu'à Bagnoli Superiore. Je n'ai pu m'en débarrasser qu'à l'entrée du sentier. Il aurait fallu que je me laisse flinguer ?

– Où sont ces foutus documents ?

– Je ne sais vraiment pas. Mais ces salauds ne les ont pas non plus.

Branka entrevit une lueur d'espoir.

– Ils n'ont pas eu le temps de les prendre. Sinon, pourquoi me traquer ?

Elle préféra ne pas parler du téléphone perdu. La puce avec les numéros mémorisés n'aurait fait qu'aggraver son cas.

– Les documents ne sont plus à Bagnoli, dit le patron, furieux, on a regardé partout.

Branka le fixa sans un mot.

– Il y avait quelqu'un dans le coin ? Essaie de te souvenir !

Elle hocha la tête.

– Tout est allé si vite…

Sur un signe du chef, le gorille la gifla à toute volée. Sa chevalière en or lui déchira la joue.

– Il y avait quelqu'un ?

– Une femme, une fille, gémit Branka. Avec un sac à dos.

– Signalement ! Elle ressemblait à quoi ? Habillée comment ?

– Un jean, balbutia Branka, anorak bleu, sac à dos rose. Environ vingt ans. Je n'en sais pas plus.

– Les cheveux ?

– Mi-longs. Auburn. L'air de venir de l'Est.

– Toujours mieux que rien. N'oublie pas ce que tu nous dois.

Un nouveau signe au gorille et Branka atterrit devant la porte.

Les ordres du chef à son garde du corps furent clairs et nets.

– Tu pars immédiatement à Trieste. Tu postes quelqu'un à la gare. Tu soudoies l'employé de la consigne. Si cette femme pointe son nez, vous l'embarquez et vous récupérez les papiers. S'il y en a encore qui s'imaginent qu'on peut se payer la tête de Viktor Drakič, ils vont vite comprendre !

Il ouvrit une porte coulissante et passa de son bureau à la vaste terrasse qui dominait la mer, calme sous la chaleur printanière, au pied de la petite ville istrienne de Parenzo. Bien des années auparavant, quand il s'était présenté ici, c'est lui, Viktor Drakič, qui était demandeur et il avait dû accepter les prix imposés par les patrons de la traite des Blanches. Désormais, c'était lui qui dirigeait et ses anciens partenaires travaillaient pour lui… ou ne travaillaient plus.

Mais, pendant quelques années, il avait subi bien des épreuves. Sa fuite de Trieste avait failli lui coûter la vie. Son associé n'avait pu s'échapper et avait brûlé avec son bateau qui s'était écrasé contre la Diga Rizzo, construite pour protéger le nouveau port de la tempête. Viktor Drakič, quant à lui, avait pu s'en tirer, il avait réussi à fuir à la nage et à se mettre en sécurité. Avec beaucoup de chance et de bonnes relations avec des spécialistes qu'il payait à prix d'or, il avait donc survécu. Un an auparavant, on lui avait greffé un nouveau rein à Istanbul, il pouvait enfin vivre sans cette corvée qu'était la dialyse. Les cicatrices des profondes brûlures qui avaient marqué son visage et sa nuque avaient disparu, grâce à de délicates greffes de peau, dans une clinique de Lugano. Pendant des mois, il était resté sous traitement et hors circuit. Seul Jože Petrovac, dont il était devenu le second, savait où il était. C'est lui qui finançait les opérations. À eux deux, ils formaient une équipe de choc. Et ils avaient des ennemis communs : un procureur à Trieste et Proteo Laurenti, le vice-questeur, qui s'obstinait à les suivre à la trace. Drakič était fermement décidé à les mettre, un jour ou l'autre, définitivement hors d'état de nuire. Mais, pour l'instant, les documents étaient plus importants. Tout étant allé si vite, les autres avaient-ils compris que Branka n'avait plus la sacoche ? Si oui, pourquoi l'auraient-ils poursuivie ? Drakič pouvait donc continuer ce petit jeu et leur faire payer le mauvais coup qu'ils avaient voulu lui jouer. Il voulait aussi récupérer l'argent qui dormait à la consigne de la gare de Trieste. S'il y était bien.

Mia arrive

Épuisée, désespérée, Mia s'était jetée sur son lit et s'était endormie en sanglotant. Elle avait essayé d'appeler sa mère en Australie, mais n'avait pas réussi à la joindre. À qui pouvait-elle bien se confier ?

On frappa à la porte. Quelqu'un appela :

– Mia, tu es là ?

– Non, je ne suis pas là, marmonna-t-elle.

Elle tira la couverture sur sa tête et retint son souffle. Non, elle ne pouvait pas ouvrir avant d'avoir compris comment tout cela avait pu arriver. Il fallait qu'elle se souvienne, chaque détail était important. Même si cela devait durer des jours.

*

Trieste était le nombril du monde. De Sydney à la pointe nord du golfe Adriatique, en passant par Singapour, Londres et Munich, le voyage durait trente-quatre heures. Mia avait quinze ans la dernière fois qu'elle était venue en visite dans cette ville que ses grands-parents et sa mère – alors petite fille – avaient quittée après guerre pour tenter leur chance en Australie. À l'époque, beaucoup de Triestins, qui ne voyaient pas d'autre issue à la misère économique, avaient émigré.

Même si c'était dans la communauté italienne que sa mère allait bientôt rencontrer l'homme qui deviendrait le père de Mia, on parlait peu, à la maison, des raisons de cette émigration. On préférait embellir les souvenirs. Ils avaient eu plus de chance que les autres, ils avaient été hébergés par des parents déjà installés depuis trois générations en Australie et qui avaient réussi. Mais, comme si cela faisait partie de l'héritage, Mia avait la nostalgie de Trieste, qu'elle voyait comme un palais enchanté entouré de légendes, et non comme une ville portuaire dont la période glorieuse appartenait au passé et qui n'avait devant elle qu'un avenir incertain. Mia devait son nom à la mémoire du lieu : « *Trieste mia* », c'était le titre d'une naïve chanson populaire qu'on lui avait chantée tant et plus dans son enfance.

Mia se sentait lasse après ce long voyage. Mais elle fut tout excitée lorsque le pilote amorça la descente sur l'aéroport Ronchi dei Legionari en décrivant une courbe au-dessus de la lagune de Grado. Cela faisait des semaines qu'elle attendait cet instant. Tout un été, seule à Trieste ! Vivre sans but, sans ses études qu'elle négligeait d'ailleurs – ce qui lui donnait mauvaise conscience –, mais surtout sans ces soupirants obstinés qui ne cessaient de la harceler. Se reposer, réfléchir, entreprendre quelque chose de nouveau ! La soirée organisée pour son trente-deuxième anniversaire avait été en même temps une fête d'adieu.

« Trois mois au moins ! » avait-elle annoncé dans un éclat de rire, vers minuit, un verre de champagne à la main, tout en observant les réactions des deux jeunes hommes qui, depuis deux mois, lui faisaient une cour assidue, comme des chats de gouttière énamourés au printemps. Mia cherchait à couper court à de longues discussions et elle ne voulait surtout pas d'adieux déchirants. Elle s'irrita des regards haineux que les deux prétendants échangèrent alors, chacun croyant que l'autre allait l'accompagner. Ils n'avaient rien compris. Le lendemain matin, elle serait déjà dans l'avion pour Londres.

D'Australie à Trieste. L'inverse de ses grands-parents. Mia sourit lorsque l'avion roula sur la piste d'atterrissage. Elle souriait encore en tirant sa valise vers la station de taxis. Le chauffeur se frotta les mains lorsque, avec un fort accent, elle lui indiqua sa destination dans un dialecte triestin un peu rouillé. La course à Servola pouvait lui rapporter jusqu'à cent euros s'il ne prenait pas le chemin le plus court par le karst, mais s'il suivait la côte où les bouchons étaient fréquents.

– L'été va être chaud ! D'où venez-vous ?

– D'Australie, répondit-elle paresseusement.

– En visite chez des parents ?

Mia acquiesça. Elle voulait jouir de la nouveauté et non bavarder. Pourquoi aurait-elle confié à cet homme, qui ne cessait de l'observer dans son rétroviseur, la vraie raison de sa venue ?

– Mon père y est allé aussi, insista le chauffeur. Il y est resté presque vingt ans. En nous abandonnant, ma mère et moi. Et, quand il est revenu, il a voulu faire comme s'il était parti la veille. Il avait dû oublier comment sont les femmes de Trieste. Elles étaient déjà émancipées alors que, dans le reste de l'Europe, elles n'avaient même pas le droit d'aller seules boire un café.

Il rit et se tourna vers sa passagère.

– Les femmes de Trieste n'en font qu'à leur tête !

Mia regardait fixement par la fenêtre. Les derniers rayons du soleil se brisaient sur la houle, qu'ils couvraient d'un voile mauve, tandis qu'à l'est le ciel nocturne tombait déjà sur la ville. Mia transpirait, malgré la fenêtre ouverte. En Australie, c'était l'hiver.

– La dernière fois qu'il a plu ici, c'était en janvier. Depuis, c'est la sécheresse. Les journaux disent qu'il n'a pas fait aussi chaud au mois de mai depuis cent ans et il paraît que juin sera encore pire.

Le chauffeur ne tarissait pas. Il lui lança un coup d'œil bizarre dans le rétroviseur, quand elle glissa deux doigts dans l'échancrure de son corsage pour s'aérer.

– Probable qu'à partir de là il pleuvra en août, comme l'an dernier. Vous êtes déjà venue ici ?

Mia fit « non » de la tête.

– Il y a beaucoup d'émigrés qui font le voyage tous les ans. Ils restent attachés à leur ville, même si elle a changé. Ils sont fidèles à leurs souvenirs.

Mia vit la blanche silhouette du château de Miramare se découper dans la lumière des phares. Elle se demandait si elle pouvait prier le chauffeur de se taire sans se montrer impolie, mais elle ne trouva pas les mots justes.

– J'habite en plein centre, reprit le chauffeur en toussotant. On n'arrive pas à dormir avec cette chaleur. À Servola, c'est sûrement plus agréable. Là-haut, sur la colline, on vit mieux, tant que la cheminée de l'aciérie ne crache pas de substances toxiques.

Sur le bord de mer, la circulation était ralentie en direction du centre. Les derniers baigneurs rentraient chez eux. Pendant vingt minutes, le taxi roula au pas.

– Il s'est pendu quelques années plus tard, dit le chauffeur.

– Qui ça ? demanda Mia qui, perdue dans ses pensées, avait sursauté.

– Mon père ! Comme je viens de vous le dire !

Il parlait sur un ton déplaisant. Était-il contrarié parce que Mia ne s'intéressait pas à son histoire ?

– En réalité, il n'avait jamais vraiment réussi à reprendre pied dans cette ville. L'Australie, c'est beaucoup mieux, disait-il souvent. Mais il ne voulait pas non plus y retourner. Au début, il s'est fait embaucher comme maçon, mais c'était trop dur pour lui. Il a fini par acheter un taxi. J'en ai hérité et j'ai changé de métier, comme lui.

L'homme ne semblait pas très affecté par la mort de son père.

– Je ne parle pas de cette voiture. Elle est neuve. Qualité japonaise !

Il tapota fièrement son volant.

– Qu'est-ce que vous faisiez avant ?

– Gérant d'entrepôt.

Mia acquiesça. Elle s'imaginait aisément que ce ne devait pas être très drôle. Mais chauffeur de taxi, était-ce vraiment mieux ?

– Sur le port ? demanda-t-elle.

– Non, en pleine ville. Pour un collectionneur d'armes complètement fou. Il avait tout, de la mitrailleuse au blindé, en passant par les sous-marins et les avions. Mais pas d'argent. Aujourd'hui, sa collection est devenue un musée. Il l'avait baptisé « Musée de la guerre pour la paix ». En ajoutant « pour l'abolition de la mort ».

Le chauffeur eut un rire moqueur.

– Mais ça, il ne l'a pas connu. Il a brûlé avec son entrepôt. Sûrement un incendie volontaire. On n'a jamais retrouvé le coupable ni le mobile.

– Personne n'agit sans mobile, dit Mia à voix basse.

Durant ses études, à Sydney, Mia avait analysé suffisamment d'affaires pour décider de ne pas devenir avocate. Droit public donc. Mais là non plus, elle n'avançait guère.

– Très juste, mais comment retrouver un meurtrier si on ne connaît pas le mobile ? Ce n'était peut-être qu'un court-circuit, comme on l'a dit à l'époque. On ne le saura jamais. L'homme était un drôle d'oiseau. Il dormait dans un cercueil !

– Quelle heure est-il ? demanda Mia, qui se lassait de cette histoire de plus en plus abracadabrante.

– Il va être dix heures. On est bientôt arrivé. Vous connaissez la rue ? Sinon, il faut que je regarde sur le plan. Je ne viens pas souvent par ici.

Comment aurait-elle pu se souvenir ? Elle se contenta de hocher la tête.

– D'autres disent qu'on l'a tué à cause de la Risiera, le camp de concentration de Trieste. Il connaissait les coupables.

Le chauffeur replia le plan et redémarra.

– Vous savez par où passer ?

Mia commençait à s'énerver.

– On y est tout de suite. En fait, c'était très dur de travailler pour cet homme-là. Il y avait toujours des vols et, chaque fois, il me soupçonnait. Il était extrêmement méfiant.

Lorsque, à la hauteur du nouveau port, ils s'engagèrent enfin sur la route rapide surplombant les immeubles et la zone industrielle qui bordaient la ville, elle se souvint subitement du trajet.

Ils empruntèrent une petite route qui montait au village. Elle indiqua au chauffeur une grille dont la peinture verte s'écaillait.

– Vous êtes sûre que c'est ici ? demanda le chauffeur après avoir posé ses valises sur le trottoir. On dirait que c'est inhabité.

On voyait bien que la grille n'avait pas été ouverte depuis longtemps.

– Ne vous en faites pas, dit Mia, souriante, en fouillant dans son sac à la recherche de la clé. Ma tante ne sort plus.

– Alors je vous souhaite de bonnes vacances. Et si vous avez besoin d'un taxi, appelez-moi. Voici ma carte.

– Elle est morte, dit Mia en empoignant une valise.

– Qui ça ? demanda le chauffeur, interloqué.

– Ma tante. Bonsoir !

Alda, la tante de sa mère, était morte quatre ans auparavant. Mia l'avait à peine connue. Sa mère était venue seule à l'enterrement et elle avait réglé les formalités liées à la succession. Tante Alda n'avait pas d'autres parents. Elle léguait à sa nièce la maison et un peu d'argent. Puis sa mère en avait fait don à Mia, ainsi qu'à ses deux frères, que l'héritage n'intéressait pas.

Depuis des années, une vieille voisine s'occupait de la petite propriété. Devant la maison, un jardinet envahi par la végétation, au milieu duquel se dressait un énorme palmier que berçait doucement la brise vespérale. Mia referma la grille qui grinçait et regarda autour d'elle. L'éclairage public diffusait une lumière mate sur la maison. Les volets étaient fermés, tout de guingois dans leurs gonds. La porte d'entrée ne s'ouvrit que sur un coup d'épaule. Le couloir était tapissé de toiles d'araignées. Comme l'interrupteur ne fonctionnait plus, elle chercha le compteur, un briquet à la main. Elle avait téléphoné à la voisine plusieurs semaines auparavant, mais elle n'avait pas précisé la date de son arrivée. Pourquoi ne l'avait-elle pas fait ? Pourquoi ne pas avoir eu l'idée de passer au moins la première nuit à l'hôtel ?

Elle abandonna ses valises dans le couloir, se contenta d'ouvrir quelques fenêtres et jeta un vieux plaid sur le lit. Puis elle sortit faire quelques pas dans le village. Elle passa devant l'église et découvrit le panorama de la ville. Les projecteurs du nouveau port se reflétaient sur les môles qui s'avançaient dans la mer. À l'arrière-plan, on apercevait les signaux lumineux qui marquaient les digues et même les lumières des deux côtes qui enserraient le golfe. Mia se souvint qu'elle était venue là avec Alda dix-sept ans auparavant. Mais, pour elle, le visage de sa grand-tante se confondait avec celui des photos de l'album de sa mère, qu'elle avait souvent feuilleté, enfant, dans la propriété viticole de ses parents.

Da Gigi, ainsi s'appelait la *trattoria* au centre du village, qui avait quelques tables à l'extérieur, sous une pergola. Malgré l'heure tardive, la vieille patronne accepta de lui faire à manger mais, au lieu d'un pichet de vin, elle ne lui apporta qu'un verre et une bouteille d'eau minérale. Mia redemanda du vin, mais elle dut attendre que son entrée, des sardines marinées, lui soit servie. Elle insista pour avoir une carafe de vin. La patronne dit en riant qu'il valait mieux céder plutôt que de multiplier les allers et retours. Tout semblait à Mia étrangement familier, pourtant ce n'était que la deuxième fois qu'elle se trouvait là. Peut-être était-ce l'attitude maternelle de la patronne qui l'interrogeait comme une petite fille ? Lorsqu'elle comprit que Mia était issue d'une famille d'émigrants, elle s'assit un instant près d'elle et lui raconta comment elle-même, venant d'Istrie, s'était retrouvée à Servola après la guerre. Mais d'autres clients l'appelèrent et Mia resta seule à sa table. Une jeune femme avec un sac à dos rose posa, sans un mot, un nounours et un petit carton devant elle. Curieuse, Mia lut le message : une sourde-muette faisait appel à sa générosité. Ce genre de choses n'existait pas à Sydney ! Elle posa sur la table un billet que la jeune femme ramassa sans un geste de remerciement. Sur quoi elle disparut, aussi silencieusement qu'elle était venue.

– C'est beaucoup trop, dit la patronne, qui voyait tout. Quelques centimes auraient suffi, si vous y teniez. Si l'on donne trop, ça en attire d'autres et, tôt ou tard, ils transforment nos établissements en souks et il n'y a plus moyen d'être tranquille. Vous avez encore besoin de découvrir la vie qu'on mène ici.

Néanmoins, la vieille dame lui caressa gentiment les cheveux et l'invita à manger autre chose. Mia commanda une assiette de spaghettis aux fruits de mer et un autre pichet de vin. Elle se fit un programme pour les jours suivants. Elle s'informa des lignes de bus qui rejoignaient le centre, des heures d'ouverture du cimetière et des possibilités de faire ses courses au village. Il fallait aussi qu'elle se procure une carte pour son téléphone portable, qu'elle ouvre un compte, qu'elle aille sur la tombe de la tante et qu'elle lui transmette le bon souvenir des Australiens, qu'elle parle à la voisine et surtout qu'elle rende cette maison habitable. Ensuite, elle irait voir la notaire qui conservait tous les papiers relatifs à la succession, il lui faudrait enfin trouver un agent immobilier en qui elle puisse avoir confiance. Peut-être devrait-elle faire connaître dans le village son intention de vendre la maison. Mais il était sans doute également judicieux de se renseigner en ville sur les prix pratiqués.

– Demain, j'apporterai des fleurs à la tante, dit Mia avant de payer.

Lorsqu'elle se leva, elle tanguait légèrement. Elle était fatiguée et avait trop bu. Elle fit un petit signe à la patronne en guise d'adieu.

Le lendemain matin, des coups à la porte d'entrée la réveillèrent. Quelqu'un criait son nom. Elle enfila en toute hâte le corsage de la veille et, après avoir traversé le couloir encore obscur, déboucha en pleine lumière. Devant elle se tenait un homme à la carrure athlétique, mal rasé, la quarantaine, incapable de détacher son regard de ses jambes nues. Il ne leva la tête qu'un bref instant, pour lui dire que sa mère, la voisine, l'envoyait. Elle attendait la *Signorina*.

– Au village, on sait tout, dit-il avant qu'elle ait pu lui demander comment ils étaient au courant de son arrivée.

Mia promit de passer les voir dès que possible. À la cave, elle finit par trouver le robinet principal et, peu après, une eau couleur de rouille coulait par saccades dans la baignoire. Son aventure à Trieste pouvait commencer.

Maquignonnage

Lorsqu'il se regarda dans le miroir, il n'en crut pas ses yeux. À en juger par les douleurs qu'il ressentait, il aurait dû avoir le visage en bouillie, mais seul un sourcil était taché de sang et une lèvre enflée là où il s'était mordu. Il se tâta précautionneusement le nez, le menton et les joues. Les jours suivants, l'œil gauche ne manquerait pas de passer par toutes les couleurs de l'arc-en-ciel. Il était temps de mettre au point une explication vraisemblable, car il devait s'attendre à ce qu'on lui demande sans arrêt ce qui s'était passé. Il fallait que ce soit simple, facile à retenir et aussi éloigné que possible de la vérité.

Ils préparaient cette action depuis des semaines, mais ils n'avaient frappé que la nuit précédente. Tout était parfait : le matériel, l'horaire, les lieux choisis. Que ce soit justement lui qui n'ait pas respecté le plan qu'il avait lui-même élaboré avec tant de précision et qu'il avait imposé aux autres, c'était une bourde énorme et il ne s'en était tiré que de justesse.

Il lui fallait maintenant une bonne excuse, afin que personne ne fasse le lien entre ses blessures et l'action des protecteurs d'animaux. Il enduisit ses blessures de pommade à l'aloès et retint son souffle. Des pas dans le couloir. Normalement, tout le monde dormait à cette heure-là. Lorsqu'il entendit se refermer la porte des toilettes, il revint dans sa chambre sur la pointe des pieds. Une bagarre, prétendrait-il. Peut-être vaudrait-il mieux raconter qu'il était tombé sur des types d'extrême droite en goguette sur le Viale. Il s'en tirerait avec un sermon d'une demi-heure. Ou peut-être inventer une histoire de supporters fanatiques de la Triestina dont le jeu, la veille au soir, avait encore un peu plus compromis la montée en « Série A », au point que le fils Kadhafi menaçait de retirer son offre d'achat.

Ils avaient d'abord embelli le mur du consulat allemand en y apposant leur message à l'aide de bombes et d'un pochoir soigneusement découpé, puis ils s'en étaient pris à la poste principale, où le monde triestin des affaires découvrirait leur œuvre dès le lendemain. Leur intervention n'avait guère dérangé les prostituées noires du Borgo Teresiano, mais, par prudence, celles-ci s'étaient tout de même dispersées dans les rues adjacentes. Puis ils avaient gagné l'hôtel de ville à scooter, pour finir devant l'immeuble du quotidien *Il Piccolo*, où ils avaient dû veiller à ne pas se faire pincer par les livreurs de journaux qui chargeaient leurs fourgons. Puis ce fut le tour du vieux port, où deux bétaillères puantes passaient la nuit en attendant l'ouverture de la zone franche. Le bétail éreinté par de longues journées de transport beuglait de soif, de faim, de douleur, mais les chauffeurs y étaient aussi insensibles qu'à l'odeur. Une lumière bleutée éclairait par intermittence la cabine de l'un des véhicules. Les hommes devaient regarder la télévision, bien qu'il soit largement plus de deux heures du matin. Il leur fallut moins d'une minute pour inscrire à la bombe leur protestation contre la torture infligée aux animaux sur le portail qui marquait l'entrée du port, à peine plus pour l'arrière des camions. Personne ne les avait remarqués jusque-là et ils auraient pu tranquillement rentrer chez eux, avec la certitude que leur action trouverait un large écho dans les médias locaux. Pourquoi ne s'en était-il pas contenté, pourquoi avait-il voulu saboter ces bétaillères immatriculées en Allemagne en sectionnant avec une pince leur circuit d'air comprimé ?

Lorsque l'air s'échappa avec un violent sifflement, le premier camion émit un râle qui rappelait le dernier soupir d'un gros gibier qu'on vient d'abattre. Un vacarme infernal ! Mais cela ne lui suffisait pas ! Lorsqu'il ressortit de sous le deuxième camion, trois types musclés l'empoignèrent par les bras et se mirent à lui taper dessus sans prévenir. Ils n'étaient pas plus grands que lui. Il se serait facilement débarrassé d'un seul, peut-être même de deux. Mais ils le tenaient fermement et les coups pleuvaient. Il réussit enfin à libérer un de ses bras et put se défendre. Il envoya même l'un de ses adversaires au tapis et, profitant de l'effet de surprise, courut jusqu'à son scooter et démarra en trombe. Il rejoignit ses amis qui, comme convenu, l'attendaient à un coin de rue non loin de là. Il leur raconta hors d'haleine ce qui s'était passé. Il fallait qu'ils déguerpissent, une patrouille de police ou de carabiniers ne tarderait certainement pas à faire son apparition.

Son casque appuyait sur la blessure qu'il avait sur la nuque, là où ils lui avaient arraché une touffe de cheveux, et le vent fouettait son visage douloureux. Lorsque, épuisé, il arriva à la maison, il fila sans bruit à la salle de bains et prit une longue douche chaude. Puis il gagna sa chambre en boitillant. Il espérait ne pas réveiller sa copine. Federica avait prévenu qu'elle passerait après le travail, elle avait depuis longtemps une clé de la maison. Pourtant, même elle ne devait se douter de rien. Il se tordit de douleur quand, dans son sommeil, elle lui passa un bras autour du corps en se serrant contre lui.

Mucca Pazza, « la vache folle », ainsi s'appelait le petit groupe. Plus d'une fois, ils avaient suivi les camions qui répandaient une odeur nauséabonde et ils avaient observé le transbordement de ces pauvres bêtes qui avaient mis des jours à traverser l'Europe sans boire, pour finir, plus mortes que vives, par passer de leur chambre de torture roulante à un bateau du port de Trieste. De prétendus « vétérinaires » administraient des piqûres dopantes aux animaux qui ne pouvaient plus se lever et toléraient sans broncher que ceux qui n'y arrivaient pas soient hissés à bord par une grue, enchaînés par les cornes ou par une patte. Que le bétail hurle de douleur et de soif semblait laisser indifférents aussi bien ceux dont c'était le travail que ceux qui en profitaient pour s'enrichir, grâce aux primes que l'Union européenne accordait pour chaque tête de bétail quittant l'Europe vivante. Pour les bêtes qui l'étaient encore à l'arrivée au Liban ou dans d'autres pays du Moyen-Orient, un passage rapide par les abattoirs compensait la torture du voyage.

Les membres de *Mucca Pazza* étaient des cuisiniers en herbe. Tous étaient d'avis que bien manger suppose d'abord de bons ingrédients. Ils savaient qu'on peut cuisiner des plats savoureux et sains sans dépenser une fortune. Une vraie pizza suffit à le démontrer, si on la prépare avec des produits de qualité. Même le fast-food n'est pas obligatoirement minable si on le cuisine correctement.

Depuis quelque temps, il ne touchait plus à la viande. Il évitait ostensiblement les barbecues qui avaient lieu, depuis des semaines, dans le jardin de leur nouvelle maison et provoquait régulièrement de vives discussions quand il exigeait que l'on demande au boucher l'origine de ce qu'il vendait. Il affirmait ne pas être végétarien, mais il ne fallait consommer que des animaux élevés sur place et nourris correctement. Le poisson ne devait pas non plus provenir d'un élevage qui pouvait s'avérer tout aussi calamiteux que celui des porcs et des veaux. Et les amis de la famille avec leurs *ćevapćići* de fabrication industrielle, qui nageaient sur le gril dans leur propre graisse bourrée de conservateurs, n'avaient qu'à les ingurgiter directement avec l'emballage.

Il fallait que quelqu'un agisse. Comment pouvait-on être aveugle et insensible au point de tolérer que le bétail soit ballotté de pays en pays sans bénéficier des soins les plus urgents ? Appliquer la loi ? Qui se fiait encore aux indications figurant sur les véhicules, attestant que les animaux avaient automatiquement à boire et à manger ? Ce n'était qu'un leurre. Dans la plupart des cas, personne ne tenait compte des règlements. Les pauses obligatoires n'étaient pas respectées non plus. Ils savaient que la comparaison avec la Risiera di San Sabba, le camp d'extermination allemand, était excessive, mais ils voulaient produire un choc. Plus les gens seraient scandalisés, mieux ce serait.

*

Vers sept heures du matin, Proteo Laurenti, fatigué, légèrement éméché, grimpa les marches qui conduisaient à sa nouvelle maison. Il avait regagné la rive à la nage et, suivant le conseil du pêcheur de Santa Croce, il avait passé le harpon à travers les ouïes du poisson avant de sortir de l'eau. Bien qu'il ait été fort improbable que quelqu'un, dans la famille Laurenti, soit déjà debout à cette heure, il porta fièrement sa « prise » à la cuisine, la déposa dans un plat long et la recouvrit des glaçons qu'il gardait en réserve dans le freezer. Puis il alluma le gaz sous la cafetière, passa dans la salle de bains et prit une douche chaude pour faire disparaître la légère ébriété qu'il devait au pêcheur. Lorsqu'il revint à la cuisine, il trouva Livia, sa fille aînée, qui disposait sur un plateau la cafetière toute chaude et deux tasses.

– Tu es déjà levée ? Regarde ce que j'ai pris !

Mais au lieu du compliment attendu, Livia dit simplement :

– Il faut que je te parle. C'est urgent !

Elle avait l'air sombre et Laurenti se vit déjà confronté à de sérieux problèmes relationnels avec sa fille. Celle-ci emporta le plateau sur la terrasse, s'assit et alluma fébrilement une cigarette. Laurenti n'aimait pas que sa fille fume si tôt le matin. Livia avait des soucis, cela se voyait au premier coup d'œil.

– Il s'est passé quelque chose de grave !

D'une voix à demi étouffée, elle avoua ce qui la tourmentait. Laurenti ne savait pas s'il devait en rire ou en pleurer.

– Je ne comprends vraiment pas pourquoi il te faut une voiture pour ça, alors que tu as toute la mer devant toi.

Il alla chercher le journal de la veille, qu'il feuilleta impatiemment.

– Au moins, tu n'es pas la seule à qui ce genre d'aventure arrive. Écoute !

Cour d'appel : Avoir des relations sexuelles dans une voiture reste un délit, y compris dans l'obscurité.

Même si la nuit est profonde et que, pour une brève rencontre avec l'homme que vous aimez, vous avez choisi un endroit retiré, gardez-vous d'ouvrir sa fermeture Éclair pour pratiquer une fellation. Ce témoignage passionnel, même dans la plus grande discrétion, peut vous coûter trois mois derrière les barreaux. Une Romaine d'âge mûr, qui avait conduit son amant, Carmine P., par une nuit d'hiver sans lune, sur un parking isolé, en a fait l'expérience. Le véhicule éveilla les soupçons des hommes d'une patrouille qui, après avoir constaté les faits, dressèrent un procès-verbal d'attentat public à la pudeur. Marisa, grand-mère de soixante-neuf ans, s'est vue condamnée à une peine de quatre-vingt-dix jours de prison, confirmée par la Cour d'appel. C'est en vain que la Signora a juré qu'elle n'avait jamais eu l'intention d'attenter publiquement à la pudeur. Pour les juges de la troisième chambre de la Cour d'appel, l'argument n'a aucune valeur juridique, dans la mesure où il ne pouvait être exclu que, malgré l'heure tardive et l'isolement du lieu, quelqu'un passe par hasard. Marisa, avant de baisser la tête, aurait dû occulter complètement les fenêtres de la voiture.

Laurenti éclata de rire et lança le journal sur la table.

– J'imagine les juges faisant durer la procédure pour savourer chaque détail : « Qu'avez-vous fait après avoir ouvert la braguette de votre compagnon ? »

Mais Livia n'avait pas le cœur à rire.

– Ils sont fous, s'écria-t-elle, en colère. Cette société devient de plus en plus puritaine. Taux d'alcoolémie, permis à points, slogans ridicules sur les paquets de cigarettes, horaires réduits pour les discothèques, marijuana sur la liste des drogues dures et puis ça !

– Ça s'est passé où ?

– Pas loin d'ici. Là-haut à San Primo, la colline entre Santa Croce et Prosecco.

– Je croyais que la route était interdite aux voitures.

– Papa, c'était ce matin à deux heures et demie !

– Les panneaux de signalisation ne dorment pas la nuit. Et puis, avec cette sécheresse, il n'est pas prudent de se promener dans les bois en auto. Il suffirait qu'un brin d'herbe ou une feuille morte s'allume sous les gaz d'échappement pour que tout le karst prenne feu.

– Ce n'est pas la question. Pourquoi est-ce que ces sales petits voyeurs ne nous laissent pas tranquilles ?

– Ne parle pas comme ça de mes collègues ! En plus, il y a des tiques là-haut.

Lorsqu'ils s'étaient connus, un quart de siècle auparavant, Laura et lui avaient beaucoup fréquenté les petits chemins sur le karst, en plus de leurs jeux érotiques dans la mer, même en plein jour, non loin des autres baigneurs. Tant qu'on ne mettait pas le pied sur un oursin. Mais il n'en parlerait pas à sa fille. Qui sait où elle avait été conçue ? Laura disait toujours que c'était près de Monrupino, sur le mur d'enceinte d'une petite église moyenâgeuse.

– Tu as un double du PV ?

– Naturellement.

Livia parut soulagée. Si son père lui posait cette question, c'est qu'il comptait user de son influence pour étouffer l'affaire. Être la fille d'un policier présentait aussi des avantages – tant qu'il ne se braquait pas. Mais en tant que père de trois enfants adultes, Laurenti avait bénéficié d'un quart de siècle de contre-éducation.

– Et ton ami ? Qu'est-ce qu'il en dit ?

– Vladimir ? Je voulais d'abord te parler seule à seul. Il dort encore.

– Alors va chercher ce papier. Il faut que j'aille au bureau.

La maison sur la côte, qu'ils avaient rachetée un an auparavant à Galvano, l'ancien médecin légiste, était bien remplie. Les trois enfants avaient décidé d'y passer les vacances avec leurs « fiancé(e)s ». Même Laurenti avait fini par s'habituer au fait qu'il n'avait plus d'ordres à leur donner et qu'ils vivaient désormais leurs vies – sans lui. En revanche, avec des partenaires qui changeaient si souvent qu'il n'avait pas le temps de retenir leurs noms. Après avoir terminé ses études d'allemand à Berlin, Livia avait déménagé à Munich, où elle effectuait un stage dans une petite maison d'édition. Elle espérait, à terme, y obtenir un poste fixe. Elle avait rencontré Vladimir dans une brasserie, c'était un jeune homme sérieux, originaire du karst, qui avait trouvé son premier emploi dans une entreprise high-tech.

Patrizia, sa fille préférée, avait encore un nouveau soupirant, Santo, dont Laurenti trouvait le nom tout à fait inapproprié. Santo avait dix ans de plus qu'elle et passait à Naples – c'est lui qui l'affirmait avec arrogance – pour la star des coiffeurs. Aux yeux de Laurenti, il n'arrivait pas à la cheville de son vieil ami Oskar, qui lui coupait les cheveux depuis vingt-cinq ans dans son petit salon de la Via del Mercato. Dans le cadre de ses études d'archéologie, Patrizia s'était spécialisée et se consacrait, avec un zèle ardent, à la section érotique du Musée archéologique national. C'était, sans aucun doute, ce Santo qui l'empêchait de se mettre à son mémoire de maîtrise, qu'elle avait prévu de rédiger cet été. Laurenti espérait simplement que l'individu ne pourrait prolonger indéfiniment ses vacances.

Son fils Marco avait également créé la surprise. Un jour, il avait déclaré, à l'étonnement de tous, que finalement il ne serait pas skipper. Selon Laurenti, il avait pris cette décision parce que son amie de Monfalcone, avec qui il avait partagé ce rêve, l'avait plaqué. Après son service militaire, d'abord chez les gardes-côtes, ensuite dans la marine à La Spezia, il avait trouvé, pour quelques mois, un travail de pompiste, puis subitement, l'automne précédent, il s'était inscrit à l'école hôtelière d'Aviano. Il voulait devenir cuisinier. Un grand chef, soulignait-il régulièrement. Son père soupçonnait cependant Federica, son nouveau flirt, d'être à l'origine de ce revirement. Cette gentille fille était folle de son fils. Elle travaillait, pendant l'été, au restaurant de l'élégant hôtel Savoy de Grado, où elle parachevait sa formation dans une équipe de cuisine de haut niveau. Elle passait à la maison presque tous les soirs après le travail. Marco n'allait pas si loin. Il avait décroché un stage de trois mois dans un grand restaurant de Trieste, chez Scabar. Laurenti avait d'abord plaidé pour la Trattoria al Faro, mais l'ami Franco avait disparu du jour au lendemain et le nouveau style de l'établissement ne lui plaisait pas. Laurenti avait compris que Marco s'était sérieusement pris en main depuis qu'il travaillait dans un restaurant connu bien au-delà de Trieste et il était de plus en plus fier de son fils. Il espérait que le garçon s'en tiendrait là. Une seule chose l'irritait. Aux yeux de son père, Marco était devenu à moitié végétarien. Il affirmait volontiers que les bipèdes et quadrupèdes – volailles, porcins, moutons, chèvres et bovins – n'étaient pas propres à la consommation. Le poisson était permis, à condition d'être pêché en mer. Laurenti avait l'impression que le véritable problème de Marco n'était pas vraiment l'environnement dans lequel vivaient les animaux, mais le fait que pendant son service militaire, passé en grande partie dans les cuisines de son unité, il avait dû préparer une telle quantité de fausses escalopes à la milanaise qu'il en était dégoûté pour la vie.

Laurenti n'attendait qu'un soir sans barbecue en bord de mer avec enfants et amis pour convaincre Laura d'aller au restaurant apprécier les talents culinaires de Marco. Mais sa femme lançait invitation sur invitation et semblait heureuse d'avoir autant d'animation dans la maison. Comme si elle en avait manqué au cours des années précédentes. Laurenti en avait parfois assez quand, rentrant de la questure, où les bavardages étaient incessants, il entendait déjà, avant même d'avoir descendu les marches entre le parking et la maison, le brouhaha des invités. Il aurait préféré être seul sur la terrasse à lire tranquillement. Mais que voulait-il de plus ? Une épouse heureuse et de la gaieté dans la maison, c'était déjà beaucoup. Combien d'hommes avaient les deux à la fois ?

*

Malgré l'incident du petit matin, les ridicules contrariétés de Livia avaient égayé Laurenti. C'est en sifflotant qu'il monta à son bureau. Marietta était déjà en place au secrétariat. Laissant sa cigarette se consumer dans le cendrier, elle compulsait ses dossiers. Elle salua Laurenti d'un grognement. Depuis peu, travailler l'été signifiait pour elle ne pas rester une seconde de trop au bureau et quitter les lieux aussi rapidement que possible. Elle était donc obligée de se lever plus tôt, ce qui n'arrangeait guère son humeur.

– Il y a une nouvelle bande de fous dans cette ville !

Elle était assise à son bureau et lui tournait le dos. Sans faire mine de se retourner, elle fixait l'écran de son ordinateur pourtant éteint.

– *Mucca Pazza*. C'est comme ça qu'ils s'appellent, ces débiles. Ils sont contre la viande de bœuf.

La nouvelle n'intéressait pas particulièrement Laurenti.

– Comment va l'amour, ma tourterelle ? Tu y as passé la nuit, une fois de plus ?

Depuis quinze jours, Marietta manquait de sommeil, Laurenti le constatait au premier coup d'œil et ne pouvait s'empêcher d'y faire allusion.

– Attention de ne pas surmener ce garçon ! Les gros ont des problèmes cardiaques. Même si ce n'est pas la plus mauvaise façon de mourir ! Mais il est encore si jeune, tu en serais traumatisée pour le restant de tes jours ! Et puis je te déconseille de faire ça dans une voiture. Il pourrait t'arriver la même chose qu'à la grand-mère de Rome.

– Je n'ai pas besoin de voiture. Je n'ai pas non plus de petits-enfants. En fait, tu es jaloux, lui lança Marietta sans daigner lui accorder un regard, mais tu n'as jamais voulu de moi comme maîtresse.

Elle avait enfin trouvé un type qui n'avait pas pour unique objectif de passer une seule nuit avec elle. Laurenti le connaissait vaguement et ne l'appréciait guère. Il changea immédiatement de sujet :

– Regarde tout de suite à qui appartient cette voiture. Sinon, quoi de neuf ?

C'était un rituel. Tous les matins, quand il arrivait au bureau, Marietta lui communiquait les dernières informations.

– D'abord les graffitis des protecteurs des animaux qui se sont baptisés *Mucca Pazza*. Sur les murs du consulat allemand et de l'institut Goethe. Sûrement parce que le bétail qui part du vieux port pour le Moyen-Orient provient en majorité d'Allemagne. Il faut avouer que le logo de la vache avec une kalachnikov est assez réussi.

Elle lui passa quelques photos des graffitis.

> *Après la Risiera di San Sabba : bestialité des transports en Europe et du transbordement au Porto Vecchio.*
> *Qui torture des animaux tue aussi des hommes.*
> *Regarder ailleurs, c'est collaborer.*
> *Pour un élevage et un abattage respectueux de l'animal.*
> *Pour des produits régionaux.*
> *Contre une industrie alimentaire de masse.*
> *La qualité, pas de la merde à bon marché !*
> *Vous voulez vous empoisonner ?*
>
> *MUCCA PAZZA*

Au-dessus de « *mucca pazza* », expression courante pour « encéphalopathie spongiforme bovine », ils avaient artistement dessiné un bœuf dressé sur ses pattes de derrière, avec des lunettes de soleil. Il portait une kalachnikov et les étoiles de l'Union européenne formaient un cercle autour de ses cornes. Marco en serait ravi, pensa Laurenti.

– Ensuite, un cambriolage à la librairie de la Via del Coroneo, poursuivit Marietta en bâillant d'ennui.

Malgré son teint hâlé, on voyait bien qu'elle avait les yeux cernés.

– Le crime se cultive.

Elle alluma son ordinateur et se connecta au service des cartes grises. Cela ne prit qu'un instant.

– Tu plaisantes !

– Cinquante-quatre volumes de la collection « Meridiani », Manzoni, Lampedusa, Pétrarque, Dante, Svevo, Saba. Tous les favoris. Et mille euros dans la caisse.

C'était l'une des deux librairies de la ville que fréquentait Laurenti. Naturellement, il y avait déjà eu des cambriolages dans des librairies. Mais c'était la première fois de sa vie professionnelle que l'objet en était une collection de classiques sur papier bible, dont il possédait lui-même quelques exemplaires. Sinon, tout se volait : des bas, des ordinateurs, de l'argent liquide, du vin frelaté. Mais des livres !

– Personne n'a rien vu ? demanda Laurenti. Il y a pourtant des patrouilles qui passent sans arrêt. Autant de bouquins en une fois ! Ça fait au moins deux quintaux !

– Moi, je me contente de livres de poche. L'école m'a fait passer le goût des classiques.

– Je pensais que tu ne lisais plus que des magazines avec des robes de mariée. Tu m'as enfin trouvé le propriétaire de cette voiture ?

Marietta ne réagit pas à l'allusion de Laurenti.

– *Il Mucchio* a, lui aussi, de nouveau frappé.

Elle entra le numéro incriminé dans son ordinateur.

– Où ça ?

– Une maternelle à Guardiella. Un vieux poste de télévision, quelques pommes, sinon les dégâts habituels. Ils ont attendu que l'indignation retombe un peu et ils ont récidivé.

– Ça fait combien de fois ?

– C'est la vingt-cinquième.

– Ce sont sûrement les mêmes qui sont derrière *Mucca Pazza*.

– Je ne crois pas !

Pour la première fois, ce matin-là, elle le regarda dans les yeux.

– *Il Mucchio* veut détruire, casser, scandaliser. *Mucca Pazza*, c'est quelqu'un qui veut changer le monde, un vert ou un défenseur des animaux. Probablement un solitaire frustré.

– Qui s'en occupe ?

– La Squadra Mobile naturellement.

– Donne-leur le bonjour de ma part. Laurenti leur souhaite bien du plaisir !

– Il ne vaut mieux pas. Ils sont suffisamment sous pression. Les gens appellent pour savoir quand ils seront à nouveau en sécurité dans les rues. On ne peut même pas laisser sa voiture dehors sans qu'on vous arrache les essuie-glaces. Et autres jérémiades de la sorte.

– Laisse-les geindre !

Depuis décembre, ce genre d'informations revenait sans cesse. *Il Mucchio*, « le tas », comme on appelait cette bande, saccageait principalement des écoles. On l'avait également rendu responsable du vandalisme constaté dans différents cimetières. Le quotidien local avait publié le commentaire d'un criminologue que personne ne connaissait en ville. Il s'appuyait essentiellement sur le fait que la bande s'en prenait, en priorité, à des établissements d'éducation, de la crèche au lycée, des faubourgs au centre-ville. Elle volait du matériel et l'argent que les élèves, en fin d'année scolaire, collectaient à des fins caritatives. Le spécialiste formulait l'hypothèse qu'il s'agissait d'élèves qui avaient eu des problèmes, que leurs professeurs n'avaient pas réussi à prendre en main, et qui maintenant se vengeaient. Il se fondait sur le fait que les délinquants ne connaissaient aucun scrupule moral dans leur folie destructrice et n'éprouvaient aucun respect devant l'institution pédagogique. Cette analyse avait grandement irrité Laurenti, qui s'était dit que le spécialiste ne devait pas avoir d'enfants.

– Que les collègues se débrouillent !

Ce genre de délits laissait Laurenti de marbre. Dieu merci, ils relevaient de services d'un niveau inférieur ! Lui-même avait eu à élucider, ce printemps même, une série de cambriolages effectués avec un grand professionnalisme dans des villas du nord de l'Italie et l'enquête avait abouti grâce à la collaboration des collègues de Vénétie et de Lombardie. Le seul cambriolage de la série qui avait eu lieu à Trieste, justement dans la villa d'une amie du préfet de police, avait été fatal aux malfaiteurs. On les avait arrêtés peu de temps après, mais ils avaient refusé de répondre à la moindre question. Une position difficile qui, certes, mettait à mal l'accusation, mais ne leur évitait pas la prison. Et puis il y avait cette histoire d'entrepôt dans la zone industrielle. Une étrange affaire. Un terrain abandonné, envahi par la végétation, et un dépôt d'armes et de documents, qui donnait lieu aux hypothèses les plus variées. C'est une Australienne du nom de Mia qui en avait hérité de sa famille originaire de Trieste. L'entrepôt lui appartenait. Laurenti avait recueilli la jeune femme sur la Superstrada, alors qu'elle venait de quitter les lieux, affolée par les forces de police qui avaient été alertées et les journalistes qui rappliquaient. Il avait fallu un certain temps pour que Mia prenne confiance. Dépassée par la complexité de l'affaire, elle ne se sentait pas capable de régler les formalités nécessaires et, malgré son intelligence, elle restait singulièrement naïve. Laurenti et son collègue des carabiniers l'avaient prise en charge. Depuis, elle se déchargeait sur

Laurenti. C'était un dépôt d'armes dont personne ne connaissait l'origine. Les journalistes supposaient qu'il s'agissait du trésor de Diego de Henriquez, un excentrique qui avait rendu l'âme en 1974 et dont la mort était restée mystérieuse. Et Mia l'Australienne était au centre de l'affaire. L'entrepôt avait été provisoirement placé sous séquestre, le temps d'en dresser l'inventaire. Laurenti avait prévenu la belle Mia qu'il lui faudrait faire preuve de beaucoup de patience ; mais, au moins, elle n'aurait rien à débourser pour faire surveiller son héritage.

– Et puisque tu me poses tous les matins la même question, il n'y a toujours rien de nouveau sur l'entrepôt de la zone industrielle. De toute façon, ton amie l'Australienne va bientôt appeler.

– Elle est trop bonne. Patience…

Il désigna l'ordinateur.

– Si tu dormais davantage, tu serais plus rapide !

– Très drôle ! fit Marietta, froissée, en sortant une feuille de l'imprimante.

Laurenti la lut en silence. La voiture appartenait à un dentiste de Rome dont le nom ne lui disait rien.

– La mauvaise nouvelle pour finir !

Marietta prit un papier sur la pile de courrier du jour.

– Il vaut mieux que tu t'assoies !

– Qu'est-ce qui se passe ?

– Sgubin est muté.

– Je le sais déjà, répondit Laurenti sans ciller. Il ne manquait que la date. Donne !

– Et tu ne m'en avais pas parlé !

Marietta était vexée, mais sa curiosité était plus forte que son amour-propre.

– Tu le sais depuis quand ?

– Depuis que Sgubin m'a annoncé qu'il voulait faire carrière. Tu ne me croiras pas, mais j'ai donné un avis favorable. Même si nous sommes à Trieste, les choses peuvent bouger de temps en temps.

D'après la note officielle, il restait quinze jours à Sgubin pour se préparer à ses nouvelles tâches. Sgubin était digne de confiance, mais ce n'était pas une lumière. Laurenti avait fait jouer ses relations quand il lui avait un jour laissé entendre qu'il n'aurait rien contre un peu d'avancement. Le changement pouvait être positif. Enfin de l'air dans la boutique !

– Tu appelles ça faire carrière ? fit Marietta outrée. Chef de patrouille à Gorizia ! Laisse-moi rire !

– Les uns passent, tous les jours de l'été, directement du bureau à Barcola ou aux Ginestre pour se faire griller comme des poulets de broche ; d'autres, comme c'est étonnant, font preuve d'une ambition qu'on n'attendait plus d'eux. Sgubin a trente-cinq ans et Gorizia ne sera pour lui qu'une étape. Tu verras, même s'il s'y prend tard, il va grimper. Avec des augmentations de salaire vertigineuses !

– Il ne mérite pas que tu te moques de lui ! protesta Marietta.

– Je ne te reconnais pas ! lança Laurenti en ricanant. Quand il te faisait la cour, tu l'as rembarré. Et depuis que tu t'es précipitée dans cette passion dévorante, il te manque avant même d'être parti ! Tu veux déjà cocufier ton nouvel amant ? Le pauvre, il faut que je le prévienne, car je te vois déjà, le jour des adieux, accorder à Sgubin tout ce que tu lui as refusé jusqu'ici.

– Un jour, tu me paieras tout ça, je te le garantis ! rugit Marietta, furieuse. Tu as vraiment un caractère épouvantable !

– L’amour te rend nerveuse. Normalement, il élève l’âme, mais tu ne fais rien comme les autres. Bon, appelle Sgubin, que je lui annonce la bonne nouvelle. Et puis trouve-moi tout ce que tu peux sur ce dentiste romain. Tout ! De sa déclaration d’impôts à la couleur de son slip !

Laurenti laissa tomber sur le bureau de Marietta le papier portant le signalement du véhicule des quatre hommes de la Marina di Aurisina.

« C’est urgent ! Et après, tu me passes Ettore Orlando.

Avant qu’elle ait pu répondre, il avait disparu dans son bureau. Il chercha le numéro du chef de la Squadra Mobile. Il voulait lui parler avant que la plainte pour attentat à la pudeur ne soit transmise à la presse ou au procureur. Ensuite, il tirerait au clair cette histoire de canot pneumatique avec ces personnages insolites.

*

Quinze jours auparavant, Sgubin avait fait irruption dans son bureau et avait bredouillé quelques phrases parlant d’alerte générale concernant un immense dépôt d’armes dans la zone industrielle. Sirènes hurlantes, Laurenti et Sgubin s’étaient frayé un chemin sur la Superstrada. Lorsque Sgubin avait emprunté la sortie en direction de la Via Caboto, ils avaient croisé une jeune femme qui marchait en sens inverse. Elle était bizarrement accoutrée. Des bottes de caoutchouc noires aux pieds, un short vraiment court et un corsage blanc qui soulignait ses formes avantageuses.

– Qu’est-ce qu’elle fait là ? s’écria Laurenti. Arrête-toi !

– Encore une folle ! On n'en manque pas dans cette ville.

Sgubin stoppa un mètre à peine devant elle. Laurenti descendit.

– Vous voulez vous faire écraser ? Vous n'avez pas le droit de marcher là.

Comme la jeune femme ne répondait pas, Laurenti lui demanda ses papiers.

Mia répondit si doucement que Laurenti eut de la peine à la comprendre.

– À la maison… Déjà dit à vos collègues… Je veux rentrer.

– Quels collègues ?

– Là-bas.

– Comment vous appelez-vous ?

– L'entrepôt m'appartient, dit Mia, l'air absente.

Laurenti comprit que ce n'était pas le moment d'entrer dans les détails.

– Venez !

Laurenti lui ouvrit la porte de la voiture.

Mia hésitait. Ne pouvait-on tout simplement la laisser tranquille ? Mais que faire d'autre qu'obéir à cet homme qui s'asseyait près d'elle à l'arrière, comme si elle avait besoin d'être surveillée ?

– Arrête ça ! cria Laurenti lorsque Sgubin redémarra et que la sirène se remit en marche. On y est presque. Pas besoin de sirène !

Puis il se tourna vers sa voisine.

– Pourquoi vous êtes-vous sauvée ?

– Trop de monde, fit Mia sèchement en le regardant enfin dans les yeux. Tout d'un coup, tellement de monde. Je veux rentrer chez moi. On a besoin de moi à la maison. Surtout pas de journalistes. Vous pouvez vous en charger ? Pas la presse. Ni la télévision.

– Donnez-moi votre numéro de téléphone. Je vais prévenir votre famille pour qu'on vienne vous chercher. Ou bien voulez-vous voir un médecin ?

Mia hocha la tête.

– Je suis seule. Ma famille ne vit pas ici.

– Réunion plénière, annonça Sgubin en se garant à côté des autres véhicules de police. Même les carabiniers sont là !

Laurenti descendit.

– Attendez-moi dans la voiture, dit-il à Mia. Mon collègue restera avec vous. Je reviens tout de suite.

Lorsque le cameraman et les photographes le reconnurent, ils se précipitèrent au-devant de lui. Laurenti pressa le pas dans leur direction. Il ne voulait pas que la jeune femme qu'ils avaient recueillie soit prise de panique.

– Je regrette, pas de commentaires ! lança-t-il en passant devant les journalistes.

Dieu merci, un ruban de plastique avait été tendu devant l'entrepôt pour tenir tout ce petit monde à distance.

– C'est incroyable !

Luciano Canovella, le colonel des carabiniers, qui était arrivé peu de temps avant Laurenti, lui serra la main.

– Tu n'as sûrement encore jamais vu ça ! Des armes comme si on voulait occuper Trieste.

Laurenti, clignant des yeux, jeta un coup d'œil à l'intérieur du bâtiment plongé dans l'obscurité. Il distingua les contours d'armes lourdes.

– Tes hommes étaient là les premiers, dit Canovella. Mais tu sais ce qu'il en est quand il s'agit d'armes. Ça intéresse aussi le ministère de la Défense. Je suggère qu'on regarde ça ensemble et qu'on se répartisse les tâches.

– Si ça ne tient qu'à moi, dit Laurenti en levant les bras, tu peux tout garder ! Je ne me battrai pas.

– Ce n'est pas ce que je voulais dire, rétorqua Canovella en l'entraînant à l'intérieur. Rien que des vieilleries. Seconde Guerre mondiale et après.

Il essuya la poussière d'une caisse en fer-blanc, une croix gammée apparut.

– Il y a aussi une voiture de police des Alliés. De l'époque du Territoire libre de Trieste.

L'après-midi avait été long. Laurenti avait réussi à protéger Mia de la presse. Aucun journaliste n'avait remarqué la présence de la propriétaire de l'entrepôt sous la garde de son assistant dans la voiture climatisée. Sgubin ne savait pas trop comment s'y prendre avec une dame aussi peu loquace, à part lui offrir une cigarette. Au moins, il échappait à la fournaise à laquelle ses collègues étaient exposés dehors. De toute façon, il était ailleurs en pensée : sa mutation prochaine, la petite fête à organiser pour montrer qu'il était arrivé à quelque chose. De plus, il était en rogne, une fois de plus, à cause de son chef, qui avait tapé dans le mille en repêchant la jeune femme sur la bretelle d'autoroute. Comment s'y prenait-il ? Pourquoi cela n'arrivait-il qu'à lui, lui qui se vantait sans arrêt d'avoir du flair ? Sgubin soupira d'aise à l'idée d'être bientôt débarrassé de lui. Dans son nouveau poste, il renverserait les rôles.

Après qu'on eut apposé les scellés sur le portail et que les carabiniers eurent posté quelques hommes devant l'entrepôt, Laurenti regagna sa voiture. Il était trempé de sueur et ordonna à Sgubin d'arrêter la climatisation. Puis il avertit Mia qu'elle devrait se rendre à la questure pour répondre à quelques questions. Mais avant tout, il faudrait qu'elle récupère ses papiers.

– Et qui va ramener ma voiture ? demanda-t-elle en montrant une Fiat 500 cernée par les véhicules de police.

Laurenti sourit en apercevant l'avorton. Il avait envie de la conduire lui-même.

– Est-ce que ça vous dérangerait si quelqu'un de chez nous vous la ramenait ?

Mia fit signe que ça lui était égal.

– Sgubin, tu nous suis, dit Laurenti en le priant d'abandonner le volant de l'Alfa Romeo pour celui de la Fiat.

Sgubin se mordit les lèvres pour ne pas répliquer, mais il bouillait d'orgueil blessé. Tout de même, il serait sous peu chef de patrouille à Gorizia. Pourquoi Laurenti ne faisait-il pas trimer l'un de ces débutants qui flemmardaient là devant lui ? Et puis Laurenti roulait si lentement. Et Sgubin était si bas sur son siège qu'il voyait à peine au-delà du coffre de l'Alfa Romeo. À Servola, il gara la « mini » à côté de la voiture de service, mais il ne rejoignit son chef que lorsque Mia ressortit de la maison. Elle s'était changée et avait relevé ses cheveux châtains. Comme un lipizzan au dressage, pensa Sgubin, et il s'assit à l'arrière pour voir danser, à chaque cahot, la queue de cheval sous son nez.

L'interrogatoire fut sans méchanceté. Laurenti et Canovella le menèrent ensemble. Par deux fois, Laurenti envoya sa secrétaire au bar du coin chercher des boissons. Mia finit par se détendre et elle raconta son histoire. À la question de savoir ce qu'il allait advenir de l'entrepôt, Canovella et Laurenti répondirent évasivement. Ils n'en savaient rien eux-mêmes, mais ils promirent de l'aider si elle avait des problèmes avec les bureaucrates.

– Allons boire un verre chez Walter, au Malabar, proposa Laurenti après le départ de Mia.

Canovella jeta un coup d'œil discret à sa montre. Personne ne l'attendait pour le dîner. Laurenti n'était pas pressé non plus de rentrer chez lui humer l'odeur des grillades.

– On aurait dû inviter la jeune dame à l'apéritif, dit Canovella.

– Elle te plaît ?

– Espérons que sa famille pourra lui apprendre quelque chose au sujet de l'entrepôt, dit Canovella. Au fait, tu connais ce Calisto ?

– On l'appelle *L'Orecchione*, « l'oreille géante », parce qu'il s'évertue à faire de l'argent avec tout ce qui passe à sa portée. Ce n'est pas un mauvais bougre, mais il ne peut pas s'en empêcher. Il connaît la questure, de l'intérieur, presque aussi bien que moi.

– L'histoire de la deuxième clé ne me plaît guère, dit Canovella.

– Je m'occupe de lui dès demain.

– Et le voisin de la demoiselle ?

– RAS. Il a dû vouloir l'aider. Il est inconnu de nos services.

Walter, qui dirigeait depuis seize ans le Gran Malabar, sur la Piazza San Giovanni, était en pleine forme et leur versa verre sur verre. Naturellement, il était déjà au courant de la sensationnelle découverte. La nouvelle s'était répandue comme une traînée de poudre et rien n'échappe à un bon mastroquet.

– Je parie que l'arsenal fait partie de la collection de Diego de Henriquez, claironna-t-il lorsque Laurenti et

Canovella firent leur entrée. Un homme qu'on n'oublie pas !

– Qui ça ? demanda Canovella, qui était depuis trop peu de temps à Trieste pour en connaître toutes les vieilles histoires.

– Un mythe, affirma Walter, les yeux brillants. Je le connaissais bien. Un cinglé de collectionneur. Pas seulement d'armes, mais de tout ce qui concernait la ville. Il avait même acheté le Ponte Verde, le pont tournant sur le Canal Grande, quand on l'a remplacé par le pont actuel. Il ne l'a d'ailleurs jamais payé, c'est un ferrailleur qui l'a récupéré pour le fondre. Et toutes les inscriptions sur les murs des cellules de la mort à la Risiera, il les a fait reproduire avant qu'elles ne disparaissent sous la peinture. Ça lui a peut-être coûté la vie. Sa mort n'a toujours pas été expliquée.

Canovella ne s'intéressait pas particulièrement aux vieilles histoires de la ville. Il examinait l'étiquette de la bouteille de vin et laissait Laurenti raconter à Walter ce qui se retrouverait dans le journal le lendemain. Une jeune femme entra furtivement dans le bar et déposa des porte-clés et des petits cartons sur le comptoir. Elle fit le tour de l'établissement en boitillant. Quelques clients eurent pitié et lui donnèrent de l'argent.

– La dernière fois que je l'ai vue, dit Laurenti en tirant Canovella par la manche pour qu'il se retourne, elle ne boitait pas.

– Pauvre fille, dit Canovella. Tu as vu son cou ? Comme si elle s'était écrasé une cigarette sur la peau nue. Les jeunes d'aujourd'hui aiment à se faire mal, comme s'il leur fallait ça pour se sentir exister.

– C'est ce que racontent les psychologues, « maladie de la civilisation ». Je n'y crois pas.

Laurenti la regarda s'éloigner d'un pas traînant.

– Il faudrait peut-être qu'on s'occupe d'elle.

– Je l'ai bien connu, dit Walter, qui n'avait pas perdu le fil. J'étais encore jeune, mais je m'en souviens bien. À l'époque, ma mère avait une *trattoria* à Scorcola et il habitait dans le coin, avant de s'installer dans son musée. Il passait souvent chez nous et il arrivait que je sois obligé de le ramener chez lui, parce qu'il avait trop bu. Collectionneur fanatique ! Rends-toi compte, il se baissait même dans la rue pour ramasser un papier de bonbon. Tout et n'importe quoi ! Il n'y avait pas que les armes qui le fascinaient, il gardait aussi toutes sortes d'écrits.

Puis Walter évoqua, avec force détails, les violences qui avaient marqué la ville dans les années soixante-dix, alors qu'il était déjà jeune conseiller municipal. Et puis cette nuit où, dans des circonstances mystérieuses, Diego de Henriquez brûla dans un entrepôt de la Via San Maurizio, où il dormait dans un cercueil, un casque d'acier sur la tête et un masque de samouraï sur le visage. Extrême gauche, extrême droite, attentats, climat tendu. Un bon nombre de délits étaient à mettre sur le compte des néofascistes. Des bagarres dans le Viale XX Settembre, une conduite de gaz sciée dans une cité pour étudiants, qui n'avait été découverte que par hasard. Une bombe dans une école slovène, un attentat à l'explosif à Peteano, qui avait coûté la vie à trois carabiniers. Là-dessous, tirant les ficelles, se cachait l'organisation secrète Gladio, montée et dirigée par les Américains, en principe pour contrer une révolution communiste. La tentative de détournement d'avion à Ronchi dei Legionari, le dépôt d'armes sur le karst, dans une grotte près d'Aurisina, qui appartenait également à Gladio. Et puis le scandale de la loge P2, dont quelques citoyens triestins faisaient partie, mais surtout des personnalités du monde politique et économique, jusques et y compris Berlusconi. L'objectif de ces gens n'avait évidemment rien à voir avec une évolution démocratique de l'Italie. Il s'agissait plutôt de ce qu'on appelait une « stratégie de la tension », à savoir une tactique de la terreur pilotée depuis les États-Unis. On cherchait à rendre la gauche responsable des violences pour pousser la population dans les bras de la droite. Assassinats et attentats à la bombe – comme en 1980 à la gare de Bologne, quatre-vingt-quatre morts et des centaines de blessés –, perpétrés par des néofascistes dont aucun n'a été condamné jusqu'ici. À cela s'ajoutait la terreur d'extrême gauche, les attentats des Brigades rouges, de même que l'enlèvement et l'assassinat d'Aldo Moro, qui arrangeait bien quelques-uns de ses amis. Presque partout, les services secrets étaient impliqués. Improbable que tout soit un jour tiré au clair. De puissants groupes de pression avaient intérêt à brider l'information. Il valait mieux que le pays vive en refoulant ce passé. Mais à combien de mythes, de vaines spéculations, cela a-t-il donné lieu ? Si l'on en croyait Walter, il fallait y inclure la mort énigmatique du collectionneur d'armes Diego de Henriquez, qui avait péri tragiquement le 2 mai 1974, à l'âge de soixante-huit ans.

– Je te l'ai déjà raconté, Proteo, dit Walter, j'ai un terrain, en haut de la ville, avec de jeunes oliviers. Chacun d'eux porte un écriteau avec le nom de quelqu'un qui a eu son importance pour la ville et qui a joué un rôle dans ma vie. Diego de H. en a un et, si tu continues comme ça, tu auras le tien aussi. Proteo L. Uniquement le prénom et l'initiale du nom de famille. C'est indispensable dans ton cas, sinon les gens penseraient que l'olivier est dédié à l'habitant des cavernes.

Walter éclata de rire, Canovella fit de même. Laurenti trouvait la blague moins drôle, il se força néanmoins à esquisser une grimace. Combien de mauvaises plaisanteries avait-il dû supporter pour cause d'homonymie avec ce petit animal incolore et aveugle qui, depuis des centaines de milliers d'années, peuplait les cours d'eau qui couraient sous le karst ? Lui-même ne le connaissait que par des photos, bien qu'un jour un ami l'ait invité à visiter la gigantesque grotte de Trebiciano, qui n'est accessible qu'aux chercheurs. Au bout d'une heure de descente par des escaliers métalliques branlants, ils étaient tombés sur le cours souterrain du Timavo, mais tout ce qu'ils avaient vu, c'était une truite égarée.

*

Laurenti fixait, sans l'ouvrir, le dossier qui trônait sur son bureau depuis que la préfecture avait ordonné la mise sous séquestre de l'entrepôt en attendant de déterminer sa valeur comme son appartenance. La surveillance avait été confiée conjointement aux carabiniers et à la police d'État. C'était la seule façon de dégager le personnel nécessaire. Canovella et Laurenti avaient chargé les chefs de leurs patrouilles respectives de veiller à une collaboration équitable. Et chaque matin, une nouvelle feuille s'ajoutait à la pile, disant simplement qu'au cours des dernières vingt-quatre heures il n'y avait rien à signaler. Avec un gros cachet qui tenait plus de place que la note elle-même.

– Vous savez parfaitement que Trieste est une ville singulière. Nous autres qui y avons été mutés, nous en faisons l'expérience quotidienne.

Laurenti sursauta. Marietta l'avait bien informé que le procureur passerait le voir, mais il ne l'avait pas entendu entrer. Il était trop occupé à réfléchir aux récents événements. L'entrepôt poussiéreux, les gros caissons sur le canot pneumatique : pouvait-il y avoir un lien ?

Scoglio s'assit en face de lui.

– Il m'arrive encore d'être surpris ! dit-il.

L'homme, qui avait presque dix ans de moins que Laurenti, avait encore maigri au cours des dernières semaines. On aurait dit un squelette. Des années de surmenage avaient marqué sa physionomie. On disait que Scoglio ne quittait pas son bureau pendant des journées entières et que, parfois même, il y dormait. Laurenti n'avait jamais vérifié, un coup de fil à sa garde rapprochée aurait pourtant suffi.

– Tout ça n'est pas si grave, dit Laurenti, je préfère les névroses cachées de Trieste à celles, patentes, de Palerme, Naples ou Milan. Là, vous auriez besoin de doubler vos gardes du corps. En général, ici, nous n'avons pas à nous plaindre.

– Quoi qu'il se passe ici, poursuivit Scoglio sans se laisser distraire, cela a pratiquement toujours à voir avec le passé ou avec les clichés qu'il produit. Avec l'histoire, du moins avec sa face cachée.

Laurenti vit bientôt confirmée son impression qu'il ne s'agissait là que d'un prélude.

– Je suis tombé sur une affaire bizarre, dit Scoglio, dont je voudrais m'entretenir avec vous. On ne peut pas la résumer en deux mots. J'espère que vous avez un peu de temps.

Laurenti se cala dans son fauteuil.

– Dans le cadre des écoutes téléphoniques auxquelles sont soumis les habituels suspects des mouvements d'extrême droite, on a relevé une information qui m'inquiète. Si elle est avérée, il y a de quoi se faire du souci. Vous souvenez-vous de l'affaire Perusini ?

Laurenti ouvrit de grands yeux. Cela remontait si loin que seul le nom lui disait encore quelque chose. À l'époque, il était en début de carrière, depuis quelques années seulement à Trieste. Et le procureur venait de passer son baccalauréat ou de terminer son service militaire.

– M'en souvenir ? C'est beaucoup dire, fit Laurenti en hochant la tête. Cela fait combien de temps ?

– Vingt-six ans. Il a été découvert le 14 juin 1977 et il était déjà mort depuis au moins quarante heures. On n'a jamais retrouvé les coupables.

– Je ne connais pas le dossier, dit Laurenti. C'est mon prédécesseur qui s'en est occupé. Il semble que ça n'ait pas été de tout repos. Mais comment diable êtes-vous tombé là-dessus ?

Scoglio haussa les épaules.

– Je n'ai aucune idée du travail que cela a représenté, le dossier a disparu des archives sans laisser de trace. Normalement, la moindre sortie de document est scrupuleusement enregistrée. Toujours à la main, comme il y a cent ans. Or le dossier a purement et simplement disparu sans que personne ne s'en aperçoive. Il n'a pas été rangé au mauvais endroit, j'ai tout fait mettre sens dessus dessous, au risque de déplaire à l'archiviste et à ses aides. Rien. Et selon les délais officiels de conservation, il ne peut plus y avoir de double à la questure.

– Comment se fait-il… ? insista Laurenti.

– Ne vous l'ai-je pas dit ? Dans tout ce qui se passe ici, le passé joue un rôle. L'un des néofascistes a dit au téléphone qu'il allait remettre de l'argent contre des documents, mais que l'échange ne se passerait pas comme on le lui avait demandé. Il voulait garder les deux, donc flouer son commanditaire. Les documents, disait-il, concernaient la mort de Diego de Henriquez.

Laurenti se frappa le front.

– Mon Dieu, encore une vieille affaire. J'avais déjà l'histoire de l'entrepôt de l'Australienne.

– Justement, dit Scoglio. De Henriquez a été tué trois ans avant Perusini. Le 2 mai 1974, il a brûlé dans son dépôt de la Via San Maurizio. L'enquête a été confiée aux carabiniers. Il a été rapidement enterré, sans autopsie. Pression venue d'en haut, a-t-on dit, sans que personne ne sache de qui exactement. On l'a exhumé six mois après, alors qu'il n'y avait plus rien à voir. En tout cas, onze ans plus tard, le chef des carabiniers alors en fonction a certifié qu'il ne s'agissait pas d'un accident. Donc meurtre ou suicide. Si j'en juge d'après son caractère, j'exclus catégoriquement le suicide. Le dossier De Henriquez fait aussi allusion au fait que, si Perusini a été liquidé, c'est qu'il effectuait des recherches sur la mort du premier. Mais le dossier avait déjà disparu. Comme aujourd'hui.

– On suppose que de Henriquez connaissait les noms des dénonciateurs et collaborateurs des nazis et qu'on l'a éliminé pour l'empêcher de les faire citer comme témoins dans le procès de la Risiera di San Sabba. Oberhauser, le commandant, a été condamné à perpétuité mais il a pu, sans jamais être inquiété, passer le restant de ses jours à Munich comme patron d'un bar à bière.

Scoglio confirma d'un hochement de tête.

– Mais on ne sait rien de précis. Sinon que – et là, j'en reviens aux écoutes –, dans la conversation enregistrée, il est dit textuellement que c'en sera fini du chantage par ces « salauds de Slaves ». Je cite, bien entendu. De plus, *il* devrait s'attendre à tout s'*il* passait la frontière, même ses gardes du corps ne lui seraient d'aucune utilité. L'affaire serait réglée, Fausto et Giustina n'auraient plus de souci à se faire.

– Qui ça ? demanda Laurenti, fronçant les sourcils.

Les deux noms ne lui disaient rien.

– Deux des nombreuses personnes qui ont échappé à une condamnation. Ils ont environ quatre-vingt-cinq ans aujourd'hui.

Scoglio précisa que, pendant l'occupation allemande, Fausto et Giustina étaient connus pour être de zélés dénonciateurs. Depuis cette époque, ils possédaient de prestigieux palais au centre-ville, sur le Corso Italia, sur la Via Genova et sur la Piazza della Borsa, dont les précédents propriétaires n'étaient jamais revenus de la Risiera. Exterminés sur place ou bien déportés à Auschwitz.

– Ce qui me surprend, c'est que le chantage exercé sur ces personnes semble provenir de Slovénie ou de Croatie, alors que les meurtres perpétrés sur de Henriquez et Perusini sont plutôt attribués aux fascistes. Cela nous amène à poser deux questions : premièrement, quel rapport existe-t-il entre l'ex-Yougoslavie et les néofascistes ? Deuxièmement, qui a fait disparaître le dossier Perusini ?

– Et une troisième, ajouta Laurenti : pourquoi mon prédécesseur n'a-t-il rien dit de tout cela ?

– C'est la raison pour laquelle je suis venu vous voir, une telle enquête ne peut être menée que par quelqu'un qui échappe à toute influence.

Laurenti leva les yeux au ciel. Pourquoi ce genre d'affaire atterrissait-il toujours chez lui ? Naturellement, il connaissait son métier et n'avait jamais rechigné à s'attaquer aux cas les plus difficiles. Mais était-ce là la récompense ? Il inspira profondément. Le procureur était sur le point de lui gâcher la belle saison.

– Et qu'attendez-vous de moi ? demanda Laurenti.

– Un peu de lumière dans l'obscurité, répondit Scoglio en se levant. Vous pouvez me joindre à chaque instant.

*

Laurenti prit des notes en poussant quelques jurons. Il aimait bien le procureur, il travaillait volontiers avec lui. Mais fallait-il que ce soit justement sur une vieille affaire qui jusque-là dormait tranquillement sous la poussière du temps ? Résolue ou non.

Sgubin entra au moment précis où Marietta lui passait Ettore Orlando. Laurenti fit signe à son adjoint de s'asseoir, tandis qu'il saluait son ami au téléphone, tout en gardant l'écouteur à bonne distance pour préserver son tympan de la voix tonitruante d'Ettore. Une chose à la fois.

– Tu es le premier à appeler. Qui te l'a dit ? questionna Orlando. Je ne sais pas moi-même quoi en penser. Alors, dis-moi ! Tu me félicites ou tu m'accables ?

– Mais à quel sujet ?

Laurenti n'avait aucune idée de ce dont parlait le chef de la garde côtière. Dans le journal, il n'avait rien vu le concernant.

– D'une part, cela fait cinq ans que je suis à Trieste. Et il y a tant de choses à voir de par le monde.

Orlando continuait de parler. Laurenti se l'imaginait, la chemise blanche tendue à craquer, coincé dans son gigantesque fauteuil de bureau qu'il avait dû payer lui-même, vu sa taille. Intelligent, rapide dans ses prises de décision, deux mètres de haut et trois quintaux sur la balance : tel était Ettore Orlando.

– Vues de la mer, toutes les villes sont belles. Mais ici, je me sens mieux que nulle part ailleurs. D'un autre côté, il y a la carrière. Dis-moi ce que tu en penses, à la fin !

Laurenti commençait à décrypter ce que cette voix, qui aurait pu servir de corne de brume à un porte-conteneurs, cherchait à lui faire comprendre. Il était en état d'alerte comme le capitaine d'un tanker qui voit soudain un récif déchirer le brouillard devant lui.

– C'est sérieux ? demanda Laurenti, lui-même tout excité.

– Qu'est-ce que tu crois ? Alors, qu'est-ce que tu en dis ?

– Quand, où et pourquoi ?

– Je croyais que tu étais au courant et que tu voulais me féliciter. Une petite étoile de plus sur l'uniforme, ça fait chic ! Mais Bari, c'est dur ! L'ordre est arrivé hier soir. Que faire ? Si ma femme était malade et si je pouvais produire un certificat, je pourrais peut-être encore m'en tirer. Tu ne connaîtrais pas un médecin de confiance qui serait prêt à attester que ma femme ne peut pas bouger de Trieste pour raisons médicales ?

Ettore Orlando devait donc quitter son poste et grimper plus haut dans la hiérarchie de la marine. Chef de la capitainerie à Bari ! Chaque jour, des nouvelles épouvantables concernant des boat people à la dérive en provenance de Libye ou de Tunisie, ou des marchands d'esclaves grecs ou chypriotes qui tentaient d'accoster avec de véritables épaves ou des vedettes albanaises. Là-bas, les gardes-côtes étaient sans arrêt sur les dents, en contact direct avec toutes les tragédies du monde moderne. Il leur fallait intercepter des navires en haute mer, pourchasser des passeurs sans scrupule qui disparaissaient sur des embarcations puissantes et maniables, sans jamais exclure que ceux-ci, pour échapper aux autorités italiennes, ne jettent tout simplement leur cargaison humaine à l'eau, que les pauvres gens sachent nager ou non. Rien que cette année, des centaines de cadavres avaient déjà été repêchées sur la côte apulienne. La promotion ressemblait à une sanction. Laurenti comprit soudain pourquoi Orlando était furieux.

– On ne peut donc jamais être tranquille, tonna le loup de mer. On est promu parce qu'on a fait du bon travail, mais on paie ensuite pour la générosité de ses supérieurs. Comme s'il n'y avait pas de médaille sans revers. On se demande pourquoi on fait du zèle, si c'est pour en arriver là !

– On a besoin des bons là où ça coince, dit Laurenti en pensant à la démarche du procureur. Tu es dans la marine. Tu es un soldat. Les soldats reçoivent des ordres. Tu devrais le savoir, depuis le temps !

– Pas de morale, s'il te plaît ! Qu'est-ce que tu veux, si tu ne m'as pas appelé pour m'exprimer tes regrets ?

– Tu devrais parler au docteur Galvano.

– Le vieux médecin légiste ? Tu es fou ! Il va triturer ma femme jusqu'à ce qu'elle soit mûre pour le permis d'inhumer !

– Galvano est en retraite, mais il connaît du monde dans la profession. Parle-lui, ou alors, je le ferai pour toi. Naturellement sans citer ton nom.

Grognement contrarié à l'autre bout du fil.

– En effet, je t'ai appelé pour autre chose. As-tu entendu parler d'un canot ultrarapide qui a été vu plusieurs fois, ces dernières semaines, près des Filtri ? Sans immatriculation ni pavillon. Deux femmes à bord. Tôt le matin, entre cinq et six heures. Elles arrivent dans le petit port, embarquent des caissons étanches qui font leur poids et déguerpissent. Tu es au courant ?

Quelques secondes de silence au bout de la ligne. Laurenti allait reposer sa question quand Orlando murmura (ce qui dans son cas restait tout relatif) :

– Je suis au courant, mais je ne peux rien te dire, pas au téléphone. Passe me voir cet après-midi. Disons vers seize heures.

Orlando avait raccroché avant que Laurenti n'ait pu répondre. Perplexe, celui-ci regarda son écouteur en se demandant ce que cela signifiait. Deux nouvelles singulières : la mutation d'Orlando et un événement dont on ne pouvait pas parler tout haut. Ce n'était pas de bon augure.

– Qu'est-ce que tu veux ? lança-t-il à Sgubin. Accouche !

– C'est toi qui m'as fait appeler, répondit Sgubin, penaud.

Il avait compris depuis longtemps que son chef était de mauvaise humeur. Et même de très mauvaise humeur.

Laurenti se détendit, prit un papier sur son bureau, se leva, salua d'un air entendu.

– Félicitations pour ta promotion ! Tu as tiré le gros lot ! Dans quinze jours, tu seras débarrassé de moi !

Sgubin se décrispa.

– Vraiment ? Montre !

– Ne t'inquiète pas ! Tu ne vas pas à Staranzano, ni à Arcore, ni à Brixen. Même pas à Lampedusa ! Tu as eu de la chance. Tu restes dans la civilisation. Alors devine !

Sgubin faisait une tête comme s'il hésitait entre angoisse et soulagement. Laurenti lui donna la nomination, se laissa tomber dans son fauteuil et allongea les jambes sur son bureau. Il épiait la réaction de Sgubin.

D'abord déchiffrer l'information, ensuite plisser le front, ce qui ne correspondait pas à une explosion de joie, enfin se détendre, ce qui signifiait rationaliser sans s'arrêter sur ce qui ne convenait pas. Puis regarder le chef : qu'en pensait-il ? Et, avant que celui-ci ne prenne la parole :

– Bon, Gorizia, ce n'est pas le nombril du monde, mais, au moins, ce n'est pas loin.

– Tu as raison, une demi-heure en voiture. Tu n'as même pas besoin de déménager. Pourquoi tu ne prendrais pas une semaine de congé avant de partir ? De toute façon, on est débordé. Tu pourrais te présenter à ton nouveau poste reposé et bronzé. Ça fait toujours impression sur les collègues quand un nouveau démarre sur les chapeaux de roue.

– Je prends mes vacances en été, répondit Sgubin. Mais j'aimerais bien être libre lundi prochain.

Il voulait assister à une régate pendant le week-end, mais Laurenti ne l'écoutait que d'une oreille ; il aurait été incapable, à la fin de l'entretien, de dire s'il avait accordé sa journée à Sgubin ou non. Il était obnubilé par la mauvaise nouvelle qu'Ettore Orlando lui avait apprise. Ils avaient été à l'école ensemble à Salerne et s'étaient retrouvés par hasard à Trieste. Ils s'étaient liés d'amitié, ce qui facilitait grandement leur collaboration. Ce printemps, ils avaient fêté ensemble leur cinquantième anniversaire en louant toute l'*osteria* Il Pettirosso à Santa Croce. Et voilà que son camarade était appelé à gravir un échelon supplémentaire, bien qu'il ait affirmé récemment vouloir rester en ville jusqu'à la retraite. À Trieste où, habituellement, rien ne changeait, cela faisait subitement un peu trop de bouleversements. L'année précédente, on avait contraint Galvano à prendre sa retraite et depuis, on en était déjà à son troisième successeur. Puis l'ambition inattendue de Sgubin, le nouvel amant de Marietta, et maintenant la promotion d'Orlando avec toutes ses inévitables conséquences. Tout cela n'était pas du goût de Laurenti.

– Alors, ce dentiste romain ? cria Laurenti.

Il fallut un moment pour que Marietta fasse son apparition.

– Drôle d'histoire ! Il est inconnu des services. Tout est régulier. Les collègues de Rome sont allés le voir. Il était à son cabinet en train de travailler. Il est tombé des nues quand ils l'ont interrogé. C'est bien sa voiture, elle était devant sa porte. Même modèle, même couleur. Mais il y en a évidemment plusieurs de ce type à Rome. Il doit s'agir d'une erreur.

– Une erreur ?

Un mot que Laurenti détestait.

– Je veux la liste de tous les véhicules de ce modèle et de cette couleur immatriculés à Rome. Dis à Sgubin de s'en occuper. Il est sûrement dans ton bureau en train de bavarder.

Marietta s'abstint de tout commentaire et sortit. Laurenti se demanda si le vieux pêcheur ne s'était pas trompé. Mieux valait attendre qu'Orlando lui ait confié tout ce qu'il savait sur ce qui se passait aux Filtri. Mais la patience n'était pas la vertu cardinale de Laurenti…

Deuxième jour de Mia

Elle entendit qu'on frappait à sa porte, mais elle n'osa pas regarder par la fenêtre. À la cuisine, elle avait ouvert une boîte de thon et s'était forcée à avaler quelques bouchées, puis elle s'était recouchée. Elle avait une nouvelle fois essayé de joindre sa mère, sans succès. Elle avait alors éteint son téléphone portable. Elle ne voulait pas qu'on puisse la joindre. Le lendemain, deux semaines se seraient écoulées depuis son arrivée. Dans quelques jours, l'acte de vente serait signé à condition que la famille du village que la maison intéressait ne se désiste pas. Mais c'était peu probable, ils étaient rapidement tombés d'accord, le prix fixé était un bon compromis. Elle quitterait alors Trieste le plus vite possible, quoi qu'il en soit du reste de l'héritage. Rien ne pressait, les terrains étaient depuis si longtemps en friche. Quant à l'entrepôt, il fallait d'abord que la lumière soit faite. L'affaire était entre les mains des autorités, elle lui échappait complètement. Elle n'avait plus qu'un désir : prendre un billet de retour et être loin d'ici ! Elle était désespérée. Le sort était contre elle. Trieste devait être un refuge, non un lieu à fuir. Pourquoi fallait-il que cela lui arrive, justement à elle ? Chaque fois qu'elle tentait de mettre de l'ordre dans les événements des quinze derniers jours, elle éclatait en sanglots et s'apitoyait sur elle-même.

Le lendemain de son arrivée, elle était allée vers midi chez la voisine, avec une bouteille de vin, et s'était présentée. La vieille dame l'avait reçue chaleureusement et l'avait invitée à déjeuner.

– Merci pour le vin, dit Rosalia avec un sourire.

Elle chaussa des lunettes aux verres sales pour examiner l'étiquette.

– Angelo ! cria-t-elle par la fenêtre. Du vin d'Australie ! Viens voir ce que Mia nous a apporté. Shiraz ! Tu savais qu'il y avait du vin en Australie ?

Des sons inarticulés parvinrent du jardin situé derrière la maison.

– Tu as connu Alda ? demanda Rosalia tout en continuant de préparer le déjeuner.

Elle avait eu de la peine à convaincre Mia de rester, elle lui avait promis de l'aider ensuite à faire le ménage, bien qu'elle ait largement dépassé les soixante-dix ans.

– Je m'en souviens à peine. C'était il y a si longtemps.

– Angelo, cria la voisine par la fenêtre, on mange !

Elle posa sur la table un plat de spaghettis fumants.

– Je me souviens bien de l'époque où ta famille a émigré. C'était en 1954. À Trieste, la situation était grave. Un tiers de la population est parti, presque cent mille personnes. Rien que des ouvriers qualifiés. Les Australiens cherchaient de la main-d'œuvre et ici c'était le chaos. Aux *esuli*, les réfugiés italiens venant de Yougoslavie, on avait promis de l'argent, un logement et du travail. Les autochtones ont été lésés. Après, la ville n'a plus été pareille. Tous les blocs, là en bas, ont été construits pour les *esuli*. Où que tu regardes, tout pour eux. Mais tes grands-parents et ta mère avaient de la chance. Ils étaient riches.

– Riches ? protesta Mia, qui ne savait pas ce que pauvre voulait dire. Ils n'avaient rien quand ils sont arrivés en Australie.

Le fils fit son entrée et, sans un mot, se lava les mains à l'évier. Puis il s'assit et ouvrit la bouteille sans y regarder de plus près.

– Ils avaient des parents riches, poursuivit Rosalia. Ils n'ont pas été obligés de passer par les camps de transit et de prendre le premier travail qui se présentait. Tu peux te réjouir que ça se soit passé de cette façon. Ces années-là n'ont pas été faciles. Mon frère aussi est parti en Australie. Il y est mort. Mais il avait réussi, il s'était marié et avait fondé une petite entreprise. Ses enfants viennent tous les ans en visite. Moi, je n'y suis allée qu'une fois, pour son enterrement. Je me plais mieux ici. Là-bas, tout est trop grand. Mais raconte, quels sont tes projets ? Combien de temps restes-tu ?

– Peut-être tout l'été. Je ne sais pas encore. J'ai des démarches à faire pour ma mère. Et puis je voulais voir d'où je viens.

– Si tu veux, dit Angelo, je te montrerai la ville et, ce soir, je t'invite dans une pizzeria.

Puis, après avoir avalé une bonne rasade :

– Le vin est bon.

Mia n'avait pas besoin de guide ni envie d'une pizza.

– Merci, mais j'ai pas mal de choses à faire. Il me faudrait une voiture de location. Où est-ce que je peux en trouver une ?

– Chez mon ami Nicola, près de la Stazione Marittima.

Angelo la regarda avec curiosité.

– Sauf si tu veux prendre la voiture de ta tante.

– Je ne savais pas qu'elle en avait une.

– Ce n'est pas ce qu'il faut à une jeune femme, protesta Rosalia. Elle n'a pas bougé depuis des années.

– Je parie qu'elle démarre immédiatement si on change la batterie. Ce genre de voiture est increvable.

– Où est-elle ? demanda Mia, intriguée.

– Dans la remise devant la maison. Je n'appellerais pas ça un garage.

– Il n'y a pas assez de place pour une voiture, dit Mia qui, chez elle, conduisait un pick-up.

– Pour celle-là, si ! J'irai voir tout à l'heure.

Mia insista pour faire la vaisselle pendant que la vieille dame rassemblait ses ustensiles de ménage. Puis elles se mirent au travail dans la maison de la tante. Peu après, Angelo entra dans la cour avec sa propre voiture et déblaya l'entrée du pseudo-garage qu'envahissait la végétation. Mia s'approcha par curiosité. Sous une épaisse couche de poussière parut une Fiat 500 dont les pneus étaient à plat.

– Tu vas pouvoir la remettre en marche ? demanda Mia, sceptique.

– Tu as quel âge ? demanda-t-il en l'examinant de la tête aux pieds.

– Trente-deux ans. Pourquoi ?

– Celle-là est plus vieille que toi. Tu vas voir !

Angelo avait effectivement réussi à remettre en état la vieille Fiat de la tante. Il l'avait lavée, avait changé les pneus, il avait même fait faire une nouvelle carte grise. L'automobile du début des années soixante, se riant de tous les progrès techniques dont les modèles ultérieurs avaient été dotés, démarra dès les premières tentatives d'Angelo. Celui-ci insista pour accompagner Mia, lui expliquer le fonctionnement de la voiture et lui montrer le chemin pour aller en ville. Et si elle en avait envie, ils pourraient aller jusqu'à la mer pour se baigner. Mia refusa pour le moment ; elle verrait bien les jours suivants.

Elle prit seule le bus pour le centre-ville, qui lui parut désert. Les *palazzi* semblaient restituer l'intense chaleur qu'ils avaient emmagasinée. Mia se fit indiquer l'adresse de l'office notarial qui s'était chargé de la succession de la tante Alda. Elle avait téléphoné pour prendre rendez-vous en fin d'après-midi et elle était en avance. Le rez-de-chaussée du palais néoclassique, sur le Corso Italia, était occupé par une banque et Mia en profita pour ouvrir un compte. Contrastant avec le calme qui prévalait à l'extérieur, une vive animation régnait devant les guichets. Tous les employés étaient accaparés par des clients. Seul, dans une sorte de niche, trônait un homme mince, aux cheveux bruns, à l'air avenant, derrière un panonceau sur lequel on pouvait lire « Direction ». Mia se dirigea vers lui et se présenta. L'homme parlait avec un accent sicilien qu'elle connaissait par de lointains parents. Il fut très aimable et pria immédiatement une collaboratrice de s'occuper de Mia.

– Que préférez-vous ? ajouta-t-il. Sydney ou Trieste ?

Au bout d'un moment, Mia se rendit compte qu'elle était en train de raconter toute son histoire, avec toutes ses péripéties, et que le directeur l'écoutait attentivement. Elle se confiait à un inconnu, uniquement parce qu'il avait l'air obligeant et qu'il donnait l'impression de savoir écouter avec attention. Elle avoua même avoir interrompu ses études et, lorsqu'elle lui raconta comment elle avait planté là ses soupirants à Sydney, le banquier rit de bon cœur. Une demi-heure plus tard, elle ressortit dans une chaleur brûlante. Les papiers de son nouveau compte à la main, elle chercha l'escalier qui conduisait aux étages. La notaire, une dame sans âge avec de grands cernes sous des yeux inexpressifs et un visage gris qui semblait ne pas avoir vu le soleil depuis des années, la salua d'une main molle et la fit entrer dans son étude où son dossier était déjà prêt. Elle l'ouvrit et posa un trousseau de clés à côté des documents.

– Votre mère, unique héritière, n'a séjourné que peu de temps à Trieste lorsque votre grand-tante a été enterrée. Elle a juste signé pour accepter l'héritage, mais n'a pas eu le temps de voir de quoi il se composait. Plus tard, elle l'a transféré à votre nom. L'acte nous a été transmis par le consulat. Les biens ne sont pas nombreux. La maison d'habitation et deux petits terrains à Servola, puis cet entrepôt dans la zone industrielle dont nous venons seulement d'élucider l'appartenance. Une partie du terrain est actuellement occupée sans autorisation par un carrossier qui y relègue ses épaves. Il vous faudra probablement l'aide d'un avocat pour vous en débarrasser. Voici les clés. Je suppose que personne n'y a pénétré depuis vingt ans, c'est-à-dire depuis la mort de votre oncle. Je ne pense pas qu'Alda ait été au courant, sinon elle l'aurait vendu pour améliorer sa retraite. Mon collaborateur vous y conduira volontiers dans les jours qui viennent.

La notaire décrocha son téléphone et appela un nommé Calisto, qui était occupé à ranger des dossiers au secrétariat. Au contraire de sa patronne, il semblait passer beaucoup de temps à l'air libre, il était mince, bronzé, environ trente-cinq ans. Mia l'aurait vu sur une plage ou sur un yacht plutôt que dans une étude de notaire. Ils prirent rendez-vous pour le matin suivant.

Premiers pas

Le vieux monsieur élégamment vêtu était assis presque tous les soirs à la même place. Comme si la chaleur n'avait pas prise sur lui, il portait un costume trois pièces et une cravate et n'ôtait jamais sa veste. Il était grand et maigre. Son crâne imposant reposait sur un cou décharné, comme s'il appartenait à un autre corps. Ses yeux suivaient attentivement tout mouvement extérieur et, sans en avoir l'air, il écoutait avec curiosité les conversations des tables voisines. À ses pieds, un chien noir encore plus âgé que son maître. Comme de fidèles amis qui ne peuvent renoncer aux habitudes qui les lient depuis des décennies, ils avaient leurs rituels. À intervalles réguliers, la main de l'homme plongeait sous la table. Le chien levait alors lentement la tête, prenait délicatement et sans hâte un croûton de pain ou un gressin entre les dents et faisait tellement de bruit avec ses mandibules que tout le monde se retournait pour voir où se cachait le gourmand. S'ensuivait un profond soupir de l'animal, quand il se couchait sur le côté, sa tête reposant confortablement sur le sol, le mufle légèrement relevé, les yeux injectés de sang fixant l'endroit où la main de l'homme pouvait surgir. Deux retraités qui avaient tout leur temps et qui en jouissaient sans entrave.

C'était uniquement pour le vieux monsieur qu'Irina venait dans cet établissement sur les Rive. En général, le bénéfice y était mince, lorsque, sans bruit, comme si elle voulait se rendre invisible, elle glissait de table en table pour y déposer ses petits objets accompagnés d'une carte imprimée, qu'elle ramassait ensuite sans manifester la moindre déception. Le vieux monsieur était l'une des rares personnes, dans sa triste vie, qui la traitaient aimablement. Tous les soirs, il lui donnait de l'argent. Plus que tous les autres réunis. Seuls des ivrognes sentimentaux la gratifiaient parfois d'un billet en prenant des airs pathétiques. Le vieillard ne lui avait encore jamais donné de petites pièces. Il souriait avec bienveillance quand elle le remerciait d'un petit geste timide, mais il avait cessé de la regarder dans les yeux le jour où il avait remarqué qu'elle en était gênée. Il prenait alors un morceau de pain et le tendait à son comparse qui guettait sous la table, tandis qu'Irina terminait sa tournée en récupérant ses gadgets et ses petits cartons. Puis elle quittait le restaurant sans se retourner.

Ce soir-là, rien ne se passa comme d'habitude. Il sursauta et renversa son verre lorsque la jeune femme lui tapa sur l'épaule et lui adressa des signes incompréhensibles. Il avait déjà bu pas mal de vin. Elle tenait à la main un papier avec un numéro, pointait son doigt alternativement sur lui et sur elle, faisait de grands gestes, roulait les yeux et émettait des sons désespérés. L'homme hochait la tête, incapable de saisir le message. Le lendemain peut-être, ayant retrouvé ses esprits, il la comprendrait s'il la rencontrait dans la rue. Il eut pitié et fouilla dans son porte-monnaie. Pas de billet de moins de cinquante euros. Il lui en donna un qu'elle empocha avec son bout de papier après un moment d'hésitation. Cette fois encore, elle sortit sans se retourner.

*

Le docteur Galvano, ancien médecin légiste de Trieste, mis d'office à la retraite à quatre-vingt-deux ans – il en était encore tout aigri –, ne s'interrogeait pas outre mesure sur la jeune sourde-muette. Il lui donnait de l'argent parce qu'il s'était habitué à elle, la solitude les rapprochait. Un sentiment auquel la présence du chien noir ne changeait rien. Il l'avait repris à Proteo Laurenti qui, selon Galvano, n'avait ni le temps ni les qualités nécessaires pour prendre soin d'un animal. Il le lui avait dit un soir sans ambages. La diplomatie n'était pas son fort.

– Qu'est-ce que tu veux faire exactement de cette bête ? s'était-il subitement écrié un soir où, comme ils le faisaient souvent, de peur qu'il ne se sente trop seul, les Laurenti l'avaient invité. Tu ne comprends rien aux chiens, tu ne comprends rien, de toute façon, aux créatures. Ta femme ne le supporte pas et, il y a quelques mois, il a failli trépasser parce que tu ne t'occupais pas de lui. Je te le prends et vous retrouverez enfin la paix du foyer. Crois-moi, c'est mieux pour tout le monde.

Il finit par un clin d'œil en direction de Laura, dans l'espoir qu'elle soutienne sa proposition. C'était bien elle qui avait obligé Laurenti soit à emmener le chien au bureau, soit à le ramener là où il l'avait déniché. Le bâtard blessait son sens de l'esthétique. Laura était toujours à la recherche d'un animal pour elle seule, un chiot de golden retriever ou un bobtail, peu importe, à condition qu'il ait le pelage doux et frisé et que la bête soit câline. Une femelle, naturellement, pas un cabot à la retraite qui avait passé sa vie à renifler à la recherche d'indices, de la drogue entre autres, et dont, en fin de carrière, personne ne voulait plus sauf Laurenti. Mais lorsque, au cours d'une intervention où celui-ci l'avait emmené, le chien fut gravement blessé, même Laura s'inquiéta de sa survie. Laurenti l'avait alors conduit à tombeau ouvert chez un vétérinaire qui avait une clinique à Udine et éprouva ensuite quelque difficulté à justifier l'utilisation d'un véhicule de service. Mais l'humaine pitié dont bénéficient les chiens avait mis un terme à la polémique. Ce qui avait d'ailleurs rendu Laurenti furieux parce qu'il ne s'en serait pas tiré si facilement, s'il s'était agi d'un clandestin.

À peine le chien était-il sorti de la clinique que Galvano proposa de le prendre. Il resta sourd aux protestations de Laurenti. L'argument décisif vint de Laura, qui pensait qu'il valait mieux, pour le vieillard, avoir à ses côtés un être vivant. Même si ce n'était qu'un chien. Ils convinrent que Galvano réglerait la note du vétérinaire et trinquèrent à leur amitié. Mais le vieux voulait absolument avoir le dernier mot.

– L'homme est le meilleur ami du chien. Mais pas n'importe quel homme !

Depuis la mort de sa femme, personne ne l'avait plus appelé par son prénom et lorsqu'un jour Laurenti lui avait dit en riant qu'il ne voyait là qu'une invention d'excentrique, Oreste John Achille Galvano ne lui avait plus adressé la parole pendant quinze jours. C'était pourtant ainsi qu'il signait tous les documents qu'il délivrait, comme Laurenti avait pu le constater. Cet épisode remontait à une vingtaine d'années et Laurenti ne l'appelait plus depuis que « Doc », comme dans les films américains. Les autres en étaient restés au nom de famille, certains le faisaient même poliment précéder de « professeur ». Galvano fut très amer lorsqu'on le poussa vers la sortie. Un silence insupportable se fit soudain autour de lui, comme si on l'avait oublié du jour au lendemain. Seuls les Laurenti s'occupaient encore de lui, ce qu'il prenait parfois mal, il ne voulait pas de leur pitié, il voulait continuer à travailler comme avant.

Cette année, comme la ville célébrait ou projetait quelques jubilés, on se souvint de lui malgré tout. À quatre-vingt-trois ans, il devint subitement le témoin indispensable des années tourmentées de la Trieste d'après-guerre, qu'il avait bien connues depuis la morgue. C'était l'époque de l'administration alliée. Jusqu'en 1954, la ville avait été gouvernée par les Anglais et les Américains. Des barbelés et des barrières mobiles isolaient le Territoire libre de Trieste des frontières d'État de l'Italie comme de la Yougoslavie. En 1953, lorsque des nationalistes italiens qui manifestaient en faveur de l'« italianité » de la ville s'en prirent aux Anglais, des tirs à balles réelles répondirent aux jets de pierres et les morts devinrent des martyrs dont l'extrême droite se servit pour manipuler l'opinion. Les libérateurs étaient devenus des occupants et il leur arrivait d'en avoir l'arrogance.

Galvano parlait à la radio de ces années pleines d'illusions qui suivirent 1954 et qui virent, pour la seconde fois en un siècle, Rome devenir capitale, y compris pour Trieste. Il évoquait les tensions de la guerre froide. Il racontait des histoires d'espions, de contrebandiers, de communistes et de réfugiés fuyant le communisme, d'anciens et de nouveaux fascistes, d'anciens et de nouveaux staliniens. Il rappelait le chômage, la crise du logement, l'émigration, les règlements de comptes et les crimes de guerre tombés aux oubliettes. Il citait, par leurs noms, des collaborateurs qui avaient sévi sous l'occupation allemande et qui s'étaient fabriqué une nouvelle vie sans être inquiétés. Il s'exaltait au souvenir de la visite de J. F. Kennedy à Trieste et du troisième récital de la Callas au Teatro Verdi. Il prétendait avoir accompagné Louis Armstrong pendant toute la nuit qui avait suivi son concert. Jeune homme, il avait baisé la main de Sophia Loren, elle-même jeune starlette. Il se rappelait le tumulte provoqué par la première de la *Dolce Vita* de Fellini et il était évidemment dans le public lorsque Pasolini avait présenté pour la première fois Elsa Morante et son œuvre. Il connaissait les récits des soldats qui rentraient de captivité, ceux des partisans et des juifs qui avaient survécu aux camps de concentration allemands. Il y avait les aides du plan Marshall et le regard se tournait vers l'Argentine, le Canada, les États-Unis et l'Australie, d'où provenait le courrier des émigrés. Galvano ne manquait pas une occasion d'affirmer qu'il s'était lié d'amitié avec Francis Ford Coppola quand celui-ci, avec sept cents figurants, avait tourné, sur l'ancien marché aux poissons de Trieste, la scène de l'arrivée à la douane de New York pour le *Parrain II*. C'était un an avant l'assassinat de Diego de Henriquez, quatre ans avant un autre crime mystérieux perpétré sur la personne d'un professeur d'université homosexuel du nom de Perusini, un homme extraordinairement riche, originaire du Frioul, qui avait légué toute sa fortune à l'ordre de Malte.

Galvano donnait des interviews à la presse écrite, débattait à la télévision avec des gens de sa génération et c'était à qui aurait la meilleure mémoire. Du jour au lendemain, il était devenu une célébrité dans la ville, on l'abordait dans la rue, on lui offrait le café dans les bars. Mais la blessure qu'on lui avait infligée en l'obligeant à partir à la retraite ne se refermait pas. Il se sentait méprisé et n'en faisait pas mystère.

Ces derniers jours, on l'avait à nouveau interrogé au sujet de ce collectionneur d'armes fanatique qu'était Diego de Henriquez. Depuis quelque temps, des individus pillaient les cimetières, arrachaient des armoiries et des photographies sur des rangées entières de vieilles tombes. Il s'agissait toujours de personnalités qui avaient marqué l'histoire de la ville. Parmi elles, ce Diego de Henriquez dont la mort énigmatique avait donné naissance à tant de mythes et légendes.

– Vous n'imaginez pas ce que le blason familial de la tombe de cet homme peut représenter pour un collectionneur, assurait Galvano, l'air important. Certains doivent trouver ça drôle ! Directement du cimetière au marché des antiquaires !

La découverte

Presque deux semaines s'étaient écoulées depuis son deuxième jour à Trieste. Il s'était passé tant de choses qu'elle avait du mal à les remettre dans l'ordre.

Il n'avait pas été facile de trouver la petite rue. Elle s'était plusieurs fois trompée d'itinéraire et avait dû consulter le plan de la ville. Elle avait réussi à faire démarrer la Fiat 500 sans l'assistance d'Angelo et à la conduire jusqu'à la zone industrielle, qui n'était qu'à un saut de puce de Servola.

Elle appréciait le courant d'air frais qui pénétrait par le toit ouvrant et le gai crachouillis du petit moteur réjouissait son oreille. À la hauteur de la Risiera di San Sabba, elle freina lorsqu'elle aperçut la pancarte « Monumento nazionale ». Elle en avait déjà entendu parler. Un instant, elle se demanda si elle ne devrait pas y entrer, mais elle remit cette idée à plus tard. Elle tenait à être la première à l'entrepôt, avant Calisto, le clerc de notaire bronzé. C'était son bien et elle ne voulait partager avec personne l'excitation que devait lui procurer la découverte d'un bâtiment depuis longtemps déserté. Par trois fois, elle escalada le Monte San Pantaleone et dut, à cause des rues à sens unique bordées de tristes maisons préfabriquées, décrire une grande boucle pour revenir au point de départ. Elle apercevait l'aciérie derrière le port à charbon et, de l'autre côté, l'usine d'incinération d'ordures de l'ACEGAS. Puis elle se trouva devant une barrière marquée « Dogana Sezione S. Sabba », un peu plus tard elle déboucha sur un petit port isolé avec une vingtaine de bateaux du « Gruppa Pesca Sportiva S. Sabba ». Contre un mur, un scooter sans plaque, complètement éventré ; à côté, un terrain avec d'innombrables camions abandonnés. Le chevalement du port à charbon, rongé par la rouille, s'écaillait sur les énormes bulldozers garés à ses pieds. Personne en vue. Il faisait manifestement trop chaud.

Mia décida de s'en tenir aux grands axes de circulation. Elle finit par trouver la rue qui longeait le Canale Navigabile et fut surprise par la forte odeur de café que le vent rabattait des brûleries qui traitaient la moitié des importations italiennes. De gigantesques grues s'alignaient sur le quai. Mia aperçut trois ouvriers qui s'affairaient sur le circuit électrique d'un monstre d'acier et elle leur demanda son chemin, mais aucun ne put répondre, ne parlant ni italien ni anglais. Elle poursuivit sa route en roulant doucement. Partout des graffitis, dont certains la faisaient rire : « Laura sei la primavera » ou « Luca = Puffo di merda ». Un peu plus loin « Nevrastenia for ever », juste avant le numéro qu'elle cherchait depuis si longtemps. Le grillage à moitié démoli était envahi par les ronces, le lierre, des grappes de glycine en fleur. Seule la végétation maintenait le portillon dans ses gonds. La chaîne rouillée, malgré son gros cadenas, n'aurait empêché personne d'entrer. Une machette semblait nécessaire pour se frayer un passage jusqu'au bâtiment de briques rouge foncé qui se dessinait derrière les buissons. À l'ombre de la voie rapide que supportaient de puissants piliers de béton armé.

Mia essaya en vain d'ouvrir le cadenas. La clé entrait dans la serrure, mais ne tournait pas, la rouille ayant fait son œuvre pendant des années. Elle donna un coup de pied dans la porte qui s'entrouvrit légèrement. Elle allait se glisser à l'intérieur quand une voiture stoppa derrière la sienne. Le clerc de notaire en descendit.

– Quelle impatience ! s'écria Calisto dans un éclat de rire. Attendez, je vais vous aider.

Il écarta de toutes ses forces les deux battants de la porte et Mia put entrer. Elle sentait son haleine sur sa nuque et son regard sur son corps. Mais une fois derrière le grillage, elle n'osa plus bouger. Elle était prise au piège, les ronces transperçaient ses vêtements.

– Et maintenant ? lança Calisto. Il vaut mieux faire demi-tour. Nous reviendrons avec quelqu'un qui a le matériel nécessaire.

*

L'après-midi, elle fit une seconde tentative. Sous le petit hangar qui servait de garage à la Fiat 500, elle trouva ce qu'elle cherchait : scie, cisaille, hache, produit antirouille, bottes de caoutchouc et une paire de gants de jardin. Même étudiante à Sydney, elle était restée une fille de la campagne, elle savait manier les outils. Elle chargea le tout dans la Fiat et fila directement à la zone industrielle. Elle fut très étonnée d'apercevoir la voiture de Calisto devant l'entrée. La chaîne avait disparu et un sentier avait été dégagé au milieu des broussailles. Mia enfila bottes et gants et saisit la hache. Elle avait une drôle d'allure avec son caraco sans manches qui moulait sa poitrine, son short archicourt et ses bottes en caoutchouc qui faisaient trois pointures de trop. Elle suivit la piste, s'arrêtant à intervalles réguliers pour essayer de repérer où se trouvait ce type qui lui gâchait le plaisir de l'aventure. Sa trace conduisait au portail, devant lequel l'herbe avait été piétinée sur une large bande. Il avait dû y passer un bon moment. Du liquide antirouille coulait goutte à goutte, mais le portail n'avait pas bougé. La clé de Mia ne tournait toujours pas d'un millimètre dans la serrure. La trace de Calisto contournait le bâtiment, Mia la suivit sans faire de bruit. Soudain, elle crut entendre un bruit de pas sur du verre cassé. Épouvantée, elle brandit sa hache et avança prudemment. Elle avait peur, mais se refusait à faire demi-tour. L'entrepôt était plongé dans l'ombre de la voie rapide, d'où provenait le bruit régulier d'une circulation ininterrompue. Le bâtiment était situé tout près de l'un des piliers de béton, autour duquel flottait une âcre odeur de pisse de chat et de charogne. Collée au mur, Mia atteignit une fenêtre dont une vitre sale avait été brisée. Des pierres avaient été empilées pour servir de marchepied. Elle jeta un coup d'œil furtif à l'intérieur, mais l'obscurité qui y régnait l'empêchait de distinguer quoi que ce soit. Des voitures ? De vieilles machines ? Mia redescendit, suivit une seconde trace qui dépassait le bâtiment et aboutissait à une barrière derrière laquelle s'entassaient des épaves de voitures. Ce devait être le dépôt clandestin du carrossier dont la notaire avait parlé. Le piétinement avait l'air plus ancien que celui de Calisto. Manifestement, l'endroit était régulièrement visité. Mia revint à la hauteur de la vitre fracturée. Elle posa sa hache sur le rebord de la fenêtre, se hissa à la force du poignet et se laissa retomber à l'intérieur, dans un grand fracas de verre écrasé. Elle se baissa le temps de s'habituer à la pénombre. Elle s'avança alors, courbant l'échine, la hache sur l'épaule. Ce qu'elle voyait, c'étaient des véhicules militaires, des blindés, des canons sous une épaisse couche de poussière, une cuisine de campagne, une ambulance, une série de caisses de munition dont certaines semblaient avoir été ouvertes il n'y avait pas si longtemps. Des fusils, des grenades, des pistolets. Mia tremblait d'excitation. De quoi avait-elle hérité là ? Qui avait accumulé tout cela ? N'y avait-il pas un risque d'explosion ? Elle leva sa hache, retint un instant son souffle, mais le silence se fit de nouveau. Elle eut envie de fuir, de retourner à sa voiture, dans laquelle elle avait laissé son téléphone portable, et d'appeler la police. C'est à ce moment qu'elle sentit une main sur son épaule. Mia se retourna, prête à frapper.

– Allons, allons !

Calisto fit un bond en arrière et se cogna contre un véhicule militaire. Il partit d'un rire hystérique.

– Vous avez failli me tuer !

– Ne bougez pas ! Qu'est-ce que vous faites ici ?

– Je voulais vous aider. Comme convenu. Impossible d'ouvrir la serrure, j'ai voulu essayer de l'intérieur. C'est la patronne qui m'a demandé de tout faire pour vous.

Il avança d'un pas en agitant un trousseau de clés.

– Restez où vous êtes ! Où avez-vous pris ces clés ?

Elle n'avait pas peur, mais elle était furieuse.

– À l'étude, naturellement.

Calisto éclata de nouveau de son rire sarcastique.

– Baissez cette hache ! Vous n'avez pas besoin d'avoir peur !

Mia ne le trouvait pas très convaincant et n'était pas encore disposée à lui faire confiance.

– Il n'existe pas de double des clés ! Je vérifierai auprès de votre patronne. Maintenant, passez devant ! Montrez-moi comment vous vouliez ouvrir le portail.

Ils eurent de la peine à s'y retrouver dans ce labyrinthe. Plusieurs fois, ils butèrent sur un mur de caisses empilées les unes sur les autres, qui ne laissait aucun passage. Une autre fois, ils durent ramper sous un avion sans ailes, Mia toujours à bonne distance du clerc de notaire qui se retournait régulièrement vers elle et parlait sans arrêt. Était-ce un dépôt d'armes oublié ou un arsenal dont les nazis auraient omis de mentionner l'existence après la capitulation ? Mia n'écoutait que d'une oreille et ne répondait pas. Elle était en sueur de la tête aux pieds, avec ses bottes de caoutchouc. Sueurs froides. Elle n'avait qu'une envie, sortir de là. Personne dans sa famille n'avait jamais parlé de cet entrepôt, encore moins d'un dépôt d'armes. L'oncle était mort depuis presque vingt ans. Il était urgent qu'elle appelle en Australie et qu'elle demande à sa mère si elle était au courant. La tante n'avait jamais rien dit non plus. La notaire n'avait-elle pas signalé que c'était pur hasard si elle avait découvert que le bâtiment faisait partie de l'héritage ? Si quelqu'un en apprenait l'existence, cela ne ferait que créer des problèmes. Ce genre d'information se répand comme une traînée de poudre. Une surveillance était nécessaire. Même si la végétation a envahi les lieux pendant des décennies, des blindés et des avions, des fusils et des grenades ne peuvent pas rester à l'abandon. Il fallait prévenir la police. Ou bien fallait-il d'abord prendre conseil ? Auprès de qui ? Sa mère en Australie ? La voisine et son fils ? La notaire ?

À l'intérieur aussi, le portail était complètement rouillé, l'homme n'avait aucune chance de l'ouvrir à mains nues. La bombe de dégrippant semblait ridicule face à des battants de quatre mètres de haut.

– Donnez-moi la hache, dit Calisto. Sinon, je n'y arriverai pas.

Mia, hésitante, le fixa d'un œil méfiant.

– Je ne vais rien vous faire. N'ayez pas peur. Mais il faut que je fasse sauter les verrous.

Il tendit la main vers l'outil qu'elle tenait encore devant elle. Elle le lui donna.

– Reculez-vous, sinon les éclats vont vous siffler aux oreilles, ordonna Calisto sans aménité, tandis qu'il attaquait le système de verrouillage à coups de hache, faisant jaillir des gerbes d'étincelles dans un vacarme d'enfer.

Mia pensa qu'il cherchait à démontrer sa force.

Elle retourna à l'intérieur et regarda autour d'elle. Du jour au lendemain, se dit-elle en esquissant un sourire, me voilà avec de quoi équiper la moitié d'une armée. Des armes lourdes et légères, des caisses entières de documents. Beaucoup de croix gammées, mais aussi d'autres insignes. Que faire de tout cet attirail ? Qui achèterait ça ? Soudain, la lumière fut et le décor parut encore plus fantomatique. De l'ombre, on était passé à la réalité crue.

– En voilà un impressionnant héritage, Signorina ! dit Calisto sur un ton plein de sous-entendus, en s'essuyant la sueur du front.

Puis il posa la hache sur l'une des caisses.

– Si vous vendez tout ça à un collectionneur, vous allez vous faire des millions. À condition d'en avoir le droit. Il faut remplir une déclaration.

– Je sais ce que j'ai à faire, rétorqua Mia, d'un air entendu.

– Et qu'est-ce que vous allez faire ? demanda le clerc de notaire, tandis qu'ils regagnaient la route en se battant contre les ronces.

– Vous l'apprendrez, répondit Mia, qui souhaitait le voir au diable. De votre patronne. Partez ! Je m'en occupe.

Elle savait qu'elle le prierait en vain de taire leur découverte. L'affaire était trop singulière pour que qui que ce soit la garde secrète. Et qui était réellement ce type qui la regardait avec un drôle d'air ? Mia ne le quitta pas des yeux jusqu'à ce qu'il monte en voiture et mette le contact.

– Vous vous faites des idées, lança-t-il par la fenêtre. Je suis désolé si je vous ai fait peur.

– Disparaissez ! siffla-t-elle, le regard chargé de haine.

Il fallait qu'elle retourne dans l'entrepôt, c'était évident. Elle voulait examiner l'ensemble, seule et en toute tranquillité. Mais après un moment d'hésitation, elle prit sa voiture et rentra.

– Mon Dieu ! Qu'est-ce qui s'est donc passé ?

Au premier coup d'œil, Rosalia avait lu le désarroi sur le visage de Mia. En toute hâte, elle s'était essuyé les mains sur son tablier, s'était précipitée vers Mia et lui avait passé un bras autour du cou.

– Raconte ! Qu'est-ce qui s'est passé ?

– Des armes… balbutia Mia, appeler la police… Angelo ?

La voisine appela son fils, lorsqu'elle se rendit compte que Mia ne parvenait pas à articuler une phrase sensée. Elle emmena Mia à la cuisine et la força à s'asseoir. Puis elle sortit la bouteille de grappa et lui en versa un verre.

– Bois, ma fille. Et raconte !

Angelo prit le volant pour la ramener sur les lieux. À leur arrivée, ils aperçurent une voiture de la police d'État et deux policiers qui tentaient de forcer le portail. Ils se retournèrent sur un coup de klaxon d'Angelo et vinrent à leur rencontre. Ils écoutèrent calmement le récit embrouillé de Mia qui sentait l'alcool. Les policiers demandèrent à Angelo quel était son rôle dans l'histoire et jetèrent un coup d'œil à ses papiers. Mia avait oublié les siens dans son sac et son sac dans la cuisine de Rosalia. Les policiers déclarèrent qu'ils les vérifieraient plus tard et prièrent Mia de les précéder. Angelo l'aida à pousser les lourds battants, tandis que les policiers les regardaient faire en restant à distance. Lorsque la lumière du jour inonda l'entrepôt, les trois hommes écarquillèrent les yeux. Ils passèrent devant Mia qui s'était arrêtée sur le seuil et cherchèrent à se frayer un chemin au milieu des caisses et des engins de guerre. Mia entendit le grésillement d'une radio, puis la voix de l'un des policiers qui parlait avec la centrale.

Il ne fallut pas dix minutes pour que d'autres patrouilles surgissent, sirènes hurlantes. Toute la rue était bouchée et grouillait de policiers et de carabiniers. Puis ce fut au tour des photographes de presse de débarquer. Personne ne s'intéressait à Mia. Angelo ne la retrouvait plus. Elle s'était réfugiée dans sa voiture. Assise à la place du passager, elle regardait tout ce spectacle de loin. Elle se demandait si cela avait été une bonne idée de prévenir les autorités. Elle aurait peut-être dû commencer par en parler à la notaire ou par s'adresser à un service de sécurité privé. Qui dans sa famille avait été assez fou pour rassembler et dissimuler cet arsenal ? Elle voulait s'en aller. À tout prix. Et comme il était impossible, même avec la Fiat 500, d'échapper à cette cohue, elle partit à pied.

Étrange vision. Une belle jeune femme en bottes de caoutchouc, marchant le long de la route, tantôt lançant autour d'elle des regards apeurés, tantôt perdue dans ses pensées, comme si elle était seule au monde.

Un vallon derrière la ville

– Sgubin, tu es né et tu as grandi ici. Qui, mieux que toi, saurait s'y reconnaître ?

Laurenti essuya la sueur de son front et s'engagea sur le terrain accidenté. Les mocassins, qu'il portait sans chaussettes, ne lui permettaient pas de marcher d'un pas assuré.

– Qui aurait l'idée de se perdre au val Rosandra ? dit Sgubin en rempochant son téléphone portable. Il n'y a même pas de réseau !

À onze heures, Sgubin avait été averti par un poste de police situé à proximité qu'un mort avait été découvert dans un vallon isolé derrière la ville, dont il constituait l'une des curiosités les plus frappantes. Mais les Triestins, pour la plupart, ne le connaissaient pas, parce qu'il était impossible d'y accéder en voiture.

« Je t'accompagne, avait dit Laurenti quand Sgubin lui avait transmis l'information. Comme ça, je l'aurai enfin vu. »

Au lieu de se renseigner auprès des collègues sur le chemin à suivre, ils étaient partis à l'aveuglette. La voie rapide pour contourner le nouveau port, puis les cales sèches et la descente vers la zone industrielle. Un secteur envahi par l'odeur du café, un peu plus loin les citernes de brut appartenant à la SIOT, d'où part le pipe-line transalpin en direction de l'Allemagne du Sud et de l'Autriche. Après l'usine fabriquant des moteurs de bateaux pour une firme finlandaise, dont les immenses bâtiments faisaient l'effet de corps étrangers dans le paysage, ils débouchèrent sur la départementale qui conduisait à Dolina, puis à Bagnoli où, à hauteur du siège de l'Union des partisans, ils empruntèrent une rue étroite bordée de petites maisons de pierre soigneusement entretenues.

– Ça doit être là derrière, dit Sgubin en stoppant devant trois blocs de pierre qui barraient la route.

Un écriteau annonçait « Sentiero dell'Amicizia », amitié entre Dolina l'Italienne et Sesana la Slovène.

– Tu es sûr que c'est ici ? interrogea Laurenti.

Sgubin acquiesça.

– Mais où sont les voitures des collègues ?

– Aucune idée ! Continuons à pied !

Le thermomètre avait grimpé à trente-deux degrés et le soleil était au zénith, mais une dense végétation offrait une ombre propice.

Ils suivaient les flèches de couleur sur les arbres, qui marquaient le sentier de randonnée. Ils étaient les seuls à le suivre. Ni l'un ni l'autre n'était convenablement chaussé pour franchir les éboulis qui, à intervalles réguliers, coupaient le chemin. L'air était immobile, le chant des cigales assourdissant. Soudain, un hélicoptère passa au-dessus de leurs têtes.

– Magnifique ! dit Sgubin en s'asseyant sur un rocher.

Avec ses baskets, il avait moins de mal à marcher que son supérieur, mais il se fatiguait plus vite.

– Normalement, ce serait l'endroit idéal pour une promenade romantique !

– Je vais te dire, fit Laurenti, le souffle court, si ça n'est pas le bon chemin, je te zigouille !

Sgubin éclata de rire et, montrant une chapelle bâtie en surplomb au-dessus d'eux, répondit :

– Alors enterre-moi là !

– N'imagine pas que j'irai te porter si haut. Je t'assomme avec une pierre et je te jette dans le torrent !

C'est Laurenti qui jubilait. Deux semaines et il en serait débarrassé !

Lorsque, un quart d'heure plus tard, ils aperçurent en contrebas une cascade qui se déversait dans un vaste et profond bassin, ils entendirent des voix au loin. Sûrement les collègues. Puis l'hélicoptère surgit de nouveau et décrivit deux voltes au-dessus d'eux, mais n'atterrit pas et disparut en direction de Trieste. Toujours la même chose ! pensa Laurenti. On demande l'hélicoptère alors qu'il ne peut pas se poser ! C'est comme un rituel archaïque. Faire du bruit pour montrer qu'on s'active. Le sol devint plus stable et plus commode pour les marcheurs. Enfin apparurent, au creux du vallon, les toits de trois maisons. Puis la scène de crime. Et un bruit de moteur. Laurenti, trempé de sueur, la chemise maculée de taches humides, s'arrêta et saisit Sgubin par le bras.

– Tu sais ce que c'est ?

– Quoi ? répondit Sgubin en regardant autour de lui.

– Broum-broum, fit Laurenti. Qu'est-ce qui fait broum-broum ?

– Broum-broum ? répéta Sgubin avec une grimace.

– Une auto, espèce d'idiot ! Voilà comment on perd une demi-heure en pleine canicule. Il y a une route qui mène ici, ô génie, et il y a des habitants !

Un petit pont traversait le torrent et, sur un rocher, une flèche peinte en blanc indiquait « Trattoria ». Les voix semblaient provenir de l'aval. Ils finirent par tomber sur un agent en tenue qui leur montra le chemin. C'est d'un œil ironique qu'il considéra les deux hommes épuisés qui avaient fait la bêtise de venir à pied. Des citadins !

Le tohu-bohu habituel : des agents en uniforme et en civil, la police scientifique, le médecin légiste, des rubans de plastique portant la mention « Police d'État », de petits écriteaux avec des numéros pour signaler les indices, un cercueil de zinc déposé à deux pas du corps sans vie, comme si celui-ci était susceptible de se raviser. Tous ceux qui attendaient leur arrivée les regardèrent de la même façon. Pourquoi arrivaient-ils si tard et pourquoi étaient-ils en nage ? Comment par cette température avoir envie d'une si longue promenade ?

Alfredo Zerial, le nouveau médecin légiste, troisième successeur de Galvano en à peine plus d'un an, se retint de ricaner lorsqu'il salua Laurenti. Il lui offrit une cigarette, mais Laurenti la refusa.

– Pas de trace extérieure de violence, dit Zerial. On en saura plus après l'autopsie. La rigidité cadavérique est récente.

– L'heure de la mort ?

– Au cours de la soirée. Pas après minuit.

– Qui l'a trouvé ? demanda Sgubin.

– Le propriétaire de la *trattoria*. C'est lui qui nous a prévenus.

Laurenti jeta un coup d'œil circulaire. L'endroit n'était pas vraiment secret, mais seules des flaques de lumière perçaient le feuillage des arbres. Le corps nu était intégralement bronzé et, vu de loin, se distinguait à peine de son environnement.

– Un nudiste, dit Laurenti. Je parie que mon assistant va très prochainement faire la tournée des plages réservées.

Sgubin se mordit les lèvres. Compte là-dessus, pensa-t-il.

– Alors ? interrogea Laurenti.

– Quarante ans et quelques, répondit le médecin légiste en se penchant sur le cadavre. Musclé, taille moyenne, aspect soigné, pas d'alliance. Apparemment étouffé, mais pas étranglé ni noyé. Probablement pas un suicide. Pas de traces de vêtements. Mais la présence d'au moins une autre personne. Et puis ceci.

Il montra l'écriteau numéro 4, fiché dans le sol à quelques mètres de distance, puis le numéro 5, au bord du torrent.

– Le 4, c'est un slip de dame. Le 5, des traces de pas d'un personnage plus petit que notre client. Je doute qu'un homme porte ce genre de sous-vêtement. Environ un mètre soixante, entre cinquante et soixante kilos. Ils se sont baignés dans le torrent.

Peu d'étoffe au numéro 4. Un string bleu clair. Le médecin légiste le ramassa et le tendit entre deux doigts de ses mains gantées. Puis il le fourra dans un sac en plastique.

– L'ADN nous éclairera peut-être. L'étiquette également. « Toute de suite ». Jamais vu cette marque.

– Ça ne doit pas prendre beaucoup de temps d'enlever ce cache-sexe, fit Sgubin, sarcastique.

– Ce n'est pas la quantité de tissu qui fait la rapidité, Sgubin. Le docteur t'expliquera sûrement ça un jour tranquillement. En attendant, tu t'en tiens à Marietta. Autre chose, docteur ?

– Des mégots de cigarette, un caleçon, des cheveux, le prépuce retroussé. Des indices tant que vous voulez. Je vous en dirai plus demain.

Laurenti acquiesça et entreprit d'examiner les autres endroits numérotés. À proximité du cadavre, sept mégots de marque MS, tous écrasés au même endroit.

– Les cheveux ?

– De femme, châtains, trente centimètres de long. Et ce bout de papier. Un morceau de ticket de caisse provenant d'un bar dont le nom comporte le mot « Sport ». Rien d'autre.

– Une nuit d'amour au val Rosandra, dit Sgubin. Il était peut-être asthmatique.

Zerial hocha la tête.

– Je crois plutôt qu'il a quelque chose en travers de la gorge.

– Pourquoi est-ce que ces deux-là, par ce temps-là, ne sont pas allés au bord de la mer comme tout le monde ?

Sgubin s'approcha du torrent et plongea un pied dans l'eau.

– Elle est fraîche.

– Et ces maisons ? demanda Laurenti à un agent en uniforme.

– Botazzo, ou Botac en slovène. La frontière passe juste derrière. Une *trattoria*, deux familles, dont l'une est en vacances depuis une semaine. C'est tout. En voiture, il faut une autorisation exceptionnelle pour pénétrer dans le parc naturel, en passant par là-haut.

Il montrait du doigt l'ancienne voie de chemin de fer.

– Ou à bicyclette. Je vous ai attendus pour les interroger. Mais ils sont au courant.

– Allons-y, dit Laurenti. Au fait, ce serait bien aimable à vous de me ramener ensuite. Mon collègue adore la marche à pied. Ça lui permet de méditer.

L'agent éclata de rire. Sgubin se retint de répliquer. Il se savait impuissant face aux sarcasmes de son supérieur. Encore quinze jours et il aurait cessé de souffrir. Son successeur s'occuperait de cette affaire. Pourquoi s'énerver encore ?

Trois belles maisons en pierre de taille. « Trattoria Gostilna Botac ». Une étape pour randonneurs désireux de calmer faim et soif dans une atmosphère sympathique, avant de repartir du bon pied. Mais, vu la chaleur ambiante, deux tables seulement étaient occupées. Laurenti qui ruisselait de sueur se lava le visage à l'eau d'une fontaine. Sgubin et l'agent attendirent à distance respectueuse. Puis ils entrèrent dans le restaurant.

– *Buongiorno, doberdan !* dit Laurenti.

La patronne les salua, l'air soucieuse.

– Qui est-ce ? demanda-t-elle.

– Bonne question, répondit Laurenti. Un homme d'une quarantaine d'années. On peut s'asseoir ?

Elle leur désigna une table, près du poêle à charbon, avec une nappe à carreaux rouges et blancs, et leur apporta une carafe de vin blanc, de l'eau et des verres.

– Ça remonte à hier soir, dit l'agent.

– Mon mari vous a tout de suite appelés, dès qu'il est rentré de la ville. Sergueï, cria-t-elle, la police veut te parler !

Le patron se lava les mains sur l'évier et vint s'asseoir à leur table. Dans la matinée, il était allé faire ses courses avec son 4 × 4 et c'est au retour, par hasard, qu'il avait aperçu le mort.

– Vous le connaissiez ?

– On n'oublie pas les clients qui viennent ici. Mais je ne suis pas certain. Il a l'air différent. Ça pourrait être celui d'hier soir. Il est parti tard en compagnie d'une jeune femme aux cheveux châtains tombant sur les épaules. Environ trente ans, je pense. Le livre d'or vous sera peut-être utile. Tous ceux qui passent ici écrivent quelque chose. Maria, apporte-le !

Le patron leur montra la dernière inscription.

– C'était peut-être lui : « Vin et cochonnailles au val Rosandra. Gâtés par la nature, poursuivis par le bonheur. C'est Trieste. » Signatures : un A majuscule et un petit bonhomme.

– Pas très original !

Laurenti feuilleta le livre d'or. Prose polyglotte, toujours positive. Louanges pour le cadre et la convivialité de la petite auberge. Pendant les deux derniers jours, d'après les dates, il n'y avait eu qu'une trentaine de clients. Il ne serait pas facile de les retrouver. Ils n'avaient pour la plupart signé que de leur prénom. Sans parler des deux derniers.

– Par cette chaleur, la clientèle est limitée. Tout le monde lézarde au bord de la mer, ajouta le patron en pointant la chemise trempée de Laurenti. Il fait trop chaud pour la randonnée.

– Et le soir ? demanda Sgubin.

– Nous fermons généralement à vingt heures. Si quelqu'un se présente après, il cogne à la porte.

– Et hier soir ?

– Hier soir, on a fermé plus tard. Les derniers clients sont partis à vingt-deux heures passées.

– Vous avez faim ? demanda la patronne.

Sgubin ouvrit de grands yeux, l'agent n'attendait qu'un signe de Laurenti, qui restait plongé dans le livre d'or.

– On mange bien ici, dit l'agent. C'est simple, mais bon.

– Pourquoi pas ? finit par dire Laurenti.

*

Le retour dura une éternité. Toutes les routes venant de l'est et conduisant au centre étaient irrémédiablement bloquées. Résignés, bouillant dans leur jus, les automobilistes rongeaient leur frein. Quelque chose avait dû se produire sur la Superstrada. L'agent qui ramenait Laurenti posa la question par radio.

– On dirait le lâcher de taureaux à Pampelune, répondit le standardiste. Une bétaillère allemande s'est renversée sur la voie rapide, une partie de la cargaison est restée coincée à l'intérieur, les autres batifolent sur la chaussée. Impossible de dire quand la voie sera libre.

Même avec sirène et gyrophare, il n'y avait pas moyen d'avancer. Laurenti s'énervait. Pourquoi, ce printemps, n'avait-il acheté un scooter que pour Laura ? Il le lui avait offert pour son anniversaire. Et le scooter restait sur le parking derrière la maison, tandis que Laurenti piaffait dans les embouteillages. Il appela Orlando pour le prévenir qu'il serait en retard. Puis il demanda à son chauffeur de le conduire à Muggia, où il embarquerait sur le *Delfino Verde* qui l'emmènerait directement à la Stazione Marittima. C'était sa seule chance.

Du quai de débarquement à la garde côtière, le parcours pédestre était court, mais semé d'embûches. Un petit futé de l'administration municipale avait donné l'ordre d'éventrer les parkings sur les Rive, de faire sauter les pavés de l'époque de Marie-Thérèse pour asphalter le tout, qui plus est à la plus belle saison et pour un meilleur accueil des touristes qui ne contournaient pas la ville. Laurenti se demandait qui avait bien pu rafler cette bonne affaire. Il lui fallut un certain temps pour franchir les différentes barrières et rejoindre la portion intacte de la promenade. Il était de nouveau en sueur lorsqu'il sonna au portail des gardes-côtes. Avant de rejoindre Orlando, il passa aux toilettes et s'aspergea le visage d'eau fraîche.

Mia et Calisto

Rosalia l'avait d'abord cherchée et, à présent, c'était Calisto. Il lui avait laissé un nombre impressionnant de messages sur son téléphone portable, mais Mia ne voulait pas répondre. Maintenant qu'elle essayait de comprendre tout ce qui s'était passé depuis son arrivée, elle trouvait bien étrange que cet homme qu'elle avait d'abord jugé si antipathique lui soit, en si peu de temps, devenu si proche. Pendant un moment, elle lui en avait voulu, puis elle pensa à ces derniers jours passés ensemble, qui l'avaient comblée. Il lui avait montré tant de merveilleux endroits et il avait le don de la faire rire. Elle s'était laissé guider, elle l'avait suivi, tout simplement, sans se douter que le temps du bonheur pourrait cesser si brutalement. Elle hésita, lorsqu'elle l'entendit appeler dans la cour. Mais elle n'avait même pas la force d'aller ouvrir.

*

C'était en début de soirée de son deuxième jour à Trieste, si plein d'événements que la tête lui en tournait. Après l'interrogatoire, conduit par les deux aimables policiers, au sujet de sa découverte, Mia se sentit enfin mieux. Comprise et protégée. Qu'elle ne se fasse pas de souci pour le dépôt d'armes. Jusqu'à ce que les tenants et les aboutissants soient éclaircis, il restait sous séquestre et elle n'en était aucunement responsable. On lui avait dit que la procédure pourrait être longue, sauf si Mia pouvait contribuer à l'élucidation du mystère. Mais c'était impossible. Sa mère avait été fort surprise quand elle lui avait raconté l'affaire au téléphone. Tante Alda n'en avait jamais soufflé mot. L'oncle était un brave homme, un peu renfermé, mais bon mari et grand travailleur, et il avait accumulé avec le temps une modeste fortune. En tant que géomètre, il n'avait guère de contacts avec les armes, mais son métier lui avait peut-être fourni l'occasion d'acheter l'entrepôt à bon prix et de le louer. Sinon, à quoi lui aurait-il servi ? Sa mère avait conseillé à Mia de demander à la notaire copie des pièces d'enregistrement, afin que l'on sache, au moins, quand l'acquisition avait eu lieu. Et que Mia fouille la maison de la tante à la recherche de documents instructifs. Éventuellement un contrat de location ? Les relevés de compte garderaient peut-être la trace de rentrées d'argent régulières, du moins avant la mort de l'oncle ? Peut-être fallait-il consulter les archives des journaux : blindés et canons ne courent pas les rues sans attirer l'attention. Mia se voyait confrontée pour des semaines à des dossiers poussiéreux, au lieu de jouir de sa nouvelle vie en se prélassant sur une plage.

Laurenti avait promis de l'aider en cas de problème. Il lui avait même noté son numéro de téléphone personnel sur une carte de visite. Lorsque, quittant les arcades de l'hôtel de ville, elle s'engagea sur la Piazza Unità, elle fut très étonnée d'apercevoir Angelo et Calisto devant un bar. Ils parlaient probablement d'elle. Elle fit semblant de ne pas les voir.

*

Devant le Bar Unità, la terrasse n'était pas très animée. L'heure de l'apéritif était passée, celle des noctambules, qui sur cette place pouvait durer toute la nuit, pas encore venue. Angelo et Calisto avaient pris place à une table, ils en étaient à leur deuxième Negroni et y allaient de leurs commentaires sur les jeunes femmes qui déambulaient par petits groupes. Ils avaient également vu passer Mia.

– L'Australienne me plairait bien, dit Angelo. Elle a vraiment une taille de guêpe.

Calisto fit un geste de dénégation.

– C'est une fille à problèmes.

– Elle a de l'argent. Ses parents ont un immense vignoble. Et la découverte de cet après-midi ne l'a pas rendue plus pauvre. Elle n'en revenait pas.

– Elle fait l'idiote. C'est la police qui a demandé à ma patronne que je l'accompagne à l'entrepôt, ils l'ont confirmé, et après ça, elle me traite comme si j'étais un violeur d'enfants. Ah ! les femmes !

– C'est toi qui as dû la draguer !

– Que non ! fit Calisto, agacé. J'avais un double des clés, mais je ne le lui avais pas dit. Voilà ce que c'est que de vouloir rendre service. Elle m'a traité comme un chien. Mais je réussirai à la convaincre qu'elle se trompe. Je l'inviterai un soir ou je l'emmènerai à la plage. Ça la calmera. C'est vrai qu'elle est canon !

– Ne t'approche pas d'elle !

Angelo avait parlé sèchement. L'idée que Calisto tente de séduire l'Australienne le hérissait. Il l'avait connue avant son ami et lui avait même réparé sa voiture. En plus, il était déjà un peu amoureux.

– Ne t'approche pas d'elle !

Calisto se dressa si brusquement qu'il bouscula la table et renversa les verres.

– Vas-y doucement ! menaça-t-il en faisant signe au garçon de remettre la tournée. J'ai simplement voulu ouvrir ce portail merdique. Tout était complètement rouillé. Et puis la demoiselle est arrivée en passant par une fenêtre et elle a voulu m'abattre à coups de hache. Tu crois que c'est des manières pour accueillir un amant ?

– Tu exagères ! Elle ne ferait pas de mal à une mouche ! La petite est gentille et timide, ajouta Angelo avec un sourire gêné.

– Elle ? C'est une rusée, fit Calisto avec un geste de protestation. Elle joue les naïves. Je te parie que je la mets dans mon lit. Ce qui est dommage, c'est le trésor de guerre à l'entrepôt. Ils ont posé les scellés et l'ont placé sous bonne garde. Alors que ce serait formidable à écouler. Je connais pas mal de gens que ça intéresserait.

– Oublie ça pour l'instant. Ce n'est pas pour toi.

– Il faudra que je parle sérieusement à la Signorina, entre quatre yeux ! dit Calisto en lorgnant sur deux filles qui passaient, légères et court vêtues.

– Laisse-la tranquille ! rugit Angelo. Si tu me mets des bâtons dans les roues, tu t'en souviendras !

*

Mia était allée se promener sur le Molo Audace et s'était assise sur l'une des marches qui descendaient vers la mer pour admirer le coucher de soleil. Un vieux monsieur avec un chien noir hirsute l'avait abordée pour vanter la splendeur du site de Trieste : la mer, le karst, les forces naturelles qui dominaient le golfe – elle eut l'impression qu'il aimait follement sa ville. Assertion qu'il réfuta avec véhémence.

Ensuite, elle flâna, au hasard, sur les Rive, tout en examinant les menus des restaurants. Elle se décida pour le Nastro Azzuro. Juste derrière elle, le vieillard au chien fit son entrée, lui adressa un aimable signe de tête et fila tout droit vers une table au fond de la salle. Un habitué, pensa Mia.

Elle commença par des *antipasti*, puis elle commanda un risotto noir à l'encre de seiche. Elle se plaisait dans ce vieux restaurant à observer les autres clients. À intervalles réguliers, le vieil homme glissait discrètement un bout de gressin à son chien couché sous la table et Mia ne pouvait s'empêcher de sourire, parce que l'animal faisait tellement de bruit en mastiquant son dessert qu'on ne pouvait guère l'ignorer. À un moment donné, la sourde-muette qu'elle avait déjà vue le premier soir, chez Gigi à Servola, entra et fit le tour de l'établissement. Venait-elle de Trieste ? Elle boitait fortement, ses traits étaient déformés par la douleur. Elle avait une blessure au cou qu'elle aurait mieux fait de cacher sous un foulard, pensa Mia qui lui donna cinq euros. En tout cas, ça ne ressemblait pas à des suçons. La jeune femme s'arrêta un peu plus longtemps devant la table du vieillard et tenta de lui expliquer quelque chose en langage des signes. Ce qui lui valut un gros billet. Pendant une fraction de seconde, le visage de la jeune femme parut métamorphosé. Peut-être avaient-ils une liaison ? Puis la sourde-muette tourna brusquement les talons et ramassa les cartons et les gadgets dont personne ne voulait.

Vers vingt-deux heures, Mia demanda l'addition, paya et plongea dans la chaleur de la nuit. Elle titubait un petit peu. Elle avait bu une bouteille entière de vin rouge en dînant et elle n'avait pas refusé la grappa que le patron lui avait offerte. Comme elle n'avait pas encore envie de rentrer, elle continua de flâner sur les Rive. Après une journée pareille, elle voulait boire un dernier verre et, ensuite, appeler un taxi. En face du Club-house des Rameurs, elle observa une certaine effervescence devant un bar qui s'appelait Il Gabbiano. Elle entra et soudain entendit qu'on l'interpellait. Elle se retourna et eut la surprise de se trouver nez à nez avec le clerc de notaire.

– Me permettez-vous, au moins, de vous offrir un verre ? lui demanda Calisto en faisant signe au garçon. Moi qui vous ai fait si peur. Dites oui. Donnez-moi une chance de me faire pardonner.

– Qu'est-ce que vous buvez ?

– Un Negroni, répondit Calisto en levant son verre, un mélange de Campari, de gin et de Martini. C'est peut-être un peu fort pour vous.

Mia fit signe que non.

– La même chose pour moi !

Elle passa ensuite à la caïpirinha et termina par un mojito. Il faisait chaud et Mia avalait beaucoup trop vite les cocktails frappés, tout en bavardant, complètement éméchée, avec Calisto. L'homme lui était tout d'un coup sympathique, brillant causeur qui avait beaucoup voyagé, qui aimait les Caraïbes et la Nouvelle-Zélande, il était même allé deux fois en Australie. Au bout d'un certain temps, Calisto lui proposa d'aller prendre l'air sur le môle et de boire un dernier verre au bar du Yacht-club. Mia n'avait rien contre et lui prit le bras. Elle n'eut toujours rien contre quand Calisto l'enlaça et l'embrassa. Elle avait complètement oublié que, l'après-midi même, elle avait déposé plainte auprès de l'assistante du policier, accusant Calisto de violation de domicile et effraction.

Le lendemain, son troisième jour à Trieste, Mia se réveilla avec une terrible gueule de bois. Au cours de la nuit, elle avait plusieurs fois couru aux toilettes pour vomir et ce n'est qu'au petit matin qu'elle avait trouvé le sommeil. Elle avait le gosier rêche et la première gorgée de thé qu'elle ingurgita lui fit l'effet d'un vomitif. Il était onze heures, elle se sentait malheureuse comme les pierres. Elle aurait aimé être un serpent et changer de peau.

Elle avala d'un trait un verre avec un Alka-Seltzer. Comment diable était-elle rentrée à la maison ? Avait-elle invité Calisto à la suivre ? Si oui, quand était-il reparti ? Avaient-ils repris rendez-vous ? Ne s'était-elle pas juré, avant son départ de Sydney, de ne s'engager à aucun prix dans une nouvelle liaison ?

Mucca Pazza 2

Le moment était venu de frapper une seconde fois. Les actions devaient être spectaculaires et se succéder rapidement. Si l'on commence à douter, on a perdu. Comme toujours dans la vie.

Ils étaient quatre, à la faveur de la nuit, pour pénétrer subrepticement dans le hangar du club d'aviron « STC Cannottieri Adria 1870 ». Le port de plaisance était désert. Il n'y avait de lumière que dans la cabine d'un yacht, plus loin, dans le secteur réservé aux plaisanciers de passage. Des Rive parvenait la rumeur montant des terrasses devant les bars, qui depuis des mois provoquait la colère des gardiens de la morale. Même un sex-shop avait ouvert à proximité.

Quelques jours auparavant, ils avaient « emprunté » la clé du concierge et en avaient fait faire un double. Comme à l'exercice, ils sortirent d'abord les rames, puis le *Tagliamento*, un élégant double skiff en bois des tropiques, difficile à repérer en mer la nuit. Un homme restait à quai pour faire le guet, un second passait aux deux autres les bombes et le pochoir et les aidait à s'éloigner du bord. Quoi qu'il arrive à terre, ils seraient prévenus grâce à leurs téléphones portables et pourraient programmer leur retour sans se faire remarquer. Ils sortirent du port en slalomant silencieusement entre les voiliers, puis en contournant les vedettes des carabiniers et de la Guardia di Finanza. Lorsqu'ils eurent atteint le grand bassin et qu'ils furent certains de ne plus être entendus des Rive, ils se mirent à ramer énergiquement. La mer était lisse, pas un souffle d'air, pas une vaguelette. Après avoir parcouru un demi-mille, ils longèrent, de l'intérieur, l'ancienne digue, jusqu'à hauteur du môle. C'est là qu'était amarré le cargo en partance pour le Liban sur lequel, le matin même, on avait embarqué, puis parqué au fond de la cale, un bétail martyrisé à moitié mort de soif, désormais livré à son destin.

Ils stoppèrent un instant pour reprendre leur souffle et examiner la situation. Rien ne bougeait. Aucun pêcheur sur le môle, aucune lumière sur le bateau. Un coup d'œil à travers les jumelles de nuit permit de constater que la voie était libre. Aucune surveillance à bord. Que pouvait-il bien se produire dans le vieux port de Trieste qui somnolait depuis des décennies ?

Ils franchirent silencieusement les cent derniers mètres pour se retrouver sous la coque du cargo. Ils posèrent les rames et stabilisèrent tant bien que mal leur esquif grâce à un aimant qu'ils avaient dérobé dans le magasin du père d'un ami. Ils fixèrent le pochoir à l'aide d'un ruban adhésif. Le seul bruit fut le chuintement de la bombe. Ils eurent cependant l'impression qu'il se répercutait à l'infini sur la mer. Sur un signe de connivence, ils s'écartèrent du bateau. L'objectif suivant fut un paquebot de l'Emerald-Line, enguirlandé d'ampoules multicolores, à l'ancre à la Stazione Marittima. Il fallait faire vite, car la coque d'un blanc éclatant ne permettait aucune dissimulation. Leur forfait accompli, ils contemplèrent leur œuvre avec satisfaction :

Risiera – Auschwitz. Bétail allemand pour le Moyen-Orient. Transports criminels. Qui torture des bêtes, tue aussi des hommes. Pour une alimentation raisonnée.
N'achetez pas de viande issue d'un élevage de masse. Vous nuisez à votre santé.

MUCCA PAZZA

Seule la vache à la kalachnikov avait des contours un peu flous. Mais elle avait tout de même belle allure.

Ils retournèrent à la Saccheta et s'arrêtèrent d'abord près de la vedette de la Guardia di Finanza. Cette fois, ils sortirent la bombe jaune. Ensuite, pour les carabiniers, la blanche. Ils choisissaient la couleur en fonction de celle de l'embarcation. Cela faisait partie du jeu. Il fallait que ce soit beau, en harmonie avec les autres caractéristiques, pour que cela ait l'air officiel, ce serait découvert bien assez tôt.

Le tout en moins d'une heure. Le *Tagliamento* avait repris sa place, le hangar était bouclé. Le Tender n'était pas loin, un pub ouvert dans l'immeuble de l'ancienne gare du Campo Marzio. La couverture était parfaite. Qui retrouverait leur trace s'ils fréquentaient un repaire de néofascistes ? Un alibi en béton !

L'odeur du café

– Mia, ouvre ! Je sais que tu es là !

La voix de Rosalia était à la fois énergique et inquiète. La veille, elle avait déjà plusieurs fois frappé à la porte, elle avait même tenté en vain de l'ouvrir. Mia n'avait pas bougé, ni allumé la lumière, ni tiré les rideaux. Elle était agenouillée devant le téléviseur, elle avait baissé le son et regardait le journal du soir sur la chaîne locale. Ils avaient montré quelques images d'archives du val Rosandra parce qu'on y avait trouvé un mort dont l'identité n'était pas encore établie. La cause de la mort n'était pas claire non plus. À la tombée de la nuit, Mia s'était couchée.

La veille, elle ne s'était pratiquement nourrie que d'eau et de thé. Mais, à présent, elle avait faim et elle se fit une tartine de miel de sauge.

– Mia ! cria Rosalia en secouant la porte. Est-ce qu'Angelo est avec toi ?

Mia retint son souffle et s'arrêta de mastiquer comme si on pouvait l'entendre du dehors.

– Je sens l'odeur du café, Mia ! Ouvre !

Elle fixa la fenêtre ouverte, au bord des larmes. Comment cela avait-il pu lui échapper ? Elle se prit la tête entre les mains, puis se secoua, se leva et ouvrit doucement la porte.

– *Madonna santa !* Quelle tête tu as ! Qu'est-ce qui s'est passé ?

– Mauvaises nouvelles d'Australie, mentit Mia. Quelqu'un est mort. Il faut que je rentre.

Elle retourna dans la cuisine, laissant la porte ouverte.

– Qui ? interrogea la vieille dame en lui passant un bras autour du cou.

Mia se demanda en un éclair qui elle pouvait faire mourir sans provoquer un pataquès.

– L'oncle, répondit-elle finalement.

– Assieds-toi ! dit Rosalia. J'ai de la peine pour toi. Est-ce que je peux faire quelque chose ?

Mia fit signe que non. Il y avait plus d'un an que la famille avait porté en terre le frère de son père. Mais la voisine ne pouvait pas le savoir.

– Et tu rentres ?

Mia fit un signe affirmatif.

– Quand ?

– Dès que j'aurai une réservation.

– Et tu reviendras ?

– Je ne sais pas encore.

Elle regarda la voisine dans les yeux.

– Je voudrais être seule, Rosalia, s'il te plaît.

La vieille dame se leva et lui caressa les cheveux.

– Une dernière question : sais-tu où est Angelo ?

Mia secoua la tête.

– Pourquoi ?

– Cela fait deux nuits qu'il n'est pas rentré à la maison et voilà que le journal parle d'un mort. Dans son âge. Je me fais du souci.

– Aucune idée, répondit Mia.

– Il a dit qu'il voulait sortir avec toi.

– Je me suis décommandée quand la nouvelle est arrivée. Il est peut-être avec des amis.

– Il me l'aurait dit, reprit Rosalia sceptique. Je crois qu'il faut prévenir la police.

Elle retraversa, seule, le couloir obscur et tira la porte derrière elle. L'idée que la maison voisine allait bientôt fourmiller d'hommes en uniforme rendait Mia nerveuse.

Qu'avait-elle fait de mal ? Ce n'était tout de même pas sa faute ! Angelo était un brave gars, mais de là à entamer une liaison…

*

Le lendemain, elle allait déjà mieux. L'Alka-Seltzer l'avait remise d'aplomb, seules ses pensées étaient encore quelque peu confuses. Elle avait pris la Fiat 500 pour descendre à Barcola, espérant qu'un bain de mer l'aiderait à retrouver ses esprits. Elle avait fait une bêtise et ne savait comment s'en sortir. Calisto l'avait appelée, très en colère, il l'avait traitée de tous les noms, alors qu'elle en était encore à reconstituer le déroulement de la nuit passée.

– Pourquoi as-tu porté plainte contre moi ? criait-il, furibond. Je croyais que tout était clair entre nous. Va immédiatement à la police et retire ta plainte. Ou bien tu veux me perdre ?

– Je suis désolée, dit Mia, la gorge nouée.

Calisto expliqua qu'il avait subi un interrogatoire à la questure et que sa patronne était furieuse contre lui parce qu'il était soupçonné. Elle avait voulu le mettre dehors sur-le-champ, mais elle s'était finalement laissé convaincre de différer sa décision de quelques jours, tant que l'affaire ne serait pas éclaircie.

– J'ai porté plainte avant notre rencontre d'hier soir, dit Mia, horrifiée. Je ne savais pas…

– Il faut faire vite ! C'est important.

Évidemment, il omit toute allusion à son casier judiciaire, il savait que le moindre incident pouvait le mener en prison.

Au cours des dernières années, il avait eu une conduite exemplaire, c'est-à-dire, plus exactement, qu'il ne s'était pas fait prendre. Il était devenu prudent quand il repérait une affaire et qu'il avait le bon client. Il sous-traitait alors le vol ou le cambriolage. Il n'était jamais en contact avec la marchandise et ne faisait qu'empocher l'argent.

– Quand se revoit-on ? demanda Mia.

– Rappelle-moi quand tu auras fait le nécessaire !

Calisto raccrocha.

Mia était perplexe. Pourquoi était-elle séduite par cet homme qui n'avait pas prononcé un seul mot tendre, comme si rien ne s'était passé entre eux ? Était-ce le fameux *latin lover*, dont toutes ses amies, à Sydney, lui avaient recommandé de se méfier ? Elle eut d'abord envie d'aller tout droit chez Laurenti pour lui expliquer que c'était un malentendu. Mais il l'aurait bombardée de questions et elle aurait passé pour une idiote. Il fallait qu'elle trouve une explication plausible.

La baignade lui avait remis les idées en place. Elle avancerait comme excuse le fait qu'elle était étrangère. Elle reprit sa voiture mais, au bout de quelques mètres, le moteur se mit à tousser, puis rendit l'âme. Elle appela son voisin pour lui demander à quel atelier s'adresser pour se faire dépanner. Un quart d'heure après, il était là avec son fourgon. Il se faisait fort de ramener la Fiat à la maison et de la réparer.

– Tu sais tout faire, dit Mia, surprise, le voyant sortir deux plaques de fer qu'il disposa en guise de rampe.

– Sauf la déclaration d'impôts. Il vaut mieux s'en passer. Aide-toi, le ciel t'aidera. Pourquoi gaspiller de l'argent pour un dépannage ? À la maison, au moins, je n'aurai pas peur qu'un chauffard m'écrase les jambes si je me couche sous la voiture.

– Tu te sers de cet engin pour ton travail ?

– Il sert à tout. Quand je pars en vacances, je mets un matelas derrière.

– Très romantique, sans fenêtre.

– Et maintenant, on pousse la Fiat. Avec un peu d'élan, on doit y arriver. Mais il ne faudrait pas que la police nous voie.

Il jeta un coup d'œil vers le bas du Viale Miramare où s'était formé un bouchon. Il était midi et c'était l'heure de la relève sur le bord de mer. Les vieux qui, le matin dès sept heures, s'installaient toujours à la même place ressentaient le besoin, comme chaque jour à la même heure, d'un repas chaud.

– Qu'est-ce que tu fais quand tu ne transportes pas de voiture ? demanda Mia.

– Des choses et d'autres. Allez, pousse !

Ils y arrivèrent du premier coup. Ils y étaient même allés un peu trop fort. La Fiat alla buter, avec un bruit sourd, contre la paroi de la cabine. Angelo passa une vitesse et tira le frein à main.

– Pas question de foncer, sinon la petite va bouger.

– C'est ta mère qui te nourrit ou tu as un job ? insista Mia.

Angelo fronça les sourcils et la fixa si longtemps qu'elle eut peur qu'il accroche une file de voitures en stationnement.

– Avec la retraite qu'elle touche ? Non, je prends ce qui se présente. Un jour la menuiserie, un autre le bâtiment. Un jour, je sers d'intermédiaire dans telle ou telle affaire, un autre je n'ai rien du tout. L'important dans la vie, c'est d'avoir les bons contacts. Plus tu en as, plus tu te débrouilles. Et ne pas toujours poser de questions, ça aide. Poser des questions, c'est se gâcher la journée. Ça réduit les contacts et donc les bonnes affaires.

Mia restait dubitative. C'était tout le contraire de ce qu'elle avait appris.

– Si on veut avancer, objecta-t-elle, il faut oser. Il y a beaucoup de gens qui ne demandent qu'à vous aider.

– Il y a aussi des curiosités malsaines. Aider, c'est autre chose.

Dans la cour, il avait soulevé la voiture à l'aide d'un cric et il s'était glissé dessous. Tandis que Mia fouillait les armoires de la maison à la recherche de documents concernant le dépôt d'armes, dehors elle entendait Angelo chanter les derniers succès tout en manipulant ses outils.

– C'est l'arrivée d'essence ! cria-t-il au bout d'un moment.

– Quoi ? reprit Mia en s'approchant de la fenêtre.

– Je reviens dans une demi-heure. Je vais chercher la pièce.

– C'est compliqué ? demanda Mia par politesse.

– Une broutille, répondit Angelo en enfilant son tee-shirt sur son torse nu au poil noir. Ne t'inquiète pas.

Combien de fois, ces derniers jours, s'était-elle entendu dire de ne pas s'inquiéter ? Elle ne s'inquiétait pas. Elle avait laissé tous les soucis en Australie. Tout était en ordre. Grâce aux documents qu'elle retrouverait et avec l'aide de la notaire, tout deviendrait limpide dans l'affaire de l'entrepôt. Le carabinier avait dit que, si les armes lui appartenaient réellement, cela lui rapporterait beaucoup d'argent. Sinon, ce n'était pas grave. Elle ne manquait pas vraiment d'argent. Et elle vivait ici une grande aventure qui lui plaisait de plus en plus.

Tout en se lavant les mains, Angelo proposa d'aller ensemble essayer la voiture. Il fut très déçu lorsque Mia lui répondit qu'elle devait se rendre à la police au sujet de son arsenal et qu'elle ne savait pas combien de temps cela lui prendrait. Après, elle avait un rendez-vous. Et le lendemain, elle avait également fort à faire.

Angelo resta muet, sa mine s'assombrit. Elle l'entendit mettre le moteur en marche et faire un petit test. Puis il quitta la cour sans un mot. Mia le suivit des yeux. Drôle de type ! Pourquoi était-il devenu soudain si sombre ? Il ne serait tout de même pas tombé amoureux d'elle ?

*

Calisto avait attendu Mia devant la questure pendant qu'elle retirait sa plainte. À l'apéritif, il avait proposé d'aller nager et de dîner ensuite quelque part. Mais Mia n'avait pas son maillot de bain.

– La plus belle plage, c'est celle qui se trouve derrière les Filtri, au pied de la falaise. Là, tu n'as besoin de rien, à part une serviette de bain. En été, j'en ai toujours une dans le coffre du scooter. Il faut toujours être prêt à faire un petit plongeon.

Il avait raison. Au-dessus d'eux, les rochers gris de la falaise ; devant eux, la mer. Ils s'étaient déjà baignés deux fois, ils avaient nagé au-delà des bouchots. La plage était spacieuse, les baigneurs gardaient leurs distances.

– Tu sais qui c'est ? demanda Mia en pointant du doigt, à quelques mètres de distance, une femme nue et bronzée collée à la bedaine velue d'un barbu à tête de bouledogue.

Tous deux faisaient partie d'un groupe de sept personnes qui, armées d'une glacière et d'un barbecue, s'étaient confortablement installées entre les rochers. Aucun doute, il s'agissait d'une clique d'adorateurs du soleil menant une double vie entre le bureau et la plage, où ils passaient la totalité de leur temps libre pendant la belle saison.

Calisto leva une main pour se protéger des rayons du soleil.

– De qui parles-tu ?

– La femme à gauche.

– Jamais vue, mentit Calisto.

Il l'avait pourtant bien reconnue, mais il n'avait aucune raison de révéler à Mia que, par le passé, il avait eu plus d'une fois l'occasion de la croiser. À la questure.

– C'est l'assistante du gentil policier qui s'occupe de mon affaire. Elle ne se ressemble pas du tout sans ses vêtements.

– Il n'y a pas de gentil policier, répliqua Calisto.

– Les gens paraissent toujours différents quand ils sont nus, ils n'ont pas la même allure. Tu ne trouves pas ? Il arrive qu'on ne les reconnaisse pas, alors qu'on se trouve nez à nez.

– Toi, je te reconnaîtrais à cinq cents mètres !

Calisto lui posa un galet brûlant sur le ventre.

– Mais, aujourd'hui, c'est la première fois que je vois une policière toute nue.

– Qu'est-ce que tu en sais ? Les nudistes ne portent pas d'uniforme, pas de galons, pas de pistolet !

– Je ne vois pas ça de la même façon.

– Cochon !

– Et j'ai le regret de constater que ce n'est guère excitant.

– Ce n'est pas vrai ! Je la trouve très bien conservée. Elle doit avoir autour de la cinquantaine. Regarde, ses seins sont authentiques. Pas de silicone. J'en connais qui pourraient être jalouses, même avec vingt ans de moins.

– Les tiens sont encore mieux !

– Et pas de ventre. Et la peau bien lisse, regarde !

– Elle doit avoir dix ans de moins que tu ne penses. Et elle n'a aucun goût. Regarde la baleine avec qui elle roucoule. Un ventripotent avec fourrure. Elle se déshabille complètement et lui, même nu, on dirait qu'il porte un pull d'hiver de chez Emmaüs. Répugnant ! Je crois qu'il est temps de changer d'air. Tu ne me croiras pas, mais lui, je le connais. Un vendeur de voitures d'occasion qui, accessoirement, fait le dealer. Bel exploit que d'avoir dragué une policière. Il ne doit pas y avoir longtemps qu'ils sont ensemble.

– Ça se voit. De vrais tourtereaux ! L'amour est imprévisible.

Mia jubilait. Elle enlaça Calisto et lui baisa passionnément l'oreille.

– Tu es folle ! Nous ne sommes pas seuls.

Voir le gros ici avec la secrétaire de Laurenti, ça ne lui plaisait pas du tout ! Calisto suggéra d'aller directement dîner au Bellariva, où ils avaient réservé une table au bord de l'eau avant d'aller se baigner.

– La patronne m'a chargé de consulter le cadastre à propos de ton terrain. Elle veut savoir quand et à qui ta famille l'a acheté. C'est bizarre que personne, chez toi, n'en sache rien.

– Je suis en train de vérifier tous les papiers de tante Alda, dit Mia en soupirant. C'est très pénible. Je déteste la vieille paperasse. Personne ne connaissait l'existence de cet entrepôt. Peut-être que mon oncle l'avait tout simplement loué. En tout cas, pour l'instant, je suis obligée d'attendre. Que faire de tout cet attirail ? Il faudrait un musée. Sinon, tu connais quelqu'un qui achèterait des blindés et des canons d'époque ?

Calisto resta un moment silencieux.

– Ça dépend, finit-il par dire. Il y a des acheteurs pour tout.

Lorsqu'ils se rhabillèrent, Mia demanda soudain :

– Qu'est-ce qui se passe avec Angelo ? Il est devenu bizarre, renfermé, bougon. Comme si je l'avais offensé.

– Il est peut-être jaloux.

Calisto s'en moquait, mais Mia se promit, un prochain jour, d'accepter l'invitation d'Angelo et de sortir avec lui. Il faut vivre en paix avec ses voisins.

L'Europe s'agrandit

Lorsque Laurenti, après une demi-heure de traversée sur le *Delfino Verde*, se présenta enfin à la garde côtière, Orlando le salua d'une formidable tape sur l'épaule et l'entraîna immédiatement vers la sortie.

– Allons faire quelques pas sur le port, dit le vieux loup de mer.

Laurenti hésita. Il avait suffisamment marché ce jour-là. Il raconta à Orlando l'expédition au val Rosandra, qu'il devait à l'obligeance de Sgubin. Il avait son compte.

– Il y a des choses dont on peut parler uniquement quand on est sûr de ne pas être écouté, dit Orlando en montrant du doigt le plafond de la pièce.

Tandis qu'ils marchaient sur la route défoncée qui longeait les anciens entrepôts, Laurenti résuma en quelques phrases ce qu'il avait observé, le matin même, au petit port de la Marina di Aurisina. Orlando l'écoutait attentivement. Une seule fois, il le tira par la manche pour laisser passer une bétaillère pleine à craquer, qui répandait une odeur nauséabonde.

– Je voudrais bien en être débarrassé. Depuis que les protecteurs des animaux sont à l'œuvre, on est obligé de renforcer la surveillance du vieux port. Le fait est qu'ils ont raison. Quand le vent souffle du nord-ouest, ça pue jusqu'à mon bureau. Dieu merci, ça n'arrive pas souvent. Mais ce sont ces pauvres bêtes qui me font pitié. Ce n'est pas beau à voir. Tant que le cœur bat encore à l'heure de l'embarquement, elles rapportent une prime à l'exportation. À Bruxelles, ça n'intéresse personne de savoir dans quelles conditions elles sont transportées. L'Union européenne dégénère de plus en plus en une clique de lobbyistes.

– Ne détourne pas la conversation. Dis-moi enfin ce que tu sais.

– Ne te mêle pas de ça !

Orlando s'arrêta, toisa Laurenti du haut de ses deux mètres et le prit par les épaules comme un petit garçon. Laurenti se libéra de son emprise d'un geste rageur.

– Bien sûr que ça ne nous a pas échappé, dit Orlando. On a même, un jour, contrôlé les deux dames, elles s'en sont tirées avec une amende. En fait, l'absence de toute identification – immatriculation, pavillon – aurait suffi pour l'arraisonner. Mais les hommes se sont laissé ensorceler. Ils l'ont avoué en réunion de service.

– Les filles venaient d'où ?

– De quelque part derrière la frontière. Elles n'avaient pas non plus de passeport. La perquisition du bateau n'a rien donné. Ils ont donc laissé filer ces dames sans autre forme de procès. Il y en a qui préfèrent bourlinguer plutôt que de rester au bureau à rédiger des rapports. Tu connais ça. Mais il s'est passé autre chose. Les collègues de la Guardia di Finanza m'ont parlé d'une embarcation du même type, également pilotée par deux femmes. Lorsqu'ils ont voulu les contrôler, ces dames ont pris la poudre d'escampette. Les vedettes de nos patrouilles n'ont généralement pas la puissance nécessaire pour suivre ce genre de fusées. Vous non plus n'avez pas que des bolides.

– Et pourquoi ne pas vous rapprocher pour leur tendre un piège ?

– Parce qu'au moment même où le plan était bouclé entre nous, la Guardia di Finanza, tes collègues de la police maritime et les carabiniers, le téléphone a sonné et une douce voix nous a fait comprendre qu'il n'était pas question d'intervenir. Antiterrorisme. Une section des services secrets.

– Et tu n'as pas insisté !

– Tu es fou ? Tu sais parfaitement que, dans ce genre de situation, on n'a aucune chance !

– Merci pour l'avertissement !

Laurenti savait pourquoi il remerciait Orlando. Lui aussi avait vécu une expérience malheureuse avec les services secrets. Le spectre de ces derniers était redoutable et, aux yeux de qui avait eu affaire à eux, faisait l'effet d'un ciel d'orage suspendu comme une menace au-dessus de Monfalcone, lançant subitement des éclairs aveuglants dans toutes les directions.

Voilà donc ce qu'il en était. Laurenti avait perdu l'envie de retourner au bureau. Il avait besoin d'une heure de détente au bord de la mer et il rentra directement à la maison. Mais, pour son malheur, elle était une fois de plus envahie. Il aperçut les invitées depuis la terrasse. En contrebas, sur la plage, Laura et ses amies se doraient, nues, au soleil de fin d'après-midi. Et le réfrigérateur débordait de viande à griller. Un coup d'œil à la cuisine suffisait pour imaginer le déroulement de la soirée. Laurenti n'avait aucunement l'intention de rejoindre ces dames sur le sable. Il se montrerait plus tard quand les enfants seraient là et qu'il ne serait plus seul exposé au pouvoir débridé des femmes.

Laurenti attrapa un drap de bain et *Moby Dick*, qui figurait, depuis trop longtemps déjà, sur sa liste de classiques qu'il fallait lire. Il décrocha la clé de la Vespa de Laura et, quelques minutes plus tard, il était déjà aux Filtri en grande conversation avec la patronne du Bellariva. Il but un verre de vin blanc pétillant avec un doigt de Campari, puis il contourna le petit port que, le matin même, il avait observé depuis la mer, et rejoignit la plage Liburnia dont les nudistes, depuis des décennies, avaient fait leur domaine d'élection. Ils étaient nombreux, à cette heure, à regagner leurs pénates et Laurenti trouva facilement un endroit tranquille. Il se déshabilla et se jeta à l'eau. Il avait besoin de fraîcheur et de calme pour comprendre tout ce qui lui était tombé dessus durant cette journée particulière. Le récit d'Orlando, notamment, lui avait laissé un goût amer.

Laurenti n'arrivait pas à se concentrer sur sa lecture. Il se surprenait sans cesse à tourner une page, à lire quelques lignes et à constater qu'il n'avait rien retenu de ce qui précédait. Il posa son livre et ferma les yeux. Orlando avait tout de même fini par admettre que son administration ne s'en tenait pas rigoureusement aux ordres supérieurs. Ils consignaient les entrées et les sorties du canot pneumatique. Il était disposé à lui en fournir une copie. Entre amis. Mais à quoi cela servirait-il ? Que diable se passait-il ? Qu'y avait-il dans les caissons ?

Ni drogue, ni immigrés clandestins, ni produits de contrebande qu'on puisse écouler en Italie, puisque ces dames n'apportaient rien. Avec quoi pouvait-on bien trafiquer dans l'autre sens ? Naturellement pas des jeans ou du café, comme à l'époque où Tito tenait encore le pays et où les Yougoslaves se procuraient à Trieste tout ce qui leur manquait chez eux. Restaient les armes, l'argent ou les documents. Mais comment se faisait-il que les beaux messieurs des services secrets soient informés ? Une autre chose le préoccupait. Laura l'avait appelé au bureau parce que son fils, la nuit dernière, avait été impliqué dans une bagarre. Il avait un œil au beurre noir. Mais Marco se refusait énergiquement à voir un médecin. Il ne voulait pas non plus rester à la maison. Il tenait absolument à se rendre à son travail et prétendait qu'en pleine saison, dans son métier, toute défection était exclue. Avec qui le garçon avait-il bien pu se battre ? Marco se fait tabasser, sa fille se laisse surprendre dans une position non équivoque, son autre fille se commet avec des VIP. Il ne reconnaissait plus sa famille.

Le soleil n'était plus qu'une demi-boule rouge, au milieu de laquelle le campanile de la cathédrale d'Aquileia jouait la grande aiguille. Les baigneurs s'étaient faits rares. Il se rhabilla, rassembla ses affaires et revint lentement au Bellariva dont la terrasse, située au bord de l'eau, était déjà pleine. Comme à la maison, où les invitées et les enfants étaient déjà réunis autour du barbecue.

*

Son bras gauche la faisait atrocement souffrir. La brûlure de cigarette suppurait et l'épanchement de sang, en haut de la cuisse, avait laissé la place à une tache bleu foncé grande comme la paume d'une main. Irina avait à peine dormi. Elle avait eu du mal à s'habiller. Ses colocataires ne s'occupaient pas d'elle. Elles avaient quitté la chambre, comme tous les matins à la même heure, pour entamer leurs tournées. Irina démarra avec deux heures de retard, après avoir eu bien du mal à endosser son sac. Et en boitant fortement.

La veille au soir, le chef l'avait copieusement tabassée, sous les yeux des autres. Il avait failli lui briser les doigts. Mais après l'avoir frappée avec le barreau d'une chaise que, dans sa rage, il avait démolie, il se contenta de lui tordre le bras dans le dos jusqu'à ce qu'elle tombe évanouie. Il lui avait pris son argent et, en guise d'adieu, il avait claqué la porte avec une telle violence que les murs en avaient tremblé.

Il l'avait observée et elle ne s'en était pas rendu compte. Au Nastro Azzuro, elle s'était timidement adressée au vieux monsieur, parce qu'elle était persuadée qu'il pouvait se présenter à la consigne de la gare, avec son ticket, sans se mettre en danger. Mais l'homme, éberlué, s'était contenté de la regarder sans comprendre.

Rien que le fait d'entrer en contact avec d'autres personnes justifiait la raclée. Et maintenant, elle avait peur d'être expédiée dans une autre ville. Ce qui, jusque-là, avait toujours été le cas quand elle avait commis une faute.

La consigne de la gare centrale fermait à vingt heures, comme tous les soirs, bien que la circulation des trains ne cesse pas pour autant. Un geste inamical par le biais duquel on punissait les touristes de leur intérêt pour la ville. Le courrier des lecteurs du *Piccolo* dénonçait fréquemment cette mesure, ainsi que celle consistant à faire payer à un parcmètre différent les automobilistes qui stationnaient à gauche sur les Rive et ceux qui, à quelques mètres de là, se garaient à droite. La ville était politiquement divisée entre droite et gauche, il devait donc en être ainsi pour le stationnement. Les édiles n'en avaient que faire. Ils bénéficiaient de voitures de service avec chauffeurs et qui se voyait contraint de laisser ses bagages à la consigne n'était pas digne d'être pris au sérieux.

Irina pénétra dans le hall de la gare peu avant vingt heures. Une file d'attente s'était formée devant le guichet de la consigne. Elle prit son tour. Le temps qu'elle s'aperçoive que le préposé, à chaque voyageur qui se présentait, levait les yeux et secouait la tête, c'était déjà à elle. Elle montra le ticket qu'elle avait ramassé avec les documents à Bagnoli, mais sans le lâcher. Lorsque l'homme lut le numéro, il leva les yeux et fit un signe de tête, mais le geste ne lui était pas destiné. Irina se retourna et aperçut un jeune homme quelque peu grassouillet qui, jusque-là, était resté appuyé contre un mur. Il se dirigeait vers elle. Irina comprit immédiatement. Elle se mit à courir, le ticket à la main. Un coup d'œil en arrière lui confirma que le gros la poursuivait. Irina se fraya un chemin à travers un groupe de voyageurs et déboucha sur la place de la gare. À l'arrêt de la Piazza Libertà, un bus fermait justement ses portes. Irina tambourina jusqu'à ce qu'elles se rouvrent. Elle sauta les deux marches et le bus démarra. Anxieuse, elle regarda par la fenêtre arrière, le gros courait derrière, mais il eut vite fait d'abandonner. Il fit signe à un taxi, mais celui-ci, vu la densité de la circulation, ne put refaire son retard. À l'arrêt suivant, Irina changea de bus. Elle se tassa sur son siège et ne se redressa que lorsque le véhicule eut pris de la vitesse. Puis elle se dirigea vers l'arrière. Pas de taxi en vue. Irina descendit Piazza Goldoni, le secteur qu'elle devait arpenter ce soir-là. Dans la rue, elle regardait sans cesse autour d'elle et, dès qu'elle avait franchi le seuil d'un établissement, elle dévisageait la clientèle avant de la démarcher. Elle décida, pour une fois, d'arrêter avant vingt-deux heures. Dans le centre, il était trop facile de se faire repérer, elle ne se sentait pas suffisamment en sécurité. Il faudrait qu'elle compense un autre jour le manque à gagner. Elle ferait cependant une exception. Le vieux qui, tous les soirs, dînait au Nastro Azzuro pourrait peut-être l'aider. Car une chose était claire : le morceau de papier qu'elle avait dans la poche était la clé d'une affaire importante qu'elle était incapable de régler seule.

Mais ses espoirs furent déçus. La carafe de vin sur sa table était vide, l'homme devait être éméché. Il ne se rendit pas compte qu'elle avait besoin de lui. Embarrassé, il fit une grimace qui voulait être un sourire, puis il fouilla dans son porte-monnaie. Il lui dit quelque chose en tendant un billet de cinquante euros. Le salaire d'une semaine ! Personne, jusque-là, ne lui avait donné autant. Irina hésita un instant avant d'accepter. Il fallait qu'elle retrouve le vieil homme dans d'autres circonstances. Dans la rue et non dans un café où elle n'était tolérée que quelques minutes.

*

Laurenti était rompu de fatigue, car il s'était couché tard. Il n'était pas, par nature, du genre matinal, pourtant le destin était bien souvent plus fort que son besoin de sommeil. Deux fois de suite, il s'était levé tôt. La veille pour aller voir ce qui se passait à la Marina di Aurisina, ce jour pour répondre à un appel téléphonique peu avant cinq heures. D'étranges phénomènes se produisaient en ville.

Pour le confort de tous, le Coroneo, la maison d'arrêt, formait avec le palais de justice une unité architecturale qui abritait les trois niveaux d'instance. Personne n'avait de grandes distances à parcourir, ni les fonctionnaires, ni les juges, ni les individus qui, dans la partie arrière du bâtiment, jouissaient d'une pension complète avec air conditionné. La proximité présentait de gros avantages, même en cas d'incident.

Laurenti arriva le dernier. Ils étaient réunis dans le gigantesque bureau du président du tribunal pour discuter des mesures à prendre, tandis que des personnels de l'administration pénitentiaire et des membres de l'unité spéciale mettaient la prison sens dessus dessous. Cinq personnes occupaient fauteuils et canapés qu'on eût dits issus d'un catalogue de vente par correspondance pour théâtres de province. Les accoudoirs portaient encore des étiquettes avec numéro d'inventaire. On avait l'impression que le livreur allait les remporter d'un moment à l'autre. Derrière le bureau du président, trois drapeaux : l'Europe, l'Italie et Trieste.

Le questeur était furieux.

– C'est inconcevable ! Au cours des quarante dernières années, seuls deux détenus ont réussi à s'échapper et ils ont été repris dans les plus brefs délais.

La situation était grave. Un groupe d'Albanais du Kosovo avait préparé une évasion qui avait failli réussir. Ces hommes avaient tous partie liée avec le crime organisé, ils étaient également soupçonnés d'avoir sauvagement massacré des civils pendant la guerre du Kosovo. La directrice de la prison aurait mérité des félicitations, plutôt que cet accès de colère du chef de la police qui, d'habitude, n'élevait jamais la voix.

– Vos gens roupillent ! Sinon, comment les prisonniers auraient-ils pu se procurer un téléphone portable ? Il faut immédiatement contrôler le personnel. Il y a forcément un complice parmi eux.

– Impossible ! protesta la directrice, dont on voyait bien qu'elle n'avait pas dormi de la nuit. L'appareil a été introduit en pièces détachées. Dans différentes cellules, pour détourner l'attention et protéger le véritable destinataire. Personne ne dort, ici, monsieur le questeur. Sinon, nous n'aurions rien découvert.

Laurenti s'était toujours demandé pourquoi quelqu'un optait librement pour une carrière dans l'administration pénitentiaire. Il savait naturellement qu'un haut niveau de qualification était requis pour y accéder. Une certaine expérience des services de police et une formation complète en droit. Mais surveiller les autres et, qui plus est, en tant que femme dans une prison pour hommes, cela dépassait son imagination. Il trouvait cela pervers. Les personnels des prisons exerçaient un métier de merde et ne jouissaient pas d'une considération particulière parmi les collègues. Ils étaient toujours entre deux chaises, détestés par les détenus et vilipendés par les enquêteurs quand quelqu'un leur échappait. Que ce soit en s'évadant ou en se suicidant.

– Aucun détail à la presse tant que nous ne nous sommes pas sortis de ce bourbier ! ordonna sèchement le questeur. La bande sera dispersée, chaque membre transféré dans un endroit différent. Et il nous faut incessamment un relevé des appels provenant de ce téléphone portable.

L'homme de l'unité spéciale, responsable du crime organisé, acquiesça, l'air blasé. Il avait fait le nécessaire avant la réunion. À l'instant même, ses hommes fouillaient la maison cellule par cellule, provoquant des mouvements divers parmi les occupants. L'enjeu était de taille : son unité venait de reconnaître publiquement que Cosa Nostra tenait les Balkans bien en main et ne se contentait pas d'organiser la contrebande. L'information occupait d'ailleurs l'essentiel des débats de politique intérieure en Italie et les services secrets avaient déjà, en la matière, stoppé les autorités triestines deux ans auparavant. Le « projet Europe » de la Mafia et de la Camorra était déjà en place depuis longtemps, alors qu'à Bruxelles on discutait encore de l'élargissement.

L'Italie, la Slovénie, la Croatie, la Bosnie, la Serbie et le reste de l'ex-Yougoslavie, l'Autriche, la Suisse et le Royaume-Uni. Seuls les Allemands, dans leur naïve présomption, affectaient de n'être en rien concernés par la guerre et la contrebande, l'embargo des Nations unies et les profiteurs, les blanchisseurs d'argent sale, les passeurs de clandestins, les trafiquants d'armes, les mafiosi, les banquiers et les politiciens, les chefs d'État et les criminels de guerre, les vrais et les faux chevaliers de Malte, les vrais et les faux francs-maçons et… quelques vieilles connaissances qui réapparaissaient régulièrement. On restait fidèle à soi-même et Trieste était le nombril du monde – la porte des Balkans, y compris pour le crime.

Quelque temps auparavant, Laurenti s'était irrité d'un article du journal local qui prétendait que la première tentative de la Mafia pour s'implanter à Trieste remontait au milieu des années quatre-vingt-dix. Certainement, il y avait eu branle-bas de combat à cette époque, mais Galvano ne racontait-il pas qu'en 1949 Egidio Romagnoli, *alias* Alberto La Rue Franchy, lieutenant d'Al Capone, s'était tiré une balle dans la tête à l'hôtel Brioni pour échapper à une arrestation ? Pourquoi la ville recensait-elle si peu de petite criminalité ? Tous les hommes du métier le savaient. Pendant les cinquante dernières années, Trieste avait servi au blanchiment de l'argent sale de la Mafia et des services secrets de nombreux pays. Il ne fallait pas se laisser perturber par des broutilles. Ici, on ne traitait que de grosses affaires.

C'est ainsi qu'on signalait de plus en plus souvent en ville des personnages douteux bien connus dans le sud du pays, des individus qui vivaient dans des villas de la banlieue de Naples transformées en forteresses et qui jetaient un regard condescendant sur la province du Nord-Est, dont ils avaient la légèreté de penser qu'ils n'avaient pas grand-chose à craindre. Un Sarde qui avait pignon sur rue à Trieste avait, depuis un certain temps déjà, rapproché le clan des Nuvoletta – qui faisait partie de l'Honorable Société – d'Arkan – le chef des milices paramilitaires serbes qui, pendant la dernière guerre, avait assassiné, sous la protection de Milošević, des milliers de Croates et de Bosniaques.

C'est également à Trieste que Licio Gelli, le chef de la loge P2, alors en fuite, avait rencontré des personnalités yougoslaves. En septembre 1995, il déjeunait, sans être inquiété, au Savoia Excelsior avec des amis venus de Lombardie, de Toscane et d'Émilie, ainsi qu'avec quelques patrons du monde de la finance soutenant Milošević. Plusieurs points figuraient, dit-on, à l'ordre du jour : la création d'un paradis fiscal sur une petite île au large de Cattaro, avec hôtels de luxe et casinos ; le lancement d'une campagne de presse internationale contre la Croatie et en faveur de la Serbie ; le marché de l'héroïne en Italie ; le trafic d'armes avec la Roumanie ; l'achat de produits de luxe volés en Italie pour la revente dans les Balkans. Autres sujets : livraison de denrées alimentaires et de médicaments à la Serbie, blanchiment d'argent sale et contournement de l'embargo des Nations unies. Une collaboration entre Licio Gelli et de prétendus francs-maçons, d'une part, le régime de

Milošević et le redoutable Arkan, d'autre part. Et au centre, toujours l'un de ces ordres de chevalerie ou une loge maçonnique. À l'époque, les services secrets italiens étaient intervenus brutalement dans l'enquête menée par la police de Trieste, qui avait découvert une cachette d'Arkan en Carinthie, alors que celui-ci était déjà inscrit sur la liste des criminels recherchés par le Tribunal pénal international. Pendant des années, Trieste avait représenté pour lui un point de chute ; il y était bien souvent signalé et surveillé par les forces de sécurité. Cette fois-là, ils lui avaient collé aux talons de la frontière italo-slovène aux environs de Klagenfurt. Mais un surprenant coup de frein avait été donné par les services secrets.

Et qui, à l'époque, avait établi le contact entre Arkan et Cosa Nostra ? Le Sarde, qui avait choisi Trieste comme port d'attache, son apparente tranquillité favorisant ses affaires douteuses. Il disposait des meilleures relations jusque dans les milieux politiques. Sur les terrains qu'il avait alors achetés en Sardaigne sont aujourd'hui construites de fières villas protégées du public comme des forteresses. Dans l'une de ces propriétés étaient régulièrement invités des politiciens européens, tels Blair, Aznar et Poutine. L'homme qui avait fait la une des journaux est encore, à ce jour, soupçonné de meurtre. En juin 1982, il avait aidé Roberto Calvi, l'équivoque « banquier de Dieu », à fuir le pays par Trieste et il l'avait accompagné jusqu'à Londres après une étape à Klagenfurt. Lorsqu'on eut, quelques jours plus tard, retrouvé Calvi pendu sous Blackfryers Bridge et que les autorités anglaises eurent annoncé le suicide comme cause de la mort, celles-ci mirent en jeu leur si admirable réputation car personne ne les crut. Vingt-deux ans après, l'histoire était revenue sur le devant de la scène. On avait subitement retrouvé le canot à moteur qui avait conduit Calvi sous le pont. On avait même – ô surprise – déterminé l'endroit où l'embarcation avait accosté et l'on savait exactement d'où provenaient les deux briques qu'on lui avait fourrées dans les poches. Comme si rien n'avait changé à Londres en vingt-deux ans. Mais au fait, pourquoi n'avait-on pas réussi à étouffer définitivement l'affaire ?

Laurenti n'écoutait que d'une oreille les explications de ses collègues. Cette histoire le mettait en rage. Personne n'était capable de répondre à sa question : pourquoi aucun journaliste, aucun procureur n'avait-il tenté de démontrer ces implications dans toute leur complexité ? Coppola n'avait-il pas, dans la dernière partie du *Parrain*, tout exposé de façon limpide, sans que qui que ce soit ne porte plainte ? Car cela aurait provoqué sans aucun doute un beau scandale !

La réunion dura jusqu'à huit heures, la discussion portant sur les complicités qu'avait révélées ce simple appareil introduit dans une prison. L'affaire sentait extrêmement mauvais, mais les preuves manquaient pour accuser les vieux réseaux. Qui n'a ni imagination ni vision d'ensemble est incapable de mener une enquête semée de tabous. Mais, après tout, Laurenti n'était pas concerné. Les sections chargées du crime organisé, les équipes anti-Mafia et les services secrets n'avaient qu'à s'en occuper. Le rôle de Laurenti se bornait à leur fournir les informations recueillies à l'occasion des homicides « ordinaires ». Et c'était mieux ainsi. Combien d'autres, avant lui, avaient payé cher le fait de fourrer leur nez là où ils n'auraient pas dû. Intrigues, menaces, violences pouvant aller jusqu'à la mort tragique dans des circonstances jamais élucidées. Et la veille, justement, Orlando lui-même lui avait conseillé de rester en dehors des événements qui se produisaient sous ses yeux.

– Il est temps de retourner au bureau, dit le questeur en se levant. À onze heures a lieu la conférence de presse sur les dernières statistiques de la criminalité. Laurenti, s'il vous plaît, soyez à l'heure !

*

– Non, mon cher, annonça Živa au téléphone. Je croule sous le travail. Je ne sais pas du tout quand j'aurai le temps.

La liaison était mauvaise et Laurenti lui fit répéter son refus. Deux ans auparavant, le policier italien à la vie de famille débordante et la procureure croate, séduisante et célibataire, s'étaient dangereusement rapprochés. Ils avaient – peut-être même un peu trop – pris au pied de la lettre l'invitation à une collaboration plus étroite entre États voisins et désormais se retrouvaient souvent dans des hôtels au-delà de la frontière. Mais, depuis des semaines, Živa était débordée. Ils ne se voyaient quasiment plus et se contentaient de se téléphoner de temps à autre. Il y a un mois encore, c'était elle qui appelait le plus souvent, mais ces derniers temps, c'était l'inverse. Parfois, dès la troisième sonnerie, il entendait le signal « occupé ». Et lui faisait de même lorsqu'il ne pouvait pas ou ne voulait pas répondre. Mais Živa ne rappelait pas. Avait-elle un autre amant ?

– Nous avons un gros poisson dans le filet, s'excusa-t-elle. 338 kilos de cocaïne, transportés d'un yacht au port par un canot pneumatique et prêts à partir en voiture. Tes collègues de Milan nous prêtent la main depuis quelques mois.

Laurenti ignorait tout. Jusque-là, Živa et lui avaient toujours partagé ce genre d'information. Et subitement, la procureure croate devenait étrangement discrète. Il se sentit exclu et même jaloux. Mais Živa ne lui laissa pas le temps de réfléchir.

– Valeur sur le marché : douze millions et demi d'euros. Tu vas être content : le bateau appartient à celui qu'on appelle le « ministre de la marine » de ton ami Petrovac.

– Zakinji ?

En voilà une nouvelle ! Cela signifiait que Viktor Drakič n'était pas loin. Depuis des années, Laurenti le pourchassait en vain et, bien qu'il soit toujours sur ses talons, leur vieux compte n'était toujours pas réglé. Si les Croates mettaient la main sur Zakinji, cela pouvait lui rapporter des informations intéressantes.

– Je te tiendrai au courant, promit Živa. On verra ce qu'il nous raconte. Maintenant, il faut que je te laisse. Je te rappelle dès que possible.

Laurenti n'était pas sûr qu'elle ait attendu qu'il lui dise « Au revoir ! » avant de raccrocher. Contrarié, il prit sa voiture pour se rendre à la questure malgré les embouteillages matinaux.

Il savait naturellement qu'en Croatie la situation était brûlante. À l'approche des élections, les slogans nationalistes se durcissaient. La guerre des pêcheurs s'était rallumée entre la Croatie et la Slovénie. Les Croates voulaient interdire à leurs voisins l'accès aux eaux internationales. Les incidents se multipliaient, par bonheur sans conséquences jusque-là. Et Živa lui avait révélé, il y a peu, qu'elle songeait à être candidate au Parlement de Zagreb. De nombreux amis l'y avaient incitée. Elle qui avait fait ses études à Munich, qui parlait couramment plusieurs langues étrangères et qui était rentrée dans son pays pour assumer ses responsabilités, se devait de mettre son expérience au service de ses concitoyens. Živa, qui portait généralement ses cheveux bruns tressés en une longue natte, voulait « décoiffer » les vieilles barbes. Elle qui avait constamment défendu son indépendance, qui n'avait jamais exigé que Laurenti choisisse entre sa femme et elle, qui insistait toujours pour que chacun soit son propre maître, allait subitement se lier : à la politique de son pays. Voilà donc des semaines qu'elle n'avait plus un instant pour son amant de Trieste.

Fatigué, dépité, il grimpa jusqu'à son bureau. Il avait espéré retrouver Živa un prochain jour, manger des fruits de mer avec elle sur la terrasse idyllique du Gostionica Belveder devant les portes de Cittanova et puis aller nager, au lieu de passer une soirée à la maison pour une nième soirée barbecue.

Il n'eut guère le temps de s'apitoyer sur lui-même. Marietta l'attendait. Elle était encore plus bronzée que la veille et sentait le grillé. Laurenti fronça les sourcils.

– Si tôt le matin ? interrogea-t-il sur un ton sarcastique. Tu viens directement du campement ? Comment était l'orgie ? C'était du poulet rôti ?

– Le mort du val Rosandra a peut-être un nom, dit Marietta sans perdre son temps en salutations. Du moins, le signalement correspond. Une vieille femme de Servola a appelé parce que son fils n'est pas rentré de la nuit. Elle se fait du souci. J'ai envoyé une patrouille pour récupérer une photo du garçon.

– Mais l'homme a au moins quarante-cinq ans, objecta Laurenti.

– Justement.

Marietta rayonnait. Il y avait longtemps qu'elle n'avait pas eu l'occasion de recueillir une information avant son patron ; il s'était passé trop peu de choses ces derniers mois. De toute évidence, cette affaire la motivait.

– Et son gamin ne s'est jamais absenté aussi longtemps ? À son âge, il n'a encore jamais découché ? Tu vas voir qu'avant l'arrivée des collègues, il sera à la cuisine en train de se faire chauffer un café. Que dit l'autopsie ?

– Dans une heure environ, nous aurons les résultats.

Marietta haussa les épaules.

– Tu me donnes mon après-midi si j'ai raison ? Voilà l'adresse.

– Je serais plutôt d'avis que tu restes plus longtemps au bureau au lieu de te brûler la peau. Si tu veux, tu peux rentrer chez toi et te rafraîchir. Mais avant, s'il te plaît, tu me négocies un rendez-vous avec Galvano pour un déjeuner.

L'adresse à Servola ne lui parut pas inconnue. Un coup d'œil dans le dossier « Entrepôt sous séquestre » lui confirma qu'il s'agissait d'un voisin de la jeune Australienne.

– Marietta, dit Laurenti, appelle Sgubin, je l'emmène.

Mia était heureuse

Le quatrième jour du séjour de Mia, Angelo avait quitté la maison comme tous les matins pour acheter le journal et boire un deuxième café au bar. Il n'en crut pas ses yeux lorsqu'il vit Calisto, dont le scooter était garé juste devant l'entrée, sortir de la cour voisine. Calisto le salua d'un air entendu.

– Elle est vraiment gentille, la petite, lui asséna-t-il avec un ricanement. Et insatiable !

Le sang d'Angelo ne fit qu'un tour.

– Tu blagues ? Dis-moi que ce n'est pas vrai !

– Quoi ? Qu'elle baise bien ? Mais si !

Angelo tremblait de la tête aux pieds.

– Je t'avais pourtant dit de ne pas la toucher !

– Les choses ne se passent pas toujours comme on voudrait !

Calisto jouait avec son trousseau de clés.

– Et c'est bien ainsi. Elle est tout simplement merveilleuse ! Toute la nuit, jusqu'à l'aube. Hier, on est d'abord allé se baigner à la Liburnia, ensuite…

– La ferme !

L'idée que Calisto se soit pavané sur la plage des nudistes avec Mia lui fit l'effet d'un coup de poignard. Mia n'avait-elle pas refusé son invitation sous prétexte qu'elle avait trop à faire ? En réalité, elle couchait avec Calisto ! Angelo était fou de jalousie.

– Disparais avant que je te cogne ! Et que je ne te revoie plus !

Il fit demi-tour et claqua le portail derrière lui. Au milieu de la cour, il s'immobilisa un instant pour écouter le scooter démarrer plein gaz.

Il n'arrivait pas à y croire. Ce salaud sans scrupule s'en était donc pris à Mia. Et pourtant, lui, Angelo, avait un droit sur elle. Il l'avait traitée avec égards et ne l'avait pas bousculée. Sa mère l'avait invitée à déjeuner et, pendant des années, ils avaient gardé un œil sur la maison abandonnée, il lui avait même réparé sa Fiat. Et voilà ! Angelo était furieux contre Calisto, contre Mia et contre lui-même. Pour se calmer, il alla chercher une bêche derrière la maison et se mit à retourner la terre. Ce qu'il s'était promis de faire depuis des semaines. De temps en temps, il s'arrêtait un instant pour épier le moindre bruit provenant de la demeure voisine.

*

Mia appréciait la vie à Trieste. Il lui semblait que tout le monde l'aimait. Le policier était presque un père pour elle, le colonel des carabiniers charmant comme s'il lui faisait la cour, le directeur de la banque l'avait invitée à prendre un café et Rosalia, sa voisine, la gratifiait de légumes frais et de paroles aimables. Calisto était devenu inséparable de sa vie. Il lui tardait de le voir arriver sur son scooter le soir après le travail. Seul Angelo, si serviable au début, s'était renfrogné, à la limite de la grossièreté. Mais cela passerait.

Elle eut vite fait de découvrir la ville et les environs. Il y avait tant de choses à voir ! Une fois, ils passèrent même la frontière. Ce fut un merveilleux après-midi. À l'ouest, le ciel était noir comme du jais jusqu'au milieu du golfe et, au large, les nuages s'amoncelaient jusqu'à l'horizon. Et puis, soudain, l'orage tourna court, les nuages semblaient se heurter à un mur de verre qui partageait le monde entre lumière et obscurité. Trieste était encore en plein soleil, le grondement du tonnerre restait lointain. Le *maestrale*[1] s'était calmé, l'air pesait comme du plomb sur une mer d'huile. Vu la chaleur, Calisto proposa de monter sur le karst, à Socerb ou San Servola, c'est ainsi que les Italiens nommaient le vieux château qui dominait la ville à l'est et qui, à travers des siècles de batailles, avait toujours constitué un point stratégique. Qui n'a pas vu la ville de là-haut, affirma Calisto, ne la connaît pas et la comprend aussi peu que quelqu'un qui ne l'a jamais approchée par la mer.

Ils grimpèrent par un chemin pierreux sur lequel des chèvres faisaient tinter leurs clochettes en les dévisageant avec curiosité. Au restaurant ouvert dans l'enceinte du château, ils commandèrent deux pelincovac *on the rocks*, l'amaro istrien, et montèrent le verre à la main jusqu'au point culminant d'où la vue s'étend sur les petites villes de la côte istrienne, sur les salines de Capodistria, sur Trieste et le val Rosandra qui constitue une entaille profonde dans le massif calcaire. Mia était heureuse. Vue d'ici, la frontière politique, qui avait coupé autrefois la ville de son arrière-pays au détriment de l'une et de l'autre, ne jouait plus aucun rôle. Trieste était harmonieusement intégrée dans une unité géographique qui n'avait plus

1. Vent d'ouest qui, souvent, apporte l'orage *[NdT]*.

de limites. Mia apercevait, sur sa gauche, la péninsule istrienne et, à l'ouest, sous de sombres nuages, les stations balnéaires italiennes de l'Adriatique, Grado, Lignano et Jesolo. Là-bas, l'air avait la pureté du cristal, tandis que, côté soleil, il semblait noyé de vapeurs. Mia s'abandonna voluptueusement à la main de Calisto, qui lui caressait le dos pendant que, se penchant par-dessus le mur, elle admirait le paysage.

– Il n'y a malheureusement plus de place au restaurant, dit Calisto. Il faudra revenir une autre fois pour le coucher de soleil et les lumières de la ville.

– Je ne pense pas qu'on puisse assister au coucher du soleil, répondit Mia. Il y a déjà des éclairs, là-bas.

– La météo, c'est comme la politique. Inconcevable qu'un changement, quel qu'il soit, arrive jusqu'à Trieste. Voilà des semaines que ça dure. L'orage éclate en mer, sur le Frioul ou sur le karst. Mais les trente kilomètres de côte sont à part.

– Restons ici pour nous en rendre compte. Tu veux bien aller me chercher un deuxième verre ?

Lorsque Calisto revint, elle l'embrassa.

– Qu'est-ce que tu vas faire ? demanda Calisto.

– Qu'est-ce que tu veux dire ? répondit-elle en riant.

– Tu vas rester à Trieste ou repartir en Australie ?

– Je n'ai pas de projet. Je ne suis pas obligée de me décider tout de suite. Je peux faire ce que je veux. Il n'y a que l'entrepôt qui me retient. Sinon, je suis libre.

– Tu as dit que tu voulais vendre la maison.

– Ça ne change rien ! Je peux toujours trouver un appartement. Ou peut-être que je ne la vendrai pas. Et puis même si je la vends, vu le temps que ça prend, je n'ai pas besoin de me casser la tête là-dessus aujourd'hui.

– Pour l'entrepôt, je peux te trouver un acheteur du jour au lendemain. Il y a des collectionneurs, de vrais fanatiques, qui sont prêts à débourser une fortune !

– Pourquoi collectionner des armes ?

– Pourquoi collectionner des timbres ou des monnaies ? Mais tu as raison. Les collectionneurs d'armes que je connais ont presque tous un grain. Souvent des fascistes et des nazis. Des esprits faibles qui se croient plus forts s'ils ont un blindé dans le garage ou une grenade et un pistolet dans l'armoire. Je suis sûr que certains d'entre eux seraient capables d'entrer en guerre avec leur attirail. C'est plus excitant si les trucs fonctionnent. Et c'est plus cher. Ça m'est arrivé d'en faire commerce.

– Pourquoi ?

– C'est de l'argent facile, tout simplement.

– Je ne comprends pas ça.

– Je n'ai pas de scrupules. Quand je mets la main sur ce genre de choses, je les vends. Sinon, c'est un autre qui le fera. La morale ou la politique, je m'en moque complètement !

Tôt le lendemain matin, elle avait longuement embrassé Calisto avant son départ, puis elle avait rattrapé son retard de sommeil. Plus tard, elle s'était plongée dans les papiers de sa tante. Elle n'entendait pas grand-chose à cette langue bureaucratique. Il était déjà midi lorsqu'elle frappa à la porte de ses voisins pour demander Angelo.

Rosalia, aimable comme à l'accoutumée, insista pour qu'elle reste déjeuner. Angelo, pour sa part, ne lui accorda pas un regard et s'assit à table sans un mot.

– Au fait, je voulais te demander, lui dit Mia, si tu pouvais m'aider à m'y retrouver dans la paperasse. Je suis un peu perdue. Mon italien est trop limité dans le domaine juridique.

– Pas le temps, répondit Angelo sans lever le nez de son assiette.

– Comment ça ? intervint sa mère, interloquée. Les travaux derrière la maison peuvent attendre. Rien ne presse. Cela fait des mois que ça traîne. Va chez Mia et regarde un peu !

– J'ai dit : « Je ne peux pas ! »

Il avala une dernière bouchée, repoussa bruyamment son assiette et se leva.

– Cherche-toi quelqu'un d'autre !

Il claqua la porte de la cuisine derrière lui. Peu après, elles entendirent la camionnette démarrer.

– Je ne sais pas ce qu'il a. Il n'est jamais comme ça. Déjà, ce matin, il a eu une violente discussion avec son ami Calisto qu'il a rencontré, par hasard, devant la maison. Si tu veux, je vais t'aider. Mais moi non plus, je n'y comprends pas grand-chose.

Mia décida de s'y remettre seule et prit congé. Elle sortit une table qu'elle plaça sous l'arbre dans la cour et y étala le dossier. En se concentrant, elle arriverait bien, pour le moins, à mettre de l'ordre dans les documents. Il fallait avancer. Calisto lui apporterait peut-être du nouveau lorsqu'il aurait consulté le cadastre.

Il s'agissait d'une pile de papiers non classés qu'elle avait trouvés dans une armoire. La tante n'était pas très ordonnée. Il fallait éplucher chaque feuille. Mia vérifia les adresses sur les factures de téléphone et d'électricité, mais l'entrepôt n'y apparaissait pas. Elle se contenta de survoler les lettres et les cartes de Noël, sauf celles où elle reconnut l'écriture de sa mère, qu'elle mit de côté. Fêtes et anniversaires, et même le succès de Mia au baccalauréat ! Entre deux courriers, des reçus dont on ne voyait pas toujours à quoi ils se rattachaient. Impôt foncier, assurance, eau, électricité, voirie, tout était mélangé. Mia finit par se lasser. Elle improvisa un presse-papiers avec quelques cailloux, car une légère brise s'était levée. Puis elle rentra dans sa chambre à coucher pour se reposer. Mais le vacarme d'une tronçonneuse lui parvint par la fenêtre ouverte. Elle enfila un tee-shirt et rejoignit Angelo.

– Pourquoi fais-tu la tête ?

– Je ne fais pas la tête !

– Je voulais te demander si tu étais libre demain après-midi. On pourrait aller se baigner et après manger une pizza. Qu'est-ce que tu en dis ?

– Quand ?

Angelo avait retrouvé un ton plus aimable.

– Demain !

– Je ne sais pas encore si j'aurai le temps.

– Préviens-moi !

Le soir, lorsqu'elle entendit s'éteindre le moteur du scooter et retentir le klaxon, Mia courut vers son amant.

– Devine ce que j'ai trouvé ! lui cria-t-elle.

– Toi aussi, devine ce que j'ai trouvé ! répondit Calisto en tirant une grosse enveloppe de son coffre.

– Toi d'abord !

– Une bouteille de vin à la cave ?

– Tu es bête. Devine !

– Un autre entrepôt ?

– Idiot ! Entre ! C'est l'acte de vente ! Et toi ?

– La même chose, fit Calisto, déçu. Ton oncle a acheté le bâtiment à un prix très avantageux, à l'occasion d'une vente aux enchères, dans le cadre d'une liquidation, en 1969.

– Exactement. C'est drôle que tante Alda n'en ait rien su. On dirait que mon oncle avait ses petits secrets.

– L'entrepôt appartenait à l'un de ces armateurs qui ont fait faillite à l'époque. L'un après l'autre. Les temps étaient durs pour tout le monde en ville. J'en ai encore un vague souvenir. Qu'est-ce que tu as trouvé d'autre ?

– Des reçus, des factures, des lettres, des contrats d'assurance, etc. Tu veux un apéritif ?

Elle entraîna Calisto jusqu'à la table dressée sous l'arbre et l'embrassa de nouveau.

– Au fait, j'ai parlé de toi à maman. Elle veut absolument faire ta connaissance !

Calisto fronça les sourcils.

– Tu n'imagines pas combien j'ai soif !

– Elle nous invite tous les deux. Elle veut même payer l'avion. C'est quand on veut. Je suis sûre que ça te plaira !

– En hiver, répondit Calisto. En été, il fait trop beau pour quitter Trieste.

Lorsque Mia revint avec des verres et une bouteille de vin blanc, ils passèrent en revue les papiers que Mia avait classés. Elle laissa à Calisto le soin de décider ce qui était important ou non. Mais quel drôle de style les gens avaient-ils autrefois !

En peu de temps, la pile avait diminué. Mais pas de trace de contrat de location, pas le plus petit indice quant à la provenance de l'arsenal de guerre.

*

Ils s'étaient rapidement habitués l'un à l'autre. Calisto n'avait pas dormi dans son propre lit depuis longtemps. Mia l'accaparait entièrement et il était heureux que le sort lui ait destiné une femme aussi fine que séduisante. Quand il songeait au nombre de liaisons qu'il avait eues auparavant, il ne se comprenait plus. Et même si, au début, c'était pour d'autres raisons qu'il s'était attaché à elle, il avait complètement rayé celles-ci de sa mémoire.

Calisto sortit de la maison peu avant huit heures, comme tous les matins précédents. C'est alors qu'il aperçut son scooter baignant, en pleine rue, dans une flaque d'essence. Il supposa qu'un fêtard l'avait embouti pendant la nuit, mais lorsqu'il le redressa, il constata que les deux pneus étaient crevés. Calisto poussa un juron. Il n'était pas doué pour la mécanique. Il fallait une dépanneuse pour déposer le scooter dans un garage. Ou Angelo avec sa camionnette, s'il s'était calmé.

Calisto sonna à la porte d'à côté. Au bout d'un moment, Rosalia ouvrit et lui dit qu'Angelo, comme tous les matins, était allé au village pour acheter le journal. Calisto eut vite fait de le trouver et lui tapa sur l'épaule en guise de salut. Il ne récolta qu'un regard haineux et un geste du bras le repoussant.

– Qu'est-ce que tu veux ? demanda Angelo, manifestement agacé.

– Drôle de façon de me dire bonjour ! Tu t'es levé du pied gauche ?

– Qu'est-ce que ça peut te faire ? Tire-toi !

– Trop aimable !

Calisto commanda un *espresso*.

– J'allais justement te demander un service.

– Va voir ailleurs !

– Quelqu'un s'est permis de me jouer un sale tour avec mon scooter. Les pneus sont à plat, il faut le conduire au garage. Ta camionnette m'éviterait d'appeler une dépanneuse.

Calisto paya son café et voulut également régler celui de son ami.

– Garde ton fric. Je paie moi-même, rugit Angelo en lui tournant le dos.

Il se mit à feuilleter ostensiblement *Il Piccolo* et se retourna brutalement lorsque Calisto lui tapa sur l'épaule. Tout alla très vite. Le poing d'Angelo toucha Calisto en pleine figure. Celui-ci recula en titubant et se heurta à une table. Le sang lui coulait du nez. Avant qu'il n'ait pu se relever, Angelo en rajouta. Deux crochets au menton et un uppercut à la tempe envoyèrent Calisto au tapis. Lorsqu'il reprit conscience, il vit se dessiner, au-dessus de lui, la silhouette d'Angelo.

– Devine qui t'a bousillé ton scooter pourri !

Un coup de pied dans le bas-ventre le mit définitivement K.-O. Lorsqu'il revint à lui, il entrevit le patron qui se penchait vers lui et portait un verre d'eau à ses lèvres.

– Vous devez avoir un problème tous les deux, dit le patron.

Calisto se tâta la mâchoire, puis le nez, et acquiesça.

– Ça va aller, dit-il d'une voix déformée par la douleur, tout en essayant de se relever. Appelle-moi un taxi !

*

– Angelo !

Mia l'appela par la fenêtre lorsqu'elle le vit travailler dans le jardin. Elle tenait une tasse de café à la main, elle n'avait enfilé qu'une chemise légère qui lui arrivait juste au ras des fesses.

– Angelo ! Veux-tu un café ?

Angelo se redressa et s'essuya la sueur du front. Puis il s'appuya sur sa bêche et regarda du côté de Mia.

– Viens, il est tout chaud.

Angelo la regarda encore un moment en silence, puis il se décida à bouger après avoir planté sa bêche en pleine terre. Il s'arrêta sous la fenêtre de Mia.

– Tu es devenu muet ? interrogea-t-elle en lui tendant son café.

– Merci, répondit-il d'une voix sourde.

– Qu'est-ce que tu fais cet après-midi ? Tu as déjà prévu quelque chose ?

– Pourquoi ?

– Je pensais qu'on pourrait faire quelque chose ensemble. Mais si tu n'as pas le temps…

Mia avait décidé de clarifier la situation. Selon Calisto, il était tout simplement jaloux.

Routine

Une matinée frénétique. On disposait désormais de la photo que, sur instruction de Marietta, une patrouille était allée chercher chez Rosalia. L'identité du mort ne faisait plus de doute. Laurenti décida de faire un saut à Servola avant la conférence de presse.

La vieille dame leur ouvrit, l'air inquiète, et les pria d'entrer. Elle raconta que son fils avait rendez-vous, cet après-midi-là, avec Mia, mais qu'il avait probablement changé d'avis du fait que la jeune femme avait reçu une triste nouvelle d'Australie. Laurenti s'étonna que Mia ne lui en ait rien dit, elle lui téléphonait pourtant quotidiennement au sujet de l'entrepôt. Il laissa à Sgubin le soin de prendre la déposition et de préparer Rosalia à la nécessité d'une identification. Puis il appela le docteur Zerial pour lui demander si, après l'autopsie, le cadavre ne ressemblait pas trop à Frankenstein, ce qui ne manquerait pas de choquer les proches. Il avait pris l'habitude de poser cette question du temps de Galvano, dont la capacité de compassion était limitée. Zerial indiqua également à Laurenti la cause exacte du décès. L'homme était mort dans d'atroces souffrances à cause d'une boucle d'oreille que le médecin légiste avait retrouvée dans sa trachée. Ce n'était pas une belle mort, bien qu'elle fasse preuve d'originalité. Mais à qui appartenait le bijou ?

Mia fit de grands yeux lorsqu'elle ouvrit à Laurenti. Un moment, elle fut tentée de tout avouer. Mais elle se reprit dès que le commissaire prononça une parole.

– Je passais dans le coin, j'ai voulu voir comment vous alliez, dit Laurenti. Votre voisine m'a appris que vous aviez un décès dans votre famille. Je vous présente mes plus sincères condoléances.

Mia acquiesça en silence.

– Un parent ? interrogea Laurenti. Un proche ?

– Mon oncle préféré. Un homme merveilleux.

Ce n'était pas un mensonge. Laurenti n'avait pas demandé la date du décès.

– Vous allez à l'enterrement ?

– C'est loin. Ce serait trop compliqué. Je lui dirai adieu d'une autre façon.

– Puis-je faire quelque chose pour vous ?

Mia hocha négativement la tête.

– Savez-vous combien de temps durera encore le séquestre ? Et qui a rassemblé cet arsenal ?

– On en est encore à l'inventaire. Cet après-midi, nous aurons un bilan provisoire et nous pourrons être plus précis. Je suis convoqué à la préfecture, ainsi que le colonel Canovella, que vous connaissez aussi.

Mia ne l'avait pas invité à entrer. Elle s'était appuyée contre la porte, la main sur la poignée. Laurenti restait debout, trois marches plus bas.

– Vous ne sauriez pas, par hasard, où est Angelo ?

– Aucune idée !

– Quand l'avez-vous vu pour la dernière fois ?

– L'après-midi avant qu'il ne disparaisse.

– Où ça ?

– Nous sommes allés nous baigner et puis j'ai reçu cet appel d'Australie. Il m'a tout de suite ramenée.

– Qu'avez-vous fait ensuite ?

Mia hésita un instant.

– Je n'ai pas bougé d'ici, finit-elle par répondre.

– Vous n'êtes pas ressortie ?

– Non.

Mia avait la gorge sèche.

– Je vous l'ai dit. C'était le jour où j'ai eu la mauvaise nouvelle.

Laurenti se gratta la tête et fixa silencieusement Mia. Zerial avait dit qu'au val Rosandra les indices laissés par une seconde personne provenaient certainement d'une femme. Entre autres, des cheveux châtains de trente centimètres de long. Exactement comme ceux de Mia.

– Mais vous aviez prévu de sortir après la baignade ?

– Oui, mais je me suis décommandée. Je ne sais vraiment pas ce qu'il a fait après.

Zerial avait encore dit une chose qui tracassait Laurenti. Le cadavre présentait de profondes griffures, on pouvait penser qu'il y avait eu affrontement. Comme lors d'un viol par exemple. Et il avait trouvé des restes de vernis à ongles rouge. Laurenti se promit d'aller vérifier tout cela par lui-même. La boucle d'oreille avait été nettoyée et photographiée.

– Bien, je ne vais pas vous ennuyer plus longtemps. S'il vous manque une boucle d'oreille, appelez-moi !

Lorsqu'il prit congé, Laurenti jeta un coup d'œil sur la main de Mia. Elle avait les ongles courts, sans vernis.

– S'il y a du nouveau concernant l'entrepôt, implora-t-elle, prévenez-moi ! Il faut que je réfléchisse à ce que je vais faire de tout cet attirail.

Puis, avec un signe de tête en direction de la maison voisine :

– La pauvre Rosalia est complètement désespérée.

– Je crois qu'il lui faudra beaucoup de courage. Vous pourriez peut-être vous occuper d'elle quand elle reviendra de l'identification. Il ne faudrait pas qu'elle soit seule à ce moment-là.

– Vous avez donc trouvé Angelo ? s'écria-t-elle.

Laurenti la mettait dans une situation diablement délicate. Il la poussait à faire quelque chose qu'elle ne pouvait pas faire.

– Il semblerait. Mais sa mère doit d'abord l'identifier. Ce sera un choc pour elle. Vous non plus ne devriez pas rester seule.

Mia sursauta lorsqu'elle vit Sgubin accompagner Rosalia jusqu'à la voiture de police en la tenant par le bras. C'était certainement la première fois qu'elle montait dans ce genre de véhicule.

– Je vous tiendrai au courant, dit Laurenti en regardant sa montre.

Il fallait qu'il se dépêche. La conférence de presse commençait dans un quart d'heure.

*

– Trieste n'est ni une oasis paradisiaque ni l'empire du mal, proclama le questeur, avant de communiquer les statistiques annuelles de la criminalité et de les commenter.

Étaient présents, outre les journalistes de la presse et de la télévision locales, des représentants des médias étrangers. Le préfet était dans la salle, ainsi que quelques élus municipaux et régionaux.

– Il convient de rester vigilant. La formation de nos personnels est remarquable et grâces soient rendues à l'excellente collaboration qui règne entre la police, le ministère public, les autres forces de sécurité italiennes et les collègues de Slovénie. Nous avons relevé 282 arrestations, 110 000 appels de détresse, 9 000 patrouilles, quelques milliers d'interventions pour le maintien de l'ordre public, 44 interdictions de stade pour des supporters de notre équipe de football, 9 210 484 contrôles aux frontières, 462 immigrés clandestins refoulés, 9 542 autorisations de séjour, quelques milliers de prolongations et autant de refus. Mais ne nous faisons pas d'illusions. Trieste n'est qu'en apparence une ville calme avec une petite délinquance relativement limitée. Elle constitue un point névralgique pour les nouvelles organisations de la Mafia qui s'installent ici, même si c'est parfois provisoire, et qui profitent de notre situation géographique particulière pour y centrer leurs opérations. Trafics en tous genres, passagers clandestins, esclavage moderne, organes humains, drogues. Les bandes organisées sont aujourd'hui liées les unes aux autres dans toute l'Europe…

Laurenti connaissait les chiffres par cœur et n'écoutait que d'une oreille son chef, à côté duquel il trônait à la tribune. Il feuilletait les documents qu'il lui reviendrait de commenter, alors que le questeur semblait jouer un rôle plus politique.

– Je voudrais souligner une chose : il n'est pas vrai que, dans notre pays, les étrangers commettent plus d'infractions que les autochtones.

Le questeur lança un regard circulaire dans la salle, comme s'il voulait s'assurer que tout le monde avait bien compris. Puis il termina son allocution par ces mots :

– Dans tous les cas, la police a besoin du soutien et des hommes politiques et de la population, afin d'être plus proche des citoyens et de pouvoir garantir le respect des valeurs fondamentales de notre société.

Puis, se tournant vers Laurenti :

– Mon adjoint va maintenant vous exposer, avec tous les détails, le rapport annuel de 2002 relatif à la criminalité.

Puis il se cala dans son fauteuil.

– *Parenti serpenti*, préluda Laurenti, puis, percevant quelques rires dans la salle, *fratelli coltelli*…

Il entreprit alors de détailler les données brutes. Ce qu'il avait à dire ne correspondait pas à l'image sereine d'une société vivant dans la joie. Le total des meurtres en Italie avait nettement régressé mais, en revanche, les actes de violence à l'intérieur des familles ou entre voisins avaient terriblement augmenté. Dans l'ensemble du pays, 1 200 homicides, dont 51,5 % avaient eu lieu dans la sphère privée. Les hausses par rapport à la période de référence étaient alarmantes : plus de 69 % pour les meurtres entre voisins, de 58 % entre amis et de 33 % entre collègues de travail. Certes, les meurtres attribués au crime organisé avaient diminué, mais ceux dont l'origine restait inexpliquée avaient augmenté. Laurenti avait à transmettre des statistiques, laissant à d'autres le soin de les interpréter. Ce n'était pas son rôle, même s'il aurait eu beaucoup à dire sur la question. Il aurait alors tenu un discours politique qui ne serait pas resté neutre. Il aurait dû parler de l'angoisse existentielle qui gagnait toute la société, de la pression économique qui ne cessait de s'accroître, d'une fracture sociale de plus en plus criante. Mais cela lui aurait coûté sa place.

Dans l'intervalle, Marietta avait confirmé le rendez-vous avec Galvano. Le vieux l'attendait probablement déjà. Il fit un signe de dénégation à la journaliste de la télévision régionale qui voulait l'intercepter à la sortie, l'évita avec un sourire, mais sans un regard au microphone qu'elle lui tendait.

Pizza pour tous

– Excuse la maigre pitance, dit Viktor Drakič hypocritement, lorsqu'il prit congé de Jože Petrovac sur le parking de la pizzeria, à l'entrée de Cittanova. Mais c'est l'endroit le plus sûr.

Petrovac lui tapa sur l'épaule.

– C'était presque aussi bon qu'en prison !

Il y avait longtemps qu'ils ne s'étaient pas vus et ils avaient beaucoup de questions à traiter. Comme d'habitude, Petrovac avait fumé cigarette sur cigarette, même entre deux bouchées qu'il mâchait à peine. C'était un grand nerveux, bien que ses affaires marchent parfaitement, et grâce à l'habileté de ses avocats et à bon nombre de pots-de-vin, il était encore en liberté. Son procès ne serait pas rouvert avant longtemps. Les autorités de Zagreb étaient trop occupées à contourner la demande d'extradition des quelques criminels de guerre réclamés par La Haye. D'autre part, la Croatie demandait son inscription sur la liste des pays en attente d'intégration européenne et se devait de faire bonne figure sans avoir l'air de céder aux exigences de l'étranger. Des accents nationalistes se faisaient entendre et ce n'était pas le moment de réveiller l'affaire Petrovac. Son arrestation, deux ans auparavant, n'avait eu lieu que sous la pression internationale. Pendant sa détention,

Viktor Drakič avait géré ses affaires et, grâce à ses bonnes relations avec les Italiens, il les avait même fait progresser. Petrovac ne lui en avait pas voulu d'en profiter pour arrondir sa part des bénéfices. Drakič lui avait proposé qu'ils travaillent ensemble, mais de façon décentralisée. En étant flexibles dans tous les domaines. Petrovac continuerait à exploiter seul la « ligne de Pékin » et resterait responsable de l'immigration clandestine vers l'Europe de l'Ouest. Viktor Drakič, lui, voulait développer le trafic d'armes qui, en général, s'effectuait en sens inverse. Ils feraient cause commune pour la drogue et les autres secteurs, par exemple en matière de devises et surtout dans le domaine politique. La sœur de Drakič, Tatjana, était à Trieste sous un nouveau nom, avec un nouveau visage et un passeport diplomatique américain ; elle tenait les comptes. Aucun des enquêteurs triestins ne l'avait reconnue lorsqu'elle était revenue presque un an auparavant et qu'elle avait installé son bureau à cinquante mètres à peine de la questure. Officiellement pour l'une des nombreuses sociétés d'import/export, comme il en existe dans chaque ville portuaire ou frontalière. Ni Proteo Laurenti ni le procureur Scoglio ne se doutaient que le réseau fonctionnait à nouveau.

– Le problème à Belgrade, avait expliqué Petrovac, au cours du déjeuner, à la manière d'un homme d'État, c'est que les aides à la reconstruction promises par l'Union européenne et l'ONU n'arrivent pas comme prévu. Actuellement, nous gagnons plus avec les entreprises qui assurent la logistique de la KFOR qu'avec celles qui bâtissent dans la capitale. Depuis que Djindjic est parti, les affaires reprennent, mais une nouvelle crise s'ouvre au Kosovo. Le moment est peut-être venu de livrer Ratko Mladic. Ça ouvrirait peut-être les robinets à fric.

Drakič poussa un soupir désabusé.

– Ça nous a coûté beaucoup d'argent pour reprendre la situation en main.

Le premier chef de gouvernement serbe qui, après la chute de Milošević, avait eu l'idée folle de stabiliser le pays et s'en était donc pris aux réseaux de l'ancien régime, avait été victime d'un attentat. On avait supposé que c'était l'Honorable Société qui tirait les ficelles, mais les implications politiques étaient telles qu'on ne connaîtrait certainement jamais le fin mot de l'affaire. D'ailleurs, à l'Ouest, on n'y tenait pas forcément. Si grand que soit le fossé entre Croates et Serbes, il n'empêchait pas les criminels de travailler ensemble. Ils n'avaient qu'un seul but : le profit. Et leur collaboration passait efficacement par-dessus les frontières.

– L'argent a été utilement investi, répondit Petrovac. Nos amis italiens nous sont reconnaissants. Des problèmes avec les filles du Kosovo ?

Drakič fronça les sourcils.

– Ça va, ça vient, comme toujours. Il arrive que la presse occidentale se plaigne amèrement que les Casques bleus soient obligés de payer, même pour baiser. Mais, en fin de compte, ça ne gêne pas le business. Je me fais plus de souci sur le dossier Telekom Serbia que les procureurs italiens ont ouvert. L'enjeu est important et quelques-uns de nos meilleurs partenaires sont impliqués. Mais je ne crois pas que le scandale éclate, ajouta Drakič avec un rire méprisant. Ça se passera comme d'habitude. Beaucoup de bruit pour rien. Et, à la fin, non-lieu. On perd malheureusement beaucoup de temps avant que les seconds couteaux soient opérationnels.

La reprise de Telekom Serbia par des consortiums italiens et grecs intéressait fortement les tribunaux et les médias. On estimait à 450 millions les pots-de-vin destinés aux politiciens. Gouvernement et opposition s'accusaient mutuellement. Des noms étaient cités, immédiatement suivis de plaintes en diffamation. Et, à l'arrière-plan, toujours les mêmes protagonistes qui, durant les vingt dernières années, s'étaient profilés dans toutes les affaires de quelque importance. La mainmise de Cosa Nostra dans les Balkans était évidente, mais les autorités, tout comme la presse, évitaient d'attirer l'attention sur ces liens. C'était bon pour Petrovac et Drakič, mais ce silence leur coûtait cher.

– J'ai besoin d'un soutien logistique, reprit Drakič. Jusqu'ici, c'est Zakinji qui planifiait tout, mais depuis son arrestation nous avons un problème. Je lui avais dit mille fois de former un adjoint. Aucune entreprise ne peut se permettre de dépendre d'une seule personne.

– Zakinji sera bientôt dehors, dit Petrovac avec un certain sourire.

– Il s'agit d'une commande provenant de Bosnie. Trois cents kilos de Goma-2, cent Semtex et mille mitrailleuses. La marchandise est entreposée à Trieste. Le transport est organisé. Plusieurs livraisons d'armes et de munitions ont déjà eu lieu. Mais pour les explosifs, il me faut des gens fiables. Je ne fais plus confiance aux islamistes, ils nous doivent encore de l'argent de la dernière fois.

– Ce sera tiré au clair !

Ils fixèrent une date de rendez-vous. Petrovac promit la mise sur pied d'un groupe bien équipé qui s'occuperait du transport des armes. Drakič était uniquement responsable de l'arrivée dans les délais du matériel en Croatie.

*

Galvano montra la jeune femme qui faisait le tour de l'établissement avec ses petits cartons et ses porte-clés.

– La pauvre ! D'habitude, je ne la vois que le soir, dit-il à Laurenti. Elle n'a pas l'air d'aller bien. Hier soir, elle a voulu me dire quelque chose. Mais je n'ai rien compris.

Il sortit un billet de dix euros de son portefeuille et le tendit généreusement à la jeune femme.

– Comment t'appelles-tu, ma fille ? lui demanda-t-il.

Mais, perplexe, elle se contenta d'un petit signe de la main.

– Au début, c'étaient les vendeurs de roses, puis les *vu compra* dans la zone piétonne, puis les petits Albanais qu'on envoyait mendier. Et voilà que les sourds-muets découvrent cette source de revenus. D'où peuvent-ils bien venir ? Il vaut peut-être mieux ne pas le savoir. Regarde bien cette fille : hier, elle a dû avoir des problèmes. Elle a tout au plus vingt ans et elle boite comme notre vieux chien. Tu as vu les taches bleues sur son cou ? Ce ne sont pas des suçons ! Mais comment lui demander ce qui s'est passé ? Quand j'essaie de lui parler, elle sourit comme un masque, elle ramasse son gadget et s'en va, le regard vide.

Galvano passa une main sous la table pour glisser un morceau de pain au chien noir qui avait posé sa tête sur ses genoux.

– Donner ou ne pas donner ? fit Laurenti avec un air ambigu. Quoi que vous fassiez, c'est le mauvais choix.

– Leur existence est en jeu, répliqua Galvano avec un regard méchant.

– Depuis quand éprouvez-vous de la pitié ? Vous connaissez l'histoire de ces gens aussi bien que moi. Aujourd'hui, on n'a aucun scrupule à faire de l'argent avec la misère sociale. Les *vu compra* sont les frères des Nigérianes qu'on exploite sur le trottoir. Les garçons doivent rapporter l'argent des CD, des lunettes de soleil et des briquets à des petits chefs qui le transmettent à l'échelon supérieur. Et malheur à eux s'il n'y en a pas assez ! Ils sont constamment sous pression. Ils prennent des coups s'ils ne sont pas rentables.

– Personne ne frappe une sourde-muette. Tu es devenu un sans-cœur, Laurenti. Ton métier t'a perverti. C'est un bien qu'ils sortent enfin de leur isolement et qu'ils se risquent dans les restaurants et les bars. Ils ne font de mal à personne et tu n'es pas obligé de donner quoi que ce soit. C'est un acte d'humanité et si tu t'es endurci au point que cela ne te touche plus, c'est toi qui as besoin d'aide, pas ces pauvres gens !

– Le chien vous a métamorphosé, dit Laurenti pour changer de sujet. Il n'y a pas longtemps encore, vous étiez le seul à regarder le monde sans la moindre trace de pitié. Il vous sort régulièrement ?

– Nous nous comprenons à merveille, si c'est ce que tu veux dire. J'ai l'impression que Clouseau revit depuis qu'il est avec moi. En tout cas, tu ne lui manques pas le moins du monde. Au fait, as-tu payé la facture de la clinique vétérinaire dans l'intervalle ?

– C'était votre affaire, protesta Laurenti. Vous aviez promis de prendre les frais en charge quand je vous ai fait cadeau de la bête.

– Taratata ! Il n'y a pas si longtemps, le vétérinaire d'Udine, qui l'a si merveilleusement raccommodé, nous a arrêtés dans la rue. Il était sincèrement ravi que le chien soit rétabli. Puis il a ajouté qu'il serait encore plus heureux de toucher un jour son argent.

– Je n'ai jamais reçu de facture, Galvano. Ne faites pas semblant de ne vous souvenir de rien. Et surtout ne criez pas si fort, pas besoin que tout le monde nous entende !

Le Da Giovanni, un « buffet », selon la dénomination d'un certain type d'établissements triestins où l'on peut manger vite et bien à midi, n'avait que quelques tables. Ils étaient arrivés à temps pour trouver deux places assises, mais le restaurant se remplissait rapidement et les derniers arrivants se bousculaient au comptoir, où le vin coulait à flots d'un tonnelet. Le niveau sonore grimpait en même temps et Galvano parlait de plus en plus fort.

– Cesse de me commander ! C'est toi qui as voulu manger dans ce capharnaüm, au lieu de la pizzeria d'en face, où c'est si tranquille ! Au fait, pourquoi voulais-tu me voir ? Tu sais pourtant que j'ai un emploi du temps surchargé !

– Comme tous les retraités, Galvano ! Je sais ! Un ami a un petit problème. Il a besoin d'un médecin à qui il puisse faire entièrement confiance. Plus exactement sa femme. Pour un certificat qui fasse impression au ministère. Afin de ne pas être muté.

Après avoir demandé quelques précisions, Galvano donna sans hésiter un nom que Laurenti nota.

– Autre chose, dit Laurenti en toussotant, après avoir jeté un coup d'œil derrière lui.

Le vieux médecin légiste pourrait peut-être l'aider dans l'affaire que le procureur lui avait confiée.

– Vous vous souvenez du meurtre de cet ethnologue, à San Vito, en 1977 ?

– Le gay professeur ? Certainement ! C'est moi qui l'ai eu sur le billard. Il n'avait pas l'air particulièrement heureux ! Pourquoi ?

– On murmure que mon prédécesseur a aiguillé l'enquête sur une mauvaise piste et qu'il n'a pas interrogé, ou pas avec suffisamment de conviction, les vrais témoins.

– Appelle-le. Demande-lui !

– C'est là qu'est le problème. Quand j'ai réussi à le dénicher, ce qui n'a pas été facile, il m'a dit sur un ton parfaitement désagréable qu'il avait définitivement rompu avec la vie professionnelle. Il ne veut rien dire.

– Qui était procureur à l'époque ?

– Quelqu'un qui boit trop sur ses vieux jours !

– Laisse tomber cette affaire. Personne n'en saura davantage. Ça fait presque trente ans. Le dossier est clos. Ne le rouvre pas. C'est du temps perdu !

– Vous vous souvenez de la façon dont il est mort ?

– Tu n'as qu'à lire le dossier pour le savoir. Pourquoi devrais-je aujourd'hui triturer ma mémoire, alors que vous tous, grands seigneurs, avez renoncé à ma collaboration, malgré toutes vos promesses ? « Profitez de votre retraite », m'a asséné le préfet à l'époque. Quel hypocrite, ce bâtard !

Il s'avérait que Galvano pouvait être formidablement rancunier.

– Ce qui est singulier, reprit Laurenti en feignant d'ignorer les récriminations de Galvano, c'est que le dossier a disparu des archives. Sans aucune trace. Alors que, d'ordinaire, tout transfert de dossier est soigneusement enregistré.

– C'est impossible, ça n'arrive jamais ! Ils n'ont qu'à bien chercher.

– Rien à faire ! Les archives ont été mises sens dessus dessous sur ordre du procureur. Je regrette, mais nous sommes dans l'obligation de faire appel à votre mémoire.

– J'ai toujours dit que vous ne vous en tireriez pas sans moi.

Le vieux gratifia le chien, sous la table, d'un nouveau morceau de pain.

– Bon, Laurenti, parce que c'est toi. N'importe qui d'autre, je l'aurais envoyé au diable !

Galvano avait compris qu'il était vraiment concerné et il commença son récit :

– Le meurtre a eu lieu dans le milieu homosexuel. Perusini était attaché au lit et bâillonné. Lorsqu'on l'a trouvé, il était déjà mort depuis presque deux jours, étranglé. D'abord des coups sur le visage, des tuméfactions, une incisive déchaussée, des hématomes sur tout le corps – si tu veux, je peux rajouter des détails encore plus évocateurs. Plus d'argent. Plus de voiture. Je m'étonne que tu aies déjà oublié tout ça. Moi, j'ai l'impression que c'était hier.

– Les profanateurs de cadavres n'oublient pas leurs clients. Moi, je n'étais pas depuis longtemps à Trieste, trois ans peut-être, et je n'étais pas chargé de l'enquête. Personne n'a été suspecté ?

– Ils devaient être deux à l'assister dans ses derniers instants. Il y avait trois verres sur la table. Mettre quelqu'un dans cet état, ce n'est pas si facile à faire tout seul.

– Des empreintes digitales ?

– C'est cela qui est curieux. Les gars de l'identité n'ont, paraît-il, rien trouvé. Déjà, à cette époque-là, je pensais que c'était impossible. Peut-être y a-t-il eu vraiment une consigne venue d'en haut. En fin de compte, ce n'était pas n'importe qui, celui qu'on a martyrisé.

– Qu'est-ce que vous voulez dire ?

– Rien d'autre que ce que j'ai dit. Ou bien c'était quelqu'un du milieu ou bien quelqu'un a voulu nous faire croire que c'était quelqu'un du milieu, mais avait en fait un tout autre mobile.

– Ce n'est quand même pas une belle mort.

– Ça dépend !

Le vieux éclata de rire si bruyamment que les clients des autres tables se tournèrent vers lui.

– Les connaisseurs prétendent que l'orgasme est le plus beau quand tu es sur le point d'étouffer, claironna Galvano, ignorant superbement les gestes de la main que lui adressait Laurenti, gêné que tout le monde les regarde. Un peu dangereux, certes, mais hautement érotique. Dis à ta femme qu'elle t'étrangle un peu. Quand tes yeux commenceront à te sortir de la tête, tu verras que tu jouiras comme un chaud lapin. Voilà le vrai sexe ! Ça ravive les passions, cher ami !

Laurenti tenta de freiner Galvano. Dieu merci, il n'y avait personne de leur connaissance dans les parages.

– Ne vous en faites pas pour moi. Ce qui m'intéresse, c'est de savoir de quel côté vont vos soupçons.

– Je n'en ai aucun. Bien sûr, l'homme vivait, comment dirai-je, dans son propre monde, avec ses « amitiés particulières », comme disaient les journalistes. Mais, en dehors des modifications qu'il avait apportées à son testament peu avant de mourir, il n'y avait rien de particulier à signaler. C'est vrai qu'il y a eu pression pour que le dossier soit clos le plus vite possible. Il n'y a pas eu grand-chose non plus dans la presse. Bien que d'habitude ils fassent leurs choux gras de la plus banale affaire, du moment que la police s'y intéresse, et qu'ils la rabâchent jusqu'à ce qu'on la connaisse par cœur. Seule la question de l'héritage est revenue sur le tapis, mais c'était dix ans après.

– Et qui a fait pression ?

– Ça, je n'en sais rien.

– Le procureur ? Des hommes politiques ? Des proches ? Qui voulait boucler l'affaire ?

Laurenti avait l'impression que Galvano était mal à l'aise.

– Ne me torture pas !

Galvano faisait la grimace. Un quignon de pain disparut à nouveau sous la table. Puis il s'éclaircit la voix et se pencha vers Laurenti.

– L'ordre de Malte, cela te dit quelque chose ?

– Naturellement. Premiers secours, ambulances, hôpitaux, etc.

Galvano hésita un instant.

– Et quoi encore ?

Laurenti fit l'ignorant, l'air interrogateur.

– Ils sont très influents.

– Le professeur leur a légué toute sa fortune, trente-quatre jours avant sa mort. Et elle était considérable ! Tu as lu Dashiell Hammett ? *Le Faucon maltais* ? Un roman policier américain de 1930.

– Non, je ne connais pas. Ridicules, toutes ces confréries ! Franc-maçonnerie, loges, ordres…

Laurenti leva les yeux au ciel.

– Des illuminés qui veulent diriger la société dans le dos du peuple. Gladio, loge P2… Chacun sait ce qu'ils veulent, en réalité.

– Peut-être. Mais je te raconte une séquence du livre, pour que tu comprennes. D'ailleurs, Humphrey Bogart a joué le rôle. Dieu sait combien de fois j'ai vu ce film ! Donc un homme incroyablement gros demande au détective : « Que savez-vous de l'ordre de l'hôpital Saint-Jean-de-Jérusalem, ensuite baptisé ordre de Rhodes ou Chevaliers de Rhodes, également connu sous le nom d'ordre de Saint-Jean ou ordre de Malte ? » Et l'autre répond : « Des croisés ou quelque chose d'approchant. » C'est après que l'obèse prononce la phrase capitale : « Ils croulent sous leurs trésors. Vous n'avez pas idée ! C'est inimaginable ! Pendant des années, ils ont mené des razzias contre les Sarrasins et accumulé Dieu sait combien de bijoux, de métaux précieux, d'étoffes de soie, d'ivoire – tout ce que l'Orient a de plus précieux. C'est prouvé historiquement. Tout le monde sait que dans les croisades, comme pour les Templiers, leur objectif principal, c'était le butin. » Tu as compris ?

Laurenti hocha la tête.

– Aujourd'hui, on les ferait passer devant le Tribunal international comme criminels de guerre.

– Ce n'est pas si simple, dit Galvano avec un petit rire. Tu es un rêveur. Ce serait encore plus difficile que de dissuader Berlusconi de se faire faire des implants capillaires. Mais tu sais pourquoi je te raconte tout ça ?

– Vous allez me le dire.

– Alors, après un long procès passé par toutes les instances possibles, intenté par la famille du professeur, l'ordre de Malte a fini par tout récupérer. Je m'étonne que personne n'ait prévenu la parentèle de ne pas gaspiller son argent dans une procédure sans espoir. Ils ne pouvaient que perdre. Messieurs les Chevaliers sont puissants. Comment peut-on soupçonner du moindre méfait quelqu'un qui appartient à un cercle si distingué ? Renonce ! Ça ne te vaudra rien de bon. Fais ton devoir, mais ne sois pas si regardant !

– Quand les « frères » de la loge planifiaient leur chambardement, il y a eu, Dieu merci, des collègues qui y ont regardé de plus près. Sinon, notre président s'appellerait aujourd'hui Licio Gelli.

Laurenti ne cédait pas aussi rapidement que Galvano l'avait espéré.

– Gelli, Berlusconi, où est la différence ? Mais tu ne comprends toujours pas. Parmi les Chevaliers de Malte, tu trouves tous les grands noms de la haute société, pas seulement la vieille noblesse d'Italie, d'Allemagne, de France, etc. Andreotti aussi, paraît-il, Agnelli, Dieu ait son âme, auparavant Abs de la Deutsche Bank, tout le gratin. Même un chef de la CIA et celui de l'OSS, l'organisation précédente. Tous d'honorables Chevaliers. Lorsque, après la guerre, on a créé les premiers services secrets italiens, ils ont voulu pouvoir compter sur un homme de confiance dans les coulisses. Quelqu'un qui leur serve de coordonnateur. Les Américains ne voulaient pas que quoi que ce soit échappe à leur contrôle. Et qui fut choisi ? Un ancien fasciste, qui avait combattu aux côtés de Franco, qui avait reparu sous l'uniforme des SS et dénonçait les partisans aux Allemands. Quelqu'un qui, après la guerre, avait été signalé en Argentine, dans le sillage de Perón. Encore un Chevalier de Malte. Et ce quelqu'un était, en outre, franc-maçon, ce qui en principe est incompatible avec les statuts des Maltais. Et comment s'appelait le brave homme ? Nous voilà revenus à Licio Gelli et à la loge P2. Tu fais les yeux ronds ? Je te le répète : évite de réveiller cette affaire ! L'ordre de Malte est reconnu diplomatiquement dans plus de soixante-dix pays. Un État sans territoire. Ils ont même un observateur à l'ONU et ils sont représentés à Bruxelles. As-tu enfin compris ? Ils sont intouchables ! Tu t'y brûleras les doigts. Au fait, quand Napoléon les a expulsés de Malte, ils ont émigré. Devine où ? À Trieste. C'était en 1798.

Le vieux regarda soudain sa montre et sauta sur ses jambes.

– Il faut que je parte. Je suis déjà en retard. Excuse-moi. Peux-tu exceptionnellement régler la note ?

Avant que Proteo Laurenti n'ait pu protester, Galvano s'en allait déjà en tirant le chien derrière lui.

– À bientôt !

Juste avant la sortie, Galvano se retourna et lança à travers la salle :

– Je me suis trompé, il n'y a pas eu éjaculation. Il est mort sans !

Laurenti sentit le rouge lui monter aux joues. Tous les regards étaient tournés vers lui. Furieux, il hocha la tête, posa l'argent sur la table et sortit rapidement.

La vieille fripouille ! Jamais Galvano ne l'avait invité. Il ne lui avait même jamais payé un café, jamais il n'avait apporté ne serait-ce qu'une bouteille de vin quand il était invité. Mais il gratifiait la sourde-muette de grosses sommes. Il paraissait étrange qu'il soit subitement si pressé, alors qu'il donnait généralement l'impression d'avoir plus de temps devant lui que tous les autres réunis. Et voilà qu'il décampait comme si une jeunesse l'attendait au coin de la rue.

*

– Regarde, 007, un de nos clients est assis là-bas, dit Sgubin à son collègue de la Guardia di Finanza qui était devenu un ami et qu'il rencontrait au déjeuner pour prévoir une partie de voile pendant le week-end.

– *L'Orecchione ?* interrogea Matteo Bondi, qu'on appelait « 007 » depuis l'école, mais qui n'avait jamais dépassé le grade de sous-brigadier, comme s'il s'était défendu de toutes ses forces contre toute promotion, même à l'ancienneté.

Exactement comme Sgubin qui, il n'y a pas longtemps encore, préférait un poste tranquille à de l'avancement. Il était tout de même devenu l'adjoint de Laurenti, ce qui lui valait davantage de considération, mais aussi, à son grand regret, davantage de travail.

– Mauvais client, sinon il devrait déjà être en taule. C'est là son QG. On a des soupçons ?

Bondi, lui aussi, mangeait ici la plupart du temps à midi, sauf quand il était en intervention. Le commandement de la Guardia di Finanza n'était qu'à deux pas, Passeggio di Sant'Andrea, devant les portes du Porto Nuovo.

– *L'Orecchione*, on peut se fier à lui. Tu verras, il ne tiendra pas longtemps sans se faire pincer. Et l'autre, à sa table, c'est qui ?

Bondi 007 fit la grimace.

– Jamais vu. On dirait un Allemand. Regarde ses chaussures et sa chemise. Au fait, quelles filles on invite ce week-end et qu'est-ce qu'on emporte comme subsistances ?

Ils ne se souciaient plus de *L'Orecchione* ni du grand blond qui lui faisait face, mais tiraient des plans pour les deux jours qu'ils allaient passer sur le voilier de Sgubin, la première séance de bronzage sans laquelle il n'était même pas la peine d'entamer la nouvelle saison de drague parmi les belles baigneuses. Sgubin proposa qu'ils tentent leur chance dans les cafés d'un port situé au-delà de la frontière. La seule garantie de ne pas essuyer un refus, c'était de prendre les invitations à sa charge. Mais Bondi 007 préférait embarquer des filles de Trieste qui n'avaient encore jamais suivi les deux vieux garçons ; il en existait encore !

– Elles m'énervent ! Elles sont partout ! tonna le grand blond en faisant de grands gestes de la main pour effaroucher la jeune femme qui venait de poser un petit carton et un porte-clés sur la table.

Mais elle était habituée aux refus et ne se laissa pas impressionner. L'homme balaya alors le tout d'un revers de main, ce qui lui valut, de la part de son vis-à-vis, un regard désapprobateur. Quatre ouvriers des chantiers navals, en bleu de travail, le dévisagèrent d'un œil méchant. Il fit semblant de ne pas les voir, mais l'un d'entre eux ramassa tranquillement les objets et les rapporta avec une pièce à la sourde-muette, qui n'avait rien remarqué de l'incident.

– Bon, vous avez la marchandise ? demanda l'homme, l'air agacé.

– Vous savez bien que je vends des informations, pas du concret, dit Calisto en s'efforçant de ricaner bêtement. Mais je trouve toujours ce que mes clients désirent. Le reste est leur affaire.

Les trois ventilateurs qui tournaient stoïquement au plafond peinaient à dissiper la fumée de cigarette qui rendait l'atmosphère étouffante. L'établissement était plein et l'immense miroir qui occupait une extrémité de la longue salle pouvait laisser croire qu'on était dans une cantine d'entreprise. La pizzeria Campi Elisi, dans la Via delle Fiamme Gialle, était l'endroit idéal pour une rencontre discrète. L'affluence rendait improbable que quiconque se souvienne d'un client de passage. Tant qu'on n'a pas pénétré deux fois dans un même lieu, ou si l'on a laissé passer du temps entre deux visites, on peut être sûr de ne pas faire figure d'habitué. Car ce sont les habitudes qui vous trahissent. Calisto Ciampi, en revanche, mangeait souvent là, à midi ou le soir, les garçons le saluaient familièrement : cordiale indifférence, pas de menu, service rapide et pas de ticket de caisse. Calisto aimait recevoir ses clients dans cet endroit.

– Ce serait plus simple pour moi, dit l'homme avec un indéniable accent allemand, d'avoir affaire à une seule personne.

Il était arrivé de Salzbourg une heure auparavant et voulait repartir l'après-midi même.

– Ne vous faites pas de souci, reprit Calisto, balayant l'argument d'un sourire. Vous payez ici, vous réceptionnez la marchandise ailleurs et basta. Comme la dernière fois. Personne ne se souviendra de vous. Nul n'est plus discret que moi.

Il regarda l'autre dans ses yeux d'un bleu vitreux et se dit qu'il serait effectivement difficile de se souvenir d'un individu aussi terne, qui correspondait en tout point au cliché du Boche. Ils étaient tellement nombreux de ce type, ils se ressemblaient tous.

– À quel prix ?

– Quinze mille pièce. Et dix cartouches gratuites.

– Trop cher !

– Alors achetez du neuf, ça coûte encore plus cher ! Les hommes de la KFOR et de la SFOR vous vendent toutes les armes qui servent dans les Balkans. Les soldats ont besoin d'argent. Leur solde ne suffit pas pour compenser leurs frustrations, pour l'alcool et les filles. J'ai tous les contacts nécessaires.

– Je connais les prix mieux que vous, protesta l'Allemand. Je suis collectionneur.

– Je croyais que vous vouliez prendre d'assaut l'Obersalzberg ou la Deutsche Bank avant qu'elle ne soit en faillite.

Calisto était sûr de son affaire.

– Fabrication 1943. Produits allemands de qualité. Presque neufs, probablement aux mains d'hommes intelligents qui ont préféré leur vie aux chars ennemis. En bon état de marche. Mais si vous voulez encore réfléchir…

L'Allemand repoussa son assiette à moitié pleine et avala une gorgée de bière.

– Trêve de plaisanterie ! Quand le matériel est-il disponible ?

Calisto haussa les épaules.

– Bientôt, répondit-il. Ce soir même, si vous êtes pressé. Il faudra que je téléphone avant. Comme je vous l'ai dit, je ne vends que des informations. Les objets ne m'intéressent pas.

– Où ?

– Dans un quartier périphérique.

L'Allemand hocha la tête, qu'il avait d'un rouge écarlate.

– À ce prix-là, je veux la marchandise tout de suite.

Calisto fixa son client pendant quelques secondes avant de répondre.

– Vous devriez surveiller votre tension. Je vais voir ce que je peux faire.

Il sortit, le téléphone portable collé à l'oreille. L'Allemand appela le garçon et demanda la note. Il était de mauvaise humeur. L'affaire traînait en longueur. Lorsqu'il avait pris rendez-vous avec Calisto, il avait insisté pour pouvoir emporter immédiatement les deux lance-fusées. Ce n'était pas la première fois que l'autre le faisait lanterner, mais il avait des pièces exceptionnelles qui compléteraient à merveille sa collection.

– Pas avant vingt heures, annonça Calisto, de retour auprès de son client. Et pas à Trieste, ajouta-t-il en prenant l'air navré.

– Où, alors ? siffla l'Allemand, si fort que les ouvriers de la table contiguë se tournèrent vers lui.

L'un d'eux se frappa la tempe de l'index, les autres éclatèrent de rire.

– Parlez plus bas, s'il vous plaît ! Nous ne sommes pas seuls !

L'Orecchione jeta un regard oblique à Sgubin et à 007.

– Sur le parking de Wärtsila-Grandi Motori, près de Dolina.

Calisto sourit en s'appuyant la tête dans les mains.

– Ce sera plus facile pour vous. Vous serez tout de suite sur l'autoroute. Je vous expliquerai le chemin.

L'Allemand était agacé, mais il n'avait pas le choix. Il se jura de ne plus jamais traiter avec ce type, mais ce n'était pas la première fois qu'il prenait cette résolution. Lorsque Calisto exigea d'être payé immédiatement, il poussa un gros soupir. Puis il le suivit à l'extérieur. Sgubin et 007 les observèrent d'un œil paresseux. C'était la pause de midi, leur curiosité faisait relâche.

Tout alla très vite. Ils s'assirent dans l'Audi bleue immatriculée à Salzbourg. Le client compta ses billets. Il refusa la main que Calisto lui tendait pour conclure la transaction, il ne la lui serra pas non plus au moment de partir.

– Au fait, vous savez quel surnom les nazis ont donné à cette arme ? « La terreur des blindés ». Belle formule, non ? Impossible de rater la cible à cent mètres !

Calisto s'abstint de claquer la porte, le chauffeur dut descendre pour la refermer correctement. Il lui jeta un regard haineux tandis qu'il regagnait la pizzeria, la poche revolver de son jean gonflée par l'argent.

Calisto commanda un café au comptoir et ne tarda pas à être interpellé par le patron.

– Alors, l'affaire était juteuse ?

– Et comment ! fit Calisto avec une grimace. Encore un salaud de nazi qui a trop d'argent ! Il faut aider ces gens-là à s'en débarrasser. On vit dans un État social, non ?

Calisto lança deux pièces sur le comptoir.

– Et la saison va encore coûter cher. Sur les plages, devant les bars, il y aura tellement de personnes à secourir, avec de belles jambes.

Il tâta discrètement les billets dans la poche de son jean. Il était fort satisfait de son affaire. Pour lui, ces collectionneurs d'armes étaient des imbéciles et c'était un honneur de leur soutirer de l'argent. Le grand blond faisait dorénavant partie de sa clientèle. Un Allemand qui avait émigré à Salzbourg à cause des impôts. C'est ce que Calisto avait cru comprendre. Un fanatique collectionneur d'armes anciennes et modernes, de la baïonnette au lance-fusée antichar.

Calisto faisait commerce de tout ce qui lui tombait sous la main. Il considérait son activité comme celle d'un auxiliaire. Il se contentait de servir d'intermédiaire entre quelqu'un qui avait quelque chose à vendre et quelqu'un qui cherchait quelque chose à acheter. Lorsque la notaire lui avait demandé de préparer le dossier de succession de la jeune Australienne, il était tombé sur l'entrepôt. Il était allé faire une petite visite et il avait cru découvrir l'affaire de sa vie. Mais la source était déjà tarie. À part les deux lance-fusées que l'Allemand avait achetés, il ne pouvait plus disposer de rien. Qui aurait pu penser que Mia, dès le deuxième jour de son séjour à Trieste, viendrait explorer les lieux ? Et depuis, il y avait sans arrêt une patrouille de police ou des carabiniers qui montaient la garde. Il n'avait séduit Mia que pour avoir accès à cet ancien dépôt d'armes. Mais jamais il n'aurait imaginé tomber amoureux d'elle.

L'Orecchione commerçait par passion. Il aurait, depuis longtemps, renoncé au maigre salaire que lui versait la notaire si celle-ci n'avait constitué une inépuisable mine d'informations. Maisons, appartements, machines, héritages et personnes humaines – tout ce qu'on peut désirer –, et cette femme à la triste figure, toujours débordée – son bureau était sa vie –, ne se rendait compte de rien.

*

Rasant les murs, Laurenti prit la direction des Rive, où il avait garé sa voiture. Il recherchait l'étroite bande d'ombre que projetaient les *palazzi*. Il avait l'intention de faire un saut chez Orlando pour lui transmettre le nom du médecin recommandé par Galvano. Il serait peut-être encore possible d'annuler la mutation de son ami. Sgubin lui avait dit au téléphone que, lors de l'identification de son fils, Rosalia était restée très digne. Il n'y avait plus qu'à attendre les résultats de l'analyse de l'ADN des cheveux et du slip trouvés près du cadavre. Était-ce un meurtre ? Mourir étouffé après avoir avalé une boucle d'oreille ! Pourquoi le pauvre type ne l'avait-il pas écrabouillée avec ses dents ?

Entre-temps, Sgubin enquêterait sur la marque « Toute de suite ». Laurenti lui avait conseillé de se faire aider par Marietta. Ou par l'une de ses amies.

Lorsque Laurenti traversa la Via Roma, il aperçut Galvano, avec son chien, de l'autre côté du Canal Grande. Il lui tournait le dos et parlait en gesticulant. Au bout d'un moment, Laurenti réalisa qu'il tentait de s'expliquer avec la sourde-muette qu'il avait généreusement gratifiée de dix euros une heure auparavant. Laurenti s'alarma. Il fallait prévenir le vieux. À quatre-vingt-trois ans, on se fait facilement arnaquer par des individus mal intentionnés. Laurenti était persuadé que, derrière les sourds-muets qui demandaient l'aumône, sévissait une organisation qui profitait de la crédulité de gens comme Galvano. D'où viendraient sinon les petits cartons soigneusement imprimés en plusieurs langues et les sempiternels gadgets qu'ils posaient sur les tables ? Cela ne ressemblait pas à du travail manuel de personnes désespérées. Plus tard, il appellerait Galvano et lui ferait la leçon. Son altruisme lui faisait commettre des imprudences. Laurenti songea à prévenir les patrouilles de garder un œil discret sur Galvano et sa compagne muette. Mais il fallait surtout que le vieux docteur ne s'en aperçoive pas. Laurenti allait poursuivre son chemin lorsqu'il vit la jeune femme remettre à Galvano une sacoche que celui-ci glissa prestement dans son sac. Juste ciel, dans quel guêpier était-il en train de se fourrer ?

*

Elle n'avait encore pu joindre personne à la maison et elle ne voulait pas laisser de message. Ce serait une surprise pour ses parents de la revoir si tôt. Mais sa décision était prise, elle avait réservé son vol de retour dès que Rosalia était partie avec le policier. Elle quitterait l'Italie sitôt la maison vendue.

Finalement, elle se sentait mieux avec le billet en poche. Elle s'offrit une glace chez Zampoli et réussit même à convaincre l'agent qui, au vu de la Fiat 500 en stationnement interdit, avait déjà sorti son carnet de contraventions de ne pas verbaliser. Normalement, ces hommes au casque blanc étaient impitoyables en ville et ils exerçaient le petit pouvoir que leur conférait l'uniforme avec un plaisir sadique. Mais Mia eut de la chance et s'en tira avec un avertissement.

Elle chantonna la « Ballad of Lucy Jordan » tout en conduisant sur la route à quatre voies qui contournait le nouveau port. Elle se tut en arrivant à Servola. Devant la maison voisine, il y avait encore une voiture de police. L'adjoint de Laurenti en sortit et lui fit signe. Il aida Rosalia à descendre en lui parlant sur un ton rassurant. Puis tous deux se dirigèrent vers sa voiture.

Mia n'avait pas le choix. Elle était obligée de faire face. Il n'y avait pas d'échappatoire. Sa bonne humeur s'était envolée.

– C'est Angelo, dit Rosalia d'une voix mate. Je m'en suis doutée dès que j'ai vu qu'il n'était pas rentré.

– C'est terrible, dit Mia, tandis que Sgubin opinait. Je suis vraiment désolée.

– Pourriez-vous vous occuper un peu de votre voisine ? intervint Sgubin. Au moins jusqu'à l'arrivée de la famille.

– Oui… naturellement… tout de suite, bafouilla Mia. J'arrive. Dans dix minutes.

– Je vais me débrouiller, dit la vieille dame tristement. Si tu ne peux pas, ça ne fait rien.

Elle fit demi-tour et Sgubin la conduisit jusqu'à la porte de sa maison.

Rien ne lui serait épargné. Mia s'assit sur son lit et s'arracha les cheveux. Ne vaudrait-il pas mieux appeler Laurenti et tout lui raconter ? Mais, désormais, qui la croirait ?

*

– C'était un bon garçon, dit Rosalia d'une voix lasse, mais assurée.

Elle était encore trop tendue pour se laisser submerger par le désespoir et l'affliction.

– Il n'était pas défiguré. Ils avaient dû le toiletter. C'est la coutume.

Rosalia alla chercher du vin et de l'eau, se rassit et remplit les verres. Puis elle saisit les mains de Mia.

– Mais pourquoi Angelo ? Qu'est-ce qu'il a fait ? En juin, il aurait eu quarante-cinq ans.

Mia cherchait ses mots. En vain. Elle restait figée, fixant les cheveux gris de la vieille dame qui lui parlait avec des sanglots dans la voix. Lorsque le téléphone sonna, elle eut du mal à se lever.

– Les parents viendront après le travail, dit-elle une fois qu'elle eut raccroché. Mon pauvre garçon ! Angelo était tout ce que j'avais.

Mia aussi sentait les larmes lui monter aux yeux.

– Je suis certaine, dit Rosalia, que Calisto y est pour quelque chose. Je ne l'aimais pas trop, mais ils se connaissaient depuis l'école. Calisto est de Servola, même s'il habite aujourd'hui en ville. Ces derniers jours, ils se sont disputés, ils se sont même battus, on me l'a dit au village. Dans un bar. Pour toi.

Mia sursauta.

– Pour moi ?

Elle regarda Rosalia avec de grands yeux.

– Angelo t'aimait bien, mais tu es sortie avec Calisto. Ça l'a profondément vexé.

– Je ne pouvais pas le deviner, Rosalia. Si j'avais su…

Mia se tut, le regard rivé sur le mur en face d'elle.

– Je sais, ma fille. Mais c'est la vérité. Autrefois, ils ont fait des affaires ensemble. C'est sûrement pour cela qu'ils ont eu une dispute et là-dessus, tu es venue. Calisto n'a pas bon caractère, Mia !

Elle la regarda dans les yeux avec insistance.

– Je l'ai dit à la police.

– Quoi ? s'écria Mia en s'étranglant.

– Qu'ils questionnent Calisto. C'est lui !

– Et qu'est-ce qu'ils ont répondu ?

– L'inspecteur Sgubin a promis de l'interroger tout de suite. J'espère qu'il avouera rapidement. C'est la seule façon, pour moi, d'enterrer mon fils sans colère. Pauvre Angelo ! C'est toujours Calisto qui l'a entraîné sur la mauvaise pente. Mon fils a même été condamné. Mais Calisto a un sacré casier judiciaire !

Rosalia prit Mia par les mains.

– Ça ne me plaît pas du tout, ma fille, que tu sortes avec ce vaurien !

Mia acquiesça. Elle ignorait que Calisto avait déjà été condamné, mais cela ne la surprenait pas. Tout d'un coup, elle pensa au jour de son départ, souhaitant que Calisto soit près d'elle. L'idée de le quitter lui déplaisait.

– Pourquoi a-t-il été condamné ? finit-elle par demander.

– Cambriolage, vol, recel, escroquerie. Je ne parle pas des tours qu'ils ont joués dans leur jeunesse. Angelo a été arrêté, Calisto jamais.

– Angelo avait un travail ? Je l'ai presque toujours vu à la maison.

– Il était indépendant, il prenait tout ce qui se présentait. Il était très habile de ses mains. Regarde les murs. Il a tout refait dans la maison. Vite et bien. Il savait quasiment tout faire. Et quand il avait besoin d'aide, il allait chercher un ami, il en avait dans toutes les spécialités. Il n'a été employé qu'une fois. Par la ville, pour quelque temps. Mais ça ne lui a pas plu. Il était trop indépendant, il ne supportait pas d'avoir un chef qui n'y connaissait rien. Et ce travail ne l'intéressait pas non plus. Un jour, il a dû aller à la Risiera di San Sabba. L'ancien camp. Ce qu'on y a fait pendant la guerre était horrible. Après un passage des néonazis, Angelo a dû nettoyer leurs saletés.

Ce n'était pas la première fois, depuis la découverte de l'entrepôt, que Mia entendait parler de la Risiera, généralement en relation avec ce fameux Diego de Henriquez. Elle était soulagée que Rosalia ait changé de sujet.

– Qu'est-ce qui s'est passé à la Risiera ?

– Je te raconterai ça une autre fois.

– Non, maintenant, insista Mia.

C'était aussi une façon de détourner l'attention.

– Ça ne s'oublie pas, finit par dire Rosalia. C'était la guerre. À cette époque, ce versant n'était pas encore construit et on voyait bien, en contrebas, l'usine où on décortiquait le riz. Les Allemands y ont enfermé des gens. Un jour, au début, une fumée noire est sortie de la cheminée et une épouvantable puanteur est montée jusqu'à nous. On a dit qu'ils brûlaient les morts. Personne ne pouvait s'imaginer qu'à la Risiera on torturait et on tuait. Parfois, aussi, on entendait très fort de la musique militaire, généralement vers le soir, pour couvrir les cris des prisonniers. J'avais une amie qui habitait en face. Un jour, elle nous a suppliés de ne plus lui rendre visite, ce qui se passait était trop affreux. Mais il y avait longtemps que nous n'avions plus envie de descendre. Personne ne venait plus à proximité, sauf en cas de nécessité. Et là-bas, sur le Monte San Pantaleone, il y avait la DCA des Allemands. Il y a eu beaucoup de morts pendant les bombardements. Après les Allemands, sont venus les partisans de Tito. Ils ont bâti des pyramides de fusils et ils dansaient autour en chantant : « *Siri kolo, ai siri kolo.* » On avait d'abord été obligé de loger des soldats allemands, ensuite des Yougoslaves. Chaque fois, il fallait évacuer la chambre à coucher. Chaque fois, on avait de nouveaux papiers. À la fin, les fonctionnaires de Tito nous ont collé une étoile rouge sur la carte d'identité. La mère de ta tante Alda avait caché un soldat allemand. Juste à côté. Et le frère d'Alda, bien qu'officier chez les partisans, lui a procuré, en secret, un laissez-passer pour qu'il puisse rentrer en Allemagne. Mon frère a été déporté en Allemagne en 1943 et il a survécu à deux camps de concentration. Il n'est revenu que quatre ans plus tard. Nous croyions qu'il était mort. Il a vu des choses horribles. Mais j'en ai assez dit. Tu peux visiter la Risiera. Si Angelo était encore vivant, il t'accompagnerait.

Rosalia se tut et alla se poster devant la fenêtre. Soudain, elle se couvrit le visage de ses mains et ne retint plus ses larmes. Mia se leva et l'entoura de ses bras, mais Rosalia la repoussa.

– Il faut que tu rompes avec Calisto, dit-elle entre deux sanglots. Tout est sa faute.

Elle quitta la pièce et Mia entendit claquer la porte de sa chambre à coucher. Restée seule dans la cuisine, le regard fixe, elle pensa au billet d'avion qu'elle venait d'acheter. Dieu merci, le cauchemar serait bientôt terminé !

Elle aurait été incapable de dire combien de temps s'était écoulé lorsqu'on sonna à la porte. Elle entendit Rosalia traverser le couloir. Elle se sentit soulagée. Ce devait être la famille, ils s'occuperaient de Rosalia, elle pourrait se retirer. Mais elle reconnut la voix de Proteo Laurenti. Rosalia le fit entrer dans la cuisine et l'invita à s'asseoir.

– C'est très gentil à vous de vous occuper de votre voisine. Mais restez, dit-il à Mia qui se levait pour partir. Nous n'avons rien de confidentiel à nous dire. Je voulais simplement prier la Signora de me parler d'Angelo.

*

De retour à la questure après le déjeuner avec Galvano, Laurenti avait été interpellé par un reporter du quotidien local qui voulait savoir où en était l'enquête concernant les graffitis hostiles aux transports de bestiaux. Orlando lui avait montré les photos. Porte fermée, ils avaient plaisanté, traitant d'esthètes les protecteurs des animaux. La couleur utilisée s'accordait à celle des bateaux et la vache avec lunettes de soleil et kalachnikov était une trouvaille. Mais comment avaient-ils pu atteindre les docks sans se faire repérer ? À en juger par la hauteur des inscriptions, ils avaient dû opérer sur l'eau, depuis un bateau sans moteur.

Laurenti se débarrassa du journaliste en lui adressant quelques paroles aimables et sourit dans l'objectif du photographe. Comme s'il n'y avait pas de photos de lui dans les archives du journal ! Dans son bureau, il fut témoin d'un épisode théâtral. Sgubin était en plein interrogatoire et jouait à l'enquêteur sans pitié. Sur une chaise en face de lui, était assis Calisto, *L'Orecchione*, jambes croisées, une cigarette aux lèvres, ricanant bêtement, la chemise largement ouverte sur la poitrine, un bras négligemment passé par-dessus le dossier. Le type passait apparemment plus de temps à la plage qu'au bureau. Il était bronzé comme Marietta, comme s'ils allaient ensemble se faire griller.

Calisto semblait se soucier comme d'une guigne des questions que Sgubin lui posait avec un air supérieur. Laurenti regardait la scène par la porte entrebâillée.

– Pourquoi tu compliques tout, disait Sgubin, menton en avant, pour toi et pour moi ? Les circonstances t'accablent. J'ai tout mon temps. Si tu veux, on recommence de zéro. Tout le monde sait que tu t'es bagarré avec Angelo. Il t'a envoyé au tapis et il t'a shooté dans les parties. Même sans un motif particulier, ça aurait été une bonne idée. L'homme m'est sympathique. Il a été jusqu'à transformer ton scooter en tas de ferraille. Et tu prétends toujours que vous étiez bons amis ?

Calisto esquissa une grimace.

– Dis-moi, pourquoi es-tu devenu flic ? Tu aurais fait une formidable carrière en te faisant devin.

Il éteignit sa cigarette.

– Il y a des gens, là dehors, reprit Sgubin, bras tendu vers la fenêtre, qui affirment que tu t'es vengé en tuant Angelo. Je veux savoir pourquoi vous vous êtes battus. Rappelle-toi qu'entre un homicide sous le coup de l'émotion et un meurtre de sang-froid il y a une différence ! Je pourrais t'aider.

– Aide-toi, le ciel t'aidera !

– Pour toi, l'enjeu est important.

– Si je perds mon travail chez la notaire, ce sera ta faute ! Alors, à la grâce de Dieu !

Sgubin fonça sur lui et le saisit par le col. Calisto leva les bras pour montrer qu'il ne se défendrait pas.

– Alors, pourquoi ?

Entre leurs deux têtes, il n'y avait même plus l'épaisseur d'un procès-verbal. Il était temps d'intervenir.

– Modérez-vous, messieurs, fit Laurenti, tirant Sgubin par l'épaule. Sinon, à force de vous embrasser, vous allez vous mordre la langue l'un l'autre. Continuez, mais dans le calme !

– Où étais-tu avant-hier après-midi ?

– Au bureau. J'ai contenté la notaire. Tu peux lui demander.

– Combien de temps ?

– Elle est insatiable !

– Combien de temps es-tu resté au bureau ?

– Pourquoi tu rougis ? Tu devrais surveiller ta tension !

– Je pourrais t'enfermer jusqu'à demain et quand tu ressortiras et que tu iras boire un express au bar, tu seras une célébrité. Tout le monde aura vu ta tête et ton nom dans le journal. Pour la dernière fois : jusqu'à quelle heure es-tu resté au bureau ?

Laurenti s'était appuyé au mur. Il ne put s'empêcher de sourire. Il n'aurait pas cru Sgubin capable d'une telle subtilité.

– Jusqu'à dix-huit heures.

Calisto semblait renoncer.

– Et après ?

– Après ? je n'étais plus au bureau !

– Je veux savoir ce que tu as fait après !

– Apéritif, dîner, bar et au lit !

– Des témoins ?

– Autant que tu veux !

– Quand as-tu vu Angelo pour la dernière fois ?

– Je ne sais plus. Quelques jours auparavant. Pourquoi ?

– Mon garçon, tu es soupçonné de meurtre !

– Ça suffit ! cria Calisto en se levant d'un bond. Il y a une heure, une patrouille me sort du bureau avec les menottes et tu me racontes qu'Angelo est mort. C'était mon ami depuis que nous étions tout petits. Je ne savais même pas qu'on l'avait tué et on m'interroge comme si j'étais l'assassin ! Tu dérailles, Sgubin. Fais ton travail, mais laisse les innocents en paix !

– Tu as suivi Angelo au val Rosandra. Tu l'as guetté et tu l'as estourbi.

– Tu rigoles ! La bonne blague !

– Nous avons des indices. L'ADN le prouvera. Qu'est-ce qu'il t'avait fait ?

– J'ai mieux à faire que d'escalader des montagnes par cette chaleur.

Laurenti décida de mettre fin à l'entretien. Pendant un moment, Sgubin avait eu la main, mais il l'avait perdue. Comment pouvait-il poser des questions aussi idiotes ?

– Montre-lui le slip, lui dit Laurenti.

Sgubin le regarda bouche bée.

– Demande-lui ce qu'il porte comme sous-vêtement. Peut-être la marque « Toute de suite » ?

– Certainement pas, siffla Calisto en portant la main à sa ceinture. Tu veux voir ?

– Assez !

Laurenti s'interposa.

– Va-t'en ! Mais fais bien attention ! On te tient à l'œil ! Si on ne t'a pas ce coup-ci, ce sera une autre fois.

Calisto quitta la pièce sans un mot, avec un sourire forcé.

– Qu'est-ce qui te prend ? demanda Laurenti. Calisto est un petit truand, pas un assassin.

– La mère d'Angelo a dit…

Laurenti, agacé, fit un geste de dénégation.

– Et tout Servola est au courant, Angelo lui a sauté dessus et ils se sont battus. Et Calisto en a pris plein la figure. Si ce n'est pas un motif…

Sgubin montra alors le mégot dans le cendrier.

– Et ça, c'est pour l'ADN. Si c'est le même que sur le lieu du crime, je le tiens !

– Et sur la marque du slip ?

Sgubin hocha la tête.

– Je n'ai pas eu l'occasion…

– Tu sais ce que ça veut dire, « Toute de suite » ? Appelle Marietta. Il est temps de se mettre sérieusement au travail !

*

Laurenti avait battu le rappel de son équipe, il devenait urgent de faire le point. À Sgubin de commencer. Rosalia avait sans hésitation identifié son fils. Au retour, la vieille dame lui avait parlé de la bagarre entre Angelo et Calisto et, immédiatement après, Sgubin s'était rendu au Bar Sport pour interroger le patron, qui avait confirmé l'incident. Peu après, il avait, par hasard, découvert Calisto dans une pizzeria, mais il avait décidé de ne le harponner qu'après le déjeuner.

– Pourquoi ? demanda Laurenti.

Sgubin avait de bonnes raisons. Calisto était en train de négocier avec un grand blond aux joues rouges. Ensemble, ils avaient ensuite quitté l'établissement. Il les avait retrouvés tous les deux dans une Audi bleue immatriculée à Salzbourg, il avait noté le numéro. Il avait vu le grand blond glisser un paquet de billets dans la main de Calisto. Bondi 007, le collègue de la Guardia di Finanza, avait, lui aussi, entendu parler du bateau qui, ces derniers temps, surgissait épisodiquement le matin vers la Marina di Aurisina.

– De l'argent liquide, dit Sgubin, tout excité, il doit y avoir un rapport !

Laurenti fronça les sourcils. Il y aurait tant d'argent en jeu qu'il faille plusieurs transports ? Des milliards sur un canot pneumatique avec deux moteurs de hors-bord, sous la responsabilité de deux blondes en bikini ? Lui aussi connaissait Bondi 007 et il en avait la même opinion que tout le monde – sauf Sgubin. Un incapable que seul le statut de fonctionnaire protégeait du licenciement.

Mais une vraie surprise les attendait. Lorsque ce fut le tour de Marietta, elle affirma que Mia et Calisto avaient une liaison. Elle les avait reconnus tous les deux sur la plage des nudistes. Et Laurenti comprit soudain qu'il ne devait qu'au hasard le fait qu'elle ne l'ait pas également aperçu, lui. Diable ! N'y avait-il plus un mètre de plage où l'on puisse se baigner sans être observé ? Il était grand temps pour lui de changer de coin.

Ses consignes furent brèves. À Sgubin de trouver enfin l'origine du slip. Quant à Marietta, elle irait à la rédaction du *Piccolo* copier tout ce qui concernait l'affaire Perusini. Puis elle retournerait dans les oubliettes de la questure s'assurer qu'au moins, pour une fois, le règlement avait été strictement respecté. On mettrait peut-être la main sur des documents concernant cette affaire, même si le délai de conservation était dépassé depuis longtemps. C'était le seul espoir d'en apprendre davantage.

Le dossier De Henriquez était sur son bureau depuis la découverte de l'entrepôt. À en juger d'après les informations de Galvano, il était tout de même obligé d'y jeter un coup d'œil, quitte à se remplir les poumons de poussière.

Laurenti feuilletait sans enthousiasme le dossier. Il détestait ce genre de corvée. Des milliers de pages ! Du papier, passé par combien de mains, sentant le moisi. Parfois de la poussière s'en échappait ou un trombone égaré ou un moustique écrasé. Certaines feuilles avaient été cornées par de précédents lecteurs, des passages étaient soulignés, d'autres accompagnés de commentaires marginaux complètement illisibles. Il se prit la tête dans les mains et sentit que le manque de sommeil, qu'il avait voulu ignorer jusque-là, commençait à le paralyser. Pourquoi n'y avait-il pas, ici même, un fauteuil dans lequel il aurait pu sombrer ?

Le rapport d'autopsie était sur le dessus de la pile, signé par Galvano en personne. Il avait constaté qu'après sept mois en terre les poumons n'étaient plus qu'un amas de tissus gris, ainsi que les voies respiratoires. Si l'homme avait été asphyxié par absorption de fumée ou s'il était mort avant, il était impossible de le dire. C'eût été l'indice d'un meurtre. Pourquoi l'autopsie n'avait-elle eu lieu que sept mois plus tard ? Les quatre côtes cassées étaient à mettre sur le compte du couvercle rouillé du cercueil. Au moins un processus vérifiable.

Le gros du dossier consistait en des comptes rendus d'audition. Personne ne pourrait prétendre que les carabiniers n'avaient pas procédé selon les règles. Ils semblaient bien avoir convoqué absolument tous ceux qui avaient eu affaire avec cet homme. Mais chaque déposition contredisait la précédente. Cela commençait par des affirmations fantaisistes de parasites qui avaient exploité, voire plumé cet excentrique. Il y avait aussi des notes manuscrites du collectionneur qui accusait même femme et enfants de l'avoir spolié, alors qu'ils l'avaient quitté depuis longtemps. Vingt ans après, l'ancien conservateur du musée et le président du conseil de surveillance avaient été condamnés à la prison pour vol. Ils s'étaient largement servis à son insu dans la collection de De Henriquez.

Suivaient les déclarations des patrons de bars et *trattorie* fréquentés par ce solitaire. L'un d'entre eux racontait que, peu de temps avant sa mort, il lui avait interdit l'entrée de son établissement parce qu'il l'avait vu ramasser par terre et manger les bouts de fromage qu'il destinait à son chien. Apparemment, un fin gourmet ! Un autre prétendait qu'il ne buvait que du lait, un troisième qu'il était alcoolique.

Une photo le montrait couché dans un cercueil, souriant, les jambes élégamment croisées. Des rumeurs faisaient état d'incendies dans les hangars où il entreposait, en quantités impressionnantes, armes lourdes ou légères, uniformes, livres, photos et documents. On supposait qu'il s'agissait d'incendies volontaires.

Des témoins croyaient savoir que de Henriquez se sentait déjà menacé des semaines avant sa mort. Il se méfiait de tout le monde mais, malgré les pistolets qu'il portait toujours sur lui, cela ne lui avait servi à rien.

Le Journal numéro 65, dénommé dans les comptes rendus « Journal de la Risiera », était fréquemment cité. Le professeur y avait scrupuleusement relevé les derniers messages des détenus, gravés sur les murs des cellules, avant que l'administration américaine ne fasse badigeonner le tout. Peu après la libération de Trieste, l'ancien camp de concentration avait accueilli des réfugiés venus de Yougoslavie. On suggérait que de Henriquez, témoin gênant, avait été liquidé avant que ne commence le procès de l'ancien commandant du camp, Joseph Oberhauser, et de son complice, Konrad Allers. De Henriquez connaissait les noms des collaborateurs qui s'étaient enrichis en s'appropriant les biens des déportés.

Laurenti se frotta les yeux et fit quelques pas. Pourquoi diable fallait-il se colleter avec cette histoire ancienne ?

Il se força à reprendre le dossier et continua de feuilleter paresseusement. Il tomba alors sur le témoignage d'un serrurier qui lui fit dresser l'oreille. L'homme avait plusieurs fois changé les serrures de l'entrepôt de la Via San Maurizio. En dernier lieu contre une serrure sécurisée de Zeiss, parce que le collectionneur ne faisait plus confiance à personne. Le serrurier avait fourni trois clés. Mais sur la photo qui accompagnait le rapport de police, il n'y en avait que deux. Laurenti revint en arrière et relut le rapport des pompiers. Sous la porte enfoncée, on avait retrouvé deux clés. Des témoins assuraient que de Henriquez les gardait toujours suspendues à un crochet fixé sur la porte après l'avoir refermée. Les pompiers comme les carabiniers confirmaient que la porte était fermée à leur arrivée. Il était déjà surprenant que de Henriquez conserve deux clés par-devers lui. Mais où était la troisième ? Il y avait autre chose qui ne collait pas. Comment se faisait-il que Pax, le petit chien, ait pu s'échapper de la fournaise, mais pas son maître ? L'animal aurait-il ouvert la porte avec la troisième clé ?

Laurenti prit note et referma le dossier. Il ne pouvait plus se concentrer. Il décida de faire un saut à Servola pour interroger la mère d'Angelo sur le casier judiciaire de son fils. Dans sa jeunesse, le garçon avait beaucoup fréquenté la questure, le plus souvent pour de petits larcins. Il n'avait été condamné qu'une fois, parce que, en état d'ébriété, il était rentré dans une voiture de police avec sa Fiat Abarth.

*

Laurenti et Rosalia insistèrent pour que Mia reste.

– Ils étaient bons amis, raconta la vieille dame, ils étaient toujours fourrés au Bar Sport. C'est là que les jeunes du village se rencontraient, il y en avait aussi qui venaient de la ville. Avec leurs autos, ils semaient le danger sur les routes. Ça leur plaisait de faire peur aux gens, quand ils prenaient les virages sur les chapeaux de roue.

Rosalia sourit.

– C'est après que la vie décide si quelqu'un glisse sur la mauvaise pente ou non. Angelo s'est assagi en vieillissant. Mais Calisto est resté un vaurien.

Son regard se durcissait, son ton devenait amer dès qu'elle parlait de Calisto. Laurenti eut bientôt épuisé son stock de questions. Il connaissait désormais, par cœur, le curriculum vitae des deux hommes. Ce n'étaient pas de gros poissons, mais deux petits malins qui voulaient la belle vie. L'un plus que l'autre. Vu leur casier judiciaire, il sautait aux yeux du premier imbécile venu (sauf Sgubin) qu'ils étaient incapables de monter un gros coup. Lorsque la famille se montra enfin, Mia et Laurenti prirent congé. Une fois dans la rue, Laurenti demanda à Mia si elle avait envie de l'accompagner jusqu'au bar dont Rosalia avait parlé. Mia déclina l'invitation. Elle était fatiguée et avait envie d'être seule.

– Depuis quand avez-vous une liaison avec Calisto ? demanda Laurenti à brûle-pourpoint.

Mia le regarda, l'air effarée.

– Ce n'est rien, balbutia-t-elle. Vraiment rien. Pourquoi ?

– On vous a vue avec lui sur la plage des nudistes. Je sais, cela ne signifie rien. J'y vais quelquefois, moi aussi.

*

Irina avait décidé de faire une nouvelle tentative à la consigne. Si elle échouait encore une fois, elle demanderait au vieux monsieur avec le chien noir de l'aider. De plus, il lui fallait de l'argent. La prochaine échéance tombait quelques jours plus tard. Après l'incident de la veille, le chef serait encore plus regardant. Les soixante-dix euros que lui avait donnés le vieillard ne constituaient qu'une partie de la somme exigée et elle devait faire face à de nouvelles dépenses. Il fallait absolument qu'elle change d'aspect, afin que le gros homme qui l'avait repérée à la gare ne la reconnaisse pas au premier coup d'œil.

Dans une boutique chinoise du Borgo Teresiano, elle acheta un sac à dos moins voyant et une nouvelle veste. Bien qu'elle se soit rabattue sur un salon de seconde zone, sa nouvelle coiffure lui coûta une fortune.

Irina fit sa tournée complète mais, sous la chaleur écrasante, le centre-ville était désert. Le buffet de la gare, avec sa climatisation, était davantage fréquenté. Elle entrait toujours dans cet endroit bruyant un quart d'heure avant le départ d'un train et elle récoltait effectivement un peu d'argent. Puis elle dut aller aux toilettes et, pour s'y rendre, il fallait passer devant la consigne. De loin, elle aperçut le gros, toujours appuyé contre le mur. Elle n'eut pas le courage de lui passer sous le nez, même en se mêlant aux voyageurs. Elle refit le tour du buffet et répéta sa tentative. Trois jeunes skinheads en chemise noire marchaient devant elle. Couverture idéale, pensa-t-elle. Arrivés devant la consigne, deux crânes rasés sautèrent par-dessus la barrière et disparurent au fond de la pièce. Le troisième resta devant, l'air provocant, repoussant d'un geste agressif tous ceux qui s'aventuraient à proximité.

Irina eut le souffle coupé lorsqu'elle se rendit compte que le gros était subitement à côté d'elle, si près qu'elle sentait sa sueur. Elle l'observa du coin de l'œil. Il ne l'avait pas reconnue. Elle lui tourna lentement le dos et s'éloigna pas à pas. Sa nouvelle coiffure l'avait-elle sauvée ou bien était-ce simplement le hasard ? Elle quitta la gare par une sortie latérale et gagna les toilettes du parking d'en face. Elle ne se retourna même pas lorsque les voitures de police bloquèrent les entrées derrière elle.

Il était clair, désormais, qu'elle avait besoin d'aide. Il fallait qu'elle trouve le vieil homme et qu'elle réussisse cette fois à le convaincre. Elle espérait le retrouver, comme tous les soirs, à sa place habituelle au Nastro Azzuro. Elle lui glisserait discrètement un petit mot à la place du carton habituel. Et même s'il ne comprenait pas sa langue, il trouverait bien un moyen de décrypter son message.

*

Laurenti parlait au patron du Bar Sport de Servola, énervé qu'un policier l'interroge à nouveau au sujet de l'incident entre Calisto et Angelo. Il répondait à contrecœur, faisait bruyamment sa vaisselle, servait les clients. Ses déclarations laconiques ne se différenciaient guère de ce que Rosalia et Sgubin avaient déjà rapporté. À un détail près : Angelo n'avait cessé de se vanter d'avoir pour nouvelle amie la jeune Australienne dont tout le monde au village avait entendu parler. Mais on ne l'avait jamais vue avec lui, elle était toujours avec Calisto. Roucoulant et riant. Et même l'embrassant dans la rue. Angelo s'était ridiculisé et personne ne l'écoutait plus quand il parlait de Mia. Il était évident que Calisto la lui avait soufflée et celui-ci n'avait pas volé la raclée qu'Angelo lui avait infligée. Lorsque Laurenti lui révéla enfin que le mort du val Rosandra était Angelo, l'homme resta bouche bée.

– Je ne dirai plus rien.

Il tourna ostensiblement le dos à Laurenti et se mit à astiquer consciencieusement sa machine à café. Il était clair qu'il ne voulait pas mettre Calisto en difficulté.

Il était déjà tard lorsque Laurenti mit fin à son escapade à Servola. Il appela à son bureau pour avoir les dernières nouvelles. Sgubin lui apprit que Marietta était partie depuis longtemps et qu'à part un raid de quelques extrémistes de droite sur la consigne de la gare il n'y avait rien à signaler. Les trois hommes avaient été rapidement arrêtés, ils étaient déjà à la questure, où l'on relevait leurs identités. Ils passeraient la nuit en taule.

Laurenti avait faim. Il dut attendre un bon moment avant que Patrizia ne décroche le téléphone. Laura était au jardin avec des amies, ce qui laissait présager le pire. Plusieurs minutes s'écoulèrent encore avant qu'elle ne prenne la communication.

– Qu'est-ce que tu dirais si je t'invitais à dîner ?

– Trop tard, répondit Laura. Le barbecue est déjà allumé ! Le temps que tu arrives, ce sera prêt. Dépêche-toi !

– Je n'ai pas fini ma journée, mentit Laurenti, l'odeur de graisse déjà dans les narines.

Il décida d'aller voir son fils. Il aurait peut-être droit à un vrai repas.

Souvenirs

La fatigue était comme un souvenir longtemps enfoui. Galvano était de bonne humeur, ce qui ne promettait rien de bon pour le reste du monde. Il n'éteignit la lampe de son bureau qu'à l'aube, lorsque le vacarme des éboueurs lui rappela qu'il devrait s'accorder quelques heures de repos. Les événements des derniers jours se bousculaient, il n'arrivait plus à tenir le rythme pour tout noter. Il avait passé des heures à taper comme un sourd sur sa vieille machine à écrire. Par la fenêtre ouverte, on l'entendait jusque dans la rue. Il alluma une dernière cigarette mentholée avant de se mettre au lit et pensa que la chance lui souriait. Il rit sous cape.

Lorsqu'il avait quitté le restaurant, après le déjeuner, il pouvait se targuer d'avoir fait une crasse à Laurenti. Il était content de lui, il avait vu le visage défait du commissaire. Pourquoi se soucier de ce que les autres pensaient de lui ? À son âge ! Laurenti était-il adulte ? Qu'il cesse enfin de l'interroger sur des choses qu'en se donnant la peine il découvrirait de lui-même. C'était quand même son boulot. Galvano était bien trop occupé. Les interviews continuelles et puis le livre auquel il travaillait, en secret, depuis pas mal de temps. Ses mémoires. Il ne doutait pas un instant que ce soit un futur best-seller. Qui avait déjà vu les soixante dernières années à travers les yeux d'un médecin légiste ?

Il ne pouvait prévoir que la jeune femme au sac à dos rose se tiendrait à l'ombre, à l'entrée d'une boutique en face du Don Giovanni, comme si elle l'attendait. Il lui avait adressé un petit signe, mais elle semblait nerveuse, jetant des regards craintifs autour d'elle. Passant devant Sant'Antonio, il avait pris la direction de la Piazza Ponterosso et elle l'avait suivi. Il voulait tout simplement rentrer chez lui et, après une sieste raccourcie du fait de l'entrevue avec Laurenti, reprendre son travail de rédaction. Il venait d'entamer le chapitre consacré au « Procès de la Risiera », dont l'accusé, Oberhauser, exploitait à l'époque, sans avoir été inquiété, un bar à bière munichois. C'était en 1976 et les débats avaient eu lieu en l'absence du bourreau. Galvano avait été entendu comme témoin. Après la guerre, quand Trieste était administrée par les Alliés, il avait eu le privilège, alors que son expérience de la médecine légale était encore limitée, d'établir des rapports d'expertise concernant les survivants du camp.

À hauteur du Canal Grande, Irina avait fini par le rejoindre et l'avait timidement tiré par la manche. Galvano s'était arrêté, interloqué. Il lui avait donné énormément d'argent ces derniers temps. Que voulait-elle encore ? Communiquer avec elle était voué à l'échec. Il ne comprenait pas le langage des signes. La jeune femme avait l'air paniquée. Elle plongea dans son sac et en tira une sacoche, qu'elle montra du doigt sans la lâcher. Voulait-elle toujours plus d'argent en vendant la sacoche ? Galvano haussa les épaules, mais il eut envie de jeter un coup d'œil à l'intérieur. Irina lâcha prise. Galvano feuilleta le dossier et finit par émettre un sifflement de surprise. Son chien le regarda et vint le chatouiller de sa truffe.

– Où as-tu trouvé ça ? demanda Galvano.

Mais Irina ne faisait que hocher la tête. Galvano essaya de se faire comprendre par gestes, montrant le document, puis le lointain, puis elle. Irina, elle aussi, montra le lointain, mais elle y ajouta tant de signes que Galvano fut incapable de suivre. Il fallait trouver un autre moyen de l'interroger. Peut-être un interprète pourrait-il les aider. Maintenant qu'il avait jeté un coup d'œil aux documents, il voulait absolument savoir d'où ils venaient. Il mit à nouveau le doigt sur le dossier, puis sur lui-même. Irina fit non de la tête, elle eut ensuite un geste que Galvano comprit immédiatement. Sans hésiter, il sortit son portefeuille et en tira un billet de cinquante euros. Irina le regardait avec de grands yeux et ne faisait pas mine de prendre l'argent. Galvano fronça les sourcils, puis il rajouta un billet de vingt euros et rempocha son portefeuille. Irina acquiesça, fourra les billets dans son sac et partit d'un pas rapide malgré sa claudication. Galvano la suivit des yeux un bon moment, il s'aperçut alors qu'il avait les mains moites. Il avait hâte de rentrer chez lui et d'éplucher les documents.

Tant de choses en un seul jour : le nouveau chapitre de ses mémoires, les questions idiotes de Laurenti au sujet de la mort du professeur gay et des Chevaliers de Malte. Et puis ces papiers. Quelle coïncidence ! pensa Galvano. Mais il n'y avait pas de hasard ! Il se garderait bien d'en parler à Laurenti.

Il put joindre, dès l'après-midi, une traductrice à laquelle il fit croire qu'il agissait dans le cadre du service. Elle était assermentée et travaillait au palais de justice. Il avait eu affaire avec elle bien des années auparavant, mais elle le reconnut immédiatement et le félicita pour sa dernière interview télévisée. Il lui demanda son emploi du temps et la pria de se tenir prête. Il reverrait la jeune sourde-muette dès le lendemain.

Jour de chance

Comme s'il avait pris une nouvelle habitude, lui qui avait horreur de se lever tôt, Proteo Laurenti était debout à cinq heures du matin pour la troisième fois consécutive. Malgré l'avertissement d'Orlando, l'histoire du canot pneumatique qui accostait près de chez lui ne le laissait pas dormir en paix.

Il aperçut les hommes de loin. Cette fois-ci, ils étaient là avant lui. Debout sur le môle, ils regardaient vers le large. Pas encore de bateau en vue. Laurenti évalua la distance. Il avait assez de souffle pour atteindre le brise-lames, il pourrait alors refaire surface. Il prit sa respiration, s'immergea et plongea si profondément qu'il sentit les cailloux et la vase sur lesquels il glissait. De la main, il toucha le mur qui marquait l'entrée du port, puis les filins des balises, auxquels quelques bateaux étaient amarrés. Il émergea près de la coque d'une vieille barque. Il était en sécurité bien qu'étant à moins de dix mètres des hommes qu'il surveillait. Laurenti détacha le petit appareil numérique fixé à son bras gauche, l'alluma et prit quelques clichés.

Les quatre individus paraissaient inquiets. Laurenti les entendait discuter avec véhémence, mais il ne comprenait pas leur langue. Il photographia également les caisses en attente, puis il se remit à couvert car le groupe s'agitait fébrilement. Le bateau avec les deux femmes accosta et prit le chargement à son bord. Laurenti photographiait tranquillement, personne ne lui prêtait attention. Puis les deux moteurs redémarrèrent dans un hurlement et le canot gagna la pleine mer. Les hommes s'égaillèrent prestement. Laurenti attendit qu'ils aient disparu derrière le Bellariva, retira ses palmes et son masque de plongée et prit le même chemin. Il les vit monter dans une Subaru noire, faire demi-tour et filer. Le numéro de plaque minéralogique que le vieux pêcheur lui avait indiqué l'avant-veille était le bon.

Laurenti prit son temps pour rentrer. La veille au soir, il avait fait un pari avec son fils. De Servola, il était allé directement chez Scabar, où Marco travaillait. Mais celui-ci ne fut pas transporté de joie lorsqu'il aperçut son père. Il avait même l'air plutôt gêné.

– Tu aurais au moins pu passer un coup de fil avant de venir, dit-il sans interrompre son activité.

Il était en train de préparer des araignées de mer, ce qui ne comptait pas parmi ses passe-temps favoris et qui était, en soi, déjà suffisamment délicat. Dans un établissement de cette classe, le client était censé ne pas se casser les dents sur un éclat de carapace au milieu d'une chair si tendre. D'ailleurs, Marco n'avait pas vu son père depuis trois jours.

– J'ai à faire, papa, dit-il sans lever le nez.

Il lui tourna même le dos pour cacher son œil au beurre noir.

– Tu peux faire une pause, dit sa chef. Ce n'est pas tous les jours que ton père vient jusqu'à nous. Fais-lui visiter. Et si vous voulez manger, ajouta-t-elle à l'intention de Laurenti, j'ai encore une table libre sur la terrasse.

Laurenti s'empressa d'accepter.

– Grands dieux ! Qu'est-ce que tu t'es fait là ?

Il prit Marco par le bras pour examiner son œil enflé de plus près.

– Tu arrives à travailler dans cet état ?

– Ce n'est rien. Je croyais que maman te l'avait dit. C'était après le dernier match de la Triestina. Les hooligans, comme d'habitude. Mais on leur a fait encore pire.

– Juste devant le stade ? Mais normalement, la police intervient au premier incident.

– Tu vois ce qu'il en est. Quand on a besoin de vous, vous êtes introuvables.

– Et depuis quand t'intéresses-tu au football ?

Laurenti avait fait un excellent dîner et il avait parié avec son fils. Celui-ci était persuadé qu'il n'avait pas pêché lui-même le *branzino* qu'il avait rapporté la veille. Laurenti était surpris que Marco ait éventé la supercherie, mais il ne voulait pas l'avouer. Marco proposa finalement de sacrifier son seul jour de liberté si son père lui rapportait un poisson véritablement harponné de sa main. Son père pourrait alors inviter qui il voudrait. Il avait deux jours devant lui, sinon il lui paierait une semaine de vacances à l'hôtel Savoy de Grado pour que Marco soit plus près de sa copine.

Il n'avait plus qu'à s'exécuter. Déjà, en se rendant à la Marina di Aurisina, il s'était rendu compte que c'était un bon jour pour la pêche. Il se ferait expliquer prochainement par Srečko pourquoi un jour les poissons étaient là et, le lendemain, ailleurs. Laurenti était tout excité. S'il ne pouvait rien faire dans l'histoire du canot pneumatique, il se devait, pour le moins, de ramener un vrai poisson à terre.

Ses premiers tirs de harpon furent maladroits et tombèrent dans le vide mais, petit à petit, il devint plus précis. Lorsqu'il ressortit de l'eau, il avait attrapé une daurade qui pesait bel et bien deux kilos. Il laissa la flèche du harpon où elle était pour que Marco la voie. Laurenti s'étonnait lui-même, mais il dut s'avouer que la taille du poisson lui avait été favorable, car il avait raté les plus petits. Il se remit à l'eau, direction la pleine mer, et revint une demi-heure plus tard avec une pieuvre. Pourquoi était-ce lui qui avait réussi à harponner un spécimen de cinquante centimètres qui, jusque-là, avait échappé à tous ses poursuivants ? Mystère ! Un jour de chance ! Laurenti était heureux. Il se réjouissait que Marco puisse, le jour même, démontrer ses talents culinaires et au moins, pour une fois, il n'y aurait pas de barbecue !

Après avoir déposé son trophée à la cuisine, Laurenti frappa pendant un certain temps à la porte de Marco.

– Viens, j'ai quelque chose à te montrer, dit-il, de bonne humeur, lorsque son fils, encore à moitié endormi, lui ouvrit en bâillant.

– À cette heure-ci ? grogna Marco avant de suivre son père comme un noctambule.

– J'ai gagné le pari. Regarde ! répondit-il en brandissant ses deux prises. Maintenant, c'est à toi de jouer !

Marco secoua la tête comme un désespéré.

– Tu es fou, dit-il en examinant la daurade. Mais je maintiens que le *branzino* n'était pas de toi. J'en suis sûr !

Lorsqu'il vit son père à la recherche d'un récipient adéquat, il ajouta :

– Et, s'il te plaît, ne me réveille pas si tôt. Je travaille jusqu'à minuit.

– Et ensuite, tu fais le tour des discothèques ! Il ne faut pas t'étonner d'être fatigué.

Marco ne répondit pas, Laurenti entendit seulement claquer la porte de sa chambre.

*

Le soir, il était retourné à Servola et Mia avait fini par lui ouvrir. Elle avait bredouillé quelque chose à propos de la mort d'un oncle, ajoutant qu'elle ne voulait voir personne. Mais elle avait quand même fait entrer Calisto. Il lui raconta l'interrogatoire à la questure et s'indigna des affabulations de ces imbéciles de flics qui le soupçonnaient d'avoir tué son ami. Mia l'écouta un moment, puis elle lui demanda pourquoi il avait un casier judiciaire. Elle insista pour avoir une réponse, il lui rétorqua que même le simplet de la questure ne l'avait pas traité aussi durement. Elle lui reprocha de ne s'être intéressé à elle que pour faire de l'argent avec les armes de l'entrepôt, ce qui acheva de le déprimer. Il ferma la fenêtre pour que tout le village ne soit pas au courant. Mia lui cria de vider les lieux, mais il resta tranquillement assis. Il lui lança qu'elle n'avait qu'à appeler la police si elle voulait vraiment se débarrasser de lui. Il ne bougea même pas lorsqu'elle sauta sur lui pour le gifler. Au troisième coup, il lui saisit la main en riant. Mia cessa et lui tomba dans les bras.

– Nous allons à Brioni, dit Calisto gaiement, le lendemain matin, après avoir réveillé Mia d'un baiser et lui avoir apporté le café au lit.

– Où ça ? demanda Mia, encore à moitié endormie.

– Un ami nous prête son bateau. Au port de Grignano, derrière le Castello Miramare. On y sera en deux heures. Brioni est formidable. On peut louer des vélos, se baigner, il y a un bon restaurant et on rentrera le soir. Ou bien on restera un jour de plus. Comme on veut.

– Tu n'es pas obligé de travailler ?

– Pas aujourd'hui. Ni demain. Peut-être plus jamais. Du moins pas chez la notaire. Elle m'a mis en chômage technique tant que l'affaire d'Angelo n'est pas résolue. La goutte qui a fait déborder le vase, c'est quand les flics sont venus me chercher à l'étude. Viens, prépare-toi ! Un jour à la mer te changera les idées.

– Brioni, répéta Mia.

– Une île merveilleuse. Résidence d'été de Tito. Il y a même installé un zoo, avec de vrais animaux sauvages. Des girafes, des zèbres, des lions et des gazelles. Mais n'aie pas peur, on n'en voit plus beaucoup. Tu croiseras plutôt Naomi Campbell ou Caroline de Monaco.

– Qui est Tito ?

– Je t'expliquerai en route.

Une heure plus tard, ils avaient pris la mer. Le bateau n'offrait pas beaucoup de confort, mais il était rapide. C'était un canot pneumatique en fibre de verre avec deux puissants moteurs, qui fouettait si fort les vagues que Mia était obligée de s'accrocher. Quand son téléphone portable sonna, elle demanda à Calisto de ralentir provisoirement. Elle sortit l'appareil, regarda l'écran, puis elle le rempocha sans répondre.

– Vas-y. Fonce ! cria-t-elle en riant.

– Qui appelait ?

– La police, qui d'autre ?

– Alors…

Calisto accéléra à fond. Le vent leur sifflait aux oreilles et l'écume leur giclait au visage. C'était vraiment la police. Elle avait reconnu le numéro de Laurenti.

Ils passèrent au large de Pirano et longèrent la côte croate avec ses petites villes vénitiennes, Umago, Cittanova, Parenzo, Orsera. Ils aperçurent le campanile de Rovigno. Ils se baignèrent dans une crique et se rafraîchirent d'une pastèque. À midi, ils accostèrent dans le petit port de Brioni. Coquilles Saint-Jacques grillées et une langouste de plus d'un kilo, deux bouteilles de Malvasia et, comme digestif, du Brinjevec, genièvre d'Istrie. Ils plaisantaient et se tenaient par la main. Un jour à la mer vous coupe de la réalité. Une seule fois, Mia sursauta, son téléphone portable avait sonné. C'était Laurenti, une fois de plus. Il voulait encore lui parler. Au sujet d'Angelo et de Calisto. Mia répondit qu'elle avait à faire à l'extérieur et qu'elle rentrerait probablement fort tard. Alors il l'invita à venir dîner dans sa maison sur la côte. En joyeuse compagnie, elle se détendrait peut-être.

– Qui te poursuit ? demanda Calisto.

– La police, naturellement, répondit Mia avec un éclat de rire.

Puis elle se lova contre lui.

*

– Donc les néofascistes ont voulu attaquer la consigne de la gare et ils se sont fait prendre ! fit Viktor Drakič en jetant le quotidien local (édition istrienne) sur la table et en pointant du doigt l'article incriminé. Ça signifie que notre homme n'est pas seul. Et qu'il n'est bon à rien. Les flics sont prévenus. C'est ta chance, Branka. Ne la gaspille pas ! Tu soudoies le type du guichet, tu couches avec lui ou tu le fais chanter, ça m'est égal, mais je veux l'argent !

– Tu te rends compte du nombre de bagages qui attendent à la consigne ? Je n'ai même pas le numéro !

Branka se tut immédiatement lorsqu'elle vit le regard furieux de son chef se poser sur elle.

– Alors tu te dépêches de retrouver cette jeune femme. Le gros en a fait un meilleur signalement que toi. Une sourde-muette qui fait la tournée des bistrots.

– Facile ! Elles font partie d'une organisation russe pour la plupart. Une mafia des sourds-muets qui marche au chantage et à l'extorsion de fonds.

Branka sourit.

– Il suffit d'en coincer un et on a tous les autres. Trieste n'est pas si grande que ça, ça ne devrait pas traîner.

– Qui sait si c'en est une vraie ? Attrape-la, séquestre-la. Dès que tu sauras où elle habite, je te donnerai de nouvelles instructions. Compris ?

Branka acquiesça. Il aurait mieux valu, pour la rapidité et l'efficacité de l'intervention, que le patron la remette immédiatement en piste après l'échec de Bagnoli. Mais Drakič dirigeait à la baguette. Tout échec devait être puni. Il n'y avait pas à discuter. Pourtant, Branka était heureuse que le chef l'ait à nouveau réquisitionnée. Cette fois, elle rattraperait son erreur, ce qui lui permettrait de rappeler à Drakič sa promesse d'un job plus intéressant.

– J'ai besoin d'un automatique et de gaz lacrymogène, dit-elle.

– Tu me plais mieux comme ça !

Drakič fit signe à son garde du corps.
– Donne-lui ce qu'elle veut !

Après Branka, ce fut le tour d'un homme de trente ans à peine qui se tenait au garde-à-vous devant le bureau de Drakič, les mains croisées dans le dos. Drakič le regardait en silence.

– C'est moi Jonny.

Drakič acquiesça.

– Comment fais-tu pour être encore en vie ? Tout le monde connaît ta tête.

– Ce n'est pas ton problème. C'est Petrovac qui m'envoie.

L'homme était impressionnant. Bien qu'il soit immobile comme la statue d'un héros, ses muscles se dessinaient sous sa chemise. À côté de lui, le gorille de Drakič avait l'air d'un amateur.

– Assieds-toi ! lui dit Drakič.

– Je préfère rester debout.

– Tu connais la frontière avec la Bosnie ?

– Oui !

– Et tu connais le pays ?

– Comme ma poche !

Drakič n'en doutait pas. Jonny avait fait ses classes dans le groupe paramilitaire des bouchers d'Arkan et jouissait d'une excellente réputation au Kosovo et en Bosnie – dans son milieu, évidemment. Mais il figurait sur les listes internationales des individus recherchés. Vu son allure martiale, il aurait pu, séance tenante, jouer un rôle à Hollywood ou devenir gouverneur de Californie.

– Tu sais de quoi il s'agit ? lui demanda Drakič.

– En gros.

Jonny n'aimait pas les grands discours.

– Ça suffit pour l'instant. Tu auras d'autres instructions le moment venu. Comment vas-tu t'y prendre ?

– Les armes, ça m'est égal. Mais combien d'explosifs et de quel type ?

– Cinq cents kilos de Goma-2, cent Semtex. Pas de détonateurs. Il n'y a aucun danger.

– Tu travailles pour les Arabes ?

– Ça ne te regarde pas !

– Je ne les aime pas ! Et pour le transport ?

– Un semi-remorque. Après-demain nous arrive la dernière livraison. On charge et vous partez immédiatement.

– Le poids total ?

– Environ onze tonnes. Avec la douane, tout est réglé. Tu n'es responsable que de la sécurité. Le véhicule sera accompagné à l'aller et au retour. Un homme à moi sera du voyage, ajouta Drakič en montrant son gorille. Avant d'ouvrir le camion, il vérifiera l'argent. Ça prendra un certain temps. S'il y a quelque chose qui cloche, vous vous retirez immédiatement. Avec la marchandise. Je n'admets aucune perte. On ne peut faire confiance à personne. Alors, ton plan ?

– Je suppose que tu vas gagner beaucoup d'argent. Une valise ne suffira pas. Ma firme est spécialisée dans ce genre d'affaires. Je ne veux pas d'un chauffeur inconnu. Un de mes hommes conduira, il y en aura quatre autres dans la remorque. Comme escorte, six limousines blindées, chacune avec trois hommes. Tous des spécialistes. Confiance absolue. Moi-même dans la cabine à côté du chauffeur.

Drakič fronça les sourcils. Chacun savait que le trafic des voitures volées à l'Ouest était florissant, mais il n'en revenait pas que Jonny dispose illico de six limousines blindées. Lui-même n'en avait qu'une. Petrovac n'avait pas exagéré : c'était une petite armée que Jonny mettait en marche.

– Mon pourcentage est de quinze pour cent, annonça celui-ci.

Drakič sourit dédaigneusement du coin des lèvres.

– Cinq suffisent.

– Alors cherche quelqu'un d'autre qui le fasse pour ce prix-là.

La montagne de muscles se détendit et fit un pas vers la porte.

– Pourquoi être venu ? Petrovac t'avait bien transmis les conditions ?

– Il ne m'avait pas dit qu'on jouait si gros jeu.

– Alors dix. Point final.

Viktor Drakič fit rouler son fauteuil vers la fenêtre, tourna le dos au tueur et fixa la mer.

– Douze, dit Jonny sans se démonter. Pour te montrer que je ne suis pas buté et pour faire plaisir à Petrovac.

– J'attends ton retour le jour même.

– Il se fera tard. Le chargement a lieu où ?

– Ici, dans le coin. Tu seras prévenu par téléphone.

Jonny opina.

– Tu connais les risques ?

– Je risque plus que toi. Les Bosniaques donneraient cher pour ma tête.

– Je me demande si tu es bien l'homme de la situation, dit Drakič en se tournant à nouveau vers Jonny. Avec Arkan, tu faisais trembler tout le monde. Mais seul ?

– Arkan était fou ! Sans lui, je suis meilleur.

– S'ils te reconnaissent, je perds tout.

– Je ne suis pas un débutant, Drakič ! On ne me reconnaîtra que si quelqu'un me trahit. Qui me garantit que ce n'est pas vous qui me truandez ?

– Petrovac et moi ?
– OK, Petrovac est régulier !

*

Sifflotant allègrement, Laurenti gravit les marches menant au parking bordant la route côtière. Il pensait à la soirée à venir et se faisait mentalement une liste d'amis à qui il téléphonerait dans la matinée pour les inviter. Bien qu'il y ait de nombreux emplacements libres sur le parking, un petit malin avec une grosse BMW s'était posté devant l'Alfa Romeo de Laurenti. Les vitres teintées ne permettaient pas de voir s'il y avait quelqu'un à l'intérieur. Laurenti s'approcha et frappa au carreau. La fenêtre s'ouvrit au bout d'un moment. Deux hommes apparurent, le regard dissimulé sous de grosses lunettes de soleil.

– Auriez-vous l'amabilité de reculer un petit peu ?

Le chauffeur de la BMW le regarda comme pour le jauger.

– Vous bloquez ma voiture.

– Montez derrière ! dit l'homme brusquement.

– Et pourquoi ?

– Parce que !

L'homme tira une carte de la poche de sa chemise. La mine de Laurenti s'assombrit sur-le-champ. Il connaissait ce document et n'avait pas la moindre envie d'obéir.

– Je préfère que vous descendiez. Qu'est-ce que vous voulez ?

– Bavarder un peu avec vous. Montez, à la fin ! Il ne faut pas qu'on nous voie. Cette route est passante.

– Alors soyez bref ! Je n'ai pas beaucoup de temps.

Il se laissa tomber sur le siège arrière tout en cuir.

– Fermez la porte !

– On dit « S'il vous plaît » !

Il s'exécuta sans se presser.

Le chauffeur mit le contact et démarra en roulant au pas. Les appels de phares et les coups de klaxon des voitures, derrière eux, n'avaient pas l'air de le gêner. Des frontaliers stressés qui partaient au travail et qu'on freinait dans leur élan.

– Alors, dit Laurenti, qu'est-ce qui se passe ?

– Que faisiez-vous ce matin au petit port ? interrogea le passager sans le regarder.

– J'allais à la pêche.

Où avaient-ils bien pu le voir ? Quand il avait suivi les quatre hommes, il n'avait pas vu d'autre voiture que la Subaru.

– Vous avez attrapé quelque chose ?

– Depuis quand les services secrets s'intéressent-ils aux petits poissons ? Vous n'avez rien de mieux à faire ?

– Avant-hier, vous y étiez aussi. Pourquoi ?

– La pêche !

– Vous étiez seul ?

– Seul avec beaucoup de poissons !

– Répondez !

– Vous n'êtes jamais contents. Dites-moi enfin ce que vous voulez.

– Vous êtes sorti de l'eau et vous avez suivi quatre hommes. Pourquoi ?

– Sans se cacher, ils ont chargé deux caisses sur un canot pneumatique non identifiable. Je suis policier. Même sans uniforme. Vingt-quatre heures sur vingt-quatre. Même quand je dors, je suis policier. Voilà pourquoi !

– Cela ne regarde pas la police, Laurenti !

Le passager s'était enfin tourné vers lui et avait retiré ses lunettes. Il fit un signe au chauffeur. Entre-temps, ils étaient arrivés à hauteur de Tenda Rossa et ils s'arrêtèrent.

– N'y touchez pas. C'est nous que ça regarde. Vous pourriez tout faire rater ! Pensez à votre carrière ! *Buona giornata !*

Le geste était sans équivoque. Laurenti descendit sans saluer et laissa la porte ouverte.

Qu'est-ce qui leur prenait à ces impudents malotrus ? Il dut marcher presque un kilomètre au bord de la route. Par deux fois, des automobilistes klaxonnèrent. Sûrement des collègues se rendant au bureau. Par bonheur, aucun ne s'arrêta, Laurenti n'avait aucune envie de bavarder. Naturellement, Orlando l'avait prévenu, mais il avait été prudent. À part les quatre types et les deux naïades, il n'avait pas vu âme qui vive. Il n'y avait pas non plus de petite rue où ils auraient pu se cacher. Laurenti s'assura que le petit appareil photo numérique était bien dans la poche de sa veste. La situation n'était pas encore telle qu'il soit contraint d'oublier tout ce qu'il avait vu aux Feltri.

Il était huit heures et demie lorsqu'il fit son entrée au bureau. Contre toute attente, la place de Marietta était vide. Il s'assit dans son fauteuil et ouvrit le journal. Seule façon de se calmer. À la rubrique locale, il tomba sur un article faisant le point sur l'enquête de l'affaire « *Mucca Pazza* », sa photo voisinait avec la vache portant arme et lunettes de soleil. La légende précisait qu'il était très occupé : « la vache folle », le mystérieux entrepôt, le mort du val Rosandra, qui avait dorénavant un nom. La dernière phrase disait : « Espérons, bien que le commissaire soit surmené, que cesseront bientôt ces graffitis, qui jettent l'opprobre sur notre ville. » Laurenti se sentit injustement critiqué car, au cours des vingt dernières années, il n'y avait pas eu d'affaire importante qu'il n'ait su résoudre. De plus, il ne se trouvait pas ressemblant sur la photo, cela ne tenait pas seulement à ses cheveux, qu'il devait faire couper incessamment. En quelque sorte, il se sentait plus mince qu'à l'image. Il devrait veiller à mieux rentrer la chemise dans le pantalon quand les photographes seraient aux aguets.

Il prit son téléphone et composa le numéro privé de Rossana Di Matteo, sa vieille amie, responsable de la rubrique locale du quotidien.

– Ici Proteo Laurenti, tu te souviens de moi ?

– Tu sais quelle heure il est ?

Rossana semblait encore à moitié endormie.

– Un peu plus de huit heures et demie, mon trésor, susurra Laurenti. Tu n'es pas contente que ce soit moi qui te réveille ?

C'était la deuxième fois ce matin-là qu'il faisait comme si tout le monde devait être aussi bien réveillé que lui aux aurores. Marco, déjà, avait ronchonné lorsqu'il avait fièrement exhibé ses prises. Il n'y avait que les camarades des services secrets pour être aussi matinaux. Bien sûr, les journalistes du *Piccolo* rentraient rarement chez eux avant vingt-deux heures et rattrapaient, le matin, le sommeil perdu. Il était inutile de les appeler au bureau avant onze heures.

– Qu'est-ce que tu veux ?

Il entendit Rossana s'étirer en soupirant.

– Que tu dises à tes troubadours de s'abstenir d'allusions malveillantes. Ça ne fait que gâter l'ambiance.

– Tu sais comment ça marche. Il faut faire grimper les tirages. Qu'est-ce qui te chiffonne ?

– Lis toi-même !

Rossana poussa un gros soupir.

– Autre chose ou tu me laisses dormir encore une demi-heure ?

– Si tu es libre ce soir, viens dîner. Rends-toi compte, mon fils va servir les poissons que j'ai moi-même pêchés à cinq heures du matin ! Une daurade et…

– Va te faire foutre, Laurenti ! Je suis fatiguée !

– Le poisson est frais, Rossana. Plus frais que toi !

Laurenti partit d'un grand éclat de rire.

– Je reste au bureau tard le soir, petit père ! Ces damnés protecteurs des animaux ! Un groupe pitoyable d'anarchistes tricotés main.

– Qu'est-ce que tu portes comme cache-sexe ?

– Laurenti !

– Tu connais une marque qui s'appelle « Toute de suite » ?

Laurenti perçut un gémissement au bout du fil.

– Alors, tu viens ce soir ?

– Oui, souffla Rossana. Sauf imprévu.

Puis elle raccrocha sans dire au revoir.

Laurenti appela Sgubin qu'il avait entendu entrer dans le secrétariat. Il devait être à la recherche de Marietta, avec qui il perdait une demi-heure à bavarder tous les matins. De tout, de rien, souvent du chef. Laurenti le réquisitionna avant qu'il n'ait pu se sauver.

– Prends cet appareil et sors les images sur un ordinateur. Ensuite, tu les compares avec nos fichiers. Pas un mot là-dessus, compris ? Dépêche-toi !

Contrarié, Sgubin prit l'appareil. Mais avant qu'il n'ait atteint la porte, il entendit à nouveau la voix de son maître :

– Et « Toute de suite » ?

– Je le saurai dans la matinée. J'ai une amie qui tient un magasin de sous-vêtements.

– J'aurais dû m'en douter !

Laurenti pianotait sur son bureau. Naïf Sgubin ! Il était temps qu'il en soit débarrassé ! Il allait savoir dans la journée qui le remplacerait. Quelqu'un qui serait muté à Trieste et qui n'en serait probablement pas ravi. Tout nouveau, tout beau ? Pas sûr ! L'essentiel serait que le successeur de Sgubin soit un peu plus intelligent que ce balourd. Il comprendrait peut-être un peu plus vite.

– Autre chose, dit Laurenti, je voudrais que les patrouilles gardent un œil sur une jeune sourde-muette.

Il la décrivit avec précision.

– S'ils l'aperçoivent, qu'ils me communiquent où elle va, d'où elle vient, avec qui elle parle…

– Les sourds-muets ne parlent pas, marmonna Sgubin qui s'apprêtait à sortir du bureau.

– Qu'ils jettent un œil aussi, à l'occasion, sur Galvano. Le vieux m'inquiète. Depuis qu'il ne travaille plus, il devient étrangement humain. Je ne voudrais pas qu'il lui arrive quelque chose.

Lorsque Sgubin, pour la quatrième fois, fit une tentative pour quitter les lieux, il parvint jusqu'au secrétariat. Mais, dans la porte ouvrant sur le couloir, il se heurta à Marietta.

– Ciao ! dit-elle à voix basse, forçant le passage pour entrer. Il est déjà là ?

– Qui ça ? fit Sgubin en levant les yeux au ciel.

Sur quoi il disparut définitivement.

Avec un soupir que Laurenti ne pouvait pas ne pas entendre, Marietta s'assit à sa place et alluma son ordinateur. Tout en gardant ses lunettes de soleil sur le nez, elle luttait pour ne pas poser la tête sur son bureau, elle se serait endormie immédiatement. Elle était au comble du bonheur. Une heure auparavant, elle était encore sur la plage de Liburnia, où elle avait passé toute la nuit. Elle portait encore ses habits de l'avant-veille qui étaient restés d'ailleurs toute la nuit accrochés à une branche. Ils avaient fait du feu avec du bois mort, mangé des grillades et bu beaucoup de vin. Puis ils avaient pris un bain de minuit, comme autrefois, quand ils étaient jeunes. Les gros rochers, chauffés par le soleil pendant la journée, répandaient une douce chaleur et le gigantesque matelas pneumatique que Riccardo, le nouveau, avait apporté s'était révélé idéal pour le repos nocturne. Mais pourquoi n'avait-elle pas appelé le bureau pour se faire porter pâle ?

– Marietta ! lança Laurenti. C'est urgent !

Elle se leva avec un gros soupir et se planta devant son chef.

– Oui…

– Où sont les copies des articles sur l'affaire Perusini ?

– Un instant !

Elle revint avec quelques feuillets.

– Tu es allée aux archives ? Le dossier est toujours là ?

– J'attends l'information. Mais je les rappelle tout de suite.

– Dépêche-toi !

– On dit « S'il te plaît » ! répliqua-t-elle sur un ton plein de reproches.

– Merci, répondit Laurenti.

*

Les indices étaient sans ambiguïté. Dès qu'elle aurait effectué le prochain versement, on l'enverrait ailleurs.

En ce début de saison, il manquait des effectifs plus au sud. Des Lidi Ferraresi jusqu'à Rimini, où des foules mortes d'ennui s'agglutinaient sur des plages de sable, il y avait plus à gagner qu'à Trieste. Le chef avait fait son apparition en fin de soirée et lui avait fait comprendre qu'elle devrait partir le surlendemain. Elle savait ce que signifiaient les derniers jours dans un endroit. Gibier sans défense, elle devrait subir tout ce qui passerait par la tête de ce sadique. Mais le pire, c'est qu'il lui prendrait tout ce qu'elle avait à grand-peine réussi à mettre de côté. S'il venait à la mansarde pour la conduire à la gare, ce serait le début des pires humiliations. Elle avait vu comment il s'y prenait avec les autres. D'abord, il viderait son sac et vérifierait chaque objet. Il en garderait d'ailleurs une bonne partie. Puis il l'obligerait à se déshabiller et il palperait l'ourlet de chaque vêtement. Ensuite, il continuerait les investigations sur son corps et la violerait une fois de plus. Enfin, elle aurait tout juste le temps de rassembler ses affaires, il l'accablerait d'injures et de moqueries. Le plus grave, c'était de quitter Trieste qu'elle connaissait maintenant depuis plusieurs mois, de recommencer à zéro dans un endroit inconnu et de subir un nouveau chef.

Irina était pressée. Elle devait se rendre à un bureau de change de la Piazza Ponterosso sans se faire repérer. C'était la seule façon d'envoyer de l'argent chez elle. Ni elle ni sa famille n'avaient de compte en banque. Elle ne pouvait pas non plus passer à la poste et remplir un mandat. Un jour, elle avait envoyé du liquide dans un courrier ordinaire, mais il n'était jamais arrivé. Le bureau de change faisait partie du réseau qui permettait à l'organisation de gagner de l'argent à ses dépens depuis le début du voyage : l'obtention du visa, le bus pour Berlin, l'argent dont elle devait disposer pour pouvoir pénétrer en Europe de l'Ouest (y compris les intérêts), les taudis où on les faisait dormir et les petits objets avec lesquels on les envoyait mendier, qu'elles payaient un prix exorbitant. Et puis, naturellement, l'argent destiné aux parents. Des officines maquillées en bureaux de change organisaient le transfert sans être inquiétées par la police. Tous les clandestins étaient obligés d'utiliser les services de ces usuriers qui se servaient grassement au passage. Sur 500 euros durement gagnés, la famille en recevait 350 au maximum, s'il n'y avait pas d'anicroche à l'arrivée. Parfois la moitié seulement. Mais c'était quand même, pour eux, une grosse somme.

Elle passa plusieurs fois devant le bureau de change avant d'entrer pour s'assurer que personne ne la guettait. Au moment de ressortir, elle hésita et jeta un coup d'œil à travers la porte vitrée, jusqu'à ce que l'employé de son guichet lui enjoigne d'un geste de filer. Elle attendit encore un peu avant d'obéir et entra précipitamment dans le bar d'à côté, où elle commença fébrilement à déposer cartons et porte-clés sur les tables.

Il fallait absolument qu'elle retrouve, le jour même, le vieil homme au chien noir. Lui seul pouvait l'aider. Elle avait toujours, sur elle, le ticket de consigne. Après l'incident de la veille, il lui était impossible de retourner à la gare. Angoissée et nerveuse, elle poursuivit sa tournée en changeant plusieurs fois d'itinéraire.

*

– Voilà comment on prépare une pieuvre.

À la cuisine étaient réunis Marco, Patrizia et Santo, le coiffeur des stars. Marco était convaincu que le temps de vie qui lui avait été accordé aux côtés de Patrizia était dépassé. Le saligaud se tenait derrière sa sœur et se frottait à elle, tandis que celle-ci se faisait expliquer comment écailler un poisson, le vider et lever les filets.

– Voilà la pieuvre : on commence par retirer la peau de la tête et des tentacules. Comme ça !

Après avoir entaillé l'animal, il passa le couteau à sa sœur en l'invitant à essayer elle-même.

– Pourrais-tu te décoller un petit peu du derrière de la dame ? demanda-t-il à Santo en le poussant de côté avec ses mains sales.

– Pourquoi faut-il qu'on hérite d'une famille dès qu'on tombe amoureux ?

L'homme, qui avait largement quinze ans de plus que lui, ne bougea pas d'un pouce.

– À Naples, on les mange avec la peau, ça croustille !

– Ce n'est pas du poulet ! dit Marco avec une grimace que seule Patrizia perçut. Ça, c'est l'œil. On le met de côté et on le fera rôtir avec la peau pour Santo.

Il prit l'animal des mains de sa sœur.

– Je n'en reviens pas que papa ait occis ce spécimen. Vu sa taille, il avait, jusque-là, survécu à tous les dangers. Mais quand déboule la police… Bon, alors regarde, ajouta-t-il en posant son pouce entre deux tentacules, ça, c'est l'anus, on va le retourner comme une chaussette. Tu veux essayer, Santo ?

– Je sais comment ça marche. Continue !

– Exactement comme quand tu tritures le cul de ma sœur.

Patrizia lui planta son coude dans les côtes.

– Tu ne serais pas jaloux, par hasard ?

Santo extirpa une cigarette d'un paquet informe et l'alluma.

– C'est du moins comme ça qu'ils faisaient à Pompéi, affirma Marco en retournant l'animal, faisant apparaître une matière sombre et visqueuse.

– C'est la merde qui sort !

– À Pompéi, reprit Patrizia, on mangeait des pis de truie farcis de rognons et de la salade de langues de rossignol. Quelque chose d'aussi banal que ta recette, ce n'était même pas bon pour les esclaves.

– S'ils avaient su ce qu'ils rataient ! C'est un mets délicat ! Santo, essuie la merde !

Il poursuivit son œuvre en maintenant la pieuvre au-dessus de l'évier. Puis il la sécha.

– Voilà le moment crucial. La chair est merveilleusement tendre quand on la découpe finement dans un certain sens. N'est-ce pas, Santo ?

Il montra à sa sœur comment s'y prendre et lui passa le couteau.

– Tu as une clope, Figaro ?

Santo ressortit son paquet de la poche de son pantalon et lui en donna une.

– MS ? fit Marco avant de l'allumer. *Morte sicura*, la mort assurée. La bête ne sera mangée que ce soir, mais il y a une raison pour la préparer dès maintenant. Comment tu l'aimes ?

– Frite, répondit Santo sans hésiter.

– Dans de l'huile rance avec un centimètre de chapelure, c'est le dernier cri ! Celle-ci, nous la mangerons crue !

– Comme les Japonais ? fit Santo incrédule. Je ne supporte pas les sushis !

– Mais des sushis de la Méditerranée ! Légèrement marinés seulement.

Il tendit deux plats longs à sa sœur.

– Dispose les tranches régulièrement. Une couche après l'autre. Maintenant l'assaisonnement. Avec de l'huile de Starec, du val Rosandra. J'en ai une bouteille qui vient du restaurant. C'est une rareté absolue, dans les quatre-vingts euros le litre. Tu peux oublier les autres.

Marco pressa deux citrons dans un saladier, ajouta l'huile, du poivre noir et un tout petit peu de sel et mélangea le tout à l'aide d'un fouet.

– Ce serait mieux avec un mixer, regretta-t-il. Mais dans cette cuisine, on manque de tout. Toujours ces soirées barbecue ! Nos parents ne font pas assez souvent la cuisine. De toute façon, maman n'y connaît rien !

Patrizia protesta :

– Ce n'est pas vrai ! Tu as toujours aimé ce qu'elle faisait à manger. Ce n'est pas parce que, depuis quelques semaines, tu as le droit de regarder comment on fait au restaurant que tu peux te permettre de dire n'importe quoi.

Marco versa la marinade sur la chair de pieuvre, la recouvrit et fourra les deux plats dans le frigidaire.

– Celui-là aussi aurait besoin d'être nettoyé à fond. Et maintenant la daurade. Tu l'aimes comment ?

– Grillée, firent Patrizia et Santo à l'unisson.

Marco se tenait les côtes.

– Pour une fois que vous en avez une toute fraîche, vous voulez la faire comme tout le monde ! Non, la daurade aussi sera mangée crue. Santo, s'il te plaît, vide-la !

Le coiffeur prit le couteau, posa le poisson sur la nageoire dorsale et lui piqua le ventre. Le couteau dérapa.

– Même les tueurs de la Camorra ne s'y prennent pas comme ça !

Marco retourna le poisson sur le flanc.

– Tu le mets à plat et tu l'ouvres sur le côté. À peu près comme la fermeture éclair de ton pantalon.

Il le regarda faire pendant un moment, puis le poussa du coude.

– Essaie, toi, Patrizia !

Sa sœur éventra l'animal comme si elle l'avait déjà fait cent fois.

– Maintenant, tu fourres tes doigts dedans et tu fais le vide.

Patrizia obéit et en sortit une masse verdâtre qu'elle considéra avec dégoût.

– C'est de la bile, dit Marco. Je crois bien que papa l'a blessé profondément. Maintenant, sors le reste.

Marco détailla les boyaux, le foie, le cœur et poussa le poisson vers sa sœur.

– Et maintenant, dernière spécialité, tu lui enfonces ton doigt dans le derrière.

– Espèce de porc ! répondit Patrizia. Je préfère aller soigner les vieux.

– Pense à Santo ! Tu verras que ça ira tout seul.

Et comme s'il avait placé une bonne blague entre amis, Marco tapa sur l'épaule de Santo de sa main sale. Celui-ci, écœuré, lui tourna le dos. Marco acheva de dépiauter le poisson et leva les filets en vrai professionnel.

– Tu aimes le tartare de poisson ?

Santo préféra ne pas répondre.

Marco coupa les filets en fines lanières, puis en morceaux plus petits, qu'il hacha avec le couteau de cuisine, puis il versa le tout dans un grand plat, goûta un échantillon et mit le reste au frais.

– Nous avons des hors-d'œuvre pour au moins quinze personnes. Et après ? Surtout pas de gril ! Après les sushis, les tempuras s'imposent. Il nous faut de la bière glacée, de la farine et de l'huile d'arachide pour la friture. Toutes sortes de légumes, même du fromage et naturellement du poisson. Tout ce que vous voulez, mais surtout pas de viande ! Il faut faire des courses. Patrizia, tu viens à Santa Croce avec moi ? Je suppose que papa a invité la moitié de la ville.

Il se tourna vers Santo.

– Le scooter n'a malheureusement que deux places. Mais si tu veux te rendre utile, sois gentil de nettoyer la cuisine. On en a pour un instant.

– Ne sois pas si dur avec Santo, dit Patrizia dès qu'ils eurent démarré. C'est un brave garçon.

– Oui, pour t'embrasser, répondit Marco en accélérant.

*

Il avait passé quelques coups de fil pour inviter les amis à dîner. Pour une fois, au moins, le barbecue resterait au repos. Certes, Laura avait émis quelques réserves au téléphone parce que c'était le seul jour de liberté de Marco, mais elle avait fini par lui donner une longue liste d'emplettes à effectuer. Laurenti lui répondit qu'elle n'avait qu'à en charger les enfants, lui-même commanderait le vin chez Sandro Bibc, l'ami vigneron de Santa Croce, qui cultivait la vigne en terrasse à côté de chez eux.

Puis il ouvrit le dossier avec les copies des articles de journaux. Il était temps de se pencher sur cette vieille affaire que le procureur avait ressuscitée pour lui.

– Mon Dieu, gémit Proteo Laurenti, Marietta, c'est vraiment tout ?

Sa collaboratrice passa timidement la tête par la porte de son bureau.

– Comment ?

– Ce n'est pas possible, dit Laurenti en montrant les quelques feuillets, qu'à l'époque ils n'aient écrit qu'un seul article. D'habitude, ils délayent jusqu'à ce que le dernier imbécile venu ait entendu parler de l'affaire.

– C'est tout, répondit Marietta. J'ai questionné plusieurs fois l'archiviste du journal, j'ai vu l'auteur de l'article. Tu sais que la majorité des journalistes travaille à Trieste depuis encore plus longtemps que toi !

– C'est le journal qui est jeune ! Bref, qu'est-ce qu'il a dit ?

– Il se souvient bien. Il parle de pression, il ne fallait pas faire de vagues, mais il ne savait pas d'où ça venait. Ensuite, il n'y a eu qu'une brève, quand on a retrouvé la voiture du professeur à Venise, quelques jours après l'assassinat ; enfin un compte rendu de l'enterrement, avec beaucoup de notables. En revanche, dix ans après, il a été abondamment question du jugement concernant l'héritage. Les nièces n'avaient aucune chance contre l'ordre de Malte, à qui toute la fortune du professeur avait été promise.

Une piste malgré tout, indépendamment des informations sujettes à caution de Galvano. L'article qui parlait du meurtre avait été rédigé avant que ne tombe la consigne de ne pas en parler. Laurenti le lut deux fois : le professeur de sciences sociales Gaetano Perusini avait été assassiné le 13 juin 1977 dans son appartement de Trieste. On l'avait trouvé bâillonné et attaché à son lit par les mains et par les pieds à l'aide d'un câble électrique. On l'avait découvert environ quarante heures après sa mort, caché sous des couvertures et des coussins, après que le régisseur de son vignoble, le célèbre Rocca Bernarda du Collio, eut envoyé quelqu'un parce que le professeur ne répondait pas. L'appartement se trouvait dans un désordre indescriptible, la lumière était allumée, près du lit gisaient son maillot de bain rouge et son porte-monnaie vide. Sur la table, trois verres, un paquet de gâteaux secs, une bouteille de cognac et deux bouteilles de vin. Il avait été brutalisé avant sa mort, il présentait de nombreuses contusions. Une incisive était déchaussée, probablement à cause du bâillon qu'il ne s'était certainement pas fourré lui-même dans la bouche. Tout était exactement comme Galvano l'avait raconté.

On reconnaissait, sans le moindre doute, le style des années soixante-dix. Le terme d'homosexualité n'était pas prononcé, on parlait des « amitiés particulières » qu'entretenait la victime. Celle-ci avait consigné, dans cinq agendas de poche, les visites de ses « amis » : des pêcheurs, de jeunes Italiens du Sud, des soldats, des marins de l'ex-Yougoslavie. Près de chaque nom, il avait noté, comme un code, une combinaison à plusieurs chiffres. L'un de ces éphèbes avait dû lui voler sa voiture, car elle était restée introuvable. Quelques pages plus loin, dans le rapport concernant le procès relatif à la succession, on pouvait lire que, trente-quatre jours seulement avant sa mort, l'homme avait modifié son testament en faveur de l'ordre de Malte ; deux nobles du Frioul pouvaient en témoigner.

En dernier lieu, Laurenti trouva un long article consacré à l'affaire Diego de Henriquez, qui portait une mention manuscrite invitant à le classer dans ce dossier particulier. Laurenti le survola. Il datait de 1989, il était intitulé : « C'était un incendie volontaire ! » Le collectionneur d'armes passionné et fin connaisseur de l'histoire de la ville n'avait pas été victime d'un court-circuit, comme on l'avait prétendu pendant des années. Un officier des carabiniers, qui occupait depuis un poste important à Rome, avait rouvert l'enquête que ses prédécesseurs avaient déjà classée sans suite et il avait conclu sans ambiguïté que de Henriquez n'avait pas été victime d'un accident. En 1988, une lettre au ministère public avait conduit à la reprise de l'enquête. Un cousin de Perusini affirmait que celui-ci avait procédé, de sa propre initiative, à des investigations sur les circonstances de la mort de Diego de Henriquez. Mais les résultats de ses recherches restaient introuvables depuis son assassinat.

Un crime remontant à vingt-huit ans. Mais pourquoi le dossier avait-il disparu des archives, comme l'avait indiqué le procureur Scoglio ? Laurenti se secoua. Onze ans après la mort du professeur, son cousin écrivait une lettre aux enquêteurs, qui aurait pu leur être utile au début de l'enquête. L'imagination avait dû s'éteindre en même temps que le parent. Sinon, comment expliquer une si longue attente ? Laurenti se tortilla. Il n'échapperait pas davantage, par la suite, à l'étude de vieux dossiers. C'est à ce moment que retentit un cri aigu dans la pièce avoisinante.

– On l'a !

Marietta entra triomphalement et posa sur le bureau de Laurenti un classeur vert contenant un énorme dossier. Une odeur de renfermé envahit la pièce. Laurenti essuya la poussière de la couverture sur laquelle était écrit « Gaetano Perusini ». Sur la première page, des cachets indiquaient les dates auxquelles le dossier avait été consulté : janvier 1978, février 1979, novembre 1982, 1987 sans indication de mois, juillet 1995 et février 1996. Laurenti fronça les sourcils. L'année 1988, au cours de laquelle le cousin de Perusini avait porté plainte, manquait. Personne ne s'était-il alors préoccupé du dossier ?

– Bien joué, dit Laurenti à Marietta. Où était-il ?

– À sa place, mais difficilement repérable sous la poussière.

– Bizarre, tu ne trouves pas ? Supposons que quelqu'un ait vraiment fait disparaître le dossier original des archives judiciaires, il n'aurait fait que la moitié du travail.

– Ou bien il ne savait pas que nous avons nos propres archives, ou bien il n'y avait pas accès.

Sgubin entra et retira un fil d'araignée des cheveux de Marietta.

– Qu'est-ce que tu veux ? aboya Laurenti.

– Personne ne porte « Toute de suite » par ici, affirma Sgubin, l'air important. Cette marque n'existe nulle part en Europe ! C'est sûr et certain ! J'ai aussi l'ADN de la deuxième personne du val Rosandra.

Il posa négligemment le papier sur le bureau de Laurenti.

– À mon avis, le slip était là par hasard. Il y a sans arrêt des clandestins qui se faufilent à cet endroit. Ils changent de sous-vêtements dès qu'ils ont franchi la frontière. En 1973 déjà, on a trouvé trois Africains qui étaient passés par là. Les pauvres étaient morts de froid avant d'atteindre la ville. Mais à l'époque, tu étais nouveau à Trieste.

– Mon pauvre Sgubin, dit Laurenti en se prenant la tête entre les mains. Parfois je me demande si tu as tous tes esprits. En 1973, tu n'avais pas dix ans. C'est formidable que, dans l'intervalle, tu aies trouvé que personne ne connaît cette marque par ici. Mais d'où vient-elle ? Quels clandestins portent ce genre de sous-vêtements ?

– Je l'ai déjà dit, je suis sûr que ce Calisto est impliqué dans l'affaire. Si tu me l'avais laissé un peu plus longtemps, on aurait pu avancer. Au fait, aujourd'hui, il est parti en bateau avec son amie l'Australienne. Un collègue de la Guardia di Finanza les a vus par hasard. Ils ont une liaison.

– Sgubin, dit Laurenti en montrant l'analyse ADN, il est dit, ici, que les cheveux trouvés sur les lieux du crime et le slip appartiennent à une seule et même personne.

Laurenti plaignait les collègues de Gorizia qui, très bientôt, auraient droit à Sgubin comme supérieur hiérarchique. Pourtant, l'information concernant Mia et Calisto était intéressante. La veille, Laurenti avait posé la question à Mia, mais elle avait parlé d'une vague connaissance. Une amourette n'était pas un délit, même avec un petit truand. Pourquoi Mia avait-elle retiré sa plainte contre Calisto ? L'Australienne était tout sauf l'innocence incarnée venue des antipodes, c'était certain. Mais si elle prenait Laurenti pour un imbécile, il y aurait des représailles. Fort heureusement, elle n'était pas son type.

À peine Marietta et Sgubin sortis, Galvano entra, sans frapper comme d'habitude. Un policier n'a pas le droit de réfléchir tranquillement. Lorsque Laurenti voulut caresser le chien noir, Galvano tira brusquement sur sa laisse.

– J'ai besoin du dossier, Laurenti, dit-il sèchement, j'en ai besoin immédiatement.

– Quelle débauche d'amabilité, doc ! Asseyez-vous ! De quel dossier parlez-vous ?

– Diego de Henriquez. Aux archives judiciaires, on m'a dit qu'il était chez toi.

Son regard balaya le bureau de Laurenti.

– C'est urgent !

– Pourquoi ?

– Je vais enfin résoudre l'affaire. Il est grand temps que quelqu'un s'en occupe, quelqu'un qui soit incorruptible et qui connaisse bien l'époque.

– Galvano, trente ans ont passé, rien ne presse.

– Je ne suis plus tout jeune, Laurenti, et j'ai découvert quelque chose qui a échappé à tout le monde jusqu'ici.

– Je suis tout ouïe !

– Je ne te le dirai pas ! Tu sauras quand j'aurai rassemblé toutes les preuves. Alors tu pourras intervenir et arrêter les coupables. Il vaut peut-être mieux que j'aille chez les carabiniers ? Au moins, on peut se fier à eux. Alors, où est l'objet ?

Laurenti tira vers lui le dossier épais de vingt centimètres et posa son bras dessus.

– Ici. Je suis en train de l'examiner. Vous l'aurez quand j'aurai terminé.

– Ne dis pas de bêtises ! Je suis en plein milieu de mes mémoires. Sans les documents, je n'avance plus. Donne !

– Des mémoires ? fit Laurenti surpris. Vous avez déjà commencé ? Ce sera sûrement un best-seller. Quel rôle joue Diego de Henriquez dans votre livre ?

– C'est la figure clé de toute une époque. Du Territoire libre de Trieste à nos jours. Les choses, hélas, ne se sont pas passées comme on les a racontées. Beaucoup de questions restent ouvertes. Pourquoi crois-tu qu'on l'a assassiné ? Il en savait trop. Beaucoup trop. Mais personne, à part le vieux Galvano, ne sait ce qu'il savait. Alors donne-moi ce dossier !

– Et comment savez-vous ce que personne d'autre n'a jamais su ?

Laurenti ne croyait pas un mot du discours de Galvano. Depuis que celui-ci donnait toutes ces interviews à la télévision et dans la presse, sa tendance à l'exagération s'était encore aggravée.

– Je ne peux pas encore te le dire. Mais le fin mot, je peux d'ores et déjà te l'annoncer. De Henriquez avait les noms des collaborateurs. Aucun doute là-dessus. N'importe qui pourrait en consulter la liste. Il a rempli 373 carnets et depuis quelques années, ils sont accessibles au public. L'opération Odessa, ça te dit quelque chose ?

Laurenti hocha négativement la tête.

– Un cercle d'entraide des nazis. Pour leur permettre d'échapper aux arrestations après la guerre. En particulier en passant par le Vatican. Entre autres Mengele, Eichmann, Bormann… Vers l'Amérique du Sud ou le Moyen-Orient ou l'Égypte, où ils ont par la suite mené la course aux armements contre Israël. Il n'y avait pas que des Allemands. Beaucoup ont d'abord trouvé refuge dans les monastères croates. Les anciens Oustachis, les nazis croates, les ont hébergés. Le réseau oustachi a fonctionné jusque dans les années soixante-dix et travaillé étroitement avec les services secrets, y compris les Américains. Le but était de renverser Tito en Yougoslavie. La coordination s'effectuait à Trieste. Plusieurs personnes impliquées sont encore vivantes. De Henriquez cite, dans ses notes, des collaborateurs qui ont profité de l'« aryanisation ». Certains font encore partie de l'Union des vétérans du RSI, d'indécrottables fascistes de la république de Salò, qui parlent haut et fort des mérites de la patrie, mais jamais des crimes qu'ils ont commis. Ils veulent à tout prix une reconnaissance sociale, voire financièrement être mis à égalité avec les combattants de la Résistance. Leurs chances ne sont pas si minces, si tu regardes la coalition à Rome. Les fascistes sont en route pour revenir au pouvoir. Et je vais leur barrer le chemin. Même si ces gens sont au moins aussi vieux que moi et qu'ils ont d'excellentes relations. N'oublie pas qu'à Trieste il y a plus de cinquante centenaires et seize mille octogénaires. J'ai trouvé des documents qui vont leur briser les reins. Il ne me manque plus que quelques preuves. C'est pourquoi j'ai un besoin urgent du dossier.

Galvano le saisit à deux mains.

– Ne vous surmenez pas, doc ! dit Laurenti, à qui la théorie du complot universel du vieux tapait sur les nerfs.

Trieste avait toujours été un point névralgique. Pourtant, Laurenti se demandait ce qu'il pouvait y avoir de vrai dans les hypothèses de Galvano. Le vieux médecin légiste était trop excité pour qu'il ne s'agisse que d'une affabulation.

– Vous pouvez consulter le dossier, dit Laurenti à Galvano, qui se détendit sur-le-champ. Mais seulement dans mon bureau. Le dossier ne bouge pas d'ici. Vous avez compris ? Marietta le surveillera et si vous essayez de me jouer un tour, si vous en sortez ne serait-ce qu'une page, je vous fais arrêter. Vous pouvez vous installer sur l'autre table.

Galvano, incrédule, n'en croyait pas ses oreilles.

– Au fait, dit Laurenti en changeant de ton, je souhaite vous inviter ce soir. C'est mon fils qui fait la cuisine.

– Marco est un brave garçon, dit Galvano en transportant son dossier comme un trésor. Je viendrai sans faute.

Armes lourdes

Živa l'avait appelé alors qu'il avait déjà quitté son bureau à la recherche de sa voiture. Il fut fort surpris lorsqu'elle lui annonça qu'elle serait à Trieste l'après-midi de manière inopinée, car elle devait discuter de plusieurs affaires avec le procureur. Laurenti aurait-il le temps, et l'envie, de la voir ? Quelque part où ils seraient seuls.

Laurenti avait étouffé un juron. Pourquoi justement ce jour ? Quelques semaines auparavant, ils planifiaient encore soigneusement leurs rencontres. Živa n'était encore jamais venue de Pola à Trieste sans que leurs rendez-vous n'aient été fixés à l'avance. Mais, ces derniers temps, ce n'était plus comme avant. Elle semblait l'éviter. « Mais rien », répondait-elle quand il lui demandait s'il s'était passé quelque chose. Puis elle le prenait tendrement dans ses bras et plaisantait, insinuant qu'il était beaucoup trop sensible pour un Italien du Sud et que les années à Trieste l'avaient ramolli.

Le même soir, le dîner au cours duquel Marco devait briller grâce à ses talents culinaires et Živa en ville. Cela faisait subitement beaucoup. Il regarda sa montre et réfléchit à un créneau possible. Mais avant qu'il n'ait pu répondre, Živa lui dit qu'en aucune façon elle ne voulait lui poser un problème et qu'ils se verraient donc une autre fois. Ce genre de discours ne pouvait que produire l'effet inverse sur Laurenti. Au cœur de la Vieille Ville rénovée, à quelques mètres seulement de la Piazza Unità, un petit hôtel tout neuf venait d'ouvrir. Il l'avait remarqué en passant à cause de son nom et avait échangé quelques mots avec le patron. Il était singulier que personne jusque-là n'ait eu l'idée, à Trieste, de baptiser un hôtel « James Joyce ». Les chambres étaient simples mais belles, l'établissement était situé pile à l'endroit où l'écrivain, notoirement impécunieux, avait, onze années durant, trompé sa Nora avec les putains du port. La syphilis, il l'avait déjà attrapée à Dublin.

Tous les autres hôtels de la ville étaient tabous pour Laurenti, parce que les patrons le connaissaient. Autrefois, il y avait bien le Bibc, une gentille auberge rustique à Santa Croce, mais depuis que Laurenti y dînait parfois en famille, il ne pouvait plus y aller incognito. Laurenti expliqua le chemin à Živa. Il y serait dans un quart d'heure. Il abandonna Galvano dans son bureau et se mit en route. Dans le hall de la questure, il tomba sur le procureur qui en profita pour faire le point. Scoglio lui raconta l'interrogatoire des trois skinheads qui avaient attaqué la consigne de la gare, cita les suspects habituels et ceux qui tiraient les ficelles. Mais impossible de leur faire dire quel était le motif de l'action. Lorsque Laurenti expliqua que Galvano, lui aussi, remettait sur le tapis de vieilles affaires et qu'il était en train d'étudier le dossier De Henriquez, le procureur dressa l'oreille.

– Ça bouge enfin, dit-il. Attendons de voir dans quelle direction !

Živa était couchée sur le lit lorsqu'il entra dans la chambre.

– Nous n'avons qu'une heure, as-tu dit ?

– Ce soir, la famille Laurenti a des invités. Tu ne savais pas d'avance que tu viendrais ?

Živa hocha la tête.

– Parfois, il vaut mieux ne rien prévoir. Je suis débordée et, s'il faut aussi que je programme mes rendez-vous avec toi, je n'ai plus envie.

– Je croyais déjà que tu voulais te débarrasser de moi. La politique, le travail, le nouvel amant et un flic italien par-dessus le marché !

– Quel amant ?

Živa lui caressa les cheveux et l'attira vers elle.

– Le procureur, je suppose, avec son visage pâle, ou l'un de ses collègues milanais. Il vaut mieux que tu ne me dises rien, sinon je crève de jalousie.

– Tu n'y es pas, continue de chercher !

Živa éclata de rire lorsqu'elle vit Laurenti se perdre en conjectures.

– Est-il au moins riche et généreux ? Peut-être Ecclestone ? Tu as eu pas mal affaire à lui ces derniers temps.

– Je t'en prie, j'ai au moins une tête de plus que lui.

– Sa femme aussi !

– Ah ! Proteo ! Je ne vais pas chercher si loin. C'est Galvano.

*

– C'est un vieil égoïste et basta ! lança Marco en levant les yeux au ciel.

– Je l'aime bien, dit Livia, l'aînée et la plus jolie des deux sœurs qui, quelques années auparavant, avait participé à l'élection de Miss Trieste. Il a ses lubies, mais il est quand même gentil.

– Que tu dis, intervint Patrizia. C'est un vieil ours qui fait tout ce qu'il peut pour cacher ses bons côtés.

Ils étaient tous trois en train d'examiner les objets que Galvano leur avait apportés en cadeau, comme s'ils étaient encore à la maternelle. Des porte-clés ! Celui de Marco avec un mini-ballon, pour Patrizia un petit chat rose et pour Livia un panda.

Galvano s'était empressé de prendre place à proximité du buffet devant le tonnelet de vin blanc. Le chien noir était couché à ses pieds sous la table.

– Où est Laurenti ? demanda-t-il à Laura.

– Il est encore en service. Il viendra un peu plus tard. Il a eu un empêchement de dernière minute. Vous savez ce que c'est, dans la police ! L'essentiel est que vous soyez là, docteur.

– Il a sûrement une maîtresse !

– Quoi ?

Le rire de Laura ressemblait au carillon de Santa Croce qui, lorsque le vent était favorable, s'entendait jusqu'à la mer.

– C'est ce qu'on dit quand quelqu'un n'est jamais à la maison, dit Galvano en regardant froidement Laura.

Laurenti, hors d'haleine, dévala enfin l'escalier et s'excusa pour son retard. Son épouse le salua d'un furtif baiser.

– Comment c'était avec ta maîtresse ? lança Laura.

– Avec qui ? bredouilla Laurenti, épouvanté.

– C'est bien ce que je disais ! s'esclaffa Galvano en montrant Laurenti du doigt.

– Laissez-le donc tranquille, le pauvre, coupa l'une des amies de Laura. Avec le travail qu'il a, comment voulez-vous qu'il trouve le temps d'entretenir une maîtresse ?

– Comme si la police de Trieste avait tellement à faire, insista Galvano.

– J'avoue tout, dit Laurenti en écartant les bras. Mais vous savez à quoi Galvano passe son temps ? Il s'amuse avec de jeunes sourdes-muettes à qui il achète à prix d'or des porte-clés.

– Arrête tes bêtises, répliqua Galvano vexé. Qu'est-ce qu'on mange ?

Ce fut comme un signal. Le moment d'entrer en scène pour Marco, qui demanda un instant de silence pour présenter son menu.

– Nous commencerons par des sushis méditerranéens.

Les amies de Laura n'étaient pas toutes ravies. Certaines firent même la grimace.

– Un carpaccio de pieuvre. Papa l'a pêchée ce matin. À ce qu'il dit. Après, tartare de daurade. Également pêchée par papa. Il n'y a que les amateurs pour avoir autant de chance ! Nous poursuivrons avec des tempuras de la Méditerranée avec un doigt de curry et tout ce qui peut faire envie : courgettes, aubergines, tomates, oignons, ail, carottes, champignons, melon, poires, fromage, ananas, fraises, asperges sauvages et bien d'autres choses encore. En dessert, un sorbet de citron au gingembre frais que j'ai presque aussi bien réussi que ma patronne.

– En tout cas, dit la meilleure amie de Laura avec un air condescendant, ce n'est pas de sa mère qu'il a hérité tout ça !

– Heureusement que j'ai bien mangé à midi ! dit une autre.

*

– Je me souviens bien. C'était peu après mon seizième anniversaire, en mai 1946. Nous habitions à Barcola, l'une des villas entre le cimetière et le chemin de fer. Je devais partir à bicyclette pour le Frioul, porter quelques vêtements à des parents, en échange d'un sac de pommes de terre. Nous vivions, à l'époque, dans le Territoire libre de Trieste, la zone alliée qui est restée autonome jusqu'en 1954. La frontière avec l'Italie passait derrière Duino, près de San Giovanni in Tuba. Le soleil montait au zénith en cette journée si particulière. Le karst était encore un massif calcaire abrupt et presque dénudé, un vrai maquis. La caillasse, de part et d'autre de la chaussée non aménagée, réfléchissait une lumière aveuglante. La guerre n'était pas terminée depuis longtemps et tu imagines ma frayeur lorsque, à la hauteur de la Costa dei Barbari, je vois surgir une unité de soldats allemands qui se dirigent vers la ville avec des armes lourdes. En 1946 ! Des chars, de l'artillerie. Ils roulaient doucement. Certains portaient des uniformes américains, mais on avait l'habitude. À la fin de la guerre, on ne pouvait plus se fier aux apparences, plus d'un soldat portait l'uniforme de l'ennemi. J'étais persuadée que la guerre avait recommencé, j'ai fait demi-tour et appuyé sur les pédales pour prévenir les gens. C'était naturellement une gaminerie, puisque cinq mille Anglais et cinq mille Américains contrôlaient la ville. Pour comprendre ma réaction, il faut avoir connu la période d'avant. Lorsque j'ai annoncé, à bout de souffle, que les Allemands revenaient, tout le monde m'a prise pour une folle.

Stefania Stefanopoulos se mit à rire. C'était une petite femme de plus de soixante-dix ans, lourdement fardée. Ses cheveux blancs étaient parfaitement coiffés. Un nez busqué dominait un visage par ailleurs finement dessiné. De sa voix grave, elle égrenait ses souvenirs. À côté d'elle trônait Marilyn, caniche qui passait apparemment encore plus de temps que sa maîtresse chez le coiffeur. C'était la seule personne que Marco ait invitée expressément. Nul ne savait comment le jeune homme s'était lié d'amitié avec cette dame sûre d'elle-même, pilier de la bourgeoisie triestine, de plus très engagée dans la protection des animaux. Laurenti pensa qu'elle faisait partie des habitués du restaurant. La Signora constituait, en tout cas, le signe tangible de l'étonnante métamorphose de son fils depuis la fin du service militaire. Il savait enfin, semblait-il, ce qu'il voulait.

Stefania Stefanopoulos ne parlait jamais de sa vie professionnelle – elle avait été architecte et professeur à l'université de Turin – ni de son mari, mort quelques années auparavant. Elle était issue d'une vieille famille de l'importante communauté grecque dont les membres, de solides négociants, avaient autrefois contribué à la prospérité de Trieste.

Lorsque Proteo Laurenti l'avait saluée, elle lui avait immédiatement parlé de l'entrepôt et de son matériel de guerre et elle avait évoqué les souvenirs qu'elle gardait de Diego de Henriquez. Le petit cercle qui s'était formé autour de la vieille dame distinguée faisait silence et l'écoutait religieusement.

– Personne ne voulait me croire, mais le vacarme des moteurs et le crissement des chenilles sur l'asphalte ne tardèrent pas à se faire entendre. D'autres témoins arrivèrent, qui avaient aperçu l'étrange colonne à hauteur de Miramare et avaient également pris la fuite. Il leur avait échappé, comme à moi, que les soldats allemands étaient désarmés, ce qui n'était pas le cas des Américains. Pendant un moment, je fus réhabilitée. Puis ils passèrent devant nous. C'étaient des prisonniers de guerre qu'on obligeait à ramener tout ce matériel en ville. Pour le musée de ce fanatique collectionneur. Alors on s'est moqué de moi et on m'a taquinée avec cette histoire pendant des mois.

Personne, ni Laurenti ni aucune des personnes présentes, ne connaissait cette anecdote, alors qu'à Trieste la moindre péripétie était montée en épingle. Mais la Signora semblait posséder une fabuleuse mémoire, il fallait la croire.

– Par la suite, je suis allée y voir de plus près. À San Vito se trouvait un terrain avec tout l'attirail rassemblé par cet homme singulier. Il m'a surprise en train de rôder dans les parages. Je me souviens parfaitement de son regard qui semblait me transpercer. Il déambulait sur son domaine comme un robot. « Où en es-tu de la lecture et de l'écriture ? » me demanda-t-il, l'air sévère, ajoutant immédiatement que les deux choses étaient très importantes dans la vie. Il se qualifia lui-même de graphomane et tira de sa poche une multitude de petits carnets qu'il avait remplis de son écriture soignée. Puis il me conduisit sur son terrain et me tint – à moi, gamine de seize ans – un exposé détaillé sur les armes lourdes qui m'avaient fait si peur quelques jours auparavant. Il savait tout, mais j'avais parfois l'impression que l'imaginaire se mêlait au réel : blindés, 38 tonnes, Marder III, sous-marins de différentes tailles et puis ce prétendu prototype d'un gigantesque canon atomique que les Américains appelaient « Annie » et les Allemands, paraît-il, « Adolf Hitler ». Transporté sur un half-track de Kraus Maffei, le tout en parfait état. Il disait que l'engin provenait de Modène, que l'un des ponts provisoires sur le Pô s'était effondré à son passage et que lui-même avait plongé le premier pour accrocher un câble au canon. Une sombre histoire qui, à l'époque, avait ému pas mal de gens. Les prisonniers de guerre allemands étaient apparemment les seuls à savoir se servir de cette machine. Connais-tu son musée ?

Laurenti fit non de la tête. Il s'était pourtant souvent promis de visiter le musée de la Guerre pour la paix – Diego de Henriquez. Combien de fois était-il passé devant depuis que la ville, après trente ans de tergiversations, avait trouvé un local adéquat et l'avait placé sous l'autorité de la direction générale des musées ? C'était une ancienne caserne, le terrain servait de dépôt à la police municipale pour les véhicules enlevés par ses soins ou placés sous séquestre à la suite de délits. Laurenti entretenait des rapports tendus avec les vigiles urbains et il ne ressentait guère d'attirance pour les armes.

– À la fin de la guerre, Diego de Henriquez avait quarante-six ans. Il parlait au moins sept langues couramment. Survivance d'une éducation raffinée sous la double monarchie. Le 3 mai 1945, les Alliés lui ont demandé de traduire la déclaration de reddition des Allemands. De Henriquez était un familier des anciens occupants. Il était bien avec tout le monde. C'est avec l'appui des fascistes italiens qu'il avait commencé sa collection en 1929, à San Pietro, sur le karst, qui se trouve aujourd'hui du côté slovène. En 1943, ce sont donc les Allemands qui ont tout ramené en ville, ensuite les Alliés l'ont soutenu, il était même respecté des partisans de Tito qui l'appelaient « camarade » et oubliaient le « De », tandis que les fascistes avaient italianisé son nom. Ce n'est qu'après la guerre qu'il eut soudain autant d'ennemis à Trieste. Il y avait tant de choses à dissimuler !

– Est-il vrai, demanda une amie de Laura, qu'il dormait dans un cercueil ?

– Oui, avec un casque d'acier et un masque de samouraï. Mais écoutez le récit des négociations précédant la capitulation. Aux côtés du commandant allemand de la ville, le général de brigade Linkenbach, se trouvaient le chef du secteur « Côte adriatique », le colonel Berger, et le commandant Schwesig. Le colonel Donald et le général de division Fryberg, deux Néo-Zélandais incorporés dans l'armée britannique, représentaient les Alliés, tandis que les soldats de Tito assuraient d'une main de fer le commandement de la ville qu'ils avaient libérée deux jours auparavant. Le commandant en chef allemand s'était catégoriquement refusé à livrer aux partisans ce qui restait de ses troupes décimées et avait donné l'ordre de défendre chaque position jusqu'au dernier homme. Il n'était prêt à négocier qu'avec les Anglais. Comme aucun Anglais ne parlait couramment l'allemand, on avait demandé à Diego de Henriquez de servir d'interprète. Il portait un drapeau blanc quand ils se rendirent chez les Allemands. Quelques heures plus tard, il emportait l'uniforme de Linkenbach en ressortant. « Il ne vous sert plus à rien, aurait-il dit, moi, j'en ai besoin pour le musée ! » Il a même réussi à faire inclure dans la déclaration finale une clause selon laquelle les Alliés lui viendraient en aide pour l'organisation du musée. Que dire ? Génie ou folie ?

Lorsque Galvano comprit enfin que Stefania Stefanopoulos parlait de Diego de Henriquez, il se leva d'un bond, si excité qu'il marcha sur la queue de son chien qui poussa un cri de douleur.

– Cet entrepôt dans la zone industrielle, lança le vieux, c'est sûrement l'un des siens. À sa mort, il y en a trois qui sont restés introuvables.

– Ah ! dit la dame, manifestement froissée. Ce brave docteur a naturellement son mot à dire.

– Je l'ai autopsié à l'époque. Mais sept mois seulement après sa mort. Il n'y avait plus grand-chose à voir !

La Signora se tut. Elle n'avait jamais de sa vie disputé la parole à un homme. Quand on avait du tact, on la laissait parler sans l'interrompre. Pour des gens normaux, son silence était éloquent. Pas pour Galvano. Il se laissa tomber sur une chaise à côté d'elle. Marilyn, le distingué caniche, se lécha les babines en apercevant le chien noir.

– Le 27 décembre 1974, reprit Galvano de sa voix de stentor, ils me l'ont couché sur la table. Comme un repas de fête entre Noël et le jour de l'An. Il y avait presque sept mois qu'il était mort, mais les ordres sont les ordres. Pourtant, qu'est-ce que vous voulez constater, au bout de sept mois, sur un cadavre carbonisé ? Les quatrième, cinquième, sixième et septième côtes étaient cassées, mais ça pouvait tout aussi bien provenir du fait qu'on l'ait un peu trop brutalement mis en bière. Pas de blessure par arme à feu, pas d'autre fracture. Les poumons n'étaient plus qu'un malheureux amas de tissus. Au lieu de me livrer immédiatement le cadavre, on a, une fois de plus, créé un mythe. Comme si on n'en avait pas déjà assez !

Puis, avec un regard oblique en direction de la Grecque :

– Depuis, une rumeur chasse l'autre.

– Mais il avait un fil de fer autour de la poitrine ! protesta la Signora, indignée.

– Personne, à l'époque, n'a pu établir s'il lui était simplement tombé dessus ou s'il avait servi à le ligoter ou même à l'étrangler. J'ai trouvé de minuscules fibres métalliques. L'expert technique les a identifiées comme provenant d'un câble téléphonique ordinaire. En revanche, il s'était empêtré dans un fil électrique. Les fibres se trouvaient près du sein gauche et sur le côté gauche du cou. Rien sur le reste du cou, rien aux poignets, rien aux chevilles. Impossible de conclure.

– Il avait dit plusieurs fois, avant sa mort, qu'il se sentait menacé. C'est pour cela qu'il avait toujours une arme sur lui.

– Un 6.35 Beretta. Sous l'effet de la chaleur, les balles avaient explosé dans le chargeur. Mais il ne s'en était pas servi. Laissez-le reposer en paix, regardez vers l'avenir.

Certes, Galvano se montrait intarissable, mais il se gardait bien de livrer quoi que ce soit de ses propres recherches.

– À l'époque, reprit la Signora, j'ai lu attentivement les comptes rendus. De Henriquez venait de rentrer quand l'incendie a été signalé, parce que les vitres avaient explosé. Même si le feu se propage très vite, il paraît incroyable qu'il n'ait pas eu le temps de se sauver. Son chien y a bien réussi. Pourquoi pas lui ? Un court-circuit ! C'est ridicule ! En outre, un jeune couple a été vu dans les parages, qui l'espionnait depuis plusieurs jours.

– Ils ne faisaient que roucouler. On les a interrogés plus tard.

– Je n'y crois pas.

– On le volait sans arrêt. C'est pour cela qu'il dormait au rez-de-chaussée, dans un cercueil avec, à proximité, un calorifère et un réchaud électrique, et puis tout un bric-à-brac emballé et des montagnes de papier, de documents, de livres. Et puis c'est arrivé. La fumée était si épaisse que les pompiers ont dû briser les carreaux du premier étage pour éteindre l'incendie. On ne l'a même pas retrouvé tout de suite.

Voyant qu'il ne convainquait personne, Galvano renonça. Tout le monde était à l'écoute de la Signora, c'en était trop pour lui. Il se leva donc, conseilla à l'assemblée de se préoccuper de l'avenir de la ville et non du passé et se dirigea vers le buffet pour s'octroyer une assiette bien garnie.

Sa place fut rapidement occupée, de peur que Monsieur je-sais-tout ne se ravise.

Histoires de minuit

Si elle n'avait pas rencontré le vieillard, elle aurait exécuté l'ordre immédiatement. Mais elle avait confiance en lui et elle se reprenait à espérer.

Elle l'avait cherché toute la journée. Sans succès. Soudain, elle avait cru l'apercevoir avec son chien, à proximité de la questure, mais l'instant d'après il avait disparu. Et pour le deuxième soir consécutif, il n'était pas venu dîner au Nastro Azzuro. Sa place était à nouveau restée vide, bien qu'il soit d'ordinaire plus ponctuel que les marées de l'Adriatique. Elle resta sur ses gardes en faisant sa tournée. Elle avait également aperçu le gros homme de la gare, accompagné d'une jeune femme athlétique en combinaison de cuir. Eux aussi avaient entrevu Irina, mais elle avait pu s'échapper en pénétrant dans un immeuble et en ressortant par l'arrière. C'est alors que le chef l'avait interceptée et lui avait confisqué le maigre argent qu'elle avait récolté jusque-là. À vingt-trois heures, elle se posta devant l'entrée du *palazzo* de la Via Diaz où habitait Galvano, ce qu'elle savait depuis un certain temps déjà. Mais dans son appartement, au quatrième étage, la lumière n'était pas allumée. Elle regarda l'heure au tableau de bord d'une voiture en stationnement. Elle ne bougerait pas de là. Le vieil homme rentrerait bien tôt ou tard.

*

Marco ne prêtait guère attention à l'écho que rencontraient ses talents culinaires. Il était content de lui et il préférait passer sous silence quelques inévitables imperfections. Il se méfiait des commentaires flatteurs des amies de sa mère, mais lorsque Stefania Stefanopoulos chanta les louanges de son repas, il afficha un large sourire. Il feignit de ne pas entendre les objections rituelles de ceux à qui le poisson cru levait le cœur et qui préféraient la bonne vieille cuisine de Trieste qui, disaient-ils, avait fait ses preuves, opinion qu'il ne partageait en aucune façon. Plus de quatre-vingt-dix ethnies avaient laissé leur empreinte sur la ville et sa cuisine. Néanmoins, il ne suffisait pas de tout mélanger. Il fallait savoir d'où venaient ces différentes tendances gustatives pour pouvoir perpétuer la tradition tout en restant créatif. Ces dames n'avaient aucune idée de la question et écoutaient Marco bouche bée. Le safran vient d'Italie du Sud, les meilleures lentilles sont originaires des îles Éoliennes, les sardines et les seiches du golfe de Trieste, les amandes et l'eau de rose des pays arabes. C'étaient des immigrants espagnols et portugais qui avaient, autrefois, introduit la morue. Les meilleures langoustines étaient fournies par les pêcheurs de Cherso, une île de l'Adriatique. Les épices, pour la plupart, étaient importées d'Orient, sinon de Provence, le raifort était issu de la cuisine austro-hongroise. Marco étalait son savoir comme un élève modèle ; pourtant, il était gêné de voir son père se rengorger, vantant ses mérites à n'en plus finir. Il avait même promis de lui payer ses prochaines vacances, malgré le pari perdu, ainsi que le billet de Federica.

Mais quand les deux blondasses, amies de sa mère, allaient-elles enfin se décider à déguerpir ? Qu'est-ce qu'elles pouvaient bien faire, quand elles n'étaient pas avec Laura à lézarder sur la plage ou à griller des *čevapčići* bon marché de la supérette du coin ? Les trois enfants étaient d'accord sur ce point : leur mère méritait de meilleures fréquentations.

Vers minuit, Marco s'éclipsa sous le prétexte qu'il devait se lever tôt le lendemain. Il fut applaudi avant son départ. L'instant d'après, il était sur son scooter, direction le centre-ville. Ses trois amis l'attendaient déjà.

*

Le docteur Galvano ne fut pas le dernier à partir. Il était vexé, la dame au caniche royal lui avait volé la vedette. Plusieurs fois, alors que Stefania Stefanopoulos n'en finissait pas de glorifier un homme si charmant et sa culture universelle d'autodidacte, il avait tenté de reprendre la main en étalant ses souvenirs du collectionneur d'armes et en évoquant la situation tendue qui régnait à l'époque. Il alla même jusqu'à prétendre que le bellâtre avait un faible pour les petits garçons. La Signora, par nature si distinguée, lui cloua le bec vertement. Galvano répéta qu'alors était venue d'en haut l'injonction de clore l'affaire Diego de Henriquez aussi rapidement que possible. Mais quand on lui demanda qui avait pu exercer cette pression, il fit la sourde oreille.

– C'est insupportable, dit la Signora Stefania, vous vous donnez de l'importance ! Normalement, il y a des choses qu'on fait mieux de garder pour soi. Mais dans le cas présent ? Trente ans après ? Videz enfin votre sac, Galvano, ou taisez-vous si vous ne savez rien ! De quoi un homme de votre âge peut-il encore avoir peur ?

Galvano était amer. Cette grande dame avec ses souvenirs enjolivés ! Sa mémoire à lui était une mécanique de précision. Et pourtant, tout le monde buvait les paroles de Stefania Stefanopoulos avec ses anecdotes fleuries. Mais ce qui l'énervait le plus, c'est qu'elle contestait chacune des dates qu'il avançait. Soit ! Elle était plus jeune que lui de quelques années, mais quelle importance ?

– Un peu de patience ! lança-t-il avec condescendance. J'écris mes mémoires et chaque date aura été vérifiée.

– Grands dieux ! Encore un vieillard qui s'imagine que, sans ses mémoires, l'humanité ne pourra pas survivre !

– Vous faites erreur. Je ferai des révélations dont vous n'avez pas idée ! Jusqu'à Berlusconi et ses tentatives d'abolir la démocratie.

– Ah ! Galvano, soupira Stefania, la démocratie ne se laisse pas museler aussi facilement que vous, les vieux, voulez nous le faire croire pour ensuite vous prétendre ses vigies.

– Je sais bien, tonna Galvano, qu'on ne demande pas son âge à une dame, mais la différence entre nous deux n'est pas telle que je puisse être votre père ! Même si vous semblez être bien conservée. Mais peut-être pas aussi bien que votre caniche !

Un long et pénible silence. Chacun cherchait fébrilement un nouveau sujet de conversation. En vain. Comme deux corsaires se faisant face, ils lâchaient une bordée après l'autre. Quelqu'un suggéra que Galvano et Stefania avaient dû avoir une liaison quelques décennies plus tôt, mais la Signora balaya l'hypothèse d'un revers de main.

– Avec lui, jamais ! fit-elle en pinçant les lèvres de dégoût.

Elle tira vivement sur la laisse de son caniche femelle lorsque le diable noir de l'ex-médecin légiste entreprit de la pourlécher.

– Rappelez votre cabot, Marilyn se sent importunée !

– Il préférerait baiser un oursin. Il déteste les caniches blancs et n'en voudrait même pas pour son petit déjeuner !

Ils en étaient arrivés au règne animal, la coupe était pleine pour Galvano. Ce qui le mortifia plus encore, c'est que la Grecque abondait dans le sens de Marco, qui proférait haut et fort sa ridicule théorie de la protection des animaux, réclamant davantage de responsabilisation dans les choix alimentaires. Lorsque Marco condamna, en termes sévères, les manipulations génétiques et que Stefania applaudit si fort que Marilyn bondit pour lui lécher le visage, il en eut assez. Il tenta une dernière fois d'argumenter objectivement, en fonction de son expérience de scientifique, mais personne ne l'écoutait. Blessé, Galvano tira son chien par la laisse et partit sans un mot. Du temps où cette maison était encore la sienne, personne ne se serait permis un tel manque de respect. De plus, les Laurenti avaient défriché sa jungle et aménagé un jardin d'un ennui ! Plates-bandes, carré de plantes aromatiques et une gigantesque terrasse pour barbecue. Il aurait dû rester là jusqu'à sa mort au lieu de s'installer en ville. Dans l'ancien appartement des Laurenti.

*

Laurenti, agacé, jeta un coup d'œil sur l'écran de son téléphone portable et s'écarta de quelques pas lorsqu'il reconnut le numéro de la questure. Il était rare qu'on l'appelle la nuit. Mais la surprise fut plus grande encore lorsque le standardiste des patrouilles lui présenta ses excuses pour l'avoir dérangé.

– Vous nous aviez demandé de vous prévenir si Galvano se faisait remarquer.

– Il lui est arrivé quelque chose ?

– Un contrôle de routine. Les collègues l'ont arrêté. Il était plutôt alcoolisé, mais ils ont renoncé au test. Ils le connaissaient. Ils ont néanmoins insisté pour qu'il abandonne sa voiture et ils l'ont raccompagné. Il était attendu, devant chez lui, par une jeune femme qui a essayé de se faire comprendre en utilisant le langage des signes. Environ vingt-cinq ans, cheveux blonds coupés court, habillée simplement. Galvano l'a fait monter.

– Dites à vos collègues de garder un œil sur l'immeuble. Qu'ils passent plusieurs fois tant que la lumière reste allumée. Et si la femme ressort, il faut la contrôler.

Qu'est-ce que la sourde-muette avait à voir avec Galvano ? Il était exclu que le vieux cynique s'offre une maîtresse, même si elle n'était pas en mesure de le contredire haut et fort. Le chien lui suffisait largement. Laurenti composa le numéro de Galvano. Il s'inquiétait déjà de ne pas avoir de réponse, mais le vieux finit par décrocher.

– Je voulais simplement savoir si vous étiez bien rentré, s'excusa Laurenti.

– Naturellement. Que veux-tu qu'il m'arrive ?

– Vous n'avez même pas pris congé. Je me faisais du souci, parce que vous aviez trop bu. Ce ne serait pas la première fois que vous auriez renversé un poteau indicateur et que vous auriez pris la poudre d'escampette.

– Ne t'inquiète pas, Laurenti. Je doute que tu tiennes ma forme si jamais tu atteins mon âge. Et tes invités sont terriblement ennuyeux et mal élevés. Il faut bien que quelqu'un te le dise. Entre amis, bien sûr. Surveille ton fils, il est sous mauvaise influence. Autre chose ?

– Tout va bien chez vous ?

– Naturellement. Pourquoi cette question ?

– Alors bonne nuit, doc. Vous avez mon numéro.

Cela ne finira donc jamais ?

– Tu devrais toujours fermer ta chambre à clé, lui murmura-t-il dans l'oreille et il lui donna un baiser.

Elle tira la mince couverture sur sa tête et se tourna avec un grognement. Un autre baiser lui fit ouvrir les yeux et elle sourit lorsqu'elle reconnut Laurenti.

Il avait peu dormi. À quatre heures et demie, il était descendu jusqu'à la mer faire quelques brasses et dissiper les vapeurs d'alcool de la veille. Quand les derniers invités étaient partis, vers deux heures du matin, Laura et lui avaient débarrassé l'essentiel tout en échangeant des plaisanteries sur la soirée. Lorsqu'elle l'avait trouvé dans la salle de bains en train de se laver les dents, elle l'avait poussé tout habillé sous la douche froide. Riant aux éclats, ils étaient tombés dans les bras l'un de l'autre. Laurenti ne se souvenait plus de l'heure à laquelle ils avaient éteint la lumière dans la chambre à coucher.

Le bain de mer l'avait revigoré et il se dit que ces derniers temps, contrairement à ses habitudes, il était devenu matinal. Il sortit sans avoir bu de café et quelle ne fut pas sa surprise quand il avisa son fils en train de garer son scooter. Celui-ci passa devant lui en le saluant d'un air gêné.

– Après une journée pareille, je te croyais au lit depuis longtemps, lui dit Laurenti en l'attrapant par le bras. Le dîner était réussi. Bien joué. Mais tu ne devrais pas boire autant quand tu prends ton scooter.

Puis son regard tomba sur le bras de Marco.

– Qu'as-tu donc là ? interrogea-t-il.

– Quoi donc ? fit Marco, surpris.

– De la peinture ?

– J'ai aidé un ami à repeindre sa voiture.

– En pleine nuit ? rétorqua Laurenti, dubitatif.

– Pas moyen de faire autrement ! Il a eu un accident. C'était la voiture de son père.

– J'espère que ça partira. Essaie avec de l'alcool.

– C'est ce que je vais faire, papa. Tu pars déjà au bureau ?

Laurenti se contenta de lui taper sur l'épaule. Un quart d'heure après, il réveillait le gardien de nuit de l'hôtel James Joyce dans la Vieille Ville en précisant qu'il était attendu. Mais il fallut qu'il présente sa carte de police pour que l'homme le laisse entrer et prenne les commandes pour le petit déjeuner, que Laurenti fixa à sept heures, servi dans la chambre.

– Pourquoi es-tu si pâle ? lui demanda Živa en caressant tendrement sa joue non rasée.

L'odeur du café et le bruit des couverts le réveillèrent.

– Tu aurais vu la tête du serveur ! dit Živa, rieuse, en lui passant sa tasse.

– Pourquoi ça ?

– Il t'a vu au lit, il devait te croire en service !

– J'espère qu'il saura tenir sa langue. Je ne pense pas qu'il ait eu le temps de lire mon nom, mais on ne sait jamais.

– Je lui ai donné un gros pourboire. Tu veux une brioche ?

Ils prirent le petit déjeuner au lit. Laurenti raconta la soirée, dont la dispute entre Galvano et Stefania Stefanopoulos. Il ajouta qu'il s'inquiétait pour le vieux médecin légiste. Plus tard, il parla de sa rencontre avec les services secrets.

– Živa, es-tu au courant de quelque chose qui se tramerait en ce moment ?

– Non.

– As-tu eu des contacts avec les Italiens ces derniers temps ?

– Parce que tu n'en es pas un ? répliqua Živa dans un éclat de rire.

– Je voulais dire officiellement.

– Ça doit concerner les Slovènes.

– Ce n'est pas la direction que prend le bateau.

Laurenti ne voulait pas lâcher prise. Il était invraisemblable que la procureure responsable de la partie croate de l'Istrie ne soit pas au courant d'une éventuelle collaboration entre les deux pays. Mais qu'elle puisse en parler, c'était une autre question.

– N'élude pas ma question ! Réponds-moi !

– Je ne vois rien d'autre que les contacts habituels.

Laurenti ne la croyait pas.

– Tu ne m'as rien dit non plus de l'enquête concernant Zakinji avant qu'il ne soit arrêté et qu'on ne trouve de la drogue sur son bateau.

– Je ne peux tout de même pas te rendre compte de chaque minute de mon emploi du temps. Mais si tu y tiens…

Živa regardait par la fenêtre.

– Et où aurait-il débarqué la drogue si vous ne l'aviez pas coincé ? Sûrement pas en Albanie. Il faut que je sache ce qui se passe, Živa. Plusieurs fois par semaine, ils transbordent de lourds caissons étanches. Ce ne peut être que pour la Croatie. Je ne suis pas le seul à être informé. Les gardes-côtes, les collègues de la Guardia di Finanza et d'autres ont été rappelés à l'ordre avant moi. Et si nos services secrets sont dans le coup, quelqu'un est forcément dans la confidence chez vous. Je ne fais pas confiance à nos agents. Ils ont été trop souvent impliqués dans des affaires pas très reluisantes.

– Et tu crois que c'est différent en Croatie ?

– Alors ?

Živa commençait à s'énerver.

– Arrête ! Je ne sais rien.

Elle se leva d'un bond.

– Je suis en retard.

Elle fila à la salle de bains et fit couler la douche.

– Il faut que je sois au tribunal à neuf heures, lança-t-elle. Je ne peux pas me permettre d'arriver en retard. C'est le procès du pape de la Formule 1.

Laurenti se souvenait. Même *Il Piccolo*, à Trieste, en avait parlé.

– Tu ne penses tout de même pas le voir en personne ?

– Non, bien sûr, dit Živa en se séchant, il se fera représenter par un avocat. Mais ça ressemble tellement à une comédie de Goldoni ! Même si c'est une perte de temps, au moins j'aurai bien ri.

L'affaire avait fait la « une » des journaux. Bernie Ecclestone et sa femme, originaire de Rijeka, étaient confrontés à une demande de dommages et intérêts de la part d'une amie de celle-ci qui, trois ans auparavant, s'était blessée sur le yacht du milliardaire. Et pour encaisser son million, elle s'était fait seconder par un célèbre journaliste croate qui, à son tour, avait été accusé de chantage par Ecclestone.

Lorsque Laurenti sortit de la douche, Živa était déjà prête, son sac à la main.

– C'est gentil de m'avoir réveillée de cette façon, mais maintenant il faut que je parte.

– Tu ne me caches vraiment rien ?

– S'il te plaît, il ne faut pas m'en vouloir. Je ne peux vraiment rien te dire.

*

Fallait-il que Marietta croise son chemin lorsque, venant de la petite rue où se trouvait l'hôtel, il déboucha sur la Via Cavanna ? Elle habitait à proximité et rentrait manifestement chez elle.

– Qu'est-ce que tu fais là ? interrogea-t-elle. Tu couches à l'hôtel maintenant ?

– Je travaille, ma chère. Une entrevue. Qu'est-ce que tu crois ?

Laurenti lui ôta ses lunettes de soleil.

– Le bureau, c'est dans l'autre direction !

– Ici, autrefois, c'était le quartier des bordels.

– Tu sens le feu de camp, Marietta. Tu as encore passé une nuit d'ivresse avec ton cow-boy Marlboro et son cheval ?

– L'odeur du barbecue est encore plus tenace.

– Rien qu'à te voir, on peut écrire un roman. C'est le quatrième jour que tu portes ce corsage. Tu es bronzée comme un cochon grillé et tu as des cernes qui en disent long. Sans compter ton haleine à faire fuir. Ton soupirant replet a bien de la constance.

Marietta lui reprit des mains ses lunettes de soleil et le regarda d'un œil salace.

– En tout cas, ce que je sens, moi, ce n'est pas ton after-shave habituel.

– Va au diable, Marietta. J'ai un alibi.

– Ce qui est bizarre, c'est que je viens de croiser la procureure de Pola. Elle marchait tellement vite qu'elle ne m'a pas vue. Elle avait un sac de voyage sur l'épaule. Et bien qu'étant pressée, elle avait l'air d'une femme comblée.

– Naturellement, nous avons passé la nuit ensemble, si c'est ça que tu veux dire. Et en même temps, j'étais à la maison avec femme et enfants. Demande à Laura, si ça te chante. La solution est simple : j'ai un clone. Même toi, la femme avec qui j'ai passé plus de temps dans ma vie qu'avec n'importe quelle autre, tu ne t'en étais pas rendu compte.

– Grands dieux ! Toi, un clone ? Même Frankenstein n'y est pas arrivé.

Marietta fit demi-tour et descendit la Via Cavanna en trottinant.

Laurenti acheta des journaux et s'assit à la terrasse du Bar Unità. Boire un café et lire le journal en public était un luxe qu'il ne s'offrait jamais. Le bruit n'aurait pas tardé à courir que le vice-questeur passait ses journées au café au lieu de veiller à la sécurité des citoyens.

Il Piccolo rapportait que dans la région de Salerne, dont Laurenti était originaire, on avait démasqué une bande de proxénètes qui avaient formé certaines dames venues de l'Est dans les « soins » aux personnes âgées. La page locale titrait sur l'arrestation, grâce aux investigations des carabiniers, d'un réseau de dealers de cocaïne qui opérait entre Milan et Trieste. Un bar situé à deux pas, appartenant à un ancien collègue que Laurenti connaissait bien, était même impliqué. Autre titre de la page locale : graffitis contre le pape, l'évêque et l'Église catholique sur les murs de la cathédrale de San Giusto qui fêtait, cette année, son sept centième anniversaire. On soupçonnait un groupe d'anticléricaux radicaux qui s'était déjà fait connaître en lançant des œufs sur la procession du Vendredi saint. Enfin, les prévisions météorologiques continuaient de tabler sur une canicule ininterrompue.

Laurenti appela Galvano sur son téléphone portable. Le médecin légiste en retraite décrocha à la première sonnerie et marmonna qu'il attendait un autre appel, que la ligne devait rester libre et qu'il n'avait pas le temps de bavarder. Laurenti lui ayant demandé si tout allait bien, il répondit avec humeur qu'il n'avait pas besoin de nounou, surtout à huit heures du matin.

Laurenti posa l'argent de son café sur la table et replia le journal. Il rit sous cape en traversant la Piazza Unità pour rejoindre son bureau. D'abord Marietta, ensuite Galvano. La chaleur semblait faire son effet. Au moins, il avait revu Živa. Elle s'était faite rare ces derniers temps.

Devant l'hôtel de ville étaient rassemblés les photographes du journal local, deux équipes de télévision, une cohorte de vigiles urbains et le maire avec sa calvitie et sa veste tendue sur son ventre. Aucune visite officielle n'était prévue. Il avait dû se passer quelque chose. Laurenti fit le tour de la fontaine des Quatre-Continents et s'éclipsa par la Piazza della Borsa.

*

Depuis deux heures, son téléphone n'arrêtait pas de sonner, mais elle était trop fatiguée pour se lever et décrocher. La nuit était tombée depuis longtemps lorsqu'ils étaient rentrés de leur virée en mer. Le moteur du bateau emprunté avait rendu l'âme à hauteur de Pirano et Calisto avait dû appeler le propriétaire qui avait promis de les dépanner. Ils l'avaient attendu pendant des heures. Un pêcheur qui passait les avait enguirlandés parce qu'ils n'avaient pas allumé leurs feux de position. Calisto avait refusé son offre de les remorquer jusqu'à terre.

Mia se réveilla avec la migraine. Elle finit par décrocher et entendit le policier lui demander poliment pourquoi elle n'avait pas répondu à son invitation de la veille. Puis celui-ci changea de ton et la convoqua pour quinze heures dans son bureau. Mia acquiesça à contrecœur. Elle ignorait ce qu'il lui voulait. Il n'y en aurait pas pour longtemps, précisa Laurenti.

Ce devait être son dernier jour à Trieste. Le rendez-vous chez la notaire était fixé à onze heures. Elle n'avait plus qu'à signer l'acte de vente de la maison et on lui remettrait un chèque qu'elle irait immédiatement déposer à la banque avant de fermer son compte. Ensuite, elle aurait le temps de préparer son départ. Le lendemain matin, elle quitterait l'Italie. La veille, sur la plage de Brioni, elle avait raconté à Calisto qu'elle devait passer trois jours à Milan pour régler des formalités au consulat général et rendre visite à des connaissances. Elle avait refusé, avec un sourire, que Calisto l'accompagne.

*

Irina s'était réveillée tôt. Galvano avait eu toutes les peines du monde pour l'empêcher de sortir. Avec le jour étaient revenues de vieilles angoisses auxquelles elle aurait cédé si le vieil homme n'avait pas été là. Lorsque l'interprète se présenta, Galvano la prit à part pour lui rappeler qu'elle était assermentée et qu'elle devait garder le secret au cours d'une enquête confidentielle. Irina prit peur lorsqu'elle la vit entrer dans la cuisine, mais elle se calma progressivement, non sans rester tendue et jeter sans cesse des regards craintifs vers la porte. La conversation n'était pas facile. L'interprète expliqua à Galvano que la langue des signes n'était pas l'espéranto et qu'elle-même avait du mal à interpréter correctement les réponses d'Irina, parce qu'elle venait d'un pays étranger. Galvano attendit quelques minutes, puis il prit la direction de l'entretien.

– D'où viens-tu ?

– Russie, Voronej.

– De quoi as-tu peur ?

– Je n'ai pas peur.

– Si !

– Je dois travailler. Si je travaille beaucoup, ils sont gentils.

– Qui est gentil ?

– Les hommes.

– D'où viennent ces brûlures ?

– Je n'ai pas assez travaillé.

– Tu n'as pas besoin d'avoir peur. Ici, tu es en sécurité.

La réponse fut un incroyable sourire.

– Je te protégerai. J'en ai les moyens.

– Es-tu de la police ?

– Pas directement. Mais je peux t'aider.

Le dialogue ne progressait pas vite, la traduction prenait du temps. Mais Galvano n'était pas pressé. Comme médecin légiste, il avait dû aussi avancer pas à pas, prélever et analyser tissu après tissu, organe après organe, avant d'être certain que rien ne lui avait échappé et de formuler ses conclusions – sans jugement de valeur, en toute objectivité et neutralité. À d'autres de les interpréter, aux enquêteurs comme Laurenti ou au juge d'instruction, au procureur, aux journalistes, aux défenseurs, au juge d'instance et même, assez souvent, aux descendants.

Il fallut plus d'une heure à Irina pour se détendre complètement, ce fut alors comme si une écluse s'ouvrait, elle fondit nerveusement en larmes. Mais elle repoussa sèchement le bras que l'interprète voulut lui passer autour du cou et recula si brusquement avec sa chaise qu'elle alla se cogner contre le mur.

Si seulement il l'avait comprise ! Sa voix l'aurait calmée. Au bout de longues minutes d'attente, pendant lesquelles Galvano, impuissant, se contentait de se passer la main dans les cheveux, elle se leva d'un bond et se mit à gesticuler comme une folle. L'interprète dut plusieurs fois l'interrompre pour que Galvano puisse suivre. Lui qui était connu pour être cynique, qui, toute sa vie, avait réagi par la dérision dans les situations les plus scabreuses, il était soudain devenu livide. Il prenait des notes d'une main fébrile, laissant la direction des opérations à l'interprète qui, par expérience, savait comment se conduit un interrogatoire.

– J'ai besoin de mes affaires, répétait Irina, l'air désespérée, c'est tout ce que j'ai.

– Je t'en achèterai de nouvelles, répondait, chaque fois, Galvano, mais la jeune femme ne se calmait pas.

Galvano ne comprenait pas qu'on puisse tenir à ce point à quelques babioles bon marché.

Vers midi, tous trois étaient au bord de l'épuisement et la question des documents que Galvano avait achetés à Irina sur la Piazza Ponterosso n'avait toujours pas été abordée. Le récit de son odyssée à travers l'Europe, des souffrances subies et des dangers encourus du fait de cette organisation les tenait en haleine. Tout ce qu'elle lui avait donné, c'était le ticket de consigne de la gare, en le priant de bien vouloir y aller lui-même.

L'interprète avait plusieurs fois demandé à Galvano s'il ne valait pas mieux avertir la police, mais le vieux avait refusé catégoriquement. Il agissait dans le cadre d'une mission secrète, raison pour laquelle il interrogeait chez lui et non dans un quelconque bureau de la questure.

Il était temps de faire une pause. Galvano commanda une pizza par téléphone. L'interprète avait à faire l'après-midi et prit congé.

– Nous continuerons demain, dit Galvano en la raccompagnant.

– Demain, je ne peux pas. Je suis toute la journée au tribunal.

– Alors cet après-midi, vers cinq heures.

Il ne fallait à aucun prix qu'Irina quitte l'appartement. Il y avait des heures qu'elle avait disparu et l'on devait déjà être à sa recherche. Personne ne savait qu'elle était chez Galvano. À part l'interprète. Et le grand chien noir couché sur le seuil, qui les suivait des yeux. Il tournait parfois la tête vers la porte.

Ils mangèrent leur pizza en silence. La jeune femme gardait l'œil fixé sur la fenêtre. Galvano tentait de mettre de l'ordre dans ses notes. Puis il repoussa son assiette et entreprit de rédiger un rapport. Ce qu'Irina racontait était choquant. Que de telles cruautés soient commises en Europe, sous les yeux de braves citoyens, avait de quoi provoquer l'indignation de tout contemporain éclairé. De temps en temps, il jetait un coup d'œil à la jeune femme, il n'arrivait pas à croire ce qu'elle racontait. Celle-ci, en revanche, semblait résolue. Il y avait trop longtemps qu'elle subissait son destin pour se prendre en pitié.

À quatorze heures, Galvano se leva et tenta d'expliquer à Irina qu'il devait sortir le chien. Surtout qu'elle n'ouvre à personne, cela aussi n'était pas difficile à comprendre. Elle eut un bref éclat de rire lorsqu'il tourna une clé imaginaire en faisant non d'un doigt de l'autre main. Puis il lui montra la télécommande de la télévision et la laissa seule. Malgré la chaleur, il enfila sa veste sur son gilet.

*

Son visa de touriste, valable trois mois, n'était plus valide depuis longtemps. Il avait coûté neuf cents dollars. Irina avait rassemblé la somme avec l'aide de sa famille, qui s'était endettée et à qui elle avait promis d'envoyer de l'argent tous les mois d'Europe occidentale. Puis elle était montée dans un car de tourisme qui devait l'emmener vers l'Eldorado. Avant d'entrer dans l'Union européenne, on lui avait retiré son passeport. Pour toujours, avait-elle constaté ultérieurement. Le premier objectif fut Berlin. Elle partagea une chambre sale, dans un immeuble presque vide, avec cinq autres jeunes femmes. Elles couchaient sur des matelas à même le sol, elles mangeaient les maigres rations de boîtes de conserve qu'on leur apportait. C'était toujours trop peu et elles avaient toujours faim.

Dès leur arrivée, le chef du groupe, escorté d'un garde du corps à la mine patibulaire, leur expliqua en quelques gestes en quoi consistait leur tâche. Il distribua à chacune un sac à dos bon marché rempli de porte-clés et autres petits objets, ainsi que des petits cartons rédigés dans une langue étrangère. C'était terrible de ne rien comprendre à ce qu'on lisait. Le coût de cet horrible bric-à-brac (à part les porte-clés, petits animaux en peluche et briquets) était estimé à mille euros qu'il fallait rembourser en quinze jours. Et au bout d'une semaine, quatre cents euros pour le logement. Quatre cents euros ! De quoi faire vivre toute sa famille pendant des mois ! Et puis la « licence », selon son expression : encore six cents euros par mois. Le reste était pour elles, conclut-il sans rire.

Par naïveté ou par bêtise, elle était tombée dans un piège. Et sans passeport, elle était perdue. Les autres jeunes femmes donnaient des conseils, citaient des restaurants et des bistrots où il valait mieux ne pas se montrer. Mais personne ne pouvait l'aider. Si on lui barrait le passage dès l'entrée d'un établissement, il valait mieux déguerpir. Sinon, elle pouvait faire tranquillement sa tournée. Ne regarder les gens dans les yeux qu'un instant, ne jamais sourire. Et la chose la plus importante : suivre scrupuleusement les consignes du chef, ni questions ni contestation, surtout ne jamais se mettre en retard. Le chef ne plaisantait pas et cognait immédiatement. Si elle se défendait ou se cachait, il arriverait malheur à sa famille.

Irina sentit que les menaces étaient sérieuses. Elle décida de faire de son mieux. Malgré le contexte oppressant, elle était dans un autre pays, ce qui n'était pas sans attrait. En fait, elle n'avait aucune idée de ce qui l'attendait.

Berlin, Rüdesheim, Heidelberg, Fribourg, Strasbourg, Metz, Bruxelles, Paris, Nice, Saint-Tropez, Milan, Parme, Cinqueterre, Pise, la Toscane, Bologne, Rimini, Ravenne, Ferrare, Padoue, Trieste. Elle avait traversé la moitié de l'Europe. Depuis un an, on l'envoyait dans les plus belles villes qui soient et elle était obligée de mendier un peu d'argent contre des objets dont personne ne voulait. Ceux-ci étaient toujours les mêmes ; tout ce qui changeait, c'était la langue dans laquelle les cartons étaient rédigés et la tête du chef. Elle devait alors prendre le train et payer elle-même son billet. Et se déplacer de wagon en wagon, de compartiment en compartiment, le regard vide et le sac plein.

À Berlin, elle avait déjà pris une correction, sans avoir rien fait de mal. Comme ça. Afin qu'elle sache ce qui l'attendait si elle ne filait pas doux. Sans sourciller, on avait appuyé une cigarette allumée sur son bras. Les brûlures faisaient horriblement mal, puis elles avaient commencé à suppurer. Même quand il faisait très chaud, elle n'osait pas retrousser ses manches afin de ne pas provoquer des réactions de dégoût.

Un jour, elle avait été violée sous les yeux de ses compagnes d'infortune, sur l'ordre du chef qui regardait avec l'air de s'ennuyer, tout en glissant la main sous la jupe d'une autre. Pour l'humilier, le salaud avait choisi un type plus petit, à peine plus fort qu'elle et qui sentait terriblement mauvais. Mais elle n'avait pas le droit de se défendre. Quelques mois plus tard, on la conduisit chez un médecin qui, pas une seule fois, ne la regarda dans les yeux. Résignée, elle subit l'avortement et, malgré les douleurs infligées par ce boucher, elle reprit immédiatement sa tournée dans les cafés.

Dès qu'elle entrait en contact avec des gens qui ne la regardaient pas avec mépris, elle recevait l'ordre de changer de ville. Dans le train de Lyon à Marseille, elle avait repéré son itinéraire sur une carte et n'y avait trouvé aucune logique. Arrivée à Marseille, elle ne s'était pas rendue à l'adresse indiquée, elle s'était assise sur les marches de l'église Saint-Vincent-de-Paul, au pied des magnifiques portes de bronze, et s'était endormie. La police l'avait ramassée et, après l'avoir en vain interrogée, l'avait déposée dans une maison où vivaient de nombreuses autres femmes qui, presque toutes, d'après ses souvenirs, fumaient cigarette sur cigarette. Aucune ne comprenait les signes qu'elle faisait, il y en avait même qui en riaient et qui la singeaient. Cependant, elle avait pu boire et manger, elle avait même pu se doucher. Mais une fois rhabillée, elle avait constaté que son sac à dos avait disparu. Le lendemain, à huit heures du matin, une jeune femme qui maîtrisait le langage des signes vint la chercher. Sans méfiance, elle la suivit à travers la ville qui s'éveillait pour aboutir dans l'une de ces affreuses banlieues où les gens dorment dans des cabanes à lapins. Elle avait depuis longtemps perdu le sens de l'orientation lorsqu'elle se retrouva dans un escalier miteux. Elle n'avait pas non plus compté les étages lorsque son accompagnatrice frappa à une porte et fit entrer Irina. C'est alors que commença son calvaire. Reproches (de ne pas s'être présentée immédiatement), coups, brûlures de cigarette, viol. Après des heures de sévices, on lui offrit une dernière chance : Nice et Saint-Tropez. Stations balnéaires en fin de saison. La somme exigée en augmentation. Si elle n'y arrivait pas, on la renverrait en Russie, pour un stage de formation, comme ils disaient. Irina savait que c'était ce qui pouvait lui arriver de pire. Au pays, l'organisation disposait de tous les moyens possibles pour lui briser les reins. Même si cela devait durer des mois. Et ensuite, on la renverrait en Europe de l'Ouest pour compenser le manque à gagner.

Irina avait fait sa tournée des établissements. Sur la Côte d'Azur, les Russes étaient parfois extrêmement généreux. Mais à Saint-Tropez, on l'avait plusieurs fois chassée comme un chien galeux. Elle parvenait quand même à récupérer suffisamment d'argent et elle subit moins de mauvais traitements. Quinze jours après, elle était à Turin, puis à Milan. Pendant l'hiver, on l'avait envoyée dans de petites villes de province et elle avait abouti à Trieste un mois auparavant. C'était la première fois qu'elle passait autant de temps au même endroit.

La ville n'était pas gigantesque, elles étaient quatre à se la partager. Les gens donnaient de l'argent à l'occasion, mais ne s'intéressaient pas aux filles. Grâce aux boutiques chinoises qui étaient bon marché et peu fréquentées, Irina put se rhabiller ; ce qui eut l'effet escompté, car l'indigence n'éveille pas la compassion.

Le lundi, les magasins étant fermés et les cafés peu fréquentés, il ne fallait pas espérer gagner grand-chose en ville. En revanche, il valait la peine, malgré la chaleur, de prospecter les établissements du bord de mer et des plages, même si les Noirs étaient passés avant elle pour vendre leurs contrefaçons à des dames à demi nues. Mais ce qui marchait le mieux, c'étaient les simples bistrots de banlieue où se retrouvaient les ouvriers.

Jamais, depuis qu'elle était passée à l'Ouest, elle ne s'était sentie si proche de quiconque comme de Galvano. Jamais encore quelqu'un ne l'avait fait venir chez lui sans avoir une idée derrière la tête. Peut-être cet étrange vieillard était-il le brin d'herbe auquel elle pourrait se raccrocher. Peut-être l'aiderait-il à s'échapper de l'enfer.

*

Laurenti revint à contrecœur au dossier Perusini. La procédure avait été rouverte en 1995. L'une des nièces avait reçu un appel téléphonique d'un inconnu qui avait une information importante à lui communiquer.

Elle l'invita chez elle à Udine. Un homme d'environ soixante-cinq ans, cheveux blancs, taille moyenne, accent du Frioul, lui remit un petit paquet et disparut avant qu'elle n'ait pu lui demander son nom. C'était une cassette audio dont l'enregistrement était difficilement compréhensible. Laurenti lut la transcription, mais il n'en fut pas plus éclairé. L'homme racontait qu'à l'époque, dix-huit ans auparavant, il n'avait pas jugé utile de témoigner lorsqu'il avait appris par la presse que l'héritage revenait à la « Croix », c'est ainsi qu'il appelait l'ordre de Malte. Au cours d'un mariage célébré à Venise, il avait par hasard lié connaissance avec un personnage qui parlait du vignoble du défunt de façon si mystérieuse qu'il avait songé à faire une déposition. Pourtant, vu la position sociale de l'intéressé, il n'avait pas eu le courage d'aller au bout de la démarche. Mais il restait persuadé que l'homme méritait d'être interrogé. Suivaient de longs attendus, une identification de la personne et même son nom. Laurenti continua de feuilleter le dossier et trouva, un peu plus loin, le compte rendu de l'interrogatoire de l'individu mis en cause, que les collègues vénitiens avaient conduit sans conviction et sans grands résultats. Laurenti se souvint que l'affaire avait été évoquée dans une réunion. L'homme n'avait-il pas dit qu'il préférait attendre de voir comment la presse réagirait avant de se manifester à nouveau ? Il n'en était plus question dans la suite du dossier. Plus personne ne s'était apparemment intéressé à l'affaire. Pourquoi remuer de vieilles histoires ? Il y a toujours de bonnes raisons de ne pas aller au fond des choses. C'était bien le cas, cette fois-ci, comme pour Diego de Henriquez. Mais pourquoi ? Sûrement pas à cause de la notoriété de la famille, on avait vu bien pire. Laurenti trouvait que l'affaire sentait mauvais. Cela ressemblait à une conjuration.

Son prédécesseur avait dépensé beaucoup d'énergie dans une autre direction, comme cela avait également été le cas dans l'affaire Diego de Henriquez. Des centaines de pages d'auditions gonflaient aussi le dossier. Des témoignages anonymes faisaient état des relations homosexuelles du professeur. Ils conduisaient, entre autres, à l'hôpital militaire où, selon une dénonciation, un soldat qui avait connu l'homme s'était subitement mis à jeter l'argent par les fenêtres. Il y avait aussi les notes personnelles du mort. Il avait scrupuleusement tenu registre de ses activités sexuelles. Malgré ses soixante-sept ans, il s'était payé les faveurs de jeunes hommes pratiquement un jour sur deux. Or, à l'époque, le Viagra n'existait pas. Ses agendas comportaient, en toutes lettres, les noms et surnoms de ses gitons. On avait l'impression qu'il n'y avait pas beaucoup d'hétérosexuels parmi les recrues de l'armée. Au cours de leurs interrogatoires, ils avouaient sans détours la somme d'argent qu'ils recevaient en échange du service précis qu'ils rendaient. Certains étaient disposés à n'importe quelle prestation pour quelques milliers de lires. Ils avaient besoin d'argent, surtout ceux qui venaient du Sud.

Laurenti fut interrompu par Sgubin.

– J'en ai terminé avec les photos.

– Les photos ?

– Celles que tu as prises à la Marina di Aurisina.

Laurenti leva un sourcil.

– Alors ?

– Regarde, dit Sgubin en posant les tirages sur le bureau de Laurenti. Les deux femmes sont introuvables dans le fichier. Probablement du menu fretin qu'on utilise pour le transport. Mais lui, là, originaire d'Orsera, est bien connu de nos services. Faux papiers, vol, contrebande – rien d'important. Une seule fois, port d'arme sans autorisation. Il en a pris pour quelques mois au Coroneo. Ensuite, il semble qu'il se soit fait embaucher comme mercenaire. Sur ces deux-ci, je n'ai rien trouvé, mais là, je vois un bon ami à toi. Prénom usuel Ciano, Croate de Dalmatie avec des ancêtres italiens. Soupçonné de faire partie des familiers de Petrovac. La liste de ses forfaits est longue. Il est même sous le coup d'un jugement parfaitement valide du tribunal d'Ancône. Quatre ans et demi pour proxénétisme. Si on l'attrape, il va en prison.

Laurenti connaissait ce nom depuis longtemps. Il compara l'agrandissement de son propre cliché avec celui de l'avis de recherche. Même visage, même expression, pas de doute possible. Rester sur les talons de ce malfrat pour qu'il le conduise à ses vieux clients, après lesquels il courait en vain depuis des années, pouvait s'avérer fructueux. Certaines rencontres dans la vie sont fatidiques, quoique dénuées de tout romantisme. On ne peut plus leur échapper. Elles s'accrochent à vous comme des ombres et collent à chacun de vos pas. Mais quand on croit pouvoir les saisir, elles ont subitement disparu. Laurenti se gratta la tête, pensif. Renifler Petrovac, c'était sentir Viktor Drakič. L'idée de ne pas pouvoir suivre cette piste à cause de ces importants messieurs des services secrets lui était insupportable.

– Bien joué, dit Laurenti en glissant les photos dans une enveloppe.

– Et maintenant ? interrogea Sgubin.

– Toute de suite ! répondit Laurenti en s'emparant de son téléphone.

Il appela le procureur et lui demanda diplomatiquement s'il était aussi peu au courant de l'affaire que sa collègue croate Živa Ravno. Scoglio, lui aussi, serait-il le jouet des services secrets ? Le procureur fit une réponse ambiguë. Il avait été informé que quelque chose se tramait, mais on ne lui avait rien dit de plus.

Laurenti se replongea dans le dossier Perusini. L'homme avait vraiment mené une double vie. Au Frioul, il était le chercheur élégant, riche et respecté de tous, fin œnologue de surcroît ; à Trieste, en revanche, il se faisait passer, en dehors de l'université, pour « Mario, représentant en engrais », et il fréquentait les lieux de rendez-vous des homosexuels sur les Rive ou derrière la gare. Mais il avait également ses habitudes dans un autre endroit et Laurenti, surpris, émit un petit sifflement lorsqu'il trouva mention du Bar Sport de Servola. Son prédécesseur, averti par un correspondant anonyme, y avait mené une enquête intensive, concrétisée par une vingtaine de procès-verbaux d'interrogatoire. Laurenti les feuilleta rapidement et vit son intuition confirmée. Calisto et Angelo faisaient partie des personnes interrogées. Ils reconnaissaient avoir connu ce « Mario », mais niaient avec véhémence être eux-mêmes homosexuels. Tous deux affirmaient qu'ils ne connaissaient Mario que de vue et qu'ils ne lui avaient jamais adressé la parole.

Laurenti prit quelques notes. Deux témoignages anonymes parfaitement ciblés qui avaient donné tant de travail à son prédécesseur qu'il n'avait plus guère eu le temps de s'occuper du reste. Avec ce genre de « tuyaux », on pouvait paralyser tout l'appareil. Il eût été pourtant quelque peu hasardeux de soupçonner son prédécesseur de complicité. Laurenti entendit enfin Marietta qui faisait son entrée en poussant des jurons. Il était dix heures, elle était très en retard.

Laurenti l'appela et, lorsqu'elle pénétra dans son bureau, il resta bouche bée. Elle était attifée comme si, dans l'heure qui suivait, elle allait ouvrir le dîner de gala du Swingclub.

– Quelle élégance ! Il s'est passé quelque chose ?

– Les graffitis sur la place de l'hôtel de ville. Tu les as vus ? Moi, je les ai regardés de près.

Elle portait un top en cuir, sans manches, très moulant, avec au moins un bouton de trop ouvert sur une peau nue, uniformément bronzée, et une jupe blanche si étroite que les collègues ne manqueraient pas de se retourner sur elle dans le couloir s'ils osaient encore quitter leur bureau pour assister au spectacle. Janet Jackson en serait verte de jalousie. Avant d'avoir ce nouvel amant, Marietta ne se serait jamais permis ce genre de faute de goût. Tout cela pour un homme !

– On t'a abordée combien de fois dans la rue ? Tu n'as pas de miroir chez toi ?

– Je me suis renseignée pour savoir où la bande avait frappé cette nuit. Ces protecteurs des animaux font pas mal de bruit. Et ils ne manquent pas d'un certain talent artistique. Ça conviendrait bien à la galerie de tes amis.

– Qu'est-ce qui s'est passé ?

Laurenti n'avait pas encore consulté les nouvelles du jour. C'était le travail de Marietta de l'informer de ce qui s'était passé au cours des dernières heures.

– Le graffiti, devant l'hôtel de ville, fait au moins dix mètres. Je m'étonne que tu ne l'aies pas vu.

– J'ai vu le maire tourner autour. Ça m'en a fait passer l'envie.

– Ils s'en sont pris également aux sports nautiques. Trente propriétaires de yacht ont déjà porté plainte. Les gardes-côtes vont en avoir pour un certain temps. Il faudra aussi qu'ils contrôlent les autres bateaux. Il y en a des milliers. Tu devrais te rendre compte par toi-même.

Laurenti referma le dossier Perusini et se leva.

– De toute façon, il faut que j'aille voir Orlando. Tu sais comment me joindre. Et ferme la porte derrière toi, que le procureur ne te saute pas dessus s'il vient à passer. Je serai de retour vers quatorze heures. Convoque-moi ce Calisto. Qu'il ne s'avise pas d'être en retard !

*

Galvano longeait les Rive en direction de la gare là où, la veille au soir, la patrouille l'avait obligé à abandonner sa voiture pour le reconduire chez lui. Passant devant la capitainerie, il tomba sur Laurenti.

– Vous allez bien ? lui demanda celui-ci.

– Depuis hier soir, je ne comprends rien à tes fines allusions. Qu'est-ce que tu veux de moi ? Je n'ai pas changé, je suis celui que tu connais depuis vingt-cinq ans.

– Justement, c'est cela qui m'inquiète. Vous avez de la visite ?

– Même si c'est le cas, en quoi ça te regarde ?

– On dit que vous avez pris pour maîtresse une jeune femme sourde-muette, qui ne peut pas vous contredire ni, pour son bonheur, vous comprendre. Si vous cherchez un témoin pour votre mariage, pensez à moi !

– Qu'est-ce que ça veut dire ? Je suis surveillé ?

– Le hasard, Galvano. Vous savez bien que, dans cette ville, rien ne passe inaperçu.

– Je n'ai pas besoin de nounou. Disparais, Laurenti !

Laurenti sonna au portail de la garde côtière. Il allait faire au revoir de la main à Galvano, mais le vieux s'éloignait déjà, d'un pas précipité, en tirant la laisse de son chien qui aurait pourtant eu matière à humer le long des murs.

– Et ta mutation ? demanda Laurenti. As-tu vu le médecin pour un certificat concernant ta femme ?

Orlando hocha la tête et leva les sourcils.

– Pas encore. Je n'ai le temps de rien. Il vaut peut-être mieux aller à Bari plutôt que de s'évertuer à ces démarches inutiles.

Le mur était tapissé de photos. Laurenti s'en approcha pour les regarder.

– C'est à cause de ça ?

Il examinait une photo de la Piazza Unità prise du toit de l'hôtel de ville. On distinguait les casques blancs de quelques policiers municipaux et la calvitie du maire que Laurenti avait soigneusement évité le matin même. Ils faisaient cercle autour d'une gigantesque peinture à l'huile sur pavé, probablement indélébile. À nouveau la vache avec lunettes de soleil, kalachnikov et les étoiles de l'Union européenne qui formaient comme une auréole autour de ses cornes. Mais cette fois en couleurs. En dessous, on pouvait lire, simplement :

Collaborateurs, vous êtes au courant. Nous aussi.
MUCCA PAZZA

– Encore eux, soupira Laurenti. C'est la troisième fois. Je fais le pari que, demain, *Il Piccolo* parle d'« écoterroristes ».

– Gamineries. Comme si ça suffisait pour y changer quelque chose. Au moins, cette fois, ils se sont abstenus de comparer avec Auschwitz. Mais regarde !

Orlando montrait les autres photos.

– Les plaintes s'accumulent. Mes hommes n'arrivent plus à suivre. On en est à quarante-six et il n'est pas encore midi. Les néofascistes s'étaient calmés avec leurs tags et voilà que ces végétariens anémiques éclaboussent la ville comme un jeune taureau le pré des vaches.

– Ils sont bien organisés, fit Laurenti avec un sifflement admiratif.

– Sûrement un groupe d'une certaine taille.

Orlando abattit sa grosse patte sur son bureau, faisant trembler les fournitures et le téléphone.

– Une ville calme ? Pourquoi tout ce qui se passe ici est-il aussi grotesque ? Tu peux me l'expliquer ?

Laurenti hocha la tête.

– Ils sont raffinés. Pour aller plus vite, ils n'utilisent plus que le logo et ces quelques mots. Ils ont, pour ainsi dire, créé une marque, bien des entreprises pourraient en être jalouses. Je parie qu'on ne verra bientôt plus que la vache.

Orlando respira profondément en roulant les yeux.

– Comment ont-ils pu atteindre les bateaux ? demanda Laurenti. Pour un nageur, les inscriptions sont trop hautes. Et un moteur, la nuit, dans le port, ça se remarque !

– C'est la question, répondit Orlando d'une voix résignée. Nous avons reçu un appel d'un club d'aviron. L'un de leurs plus beaux bateaux en acajou est taché de peinture laquée. Nous l'avons examiné, il n'y a aucune empreinte digitale, mais la peinture est la même, indéniablement.

Laurenti fut saisi d'un terrible soupçon, mais il s'efforça de n'en rien laisser paraître. L'année passée, Marco s'était inscrit chez les Cannottieri Adria et il avait pratiqué ce sport avec enthousiasme jusqu'à la pleine saison gastronomique. Avait-il réellement, au milieu de la nuit, aidé un ami à repeindre sa voiture ?

– Tiens, on dirait qu'un orage s'annonce. Le vent a tourné à l'ouest. *Maestrale*. Gros nuages noirs sur Monfalcone.

Orlando s'était posté devant la fenêtre, comme si, instinctivement, il voulait tourner le dos au mur de photos.

– Ce ne serait pas un mal s'il se mettait enfin à pleuvoir. Ça calmerait peut-être les esprits.

– Tu as du nouveau à propos de ces types avec leur canot pneumatique ?

Orlando se retourna d'un bloc, le front soucieux.

– Je t'ai déjà dit de ne pas toucher à ça. Ça se passe au-dessus de nos têtes.

– Mais ça se passe mal.

Orlando prit une liste sur son bureau.

– Tout ce que je sais, c'est quand ils viennent. Rien de plus. La dernière fois hier matin. Tu veux t'attirer des ennuis que tu peux éviter ?

– Ce n'est que de la curiosité !

– C'est parfois un vilain défaut !

*

Deux policiers surveillaient la consigne de la gare lorsque Galvano présenta son ticket. Au bout d'un moment, l'employé revint avec une petite mallette qu'il lui remit en le regardant bizarrement.

– Quelque chose ne va pas ? demanda Galvano.

L'homme se contenta de hocher la tête en le dévisageant. Puis il lui tendit un papier et un crayon.

– Tu veux un autographe ? Je te préviens, ce n'est pas en m'épiant comme ça que tu auras un pourboire !

– C'est pour un sondage. Nom et adresse, s'il vous plaît !

– Mais pourquoi ?

– J'ai des instructions.

Galvano en avait assez.

– Va te faire foutre.

Il s'empara de l'objet, passa sous le nez des deux policiers, monta dans sa voiture et démarra. Il avait encore tant de choses à faire avant le retour de l'interprète. À un feu rouge, il essaya sans succès d'ouvrir la mallette ; il recommencerait chez lui avec une pince et un marteau.

Le docteur Galvano gara sa voiture Via Locchi devant un immeuble de plusieurs étages, dont la façade sans ornements et grise de saleté aurait bien eu besoin d'un ravalement. C'était l'adresse qu'Irina lui avait indiquée. Galvano resta dans sa voiture à observer l'entrée de l'immeuble et ses environs. Quelques mètres plus loin, il y avait un petit bar, puis un kiosque à journaux. Pour trouver un magasin, il fallait s'engager dans les rues adjacentes. Les voitures étaient rares et, en une demi-heure, aucun passant ne se montra. Il faisait chaud, la voiture était en plein soleil et le chien noir, sur le siège du passager, tirait la langue.

– Fais attention à la mallette, lui dit Galvano. Je reviens tout de suite.

Il fit cent mètres dans la direction opposée, traversa, puis revint en rasant les murs. Il ouvrit la porte avec la clé qu'Irina lui avait donnée et jeta encore un coup d'œil derrière lui avant de refermer. Il se trouva devant un simple escalier de briques vernissées. Il s'efforça de monter sans faire de bruit. Au troisième étage, il s'appuya un instant contre le mur. La vue des étages supérieurs n'était guère encourageante. Galvano retint son souffle et écouta. Le seul bruit provenait du second, deux canaris pépiaient à l'envi. Galvano gravit le reste des marches et s'arrêta encore, guettant le moindre bruit, à l'entrée du couloir étroit et sombre sous la pente du toit.

Troisième porte à gauche. Un cadenas signifiait qu'il n'y avait personne à l'intérieur. Il l'ouvrit rapidement et referma derrière lui. Une lucarne donnait sur l'arrière-cour. La mansarde était aménagée de façon spartiate, sans eau courante. Irina la partageait avec deux autres femmes. Elle lui avait expliqué quel était son lit et où se trouvaient ses affaires. Il ne trouva rien. Il regarda sous les autres lits, mais aucun sac ne correspondait à la description donnée par Irina. Quelqu'un avait déjà évacué le peu qu'elle possédait. Cela n'était pas bon signe. Troublé, Galvano referma et descendit l'escalier. Entre le quatrième et le troisième étage, il croisa deux jeunes hommes qui fumaient. Il dut se coller au mur pour les laisser passer, car ils n'avaient fait mine ni de le saluer ni de s'écarter à sa rencontre. L'un des deux le gratifia même d'un coup de coude dans les côtes, mais il poursuivit son chemin sans s'émouvoir.

Cette impolitesse avait mis Galvano hors de lui.

– Vous n'avez donc aucun respect pour les vieux ?

Les deux malappris firent la sourde oreille et continuèrent leur ascension comme si de rien n'était.

Les boutiques du centre allaient rouvrir, Galvano devait faire quelques courses pour Irina. Des habits, un livre peut-être, mais où trouver du russe dans cette ville ? Il renonça à cette idée. Alors un puzzle ou quelque chose qui lui ferait passer le temps.

Naturellement, il aurait pu se rendre dans un supermarché, mais il était plus commode pour lui de laisser la voiture devant la porte et de faire ses emplettes à la Cavana. C'est pourtant à regret qu'il pénétra dans le magasin de vêtements, un boyau étroit tout en longueur, mal éclairé, avec une vitrine qui ne donnait pas l'impression d'avoir changé depuis le début des années cinquante. Les marchandises s'entassaient sur des rayons jusqu'au plafond, et une vendeuse ventripotente qui devait avoir au moins soixante-cinq ans attendait le client derrière son comptoir. L'espace était si réduit qu'elle avait du mal à se retourner.

Galvano bredouilla quelques mots au sujet d'une prétendue petite-fille et ajouta qu'il lui fallait tout, du corsage aux sous-vêtements. À la question de la taille, il leva les bras au ciel et répondit :

– Comment voulez-vous que je sache ?

Tout rougissant, il essaya alors, de ses deux mains, d'évaluer le tour de hanches et de poitrine d'Irina. Puis, montrant sa veste, il indiqua que la jeune dame arrivait à la hauteur du premier bouton.

La vendeuse fut d'avis que la personne ferait mieux de se présenter elle-même. Mais Galvano insista pour que chaque article soit déballé. Il prit une culotte entre ses doigts, l'examina et estima qu'il fallait la taille en dessous. Il en acheta cinq. Il eut plus de mal avec le soutien-gorge et décida d'en prendre trois de taille différente. Il ramènerait ceux qui n'allaient pas. La vendeuse se pliait à ses desiderata sans un mot, s'abstenant d'exprimer tout haut ce qui lui brûlait la langue. Il était évident pour elle que le client faisait partie de ces vieillards dérangés qui n'étaient pas rares en ville. Tant qu'il payait, ses lubies étaient les bienvenues. Et il lui semblait tenir l'affaire de la semaine.

*

Laurenti avait eu du mal à se débarrasser de l'importun qui l'avait abordé au cours du déjeuner. Il était en train de manger un sandwich jambon chaud-raifort tout en buvant une bière, au buffet du Da Giovanni, derrière Sant'Antonio, quand un inconnu d'environ soixante-quinze ans se présenta à lui comme un bon ami de Diego de Henriquez. Il ne se laissa pas rebuter par l'air revêche de Laurenti. Il prétendait être fin connaisseur de l'histoire de la ville et avait entendu dire que la police était sur le point de rouvrir le dossier. Sans vouloir empiéter sur les compétences de celle-ci, il considérait comme son devoir de citoyen d'attirer l'attention du commissaire sur le fait qu'il perdrait son temps à chercher un lien entre de Henriquez et Perusini. Tandis que Laurenti continuait imperturbablement de mâcher, l'homme fit le récit, dans un langage châtié, de ses rencontres avec de Henriquez, qu'il couvrait de louanges. Un homme d'honneur et un patriote. Perusini, en revanche, n'était qu'un *finocchio*, une tapette. Laurenti n'écoutait que d'une oreille, se contentant de lancer un « Ah bon ! » de temps à autre. Il était clair que l'inconnu savait de quoi il parlait, mais il pesait ses mots avec une telle circonspection que Laurenti comprit rapidement qu'il n'apprendrait rien de nouveau. Dès lors, il ne trouva d'autre échappatoire que de terminer en hâte son sandwich et de prendre le large. Pourquoi ne pouvait-on le laisser déjeuner en paix ? Et comment l'individu était-il informé de ce qui se passait ?

Il n'y avait pas une semaine que Laurenti avait récupéré ces deux vieilles affaires et toute la ville était déjà au courant. Laurenti se demanda à combien de personnes il en avait parlé jusque-là et le compte n'atteignait même pas les doigts des deux mains. Rien que des gens dignes de confiance. Sauf peut-être Galvano, à qui il arrivait, par ennui ou pour se donner de l'importance, de parler à tort et à travers. Rossana Di Matteo avait sûrement passé l'information à l'un de ses spécialistes, mais ceux-ci tenaient tacitement à conserver de bonnes relations avec les autorités. Walter du Malabar avait personnellement connu de Henriquez, mais il ignorait que le cas Perusini était revenu sur le tapis. Malgré leurs travers, il faisait confiance à ses collaborateurs. Alors qui ? Mia ? Mais en dehors de l'entrepôt, elle ignorait tout de l'histoire locale. Calisto, *L'Orecchione*, ne s'intéressait manifestement qu'à son petit négoce.

Lorsqu'il arriva à la questure, il trouva son secrétariat désert. En revanche, l'attendait dans son bureau une petite femme qui avait l'air de ne se nourrir que d'anabolisants. Un paquet de muscles. Elle s'était installée à la place du visiteur et feuilletait *Il Panorama*, l'hebdomadaire politique de la maison Berlusconi. Avait-elle dépassé la trentaine ? Elle avait des cheveux noirs coupés encore plus court que ceux de Laurenti. Sur le biceps rebondi de son bras gauche se distinguait un tatouage bicolore, un cœur portant l'inscription « *BASTA AMORE* ». On ne saurait mieux dire. Comment un personnage aussi insolite pouvait-il s'immiscer dans son domaine ? Pourquoi Marietta ne veillait-elle pas au grain ? Sur son bureau s'empilaient des dossiers, des documents confidentiels, des circulaires internes, rien qui soit consultable par le public. Où diable pouvait bien être Marietta ?

– *Prego ?* fit Laurenti en restant sur le pas de la porte.

La jeune femme se leva d'un bond et fonça sur lui, la main tendue.

– Vous êtes le commissaire ? Permettez-moi de me présenter : Giuseppina Cardareto, appelez-moi Pina !

Laurenti croisa les mains derrière son dos et examina, en silence, la petite énervée. D'après son accent, elle venait de Calabre.

– Je suis la nouvelle ! claironna la Popeya surnommée Pina.

Elle tira un papier froissé de la poche revolver de son jean, le déplia et le tendit à Laurenti qui, gardant obstinément les mains dans le dos, y jeta un rapide coup d'œil, reconnut l'entête du ministère et lut, en caractères gras, nom, grade et date de naissance de la policière. On lui demandait effectivement de se présenter ici, le jour même. Elle avait vingt-huit ans, elle était inspectrice, d'abord affectée à Ferrare que Laurenti, vu les flots de cyclistes qu'on y rencontrait, nommait le « Pékin d'Italie ». Malgré tout, cela ne se faisait pas de s'introduire de cette façon. Qui l'avait laissée entrer ? Et d'abord, pourquoi n'avait-il pas été informé de l'arrivée de cette naine ? Sgubin était encore de service et c'est en vain qu'on aurait cherché un bureau libre pour la nouvelle. Dans certaines pièces, les fonctionnaires étaient encore plus à l'étroit que les détenus dans les cellules surpeuplées du Coroneo.

Pina se troubla lorsqu'elle constata que Laurenti, le rustre, continuait de se taire.

– Excusez-moi, votre assistante m'a dit que je pouvais vous attendre ici.

Le silence devenait de plus en plus pesant.

– Quels sont vos hobbies ? demanda finalement Laurenti, pour dire quelque chose.

– Le cyclisme.

La naine s'était mise au garde-à-vous. Laurenti se demanda comment elle pouvait atteindre les pédales avec ses pieds.

– Cyclisme et escalade.

D'où les biceps.

– Et toutes les variétés de sports de combat asiatiques. Je m'entraîne tous les jours.

Et au *kickboxing*, ses petites jambes pouvaient-elles toucher le menton de l'adversaire ?

– Sinon ?

La nouvelle réfléchit un instant.

– Je crée des bandes dessinées et j'écris des pièces de théâtre.

Laurenti hocha imperceptiblement la tête. Cette policière miniature se foutait-elle de lui ? Quel cadeau ! Naturellement, il ne pouvait en aucune façon influer sur les affectations décidées au ministère, mais après avoir supporté Sgubin pendant tant d'années, il pensait avoir droit à un petit coup de chance. Une sportive surchauffée, dont l'adrénaline sortait par les oreilles et qui, en plus, écrivait des pièces de théâtre ! C'était elle le personnage de bande dessinée !

– Expériences ? interrogea Laurenti.

Pina fronça les sourcils et resta coite. Elle semblait ne pas comprendre la question.

– Votre curriculum !

– Squadra Mobile à Ferrare, un an et sept mois, spécialité « antivol ». Avant, trois ans à Gaeta et encore avant, San Gimignano, Toscane. Deux ans. Ennuyeux à mourir.

Laurenti ne put s'empêcher d'esquisser un rictus.

– Avant, Caserta, patrouille. Et encore avant, école de police de Lecce. Avant, le bac : meilleure de la classe. Née le 31 mai 1976 à Africo, Calabre, sur la Costa dei Gelsomini. Père policier, mère pharmacienne.

Le lieu de naissance ne laissait présager rien de bon. C'est de là qu'était originaire l'un des chefs les plus recherchés (depuis douze ans déjà) du crime organisé.

– Vous connaissez Giuseppe Morabito ?

– Naturellement.

Elle semblait en être fière.

– Comment pourrais-je ne pas le connaître ? Dans une commune de trois mille habitants, tout le monde connaît tout le monde.

Puis elle se rendit compte que son chauvinisme était peut-être déplacé.

– C'est-à-dire que, quand j'étais petite, je l'ai croisé une fois. Jamais depuis. Mais il y a longtemps que je suis partie.

Quelle taille pouvait bien avoir Popeya quand, selon ses dires, elle était « petite » ?

– Qu'avez-vous pensé en recevant votre mutation pour Trieste ?

– Pour être franche, je n'étais pas très enthousiaste. La *Sénilità* de Svevo était au programme du bac et ne m'avait pas particulièrement motivée. « Heureux ceux qui sont capables de renoncer à l'amour. » Quelle rengaine ! Du vrai kitsch !

– D'où votre tatouage, « *basta amore* » ? Vous ne devriez pas extrapoler de vos expériences personnelles à vos lectures.

Pina rougit.

– Au moins, Trieste est au bord de la mer. D'après ce que j'ai vu depuis mon arrivée, la ville n'est pas si mal. On s'habitue à tout.

Laurenti n'appréciait guère, parce qu'il ne la possédait pas, cette aptitude à citer de mémoire. Il lui ferait payer un jour sa façon de traiter Svevo.

– Pourquoi êtes-vous devenue flic après un bac aussi brillant ?

– Un sens inné de la justice. Mon père est policier, mon grand-père était carabinier. Je n'ai jamais eu d'autre vocation.

Laurenti pensa que le père et le grand-père avaient dû avoir bien du mal avec la petite.

– Quand on s'est vu, comme nous dans le Sud, débita Pina avec l'air sérieux d'une vieille institutrice, impuissant face aux compromissions qui traversent toutes les couches de la société et qui déterminent le quotidien de chacun, on n'a que deux possibilités : on s'arrange ou on se bat.

Laurenti ne savait que trop de quoi parlait la jeune femme. Et il en connaissait beaucoup qui avaient rapidement perdu cet enthousiasme et compris d'où venait le vent.

– Nous aurons le loisir de nous entretenir de ces choses. Mais vous arrivez alors que votre prédécesseur n'est pas encore parti. Pour cet après-midi, vous vous installerez au secrétariat. Lisez ces deux dossiers sans *a priori*. Vous en apprendrez long sur Trieste et c'est gratuit. Je compte sur vous pour établir s'il y a un lien – et si oui, lequel – entre ces deux affaires.

Popeya souleva les deux dossiers et son biceps se contracta à en faire craquer sa peau. Laurenti ferma la porte derrière elle, s'assit et allongea ses jambes sur son bureau. Quelle surprise ! Quelle drôle de journée ! Quand un orage se pointe à l'horizon, les gens sont bizarres jusqu'à ce qu'il éclate. Et quand Marietta rentrerait du déjeuner, il aurait beaucoup à lui dire. Quelle idée saugrenue que de laisser ce paquet de muscles s'installer librement dans son antre ! Et pourquoi n'avait-il pas été prévenu qu'une remplaçante arrivait ? Et que c'était une femme qui serait probablement disqualifiée au premier contrôle antidopage ? L'éruption printanière dans le jardin sentimental de Marietta faisait bien des dégâts. Et Sgubin ? Où était-il ? Et dans quelques minutes Calisto ferait son apparition !

– Il y a du travail qui t'attend, dit Laura qui l'avait appelé sur son portable juste au moment où il composait le numéro de Sgubin sur son téléphone fixe. Les éboueurs ne descendent pas jusqu'à nous. Ce matin, j'ai rassemblé tous les reliefs de nos agapes d'hier soir. Quatre gros sacs d'ordures. Sans compter les bouteilles pour le container spécial.

Laurenti enrageait. Pourquoi fallait-il que Marco ait imposé cette nouveauté qui consistait à ne pas jeter les bouteilles dans la poubelle commune ? C'est lui qui devait les porter à la déchetterie de Barcola, parce qu'il n'y avait pas un seul container pour le verre le long de la côte. Son fils avait peut-être raison, mais c'était tout de même une corvée. Et Marco était passé au deuxième point de son programme de rééducation : la famille Laurenti entamait désormais le tri des vieux papiers.

– Je suis debout depuis quatre heures et demie du matin ! Où sont les chers et tendres de nos filles ?

– Les enfants sont en vacances, Proteo ! Je n'ai encore vu personne aujourd'hui. Marco est à son travail.

– Alors envoie le coiffeur ! Il s'ennuie, de toute façon. Il n'a même pas un livre à lire.

– Moi aussi, il faut que j'aille au bureau cet après-midi. Il paraît que quelqu'un veut mettre aux enchères un journal de Goethe. Je ne crois pas qu'il soit authentique, mais on ne sait jamais. Si c'est vrai, ce serait une bonne affaire. Au fait, tout le monde nous a remerciés pour la petite fête. Sauf Galvano naturellement. Même la Grecque a appelé, elle dégoulinait presque au téléphone. Et Stella, Elisabetta, Cristina, Daniela ! Ce devait être réussi !

– Je ne sais pas encore quand je vais pouvoir rentrer, mentit Laurenti, qui avait décidé de s'éclipser le plus tôt possible et de faire une seconde tentative en direction de *Moby Dick*.

S'il n'y avait personne sur leur propre plage, il avait envie de s'y installer à l'aise sans être dérangé. Si Laura devait s'occuper de ses enchères, il avait une chance d'échapper à ses copines et à leurs *čevapčići*.

Des éclats de voix se firent entendre dans le secrétariat. Mais avant que Laurenti n'ait pu aller voir ce qui se passait, Marietta fit irruption dans son bureau. Le top de cuir noir s'était ouvert, probablement du fait de la chaleur, d'un bouton de plus et la bande de tissu blanc qui lui tenait lieu de jupe avait pris quelques plis depuis le matin, ce qui, automatiquement, la raccourcissait encore. Marietta était loin d'être trop habillée.

– Pourquoi as-tu installé la nouvelle dans mon bureau ? lança-t-elle, furieuse, avant qu'il n'ait pu ouvrir la bouche. Je suis déjà suffisamment à l'étroit.

– En tout cas, en ce qui concerne la mode, tu peux lui donner des leçons.

Il détailla la tenue de Marietta de la tête aux pieds.

– Les collègues n'ont sûrement pas manqué de siffler sur ton passage à la cantine. Et pourquoi je n'ai pas été informé de l'arrivée de la nouvelle ?

Laurenti, lui aussi, pouvait être sarcastique quand il était remonté.

– Je te l'ai déjà dit, répondit Marietta en tirant sur sa jupe.

– Il est temps de rétablir l'ordre dans le service. À partir de demain, je veux qu'on travaille de nouveau à heures fixes. De huit heures et demie à dix-sept heures trente. Quarante-cinq minutes de pause à midi. Si l'on n'est pas ponctuel, j'appelle la police. Préviens Sgubin et les autres. Ensuite, j'attends, avant toute chose, comme toujours le matin, un rapport sur les événements de la veille. Tout : Polizia di Stato, Guardia di Finanza, Corpo Forestale, Penitenziaria, Carabinieri, Vigili Urbani, Guardia Costiera. Et naturellement les pompiers. Tout ça avec concision, objectivité et amabilité.

Il fit une petite pause, comme pour donner à Marietta l'occasion de riposter, mais il y avait longtemps qu'elle avait compris qu'il valait mieux se mordre la langue.

– En outre, je veux immédiatement le dossier personnel de cette Pina della Ndrangheta.

Marietta fronça les sourcils, elle n'avait pas saisi de qui il s'agissait.

– Le dossier de la nouvelle ! Où est Sgubin ?

Marietta obéit en faisant un maximum de bruit, mais elle revint peu après et déposa sans un mot le dossier de Pina Cardareto sur le bureau de Laurenti. Elle l'avait trouvé facilement dans la pile de courrier en attente qui s'accumulait depuis quelques jours. En fait, elle avait d'abord voulu satisfaire sa propre curiosité, puis elle avait oublié. La nouvelle eut droit à un regard haineux quand Marietta se rassit afin de téléphoner à son soupirant, l'informant qu'elle ne le rejoindrait que plus tard sur la plage et qu'elle devrait se lever plus tôt le lendemain matin. Sgubin a de la chance, pensa-t-elle, il va prendre son nouveau poste, il n'aura plus à subir les sautes d'humeur de Laurenti.

– Calisto attend dehors, annonça Marietta, boudeuse.
– Laisse-le attendre. Mais gare à lui s'il se sauve ! Tu peux le prévenir.

*

C'est lourdement chargé d'une valise et de plusieurs sacs que Galvano sortit finalement d'un second magasin de vêtements, où il avait acheté des jupes et des pantalons pour Irina. Chez un marchand de journaux, il avait également acheté un magazine de mode qui pesait un kilo et qu'il avait confié au chien qui le portait dans sa gueule. Son noir compagnon trottait à ses côtés, dressant fièrement la tête, comme s'il savait que tout le monde le regardait. Même Galvano eut soudain trop chaud. Il décida de boire un apéritif au Bar Unità tout proche, avant de rentrer chez lui. Il disposait encore d'une demi-heure avant l'arrivée de l'interprète et Irina s'ennuyait peut-être ; il espérait qu'elle n'avait pas disparu pour autant. Il posa ses sacs sur une chaise, libéra la gueule de son chien et lui caressa la tête. Puis il s'assit et commanda un Negroni. L'alcool le détendit rapidement, il tira goulûment sur la cigarette mentholée qu'il avait allumée. Il commanda derechef un autre verre. Il se remettait tout doucement de ses émotions. Il regardait passer les femmes, des touristes qui flânaient, peu d'autochtones. Par cette chaleur, les Triestines ou bien restaient dans leurs bureaux climatisés ou se faisaient rôtir quelque part sur une plage. Subitement, son regard s'assombrit. Deux sourds-muets passaient de table en table, déposant cartons et objets habituels, pour les ramasser peu après. Ils avaient rationalisé leur système. L'un distribuait, l'autre récoltait, celui-ci restait plus longtemps qu'Irina ou ses compagnes devant chaque personne, il tendait la main aux récalcitrants, il insistait particulièrement auprès des femmes. Irina, avec son regard timide qui ne faisait que vous effleurer, avait probablement plus de succès. Ce bar se situait dans son secteur. On n'avait donc pas tardé à la remplacer. Mais n'étaient-ce pas les deux hommes qu'il avait croisés dans l'escalier, Via Locchi ? Le premier ne l'avait pas reconnu, mais le second, qui faisait le siège de Galvano, main tendue, se détourna soudainement de lui comme si sa tête lui disait quelque chose. Le sourd-muet ramassa fébrilement son bric-à-brac et se dépêcha de rejoindre son acolyte.

Galvano les vit s'asseoir sur le socle du monument à Charles VI et entamer une discussion animée. Le fondateur du port libre, portant perruque, cape et sceptre, était figé depuis près de trois siècles dans la même position, immobile sur un chapiteau ionien, la main gauche tendue en permanence en direction de la mer. Le socle comportait plusieurs marches, refuge favori, surtout la nuit, de tous ceux qui, ayant commandé un verre dans un bar, avaient envie de le consommer loin du brouhaha.

Galvano fit semblant de ne pas s'apercevoir que les deux hommes ne cessaient de jeter des regards furtifs dans sa direction. Soudain il découvrit quelque chose dont les deux sourds-muets ne s'étaient pas encore rendu compte : ils étaient eux-mêmes observés. Deux crânes rasés, postés sous les arcades de l'hôtel de ville, ne les quittaient pas des yeux. Les néofascistes en voulaient-ils aux sourds-muets ? Devait-il prévenir la police ? Galvano paya, adressa deux mots au chien en lui remettant le magazine dans la gueule et reprit ses sacs. Il n'était plus très loin de chez lui et, dans dix minutes, l'interprète serait là pour recueillir la seconde partie du récit d'Irina. Lorsque son regard se porta vers le golfe de Trieste, il remarqua une accumulation de nuages noirs qui s'était formée à l'ouest.

Un orage ne ferait pas de mal, pensa-t-il.

Il lui vint alors à l'esprit qu'à la maison il n'avait rien à manger. Son réfrigérateur était emblématique de l'*arte povera* : un morceau de parmesan si dur qu'il faudrait un marteau-piqueur pour l'attaquer, un verre de moutarde ébréché, un pot de yaourt ayant largement dépassé la date de péremption et, naturellement, quelques bouteilles de vin. Irina ne devait sortir sous aucun prétexte, elle serait immédiatement reconnue. Allait-il, une nouvelle fois, devoir recourir à un livreur de pizza ? Ou à un Chinois ?

Irina s'était endormie sur le canapé, devant la télévision, et faisait, selon toute apparence, un cauchemar. Elle s'agitait en tous sens et, épouvantée, elle fit un bond lorsque Galvano lui toucha l'épaule. Elle chercha fébrilement à exprimer quelque chose, mais Galvano ne la comprit pas. Il lui montra ses emplettes et les posa à côté d'elle. Lorsque le chien lui apporta le magazine, elle se mit enfin à rire. Elle caressa tendrement l'animal. Le cabot se laissa tomber à ses pieds avec un énorme soupir et s'étira langoureusement. Irina se mit au déballage et Galvano s'éclipsa discrètement lorsqu'elle en vint aux sous-vêtements. À la cuisine, il alluma une cigarette et survola son rapport. S'il voulait le présenter aux carabiniers, il fallait que tout soit impeccable, identifiable au premier coup d'œil, afin qu'ils puissent agir vite. Irina allait très bientôt lui raconter le reste avec l'aide de l'interprète. Mais cette personne avait déjà plusieurs minutes de retard, constata Galvano avec quelque irritation.

Une chose était claire : il ne confierait pas cette affaire à Laurenti. Il l'avait trop énervé ces derniers temps. Galvano se frottait les mains en s'imaginant la tête que ferait Laurenti s'il apprenait la chose par les journaux.

Irina, entrant dans la cuisine, le tira de ses pensées. Elle tenait les soutiens-gorge à la main et lui fit comprendre avec un grand rire que, malgré les tailles différentes, aucun ne lui allait. On sonna à la porte. Ce ne pouvait être que l'interprète. Galvano fit signe à Irina d'aller ouvrir.

*

Avec le dernier transport, qui quitterait Trieste le lendemain, ses gains, pour l'année en cours, bien qu'on ne soit qu'en mai, dépasseraient déjà ceux de l'année précédente. L'affaire marchait merveilleusement. Drakič n'établissait certes pas un calendrier précis d'homme d'affaires, parce que la branche comportait trop de risques et d'impondérables, mais il tenait ses comptes à la virgule près. Lui aussi jugeait nécessaire de réduire les coûts de façon drastique et de préserver sa première place sur le marché, en faisant appel à l'innovation et en se défendant avec la plus grande fermeté contre les OPA hostiles. Dans son milieu, la libre concurrence ne régnait pas, mais il devait veiller à ce qu'aucun de ses hommes ne fasse d'affaires à son propre compte et à ce qu'aucun de ses concurrents des autres pays ne cherche à le supplanter. Il ne connaissait pas le préavis de licenciement et quiconque avait, une seule fois, tenté de le doubler n'avait plus besoin d'un nouveau travail. L'Adriatique était grande et suffisamment profonde pour régler définitivement ce genre de problèmes. À défaut, on pouvait toujours trouver, au milieu des pittoresques collines d'Istrie, un gouffre où personne n'irait vous rechercher. L'histoire avait montré comment il fallait procéder si l'on voulait gagner à coup sûr.

Viktor Drakič mit fin à son entretien téléphonique. L'information lui avait partiellement redonné confiance et il avait donné le feu vert à Branka après l'avoir écoutée. Il fallait seulement qu'elle aille vite. Il était exclu qu'elle échoue une seconde fois.

Branka récupérerait donc l'argent à la consigne de la gare de Trieste. Elle n'avait pas eu beaucoup de peine à convaincre le préposé de laisser la porte ouverte et de la laisser attendre à l'intérieur que quelqu'un réclame l'objet. Les crânes rasés tournèrent les talons dès qu'ils se rendirent compte que la police avait un œil sur le guichet, mais elle ne bougea pas de sa cachette. Elle aidait parfois l'homme à descendre un bagage trop lourd ou à ranger les sacs qu'il lui passait. Mais il ne la quittait pas des yeux. Elle ne pouvait envisager de sortir son arme pour s'emparer du trésor et de filer. Elle ne serait pas allée loin. Patience !

Un vieil homme avait fini par retirer la mallette. Branka avait quitté l'homme du guichet en lui glissant un deuxième billet de cent. Ce ne serait pas bien difficile de neutraliser le vieillard. Le chien noir qui le suivait n'avait pas non plus l'air particulièrement en forme.

Viktor Drakič lui avait même promis une récompense si, outre l'argent, elle ramenait également les documents qu'elle avait perdus à Bagnoli. La veille, Branka avait aperçu la sourde-muette. Dès que l'argent serait en sécurité, elle irait à sa recherche.

Mais ce que Drakič ne lui avait pas dit, c'est qu'il pouvait très bien se contenter de l'argent. Pourquoi se donner tant de peine pour un chantage aussi complexe sur des gens qui ne vivraient plus longtemps de toute façon ? Jusque-là, cela lui avait bien rapporté de leur rappeler le passé, mais il n'agissait pas au nom de la morale. Avec la disparition des acteurs de l'époque, l'histoire ne continuerait à vivre que dans les livres et, un jour, personne ne s'y intéresserait plus. La société s'était concentrée sur la poursuite de crimes de guerre plus récents, mais on intervenait toujours alors qu'il était trop tard. On pourchassait pour la forme quelques sbires, alors que, dans les coulisses, rien ne changeait. L'Occident était trop repu, trop apathique et impuissant. Il manquait aux gens aussi bien l'imagination que la volonté de changer les choses. On lorgnait simplement sur les profits à venir, on répartissait les bonnes affaires et on attendait. Pourquoi lui, Viktor Drakič, ne s'orienterait-il pas en fonction du marché comme les autres ?

Encore un jour. Il aurait alors assez d'argent en caisse pour penser à reprendre progressivement les activités de Petrovac. Depuis que celui-ci était à nouveau en liberté, il avait déplacé sa ligne de démarcation de Belgrade à Tirana et développait tranquillement ses trafics. Cette année, il avait introduit, en Europe occidentale, plus d'immigrés clandestins qu'il ne l'avait jamais fait auparavant. Il était en tête sur les listes des hommes recherchés par l'Allemagne, l'Autriche et l'Angleterre et il avait déjà été depuis longtemps condamné par les tribunaux italiens. Après les élections en Croatie, le nouveau gouvernement, quelle qu'en soit la couleur, voudrait se rapprocher de l'Union européenne et Petrovac se retrouverait rapidement sous les verrous. Il fallait que Viktor Drakič soit sur ses gardes et se tienne prêt.

*

Marietta lui glissa un petit mot sur son bureau pour le prévenir que Mia attendait dans le couloir. Laurenti ne laissait pas de répit à Calisto et revenait sans cesse à l'attaque avec les mêmes questions. Lorsqu'il le raccompagna, il s'interposa entre Calisto et Mia, en tournant le dos à celle-ci.

– Nous nous reverrons, affirma-t-il tout haut. Je ne crois pas un mot de ce que vous me racontez. Vous en savez plus sur la mort d'Angelo que vous ne le dites. Jusqu'ici, je n'en connais pas un qui n'ait fini par avouer. Ne me faites pas languir !

Calisto n'avait plus qu'une chose à faire, partir. Devant Laurenti, il ne pouvait rien dire à Mia, qui le regardait avec un air interrogateur. Le policier attendit qu'il ait disparu dans l'escalier et se tourna vers Mia.

– Vos fréquentations ne me plaisent guère, Mia ! dit-il.

– C'est pour me dire ça que vous m'avez fait venir ? répondit-elle sans aménité. Je n'ai pas beaucoup de temps.

Elle portait un dossier sur lequel Laurenti aperçut le timbre de l'étude notariale. Il conduisit la jeune femme dans son bureau, mais ressortit pour prier Sgubin d'interroger la notaire sur la nature de la visite de Mia.

– Vous êtes devenue femme d'affaires ? demanda Laurenti en pointant du doigt le dossier que Mia avait posé à l'envers sur le bureau.

– Ce n'est rien ! répondit Mia. Des copies de documents. De la paperasse, du temps perdu. Mais dites-moi pourquoi vous m'avez fait venir. Vous avez du nouveau au sujet de l'entrepôt ?

Laurenti hocha la tête et poussa le magnétophone avec son micro au milieu du bureau. Il enregistra d'abord le lieu, le jour et l'heure. Mia eut un imperceptible frémissement lorsqu'il prononça les mots « Affaire criminelle Angelo Bernardi » et la désigna comme « témoin suspect ». Elle ne se rendit pas compte que Laurenti bluffait et qu'il n'y avait même pas de cassette dans le magnétophone.

– Où étiez-vous le soir du… ? questionna Laurenti en ajoutant la date et l'heure probables de la mort d'Angelo.

– Vous vous moquez de moi ? répondit Mia, indignée, en portant ses deux mains à ses tempes.

– Je vous ai posé une question précise.

– Mais vous ne la posez pas à la bonne personne.

– Calisto a déclaré qu'il n'était pas avec vous ce soir-là. Alors ?

– J'ai dîné à la *trattoria* Da Gigi, à Servola, et je me suis couchée tôt.

Mia y était allée plusieurs fois. S'il vérifiait, elle pourrait toujours dire qu'elle s'était trompée de jour.

– Qu'est-ce que vous avez mangé ?

– Pardon ? répliqua Mia, prise de court.

– Vous avez une liaison avec Calisto. Mais vous en avez eu une autre avec Angelo.

– Ce n'est pas vrai.

– Il y a des déclarations de témoins.

– Des mensonges.

Laurenti hocha la tête.

– Vous n'êtes certainement pas la seule à avoir plusieurs liaisons à la fois.

Elle se prit à nouveau la tête entre les mains.

– Ne vous arrachez pas les cheveux parce que vous devez répondre à quelques questions ! Pourquoi êtes-vous si nerveuse ?

– Vous ne le seriez pas si on vous soupçonnait d'un meurtre que vous n'avez pas commis ? Je ne dirai plus rien !

– Mais qui vous dit que je vous soupçonne ? Si vous voulez un avocat, je peux vous en indiquer un. Il suffit que vous me le disiez. Calisto l'a fait. Vous êtes simplement complice. C'est vraiment idiot de protéger un type comme lui. Pourquoi vous compliquer la vie ? Vous l'aimez tant, ce voyou, pour supporter ces tracasseries ?

– Et comment s'y est-il pris ?

Mia se sentait à nouveau sûre d'elle et elle ne put réprimer un sourire hautain.

– Il a étouffé Angelo avec une boucle d'oreille. Par jalousie.

Le regard de Laurenti tomba sur l'oreille de Mia. Il n'y avait pas pensé jusque-là. Elle portait deux boucles d'ambre, qui scintillaient dans la lumière. C'était de la pacotille, comme celle que le médecin légiste avait retirée de la trachée d'Angelo. Laurenti se leva pour aller fouiller sur son bureau à la recherche du cliché en question.

– La boucle d'oreille était à vous, dit-il en posant la photo sous le nez de Mia. Il vous l'a volée sans que vous vous en aperceviez. Quelle perfidie ! Qui pourrait élucider ce mystère ?

Mia le regarda avec de grands yeux et hésita un instant.

– Vous me menez en bateau, dit-elle finalement. Je n'ai jamais rien entendu d'aussi absurde. Comment peut-on étouffer quelqu'un avec une boucle d'oreille ?

– Je vous l'ai dit. Calisto est un salaud raffiné. Il veut vous impliquer.

Il s'enferrait. La petite commençait à lire dans son jeu. Il fallait qu'il frappe plus fort.

– De plus, il a laissé traîner une de vos culottes sur les lieux du crime pour attirer les soupçons sur vous. Il ne vous aime pas.

Mia se leva au moment même où Sgubin entrait pour remettre une note à Laurenti.

– Vous êtes fou ! s'écria-t-elle.

– Quelle marque portez-vous ?

– Vous délirez !

– « Toute de suite » ?

– Vos suppositions sont abracadabrantes ! Jusqu'ici, je croyais avoir affaire à un homme sensé, serviable, à la compétence indiscutable. Mais maintenant, ça suffit !

Sgubin écoutait sans dire un mot. L'Australienne avait, elle aussi, compris la tactique de son chef. Elle se tourna vers la porte. Laurenti fit signe à Sgubin de l'empêcher de sortir.

– À moins que ce ne soit vous ? Angelo vous harcèle. Vous vous défendez. Voilà comment ça s'est passé.

Il se fit entre eux un silence assourdissant. Chacun jaugeant l'autre du regard. Mia chercha de la main le bouton de la porte, mais Sgubin fut plus rapide. Elle se ressaisit.

– Au cours de mes études, on m'a appris qu'il fallait s'en tenir aux faits, dit-elle sèchement. Je veux sortir.

– Je n'ai malheureusement pas eu l'occasion de fréquenter l'université. Mes parents n'étaient pas assez riches. Mais la vie est aussi une bonne école, Mia. Vous avez menti. J'en ai la preuve, ajouta-t-il en brandissant sa feuille de papier. Vous m'avez parlé de paperasses.

Vous êtes allée voir la notaire parce que vous voulez vendre la maison.

– Et alors ? contra Mia. Ça vous regarde ?

– Vous avez donc l'intention de partir bientôt ? interrogea Laurenti en se calant dans son fauteuil.

Il fit signe à Sgubin de libérer la sortie.

– Je vais deux jours à Milan voir des amis et des connaissances. Je peux partir ?

– Je vous en prie. Et pensez à Calisto. Ce n'est pas un type pour vous !

Laurenti attendit que la porte se referme derrière la jeune femme, puis il contourna son bureau et se mit à quatre pattes.

– Tout va bien ? demanda Sgubin, qui essayait de deviner ce que cherchait son chef.

– Parfaitement ! répondit Laurenti.

Lorsqu'il se releva, il tenait entre les doigts deux ou trois cheveux châtains. Il les glissa dans une enveloppe en plastique, nota dessus le nom de Mia et appela Marietta.

– Porte-les directement au laboratoire et exige que je sois immédiatement informé du résultat. C'est urgent !

Puis il se tourna vers Sgubin.

– Au fait, Marietta t'a présenté ta remplaçante ?

– Une femme ? Déjà ?

– Tu sais bien ce qu'il en est. La main gauche ignore ce que fait la droite. Et il est long, le chemin de la main au cerveau !

Laurenti haussa les épaules et passa la tête par la porte.

– Inspectrice Pina, entrez un instant, je vous prie !

Sgubin ne fut pas peu étonné en apercevant le petit bout de femme. Il la salua gauchement.

– Asseyez-vous, dit Laurenti. Ce n'est certes pas une mission à la 007 mais, puisque vous êtes là, j'ai envie de profiter du fait que personne ne vous connaît encore. Il s'agit d'observer quelqu'un. Quelqu'un de chez nous.

Pina et Sgubin dressèrent l'oreille.

– Quelqu'un qui connaît chacun d'entre nous, sauf vous, Pina. Je voudrais savoir tout ce qu'il fait. Pas de soupçon concret. Donc pas de filature officielle ! Vous n'avez que deux contacts : Sgubin et moi ! Je suis désolé, ce sera certainement très ennuyeux. Mais il ne faut pas laisser passer cette chance. Vous disiez que vous étiez une cycliste émérite ?

Pina acquiesça.

– Vous avez apporté votre vélo ?

– Oui.

Laurenti sortit du tiroir de son bureau un plan de ville en lambeaux et le donna à Pina.

– Pour éviter tout malentendu, je vais quand même vous présenter au chef des patrouilles, mais je ne pense pas que vous ayez besoin d'aide. Ensuite, vous pourrez vous mettre en chasse.

*

Sous le regard méprisant de Marietta, Laurenti reprit les deux volumineux dossiers qu'il avait confiés à Pina et les remporta dans son bureau. Il avait présenté la remplaçante de Sgubin au responsable de la Squadra Mobile et lui avait demandé de prévenir les collègues que la nouvelle était là. Puis il avait confié Pina à Sgubin, qui l'avait entraînée dans des couloirs sans fin en lui expliquant la structure des services. Après quoi il lui donna la photo de l'homme qu'elle aurait à surveiller et la conduisit à la pension où on l'avait logée pour les premiers jours et où elle avait laissé son vélo.

Lorsque Laurenti voulut refermer la porte de son bureau, il vit Marietta éteindre ostensiblement son ordinateur et ranger ses affaires. Il était clair qu'elle partirait sans un mot dix minutes après, pile à l'heure, simplement parce que, pour une fois – les occasions étaient rares –, il l'avait rappelée à l'ordre. Laurenti fit comme si de rien n'était. Jeune policier, ayant pour la première fois à diriger une section, c'était lui qui, en cas de problème avec les subordonnés, se faisait le plus de souci, au point d'avoir des insomnies, alors que les personnes concernées arrivaient, fraîches et disposes, au bureau le lendemain matin, comme si rien ne s'était passé. Mais il y avait longtemps qu'il avait renoncé à s'en faire. Pourquoi s'inquiéter des lubies de ses collaborateurs ? Marietta retrouverait bien un jour sa bonne humeur. Au plus tard quand elle se séparerait de son nouvel amant.

Avant de s'en aller, Laurenti voulait jeter un dernier coup d'œil dans les dossiers. Il ne savait pas exactement ce qui le préoccupait. C'était plutôt une sorte d'intuition. Il flairait enfin quelque chose, comme le chien noir de Galvano, du temps où il était encore en service.

Si l'on s'en tenait aux mentions portées sur le dossier Perusini, il avait été rouvert pour la dernière fois en 1995, lorsque la fameuse bande magnétique avait fait son apparition. Celui de De Henriquez l'avait été en 1994, trois jours avant une éventuelle prescription des « éléments nouveaux » présentés par les enfants du collectionneur, désormais âgés. Laurenti avait interprété cette démarche comme la tentative désespérée de soustraire l'affaire au classement définitif. À longueur de pages, ils tentaient maintenant de prouver que de Henriquez avait surpris des voleurs en flagrant délit et que ceux-ci l'avaient éliminé pour l'empêcher de les identifier. Ils nommaient les suspects par leurs noms, mais ces derniers avaient déjà été interrogés sans succès au cours d'enquêtes préalables. Dès 1988, le dernier officier des carabiniers à avoir rouvert le dossier avait conclu, dans une interview conduite par la presse, que de Henriquez était décédé de mort violente. Ce ne pouvait donc être qu'un suicide ou un assassinat. Que l'homme se soit lui-même supprimé ne cadrait pas du tout avec sa psychologie. Laurenti se souvenait que le fils du collectionneur s'était si souvent exprimé sur la mort de son père et sur les motivations politiques de son meurtre que c'en était devenu gênant. Il avait plusieurs fois cité comme commanditaire un ex-SS ukrainien qui vivait tranquillement à Trieste depuis la guerre. Il avait même récemment révélé l'adresse de l'homme, ignorant qu'il était déjà mort. Dernière tentative pour faire la lumière dans une affaire apparemment insoluble. Que Laurenti ne résoudrait pas non plus. Celui-ci continuait cependant de feuilleter le dossier, se laissant guider par son instinct. Il avait tout de même trouvé quelque chose : la troisième clé qui manquait. Il relut encore une fois les dépositions des témoins, jusqu'à celle du serrurier. Puis, lorsqu'il sortit du dossier Perusini les interrogatoires auxquels les collègues de Venise avaient procédé en réponse aux informations livrées par la bande magnétique, il finit par tomber sur la dernière audition d'un Yougoslave détenu à Bari. Laurenti rit de ses déclarations. L'homme prétendait ne pas être homosexuel, puisqu'il avait été marié neuf fois. Il niait connaître les personnes sur lesquelles portait l'interrogatoire, jouant en toutes circonstances le parfait idiot. Les enquêteurs avaient dû rapidement se lasser, mais Laurenti eut une illumination. N'y avait-il pas là un nom qui apparaissait déjà dans le dossier de Henriquez ? Celui d'un horloger originaire de l'ex-Yougoslavie, habitant Trieste depuis des décennies. Il affirmait avoir prêté beaucoup d'argent à de Henriquez et l'avoir accompagné à Ljubljana pour l'aider dans ses acquisitions. Le collectionneur réglait sa dette en ustensiles domestiques qui lui étaient livrés, naturellement beaucoup moins cher, par une boutique de la Via Fabio Severo. Pourquoi tous ces détails ? Laurenti consulta à nouveau le dossier Perusini. Il s'agissait, sans aucun doute, de la même personne. Sauf qu'ici il était qualifié de marchand d'antiquités. Selon le procès-verbal, il était présent à un dîner dans une pizzeria de la Via Udine, au cours duquel le professeur avait rencontré quelques personnages douteux venus de l'autre côté de la frontière, avec qui il négociait le prix de leurs charmes. Cet homme n'avait jamais été interrogé, bien qu'il soit plusieurs fois cité. Ne s'agissait-il que d'un aspect anodin du milieu homosexuel ou bien était-ce plus important ?

Laurenti était nerveux. Étant donné la répartition des compétences, personne avant lui n'avait apparemment lu les deux dossiers. C'était déjà un coup de chance qu'il ait pu, en si peu de temps, opérer un recoupement entre les deux affaires, qui permettait d'aller plus loin que la lettre envoyée, onze ans après la mort de Perusini, par son cousin au procureur de Trieste, et ce sans la moindre preuve. Mais pourquoi cette lettre figurait-elle dans le dossier De Henriquez et non dans celui dont elle relevait ? Bévue de procureur ou procédé intentionnel ? Laurenti demanda par téléphone les coordonnées de cet homme. Il avait toujours un magasin d'antiquités à quelques rues de là et sa compagne portait un nom à consonance allemande.

C'est maintenant qu'il lui aurait fallu une cigarette. Il allongea les jambes sur son bureau. Le procureur Scoglio aurait mieux fait de confier l'affaire à un historien, plutôt qu'à un policier. Quelqu'un qui aurait tout son temps, qui serait amateur d'histoire locale et qui aurait envie de lire les trois cents carnets laissés par le collectionneur. Mais comment était-il possible, plus de soixante ans après, de faire chanter quelqu'un sur une base si ancienne ? Certes, les vétérans de la république de Salò et les collaborateurs d'autrefois étaient solidement organisés, mais combien d'entre eux étaient-ils encore en vie ? Laurenti décida de ne pas faire de zèle. Seul le hasard pouvait permettre de dénouer les fils de l'intrigue. Quand il serait en retraite depuis dix ans, et s'il n'avait pas mieux à faire, il pourrait toujours se pencher sur l'énigme. En tout cas, elle constituait une source incroyable pour mieux cerner la ville et son histoire. Mais cela suffisait. Libre à Galvano de se répandre sur ces choses dans ses mémoires.

Laurenti résolut d'aller se promener dans le ghetto, entre la questure et la Piazza Unità, où les antiquaires proliféraient. Il les connaissait tous bien. Certains parce que Laura, qui ramenait fréquemment de belles pièces à la maison, faisait partie de leurs clientes assidues, d'autres parce que, parmi ces professionnels, nombreux étaient ses clients à lui, ils connaissaient mieux que lui la questure de l'intérieur. La promiscuité de ces marchands formait un curieux mélange. Par exemple, la boutique d'un néofasciste qui, quelques décennies plus tôt, avait donné bien du fil à retordre aux autorités jouxtait celle d'un juif. Tout l'éventail politique était représenté et certains ne pouvaient s'abstenir de trafiquer.

Laurenti referma les dossiers sur son bureau. Il s'apprêtait à sortir lorsque le téléphone sonna. Živa Ravno ! Elle lui raconta qu'elle était arrivée avec une demi-heure de retard au procès Ecclestone.

– Ça ne fait rien, dit-elle. De toute façon, l'affaire ira en appel. Les petits acceptent encore moins la défaite que les grands.

– Tu as appris quelque chose ?

– À quel sujet ?

– Au sujet du canot pneumatique, évidemment !

– Non.

– Ne me raconte pas d'histoire ! Le procureur Scoglio sait qu'il se passe quelque chose, mais il ne veut pas me dire quoi.

Silence de Živa.

– Je vais te donner un indice, enchaîna Laurenti.

Il lui parla de Ciano, l'homme du bateau dont Sgubin avait retrouvé la tête dans le fichier grâce à la photo de Laurenti.

Živa saisit immédiatement :

– Voilà ! Je comprends pourquoi l'affaire te turlupine. Ça sent le Petrovac !

– Et le Drakič ! Alors, qu'est-ce que tu sais ?

– Ce sera bientôt fini, répondit-elle, hésitante.

Laurenti savait qu'il y avait des choses qu'elle ne lui dirait pas, même au lit. Mais l'accepter, c'était au-dessus de ses forces.

*

Où était Irina ? Et que faisait l'interprète ? Galvano se leva pour jeter un coup d'œil. La porte était ouverte et personne n'était en vue. Galvano s'inquiéta. Il trouva l'interprète couchée dans l'escalier, le buste dépassant de l'ascenseur. Aucune trace d'Irina, mais un bruit de pas qui s'éloignaient rapidement. Galvano s'approcha de l'interprète, sa tête s'ornait d'une large plaie. Elle respirait régulièrement et était en train de reprendre conscience. Galvano la tira de l'ascenseur, puis il descendit l'escalier quatre à quatre. La porte se referma sous son nez. Il la rouvrit et, au moment où il débouchait dans la rue, une Golf rouge cabossée démarra en trombe. Il crut reconnaître Irina sur le siège arrière. Il fila jusqu'à sa voiture et, après avoir embouti le véhicule garé devant lui, fonça au mépris des règles de la priorité aux carrefours. Il klaxonna comme un fou, lorsqu'il vit la Golf obliquer au bout de la Via Diaz, et il s'imposa, sans aucun complexe, dans le flot de circulation. Six voitures les séparaient lorsqu'il passa devant la questure. Sur le Corso Italia, le feu passa au rouge. Galvano resta ainsi bloqué par les automobilistes qui le précédaient.

– *Brutti bastardi !* lança-t-il.

Il abandonna sa voiture sans couper le moteur et courut jusqu'au carrefour. Il était à bout de souffle. Il n'avait aucune chance ! La Golf tourna à droite à hauteur de la Banca di Roma et disparut. La rue montait sur le Colle di San Giusto, il ne pourrait jamais les rattraper.

– Va te faire voir, grand-père !

Lorsque Galvano revint à sa voiture, il fut accueilli par un concert de klaxons et une bordée d'injures. Une patrouille se trouvait justement quelques voitures derrière lui ; un policier en descendit et s'approcha, l'air inquisiteur.

– Il est arrivé quelque chose ? demanda le jeune collègue, que Galvano ne connaissait pas.

Le concert de klaxons et d'insultes se tut instantanément.

– Tout va bien, répondit Galvano.

– Montrez-moi vos papiers !

Galvano se félicita de reconnaître l'accent sicilien. Avec celui-là, on pourrait discuter.

Galvano fouilla ses poches.

– Je dois les avoir oubliés à la maison, marmonna-t-il, embarrassé. Mais je peux tout expliquer.

– Garez-vous sur la droite !

Le jeune policier faisait son travail. Le vieil homme semblait troublé, mais il exécuta la manœuvre plus facilement qu'on ne pouvait le craindre. À deux mètres de là, une cycliste observait tranquillement la scène.

– Il ne devrait pas y avoir de problème, dit Galvano, de nouveau sûr de lui. Appelez votre collègue, il me connaît certainement.

Sur un signe du premier, le second policier descendit de voiture. Pas de chance ! Encore un nouveau visage ! Galvano n'avait pas idée de tout ce qui avait changé en un an, depuis sa mise à la retraite forcée. Autrefois, il connaissait tout le monde par son nom.

– Écoutez, appelez la questure. Je suis le docteur Galvano, le médecin légiste. Vérifiez. Demandez le commissaire Laurenti. Tout sera clair !

– Ne vous énervez pas, dit le jeune policier sans perdre son calme. Fermez votre voiture et suivez-moi !

Galvano, bien obligé d'obéir, s'assit à l'arrière de la voiture de police.

– Qu'est-ce que ça veut dire ? La questure est à moins de cent mètres. Pourquoi ne pas y aller à pied ?

Le policier ne l'écoutait pas, il branchait sa radio. Puis il baissa la vitre de sa portière et fit signe à la cycliste qui les regardait.

– Vous avez à voir avec ce monsieur ?

La petite femme esquissa une grimace qui voulait dire non.

– Alors circulez !

Le policier referma sa vitre et se tourna vers Galvano.

– Quel nom avez-vous dit ?

Il transmit l'information par radio et ne fut pas peu surpris d'entendre la collègue de la centrale éclater de rire.

– Passez-le-moi ! dit la voix dans le haut-parleur.

Le policier passa l'écouteur à Galvano et dut admettre, dès les premiers propos échangés, que le vieux disait vrai.

– La canicule, répondit Galvano à la question de savoir ce qui s'était passé. La canicule rend fou. Un crétin m'a cabossé ma voiture et s'est enfui. Quand on a besoin de vous, vous n'êtes jamais là ! Donc j'ai essayé de le poursuivre, mais je n'avais aucune chance. Sur le Corso Italia, je suis descendu dans l'espoir d'apercevoir au moins le numéro de la plaque minéralogique, mais votre collègue qui fait du zèle m'a coupé l'herbe sous le pied.

– Faites attention à vous, docteur, dit la voix dans le haut-parleur. Repassez-moi le collègue.

Quelques mots et le policier raccrocha, puis il ouvrit respectueusement la porte arrière et se fit rabrouer lorsqu'il voulut aimablement aider Galvano à descendre.

– Vous devriez rentrer directement chez vous et reprendre vos papiers, dit le policier.

Puis il vociféra en direction de la cycliste :

– Tu es encore là ? Tu es déjà en préretraite ? Circule, il n'y a rien à voir !

*

Le tonnerre grondait au loin. Sur l'ouest du golfe, d'énormes nuages noirs lançaient des éclairs aveuglants. Mais au-dessus de Trieste, le ciel était serein, comme d'habitude, et vain tout espoir de voir, pour la première fois depuis la mi-février, tomber la pluie.

Seules les grandes ombres que jetaient les lourds palais sur les rues du centre-ville indiquaient l'approche du soir. Lorsque Proteo Laurenti quitta l'enceinte de la questure, il ne sentit pas le moindre souffle d'air. Sa chemise ne tarda pas à s'orner de grosses taches de sueur. Sur un tissu blanc ou rayé, elles se remarquaient moins que sur les chemises bleues qu'il portait en hiver.

« Je reviens de suite », annonçait une pancarte. Et pourtant, la lumière était restée allumée à l'intérieur du magasin. Laurenti frappa par deux fois à la porte, mais il se doutait bien qu'il trouverait plus facilement Graziella, antiquaire et bonne amie de Laura, à l'un des bars du coin. Il faisait trop chaud pour la clientèle. Au troisième établissement, le Maldobrie, son pronostic se vérifia. Graziella venait de payer et s'apprêtait à sortir.

– Tu cherches un cadeau pour ta femme ? lui demanda-t-elle en guise de salut.

– Pourquoi ?

– N'est-ce pas son anniversaire la semaine prochaine ?

Il avait failli l'oublier. Mais sinon, à quoi serviraient les bons commerçants ?

– J'ai depuis peu une bague extraordinaire avec une grosse aigue-marine, dit Graziella. Ce serait une grande joie pour Laura. Un chef-d'œuvre du début des années vingt. Viens, je vais te la montrer.

Après avoir rouvert la boutique, elle alla directement prendre le bijou dans une vitrine style 1900.

– Regarde la pierre et la monture. Un travail exceptionnel !

– Et le prix ? demanda Laurenti en tenant l'objet contre la lumière.

– Je te fais crédit, Laurenti, naturellement.

Elle cita un chiffre qui n'était pas fait pour le porte-monnaie d'un commissaire, fût-il vice-questeur.

– Ce serait l'idéal. Pour les gémeaux, l'aigue-marine ouvre la voie à la connaissance intérieure.

– Grands dieux ! Comme si elle en manquait !

– Écoute mon conseil. J'ai vu ses yeux s'illuminer quand elle l'a repérée. Je peux te faire encore un petit rabais et tu paies en plusieurs fois, ce n'est pas un problème !

– Je vais y réfléchir. En fait, ce n'est pas pour ça que je suis venu te voir. J'ai besoin de renseignements sur un de tes collègues.

Graziella fit semblant de ne pas avoir entendu.

– N'attends pas trop longtemps. Si un touriste allemand ou autrichien la voit, il l'emportera.

Laurenti la connaissait depuis assez longtemps pour savoir qu'il avait affaire à une commerçante-née, qui avait acheté sa belle maison de Barcola grâce aux revenus de sa petite boutique du ghetto. Mais jamais elle ne l'aurait escroqué et il était vrai que la bague constituait un superbe cadeau pour Laura. Il était sur le point de céder, mais Graziella, le voyant hésiter, revint à la charge :

– Bien sûr, je peux la mettre de côté jusqu'à son anniversaire.

Elle prit la bague, la glissa dans un petit sac en daim et disparut dans l'arrière-boutique pour l'enfermer dans son coffre. En revenant, elle éteignit la lumière.

– J'arrête pour aujourd'hui. Par ce temps-là, le client se fait rare. Tu n'aurais pas envie d'un verre de vin ?

Laurenti proposa de prendre sa voiture de service qu'il avait laissée en stationnement interdit sur la Piazza San Giovanni pour faire enrager le policier municipal, qui n'osa cependant pas verbaliser.

Le Malabar était plein. Ils choisirent une table sur la Piazza, un peu à l'écart des autres. Sans qu'ils aient eu un geste à faire, Walter s'annonça avec une bouteille et deux verres.

– *Inferno*, dit-il.

– C'est bien vrai ! renchérit Laurenti.

– Je parlais du vin. Un cru exceptionnel de la Valtellina. *Inferno Mazér 01* de Nino Negri. Juste ce qu'il te faut ! Le vignoble s'appelle Inferno, parce que, en été, il y fait une chaleur vraiment infernale.

– Et à Trieste ?

– On dira : Inferno 2.

Walter leur versa à boire.

Graziella fut très étonnée lorsque Laurenti précisa sa requête. Elle regarda autour d'elle, comme pour s'assurer que personne n'écoutait.

– Ton ami est un cas particulier. Personne ne le connaît vraiment. On dit qu'il a été espion. Comme tu sais, Trieste, après la guerre, grouillait d'espions. Les services secrets y étaient installés comme à Berlin ou à Vienne, surtout après 1947, quand la ville a été déclarée État libre sous administration alliée et que son avenir semblait problématique. Resterait-elle autonome, deviendrait-elle italienne ou yougoslave, ou même, comme certains le murmuraient, partie des États-Unis ? Dans les coulisses, c'est une autre bataille de la guerre froide qui s'est livrée là. Le rideau de fer a failli passer à l'ouest de la ville. Avec l'aide du Vatican, des criminels de guerre ont été exfiltrés d'Europe en passant par les monastères croates. Opération Odessa. Pas seulement des Allemands. Les ex-Oustachis, les Croates qui avaient collaboré avec les nazis, ont monté leur propre organisation pour renverser Tito. Ils étaient dirigés depuis Trieste, en liaison avec les Américains, Gladio et aussi la loge P2. Dans l'hystérie générale, quelques riches Triestins ont transféré leur argent en Suisse et, inquiets devant cet avenir incertain, ont commencé par faire déménager leurs propres familles. Les rumeurs couraient les rues, la peur alimentait toutes les conversations. C'est là que ton ami entre en scène. En réalité, je ne peux que te répéter ce qu'on racontait à l'époque. On disait que sa femme était originaire d'Allemagne de l'Est et qu'il était l'un des neuf agents de la Stasi à Trieste. Il n'a jamais fait beaucoup d'affaires dans sa boutique, mais il a trouvé un bon filon avec la porcelaine de Meissen et autres produits rares venant de RDA, par ailleurs introuvables à l'Ouest.

– Mon Dieu ! remarqua Laurenti en riant. Tu m'apprends des choses dont même Galvano ne m'a encore jamais parlé.

– Mais c'est véridique. Comme tu sais, mon père a été le premier procureur après 1954. C'est ce qu'il m'a raconté avant de mourir.

Son téléphone portable sonna. Comment avait-il pu oublier de l'éteindre ? Pina, la naine calabraise championne de karaté, s'excusa poliment pour le dérangement et demanda combien de temps encore elle devait rester en observation. Il était presque vingt et une heures et Laurenti l'avait complètement oubliée. Elle fit son rapport dans le plus pur style administratif. Galvano, l'après-midi, avait roulé comme un fou à travers la ville à la poursuite d'une Golf rouge transportant trois personnes. Deux hommes et une femme. Elle relata la discussion entre le policier de la patrouille et Galvano. Ensuite, celui-ci avait été reconduit chez lui, mais il était ressorti une demi-heure plus tard pour se rendre chez les carabiniers de la Via Hermet, auprès desquels il avait passé environ une heure. Puis il était revenu Via Diaz, s'était garé avec fracas et avait disparu dans l'immeuble. Il fallait sans tarder lui retirer son véhicule, ajouta Pina en guise de commentaire, l'homme était un véritable danger public.

– Je ne suis d'ailleurs pas la seule, poursuivit la nouvelle, à l'observer. Depuis qu'il est rentré chez lui, un véhicule des carabiniers passe toutes les dix minutes. Différent chaque fois. Comme s'ils avaient pour consigne de faire un détour par rapport à leur itinéraire habituel. Ils roulent doucement, de façon à ne jamais être très loin.

Galvano était donc en affaire avec les carabiniers. C'était rassurant de savoir que les collègues avaient un œil sur lui. Déjà la veille, le chef de la Squadra Mobile n'avait-il pas insinué que Galvano se comportait comme s'il préparait un coup ? C'est du moins ce qu'avaient dit les agents de la patrouille qui, jusque-là, veillait sur lui. En tout cas, Galvano était en sécurité et probablement l'homme le plus surveillé de Trieste – après le procureur Scoglio.

– S'il n'y a rien de particulier, ça suffit pour aujourd'hui.

Laurenti voulait laisser la nouvelle collègue rentrer chez elle.

– Vous n'auriez pas, par hasard, envoyé quelqu'un d'autre en surveillance sans m'en informer ?

Le ton qu'adoptait Pina trahissait une certaine méfiance envers Laurenti.

– Non, pourquoi ?

Laurenti se leva et sortit sur la Piazza. À table, on ne s'entendait plus. Graziella s'entretenait bruyamment avec Walter qui la faisait rire aux éclats. Celui-ci lui avait déjà versé un verre de magari, un vin rouge toscan d'Angelo Gaja, dont la « première mondiale » avait eu lieu une semaine auparavant au Malabar. Tous deux, interloqués, regardèrent Laurenti s'éclipser sans un mot.

– Je peux me tromper, dit Pina d'une voix hésitante, mais il me semble qu'il y a quelqu'un d'autre. Une femme, la trentaine environ, cheveux bruns coupés court, assez jolie. Surentraînée, comme moi. Elle m'a dépassée à moto alors que je suivais Galvano. Je l'ai revue plus tard. Elle est restée longtemps devant le *palazzo* de la Via Diaz, elle guettait Galvano, peu après son retour de chez les carabiniers. J'ai l'impression qu'elle est du métier. Elle ne traverse pas simplement la rue, elle regarde sans arrêt derrière elle, elle observe les alentours. Mais je ne crois pas qu'elle m'ait repérée. C'est l'avantage d'être petite. Je suppose qu'elle porte un flingue. Elle doit être de mèche avec votre rentier.

– Elle n'est pas de chez nous. Pina, restez encore un moment, je vous rappelle tout de suite.

Laurenti se gratta la tête. Qu'est-ce que ça pouvait bien signifier ? Une seule personne était en mesure de le lui dire.

– Moi aussi, j'ai essayé de te joindre, mais c'était toujours occupé, dit le colonel Canovella sans perdre de temps en salutations.

– Qu'est-ce qui arrive à Galvano ?

– En fait, je n'ai pas le droit de te le dire. Il m'a fait promettre de ne pas te mettre dans la confidence. Mais tu le connais mieux que moi !

Canovella résuma en quelques mots la situation du vieux médecin légiste. Il s'était fourré dans un guêpier qui pouvait devenir très dangereux pour lui.

– Je te rejoins dans dix minutes, dit Laurenti, courant à sa voiture.

Comme Galvano l'après-midi, il vira sur les chapeaux de roue pour s'imposer dans le flot de la circulation. Il avait quand même sorti le gyrophare et enclenché la sirène.

Quelle ville absurde ! Galvano fouille l'histoire et tombe sur une sourde-muette maltraitée, une véritable esclave. Laurenti, lui aussi, fouille l'histoire. Et Graziella explique quel rôle ont joué les services secrets dans l'histoire de Trieste. Un rôle qu'apparemment ils jouent encore, Laurenti l'avait appris à ses dépens.

Le mort du val Rosandra, un entrepôt insolite, une sourde-muette et maintenant, pour faire bonne mesure, Galvano qui mène sa propre enquête. Laurenti stoppa sa sirène et se gara juste devant le bureau de Canovella.

*

Ils avaient coupé les cheveux d'Irina et lui avaient grossièrement rasé le crâne. Ils l'avaient attachée au lit, bras et jambes écartés, et lui avaient passé un nœud coulant autour du cou, si serré qu'elle ne pouvait bouger d'un millimètre sans s'étrangler. Ils avaient accroché un miroir au-dessus du lit, dans lequel, tout d'abord, elle ne se reconnut pas. Puis elle s'effraya des coupures que le rasoir avait laissées sur son visage et sur son cuir chevelu. Ils lui avaient assuré qu'elle n'aurait rien à manger ni à boire tant qu'elle ne capitulerait pas et qu'elle ne pourrait de toute façon jamais leur échapper.

Il n'avait pas été bien difficile de retrouver Irina. Les deux types avaient suivi Galvano, qu'ils avaient reconnu devant le Bar Unità. Le vieil homme ne leur avait pas prêté attention. Il était accompagné d'un grand chien noir qui, avec son pelage en broussaille, avait l'air du Malin en personne et à qui il ne fallait certainement pas chercher noise. De plus, c'était l'heure de sortie des bureaux et ils ne voulaient pas courir le risque que le vieux appelle au secours s'ils le bousculaient. Ils décidèrent de se poster devant l'immeuble et n'eurent pas à attendre longtemps. Peu après dix-sept heures, une femme se présenta devant le portail et, lorsqu'elle s'aperçut qu'ils communiquaient entre eux en langage des signes, elle leur demanda ce qu'ils voulaient. Il ne leur en fallait pas plus. Ils étaient sur la bonne piste. Ils répondirent qu'ils cherchaient d'urgence le vieil homme qui s'occupait de leur amie, parce qu'elle avait besoin de leur aide. La femme posa encore quelques questions et finit par sonner. La porte s'ouvrit automatiquement.

Ils expédièrent brutalement l'interprète dans le hall, la firent monter de force dans l'ascenseur en lui tenant la bouche fermée. Ils n'avaient pas l'air de plaisanter. Lorsqu'ils arrivèrent au dernier étage et qu'ils aperçurent Irina dans la porte, tout alla très vite. L'interprète voulut esquisser un signe d'avertissement, mais elle tomba sans connaissance.

La femme revint lentement à elle. À son retour, Galvano, qui l'avait trouvée étendue devant sa porte, se vit obligé de lui porter secours, bien qu'il ait eu autre chose à faire. Il pensait à Irina. Malgré tout, il conduisit la Signora dans son appartement et lui dispensa les premiers soins. Il lui rappela, le doigt levé, qu'elle était assermentée et qu'elle intervenait dans le cadre d'une enquête qui devait rester secrète. Il lui interdit de s'exprimer sur cette affaire devant d'autres personnes sans son autorisation. En outre, elle devrait rester à proximité de son téléphone, on aurait probablement besoin d'elle très bientôt. Troublée, l'interprète jura de respecter les consignes. La seule chose que Galvano lui autorisa, ce fut de consulter un médecin.

Il avait appelé pour elle un taxi qui attendait déjà à la porte. Peu après, il sortit précipitamment et infligea la deuxième bosse à la voiture garée devant la sienne. Il n'avait désormais plus le temps de se soucier de ce genre de détails. Canovella l'attendait dans son bureau. Galvano devait absolument l'informer de la disparition d'Irina, qu'il fallait secourir sans délai.

*

Branka était une professionnelle. Elle était jolie et, malgré son corps surentraîné, paraissait délicate. Mais elle était intelligente, dure, rapide, elle agissait avec détermination dès que le bon moment lui semblait venu. Drakič le savait et il lui avait déjà confié des missions bien plus complexes que celle-là. Qui sous-estimait Branka le payait de sa vie. L'incident de Bagnoli n'était qu'un coup de malchance qu'elle allait rattraper. Le gorille de Drakič n'aurait pas une seconde occasion de l'humilier. D'ailleurs, si elle avait eu les mains libres lorsqu'elle avait avoué la perte des documents, elle lui aurait rendu la pareille dès les premiers coups.

Elle eut la surprise de constater que le vieil homme au chien noir tenait la mallette qu'il avait retirée à la consigne pour Irina et qu'il était suivi à sa sortie de la gare. Branka aperçut, de loin, les deux skinheads qui avaient voulu la doubler à Bagnoli. Ils ne pouvaient pas la reconnaître, elle n'avait pas enlevé son casque ni même relevé la visière. Branka resta pourtant à distance. Elle fit de même quand Galvano reprit sa voiture en direction de la Via Locchi. Elle n'était pas pressée. Pourquoi se compliquer la vie ? Le chien noir avait l'air vieux, certes, mais il était très attentif, comme s'il avait été dressé, et les deux types devaient être armés, comme à Bagnoli. Le bon moment se présenterait bien de lui-même.

Le vieil homme eut un comportement étrange à son arrivée Via Locchi. Il attendit longtemps, comme s'il observait quelque chose. Puis il descendit. Il laissa la mallette dans la voiture, le chien aussi. Il marcha d'abord dans la direction opposée, puis revint en rasant les murs. Il ouvrit une porte et ne la referma qu'après avoir regardé plusieurs fois dans la rue. Il était sur ses gardes, mais pas très professionnel. Branka vit les deux crânes rasés s'approcher de la voiture, mais lorsqu'ils posèrent la main sur la portière, le chien montra les dents, puis se mit à aboyer furieusement en faisant des bonds à secouer la voiture. L'un des deux skinheads sortit son pistolet qu'il rempocha prestement lorsqu'il aperçut deux drôles de types qui le montraient du doigt. Ceux-ci disparurent peu après dans l'immeuble. Le chien était toujours déchaîné. Lorsque le crâne rasé sortit son pistolet pour la seconde fois, c'est le vieil homme qui fit son apparition et se dirigea vers eux. Il avait une main sous sa veste, comme s'il palpait une arme dans un holster. Les deux skinheads rejoignirent en toute hâte leur voiture et attendirent que le vieux démarre pour se remettre à ses trousses. Branka se disait que les deux types n'avaient pas la manière, rapide et efficace, d'exécuter une mission. Elle aurait immédiatement refroidi le chien sans se soucier de ce qui se passait autour. Elle enfourcha sa moto et suivit les deux voitures à distance. Le vieillard n'était pas très doué comme conducteur. Au Campo Marzio, il ignora superbement un semi-remorque qui voulait tourner en direction du môle VI et ne dut qu'à une chance extraordinaire de ne pas se faire emboutir. Le chauffeur klaxonnait comme un fou, mais son véhicule bloquait momentanément la chaussée. Branka et les crânes rasés avaient perdu de vue le vieux, qui n'avait absolument rien remarqué.

Une bonne heure s'écoula avant que tous les acteurs ne soient de nouveau réunis sur la Piazza Unità. Le vieil homme prenait l'apéritif à la terrasse d'un bar, le chien à ses côtés, mais la mallette avait disparu. En revanche, il avait fait des courses et posé les sacs à ses pieds. Sous les arcades de l'hôtel de ville, les deux skinheads observaient les deux sourds-muets qui cessèrent soudain d'importuner les passants pour s'asseoir sur le socle du monument et se lancer dans un dialogue spectaculaire.

Lorsque le vieil homme, après avoir payé, fourra un magazine dans la gueule du chien et se mit en route, ses sacs à la main, il se forma une étrange procession. Les sourds-muets suivaient à distance, les crânes rasés sur les talons, Branka fermant la marche. Cinq minutes après, le vieux disparut dans un *palazzo* de la Via Diaz devant lequel sa voiture était garée. Près du lourd portail qui s'était refermé avant que quelqu'un ait pu le retenir, il n'y avait pas moins de vingt sonnettes. L'homme habitait-il ici ? Si oui, comment s'appelait-il ?

Branka n'eut pas longtemps à attendre. Les sourds-muets s'éclipsèrent et reparurent peu après dans une Golf rouge pleine de bosses. Les skinheads se retirèrent après un bref coup d'œil à l'intérieur de la voiture du vieux. La moto de Branka n'était pas bien loin. Une femme non identifiée apparut et s'adressa aux sourds-muets en langue des signes. Tous trois disparurent à l'intérieur mais, quelques minutes plus tard, les deux types ressortirent en coup de vent, poussèrent une jeune femme dans la Golf rouge et démarrèrent en trombe. Aucune mallette en vue. N'était-ce pas la fille qui attendait le bus à Bagnoli ? Branka en était maintenant certaine. Elle enfourcha sa moto. Mais soudain, le vieux surgit comme s'il avait le diable aux trousses et sauta dans sa voiture. Il klaxonna comme un fou pour prendre le large, obligeant les autres voitures à dévier de leur trajectoire pour lui laisser la place. Branka le suivit à bonne distance. Soudain, elle fut obligée de doubler une cycliste qui s'époumonait en plein milieu de la chaussée, comme si elle voulait gagner le Giro di Trieste. Elle donna un coup de klaxon pour que l'autre se range sur le côté, mais elle n'obtint, pour toute réponse, qu'un geste obscène.

Sur le Largo Riborgo, le vieux resta coincé dans une file de voitures bloquée par un feu rouge, tandis qu'elle se rapprochait en grimpant sur le trottoir. Elle vit la Golf obliquer vers le Colle di San Giusto, puis se faufiler dans le dédale de ruelles de San Giacomo, où les deux types stoppèrent et s'engouffrèrent avec la fille dans l'entrée d'une maison affublée d'un échafaudage.

Branka les suivit dans les escaliers et aperçut les trois personnages qui pénétraient dans un appartement du troisième étage. Vu la façon dont les deux types traitaient leur victime, ils n'étaient probablement pas près de réapparaître. Branka était pressée, il fallait qu'elle retourne Via Diaz récupérer la mallette.

Elle arriva sur les lieux juste pour voir le portail se refermer sur le vieil homme. Comment s'appelait-il ? À quel étage habitait-il ? Elle passa en revue les noms gravés sous les sonnettes. Peu après, un taxi s'arrêta devant l'immeuble. Le vieux sortit avec une femme, attendit que celle-ci ait pris place et referma le portail derrière lui. Branka suivit le taxi. Cette femme lui révélerait enfin le nom du vieillard.

*

Les deux hommes avaient d'abord paniqué. Ils craignaient qu'Irina n'ait passé la frontière, même sans passeport. Ils l'auraient payé cher. Eux aussi avaient un chef à qui ils devaient remettre régulièrement leurs gains et qui se montrait sans pitié si quelque chose n'allait pas à son goût. Eux aussi, au cours des années, avaient appris à leurs dépens ce qu'il en coûtait de désobéir. Jusqu'au jour où ils comprirent qu'obéir était tout à leur profit. Ils avaient eu immédiatement de l'avancement, leurs prédécesseurs ayant disparu du jour au lendemain. Dès cet instant, ils avaient été promus responsables de Trieste et ses environs, de Muggia à Monfalcone et Grado en passant par le karst. Ils devaient conduire les filles, encaisser et donner sa part au patron qui commandait toute la région. Ils savaient qu'il y avait encore un chef au sommet de la hiérarchie, mais ils ne l'avaient jamais vu.

Ils avaient passé au peigne fin toute la ville, chaque rue, chaque café, sans oublier les salles d'attente des hôpitaux et même le hall de la questure. Les compagnes d'Irina, celles qui partageaient sa chambre, furent également obligées de se mettre à sa recherche. Aucune trace de la jeune femme, qui devait être dans le train depuis longtemps pour une destination plus méridionale. Les deux types allaient avoir de très gros ennuis si Irina ne réapparaissait pas.

Via Locchi, la situation se renversa alors que, pour la nième fois, ils jetaient un coup d'œil dans la chambre pour vérifier si Irina n'avait pas laissé un indice qui leur aurait échappé jusque-là. Le vieil homme les avait bêtement suivis du regard tandis qu'ils grimpaient l'escalier ! Sur la Piazza Unità, ils comprirent où était leur chance. Le vieux était assis à une table, fumant une cigarette. L'un des soirs précédents, au Nastro Azzuro, il avait donné un gros billet à Irina. Il ne fallait plus le perdre de vue.

Un peu plus tard, Via Diaz, il avait disparu dans un *palazzo* en leur fermant la porte au nez. Mais tandis que, perplexes, ils examinaient les noms indiqués sous les nombreuses sonnettes et se demandaient ce qu'il convenait de faire, cette femme était arrivée, qui comprenait leur langage et leur avait demandé si elle pouvait les aider. Ensuite, tout avait été facile. Beaucoup plus qu'ils ne l'avaient imaginé.

Elle était désormais entre leurs mains. Ils n'étaient pas pressés de la soumettre à un interrogatoire musclé. Pour l'instant, elle se défendrait encore de toutes ses forces, malgré le raffinement de leurs méthodes. Ils l'entreprendraient le lendemain ou le surlendemain, quand les liens serrés, le miroir et la nuit l'auraient brisée, quand la faim et la soif ne seraient plus qu'une douleur atroce. Alors, elle viderait d'elle-même son sac. Et si le chef venait se rendre compte par lui-même, il pourrait juger de leur efficacité.

*

Laurenti siffla entre ses dents lorsque Canovella remit ses propres notes et le rapport de Galvano dans la chemise *ad hoc*.

– Galvano est diabolique. Et fou ! Je le vois, je l'entends presque tous les jours et il ne me dit pas un mot ! Il joue au détective privé et se met inutilement en danger.

– Mais qu'est-ce qu'il a contre toi ? Il a insisté lourdement pour que tu ne saches rien. Il m'a même fait jurer.

– Il s'ennuie !

– Qu'est-ce qu'on fait maintenant ? Mes patrouilles passent régulièrement devant chez lui. Si seulement on savait ce qu'est devenue la sourde-muette !

– Il y a un moyen. Irina n'est pas la seule à prospecter les cafés de la ville. Il faut trouver les autres et il nous faut une interprète. Il y en a une qui travaille pour le tribunal.

– Et qu'est-ce qu'on fait de Galvano ?

– Je propose qu'on l'observe et que tu gardes le contact avec lui. Il vaut mieux qu'il n'apprenne pas que tu m'as mis dans la confidence, sinon, il va se braquer. Il faudrait peut-être surveiller son téléphone, on ne sait jamais. J'en parle au procureur. Au fait, j'ai posté une agente devant chez lui. Elle dit qu'il y a une autre femme qui rôde dans le coin. Elle est de chez toi ?

– Non. Qui est-ce ?

– On va le savoir !

Tandis qu'il rentrait au bureau, Laurenti appela Sgubin, qui était déjà installé devant son téléviseur et ne fut pas vraiment ravi d'entendre la voix de son maître. Il devait relayer immédiatement Pina, dont Laurenti avait besoin au commissariat. Il gâcha également la soirée de Marietta, qui attendit la dixième sonnerie pour répondre. Elle fit remarquer, sur un ton malicieux, qu'il lui faudrait au moins une demi-heure, depuis la plage de Liburnia, pour rentrer en ville. Laurenti transmit au chef des patrouilles le signalement d'Irina et l'ordre de ramener à la questure tous les jeunes sourds-muets qui faisaient la tournée des cafés. Il allait être vingt-trois heures lorsqu'il grimpa quatre à quatre l'escalier qui conduisait à son bureau. Son premier appel fut pour le procureur Scoglio. L'homme était encore dans son bureau, il était donc vrai qu'il travaillait la nuit. Après le récit circonstancié de Laurenti qu'il écouta en silence, il accepta de mettre Galvano sur écoute. Il se dit prêt à convoquer l'interprète dont ils avaient besoin pour interroger les sourds-muets. Et pour clore l'entretien, Scoglio ajouta qu'il allait faire un saut à la questure.

Nuit

Branka avait suivi la femme du taxi jusqu'à son immeuble, l'avait propulsée à l'intérieur en lui tenant la bouche fermée.

– Où est votre appartement ?

Terrifiée, l'interprète indiqua du regard une porte du premier étage. Branka sortit son automatique et le lui colla sur la tempe.

– Pas d'embrouille ! Vous êtes seule ?

La femme, qui avait subi plus d'avanies en une journée que dans toute sa vie passée, esquissa un signe de tête affirmatif.

– Ouvrez !

Une demi-heure plus tard, Branka chevauchait de nouveau sa moto. Elle avait ligoté et bâillonné l'interprète dès qu'elle avait appris le nom du vieux et la nature de ses relations avec la jeune femme. Désormais, elle n'ignorait plus rien d'Irina. Elle savait aussi que Galvano était en possession non seulement des documents, mais aussi de la mallette qu'il avait récupérée à la gare. Via Diaz, Branka appuya sur plusieurs sonnettes, sauf celle de Galvano. Brouhaha dans l'interphone, mais quelqu'un finit par actionner l'ouverture du portail. Branka prit l'ascenseur jusqu'au dernier étage et repéra le nom sur la porte. Elle resta quelques instants à l'écoute. Pas de bruit. Elle sonna, frappa à la porte, sans résultat. Elle insista. Le vieux avait dû sortir pendant qu'elle filait l'interprète. Elle secoua la porte et examina de près la serrure. À toute épreuve. Branka s'assit sur le palier et réfléchit. Si ça ne marchait pas comme ça, il fallait s'y prendre autrement. Le vieux finirait bien par rentrer mais, en attendant, il n'y avait pas de temps à perdre.

Elle remonta à San Giacomo et jeta un coup d'œil à la maison où l'on avait conduit Irina. La lumière était allumée au troisième étage, une seule pièce n'était pas éclairée. Elle escalada l'échafaudage à l'abri d'une bâche verte qui la rendait invisible de la rue et ne tarda pas à apercevoir les deux types attablés dans la cuisine, en train de jouer aux cartes. Ils tapaient sur la table en abattant leur jeu. Ils buvaient de la bière. Ils étaient entourés de canettes vides et de cendriers pleins. La fenêtre était restée ouverte. Mais où était donc la jeune femme qu'ils avaient amenée ici de force ? Branka essaya d'entrevoir quelque chose dans la pièce restée obscure, mais en vain. Elle décida de prendre le taureau par les cornes et elle eut vite fait de maîtriser les deux hommes. Elle inspecta l'appartement, ouvrit la pièce plongée dans le noir, alluma la lumière et sursauta en apercevant Irina dans sa chambre de torture, les yeux grands ouverts, trahissant un mélange de peur et d'espoir. Irina ne savait pas si l'inconnue représentait danger ou rémission.

Elle avait la tête ensanglantée et un œil au beurre noir, des hématomes sur tout le corps. Qu'est-ce que ces salauds lui avaient fait subir ? Branka détacha précautionneusement ses liens, ramassa les vêtements épars sur le plancher et coucha Irina sur le lit. Celle-ci se releva à grand-peine et s'habilla. Elle en pleurait, tant le moindre geste lui faisait mal. Branka retourna à la cuisine. Si Irina n'avait pas été sourde, elle aurait entendu craquer les vertèbres cervicales de ses tortionnaires.

*

Mia voulut dîner encore une fois chez Gigi, comme à son arrivée à Trieste.

L'après-midi, elle était allée au cimetière fleurir la tombe de sa tante. Elle s'était assise sur le rebord de la pierre tombale et avait demandé pardon à Alda. À mi-voix, elle avait exprimé tout son désarroi. Elle était restée longtemps à parler toute seule.

Ses deux valises étaient à nouveau dans le couloir, pleines, comme le jour où, après un long voyage, elle était entrée pour la première fois dans cette maison, pour en ressortir tout de suite après, afin de faire quelques pas dans Servola.

Elle avait retrouvé la carte du chauffeur de taxi qui l'avait conduite de l'aéroport à la maison de sa tante. De bonne humeur, il avait promis de venir la chercher le lendemain matin à cinq heures et demie. C'était une bonne affaire pour commencer la journée.

Elle avait prétexté une migraine quand Calisto, l'après-midi, l'avait harcelée. Le damné policier avait réussi à installer la méfiance entre eux deux. Calisto soupçonnait Mia de ne pas le croire et de ne pas tout lui dire, tandis que Mia avait toutes les peines du monde à ne pas tout lui avouer. Comment Angelo l'avait jetée à terre et s'était couché sur elle. Et comment il s'était soudain effondré. Elle voulait partir. Le plus loin possible. Calisto, lui, voulait à tout prix savoir ce qu'elle avait raconté au policier. Mais elle était incapable de parler. Toute légèreté avait disparu entre eux. Tout était lourd, écrasant. Pour finir, Calisto ne protesta même plus quand Mia proposa qu'ils se revoient seulement le lendemain.

Mia attendit la tombée de la nuit. Elle suivit la rue principale jusqu'au belvédère où elle était allée, dix-sept ans auparavant, avec sa tante. Les lumières du golfe et les lampadaires des môles se reflétaient dans la mer, les flammes s'échappant des cheminées de l'aciérie se dessinaient avec précision sur le ciel nocturne. Mia ne s'arrêta pas longtemps et revint à la *trattoria* du village. La patronne la salua sans amabilité particulière. Comme il était déjà trop tard pour un repas chaud, elle n'accorda à Mia qu'une assiette d'entrées froides et un demi-litre de vin. La patronne s'abstint de lui dire qu'un policier du nom de Sgubin lui avait demandé quels jours Mia était venue manger chez elle. Elle omit également de lui raconter ce qu'on disait au village de la jeune Australienne. Les gens étaient persuadés que c'était de sa faute si Angelo et Calisto en étaient venus aux mains. Elle avait apporté le malheur.

Mia acheta une bouteille de vin, paya et rentra chez elle. Elle s'assit dans la cuisine sans allumer la lumière. Pourquoi fallait-il que son séjour se termine ainsi ? Elle se sentait malheureuse, complètement déprimée.

Rosalia devait, elle aussi, rester dans le noir, assise à la fenêtre, le regard rivé sur la maison voisine.

*

Laurenti avait l'estomac qui criait famine. Il fixait d'un œil concupiscent le grand carton à pizza que la petite Pina portait devant elle comme le Saint-Sacrement en entrant à la questure. C'est en ronchonnant que Sgubin avait remplacé sa nouvelle collègue Via Diaz et l'avait renvoyée au bureau. Entre deux bouchées, Pina fit son rapport.

– Je regrette vraiment de vous faire faire des heures supplémentaires dès le premier jour, finit par dire Laurenti.

– Vous en voulez une part ? demanda Pina, constatant qu'elle avait mis l'eau à la bouche de son chef.

– Non, non, fit Laurenti avec un geste de refus. Mangez tranquillement. Vous devez avoir la dent et la nuit risque d'être longue.

Après la femme-athlète en blouson de cuir, Pina avait observé deux crânes rasés qui avaient testé un certain nombre de sonnettes à l'entrée de l'immeuble de Galvano et étaient ressortis peu après en poussant des jurons.

« Espèce d'idiot, criait l'un, il fallait l'abattre !

– Crétin ! Et les flics nous cueillaient illico dans la rue ! Sale cabot noir !

– Qu'est-ce qu'on fait maintenant ?

– On attend que le vieux éteigne, avait dit l'homme en montrant une fenêtre éclairée au dernier étage. Alors on passera par le toit. Par cette chaleur, toutes les fenêtres sont ouvertes. En premier, tu te charges du chien. Sers-toi d'un silencieux. »

Le rapport de Pina était alarmant. Qui n'était pas actuellement à la poursuite de Galvano ? Si les skinheads passaient par les toits, il fallait les contrer immédiatement.

– Je m'en charge, dit la puce, si vous n'avez pas besoin de moi ici.

Ils entendirent claquer la porte du secrétariat. Marietta faisait une tête où la curiosité le disputait à la contrariété.

Il y avait longtemps qu'il n'y avait pas eu d'intervention de nuit et elle n'était pas encore suffisamment blasée pour ne pas apprécier le côté excitant de son métier. Laurenti résuma, en quelques mots, les chapitres précédents. Marietta ne devait rien ignorer, car c'était elle qui coordonnerait l'ensemble des opérations cette nuit-là.

– J'irai sur le toit, répéta Pina.

Laurenti, sceptique, jaugea la petite inspectrice.

– Vous avez dit vous-même qu'il s'agissait de deux paquets de muscles. S'ils font réellement partie des extrémistes de droite, ils ne connaissent pas de demi-mesures ! Vous croyez vraiment…

Pina se leva d'un bond et exécuta un saut périlleux arrière qui lui fit presque toucher le plafond. Puis elle administra une rafale de coups à un adversaire imaginaire, comme on voit Bruce Lee le faire au cinéma. La pizza devait lui faire le même effet que les épinards à Popeye.

– Doucement, doucement ! dit Laurenti en réprimant un sourire, personne ne doute de vos capacités. Si vous créez le désordre, Marietta vous aligne en moins de temps qu'il n'en faut pour le dire.

Pina se rassit comme si de rien n'était. Malgré ses acrobaties, elle n'était absolument pas essoufflée.

– Qu'est-ce que tu en dis, Marietta ? interrogea Laurenti.

– Laisse-la faire, répondit Marietta, qui commençait à trouver la petite sympathique. Sur le toit, c'est sûr qu'elle sera imbattable.

– Vous avez votre arme de service ? questionna Laurenti, qui se demandait quel rapport il pouvait y avoir entre sport de combat et intelligence.

Pina fit signe que non.

– Je préfère sortir sans. C'est plutôt encombrant.

Ils furent interrompus par un appel de Canovella. Laurenti brancha le haut-parleur.

– La mallette, dit Canovella. Pourquoi n'y avons-nous pas pensé quand tu es venu me voir ? Galvano vient de m'appeler : même avec un outil, il n'arrive pas à l'ouvrir. J'ai envoyé un homme en civil qui sait s'y prendre dans ce genre de problèmes.

– De l'argent, rien d'autre ! répondit Laurenti. Sinon, pourquoi seraient-ils tous à ses trousses ?

Le procureur Scoglio était entré sur la pointe des pieds. Personne ne l'avait remarqué, tant ils étaient obnubilés par la voix qui sortait du haut-parleur.

– Je veux être immédiatement informé du contenu de la mallette ! dit Scoglio.

Laurenti, surpris, se retourna, vit le procureur et l'invita à s'asseoir. Scoglio repoussa le carton à pizza vide qui trônait devant lui sur le bureau et tendit à Laurenti un papier. Le commissaire n'y jeta qu'un bref coup d'œil. Ayant passé la moitié de sa vie dans les services de police, il reconnaissait de loin ce genre de missive :

– Le procureur est désormais de la partie. Nous avons l'autorisation de surveiller le téléphone de Galvano.

Puis ils convinrent que Canovella dise à son subordonné de rester auprès de Galvano et d'éteindre la lumière dans une demi-heure.

Un seul problème subsistait : l'interprète assermentée auprès du tribunal restait introuvable. Le procureur était déjà en train de contacter ses collègues d'Udine, Venise et Padoue pour leur demander un remplaçant.

*

Branka avait conduit Irina en taxi chez l'interprète. Comme elle ne voulait pas qu'Irina voie dans quel état elle avait laissé sa victime, elle lui ordonna d'attendre dans le couloir. Le téléphone ne cessa pas de sonner tandis qu'elle libérait l'interprète de ses liens, tout en la sommant de ne pas répondre et de ne pas bouger. Elle retroussa son blouson pour lui montrer son arme. Les yeux écarquillés, l'interprète acquiesça. Elle était proche de la syncope.

– J'ai besoin de votre aide, dit Branka. Ne faites pas de bêtises. Demain, vous serez libre.

L'interprète, ébahie, fronça les sourcils tout en se massant les poignets et la nuque. Elle avait atrocement mal à la tête, cela n'avait fait qu'empirer durant sa captivité. Elle ne comprenait plus rien à rien. Cette femme l'avait menacée de son arme, ligotée et bâillonnée, et voilà qu'elle lui demandait de l'aide !

– Irina est là, dehors, dit Branka. Nous allons rester ici cette nuit. N'ayez pas peur. Elle est salement amochée. Soignez-la et faites-lui à manger. N'essayez pas de communiquer avec elle en langage des signes. Seulement quand je vous le dirai. Sinon, gardez les mains baissées.

– Qui êtes-vous ? demanda timidement l'interprète.

– Services secrets, mentit Branka. Je suis désolée d'avoir dû vous ligoter, je n'avais pas le temps de vous expliquer.

Branka se rendait compte que l'interprète n'en croyait pas un mot. Elle fit entrer Irina et les deux femmes tombèrent dans les bras l'une de l'autre. Elles s'agrippèrent comme si elles n'allaient plus se quitter de leur vie.

– Ça suffit ! dit Branka.

Elle les sépara et fit asseoir Irina.

– Dites à Irina que je suis des services secrets.

Le téléphone se remit à sonner. L'interprète lança à Branka un regard interrogateur.

– Oubliez le téléphone ! Traduisez !

Irina n'en finissait pas de répondre dans son langage.

– Qu'est-ce qu'elle dit ? demanda Branka en s'interposant.

– Elle raconte que vous l'avez libérée et que ses tortionnaires sont restés à la cuisine comme morts. Vous travaillez vraiment pour les services secrets ?

– Ici, vous êtes en sécurité. Si vous sortez, je ne peux plus rien vous garantir. Maintenant, soignez Irina.

L'interprète mit de l'eau à bouillir sur le gaz et y plongea un cube de bouillon.

– Vous n'avez rien d'autre ? lui cria Branka. Quel est votre nom ?

– Nina, dit la femme. Un bouillon chaud calme les nerfs. Après, je ferai des spaghettis. Je n'ai rien d'autre sous la main.

Tandis que le bouillon chauffait, Nina enduisit de pommade les blessures les plus graves d'Irina. Quand ce cauchemar serait terminé, il faudrait qu'elle se fasse soigner par un médecin.

– Donnez-moi le numéro de Galvano, dit Branka en espérant que Nina ne la démasquerait pas, puisque les membres des services secrets sont censés toujours tout savoir.

L'interprète arracha un feuillet au bloc posé près du téléphone. Le scepticisme se lisait dans ses yeux.

Tandis que les deux femmes avalaient d'abord le bouillon, puis les pâtes, Branka restait à l'écart. L'interprète avait pris son courage à deux mains et lui avait demandé de quoi il retournait. Le sombre regard que lui jeta Branka la fit taire.

– Je ne dois rien dire tant que la mission n'est pas terminée, obtint-elle pour toute réponse.

– Elle a besoin d'un médecin, dit Nina en désignant la sourde-muette. Moi aussi, ajouta-t-elle en se frottant la nuque.

– Plus tard. Montrez la chambre à Irina, il faut qu'elle se repose, conclut-elle, lorsque les deux femmes eurent débarrassé leurs assiettes.

Quelques signes de Nina et le visage d'Irina s'illumina. Branka les suivit jusque dans la chambre, baissa les persiennes et ramena l'interprète à la cuisine. Nina sursauta et esquissa un geste de défense lorsque Branka, muette, la fit asseoir brutalement, la ligota et la bâillonna de nouveau. Puis elle éteignit la lumière de la cuisine, ferma la chambre à clé et quitta la maison à pas de velours.

*

Marco avait trouvé une excuse pour s'en aller une heure plus tôt ce soir-là. Il avait l'intention de retrouver les autres sur la Piazza Ponterosso, d'où ils partiraient ensemble.

Chacun d'eux avait en charge un secteur précis qui avait été soigneusement délimité. Le centre-ville et les points stratégiques des faubourgs avaient été également répartis.

L'exercice serait facile, cette nuit-là, et, de plus, fort plaisant. Ils n'avaient pas besoin de se cacher outre mesure et imprimer leur marque ne prendrait pas trop de temps. Si tout se passait bien, leur action atteindrait des sommets d'efficacité médiatique et deviendrait peut-être même, du moins à Trieste, une image culte.

Stefania Stefanopoulos avait volontiers accepté de les aider, elle avait même fait le voyage à Klagenfurt pour faire réaliser les autocollants par des amis. Il valait mieux confier ce travail à une entreprise étrangère. La Signora avait payé la facture de sa poche, les garçons ne disposant pas de l'argent nécessaire. Quand la vieille dame apparut en survêtement noir, telle la fiancée du pirate, les cheveux noués dans un foulard noir, ils en restèrent bouche bée. Les vieux prennent souvent des allures loufoques, on en faisait fréquemment l'expérience avec ses propres parents, mais comment Stefania s'était costumée, c'était quelque chose ! On aurait dit qu'elle partait en guérilla urbaine. *Mucca Pazza !*

Les autocollants étaient entassés dans le coffre de sa voiture, dont l'arrière s'affaissait sous le poids. Marco et ses amis firent les yeux ronds lorsqu'ils comptèrent les cartons.

– Tu en as fait tirer combien ? demanda Marco en examinant un spécimen de la taille d'une carte postale.

Une vache avec lunettes de soleil et kalachnikov se détachait sur un fond bleu. En dessous était écrit « Ne m'oubliez pas ! », dans le même ton jaune que les étoiles de l'Union européenne qui faisaient la ronde autour des cornes de l'animal.

– Cinquante mille. Je ne pouvais pas en emporter plus dans la voiture. J'espère que cela suffira. Mais on peut très rapidement faire un nouveau tirage, ajouta-t-elle fièrement.

– On peut toujours espérer, dit un ami de Marco.

Lorsque, en préparant cette action, ils avaient fait leurs calculs, ils s'étaient arrêtés sur le chiffre de deux mille, et cela leur avait paru suffisant.

Ils se mirent d'accord pour s'appeler régulièrement d'heure en heure, enfilèrent des gants de caoutchouc pour ne pas laisser d'empreintes et s'égaillèrent, la Signora à pied, les garçons à scooter. *Mucca Pazza, venceremos !*

*

– Allô !

Galvano décrocha dès la première sonnerie. Il était assis dans le noir, sur son canapé, le téléphone à portée de la main. En face de lui, un carabinier en civil s'était confortablement installé dans un fauteuil. Il était vêtu de noir et portait son pistolet, dans un holster, par-dessus un tee-shirt. Ils avaient peu parlé, ils attendaient, tendus, dans l'obscurité, qu'on les appelle. Ils ne se reconnaissaient qu'au rougeoiement de leurs cigarettes.

– Galvano ? dit une voix de femme.

– Oui, à qui ai-je l'honneur ?

– C'est sans importance. Écoutez-moi bien. Vous détenez quelque chose qui m'appartient et que je veux récupérer. Tout de suite !

– De quoi s'agit-il ?

– L'argent et les documents.

– Je ne vois pas de quoi vous parlez.

– Aujourd'hui, vous avez retiré une mallette à la consigne de la gare. Et vous êtes en possession d'une sacoche de documents que vous avez payée soixante-dix euros.

– Qui vous a dit ça ?

– Irina.

– Où est-elle ?

– Près de moi. Elle va bien.

Le vieux prit sa respiration et se leva. L'écouteur à l'oreille, il se mit à faire les cent pas dans l'obscurité.

– Que voulez-vous ?

– Si vous êtes d'accord, nous ferons un échange.

– Venez immédiatement, fit Galvano surexcité. Et amenez Irina.

– Du calme ! répliqua Branka que Galvano faisait rire. Je ne suis pas une débutante. Vous avez la police et les carabiniers à domicile. Et votre ligne est certainement surveillée.

– La police, qu'en savez-vous ? lança Galvano en colère.

– Je le sais, c'est tout. Venez demain matin, à cinq heures trente pile, à l'embarcadère du bétail au vieux port, môle 0, et vous apportez tout. Vous attendrez devant le cargo libanais. Compris ?

Galvano acquiesça de la tête. Il avait la gorge sèche.

– Je vous ai demandé si vous m'aviez comprise !

– Vous amènerez Irina ?

– Si vous essayez de me doubler, vous ne reverrez pas la petite. Surtout si j'aperçois un seul policier. Faites attention, je contrôle tout le secteur. Demain, cinq heures et demie !

Un déclic, puis le silence. Galvano avait toujours l'écouteur à la main en faisant le point pour le carabinier.

Celui-ci prit le téléphone et appela son supérieur.

– Je suis au courant, dit Canovella, qui avait écouté la conversation dans son bureau, comme Laurenti à la questure. Ne bougez pas ! Vous restez là-bas et vous calmez Galvano. Nous savons d'où vient l'appel. Les collègues sont déjà en route.

*

Demeurer assis et attendre, c'est ce que Laurenti détestait. Il ne restait dans le bureau que lui et le carton à pizza vide. Il n'y avait, dans toute la ville, aucune pizzeria qui travaille encore à cette heure. Dans la pièce voisine, Marietta triait de la paperasse, comme si elle voulait rattraper tout le travail qu'elle avait laissé de côté les jours précédents. Pina était postée sur le toit de l'immeuble de Galvano qui, lui, était en compagnie d'un carabinier. Ce dernier avait ouvert la mallette, elle était pleine à ras bords de billets. Deux cent mille euros tout neufs. Le carabinier reçut l'ordre d'éteindre la lumière et d'attendre. Sgubin s'annonçait de temps à autre par radio, juste pour dire qu'il ne se passait rien. Le procureur avait pris congé, il était retourné dans son bureau où l'on pourrait le joindre durant toute la nuit.

Laurenti ne pouvait rien faire. À une heure et demie, il avertit Marietta qu'il serait joignable par radio et téléphone portable et quitta son bureau. Il gara sa voiture sur les Rive, à proximité du vieux marché aux poissons, et partit à pied pour la Via Diaz, où il tenta d'apercevoir Sgubin. Il ne le repéra que lorsque celui-ci se manifesta par un léger sifflotement. Laurenti ouvrit de grands yeux. Son assistant était tout simplement couché sur un *ape*, c'est ainsi qu'on appelle ces triporteurs sur lesquels on charge un volume incroyable de marchandises et avec lesquels, malgré tout, on arrive toujours à se garer. Sgubin s'était caché sous une pile de sacs de ciment vides et il ressemblait à un clown blanc.

– Cache-toi ! souffla-t-il. Baisse-toi. Ils sont là !

Laurenti s'accroupit.

– Où ça ?

– Juste avant que tu n'arrives, ils ont tripatouillé la serrure et ils sont entrés. Je suppose qu'ils vont bientôt faire leur apparition sur le toit et redescendre jusqu'au balcon de Galvano.

– Pina est au courant ?

– Le poussin ne répond pas.

– Merde, jura Laurenti. Je monte !

– Non, reste là ! Je suis sûr que Pina est à son poste.

– Comment le sais-tu ?

– Elle m'a prévenu qu'elle éteignait son appareil.

– Idiote ! marmonna Laurenti.

Comment pourrait-on joindre la naine si ça tournait mal ? Mais Laurenti n'eut pas le loisir de s'énerver. Ça bougeait là-haut. On entendait les tuiles craquer sous des gros sabots. Puis un bruit métallique, comme si un objet rebondissait sur le toit. Ensuite un bref silence et enfin un coup de feu. Laurenti s'élança. Il appuya sur toutes les sonnettes à la fois et disparut à l'intérieur de l'immeuble. L'ascenseur n'étant pas là, il s'engouffra dans l'escalier et grimpa jusqu'au grenier. Hors d'haleine, il s'arrêta un instant sous une lucarne. Silence. Il se hissa à la force du poignet et jeta un coup d'œil prudent sur le toit. Une série de cheminées se détachait sur le ciel nocturne, une ombre était allongée sur les tuiles. Laurenti n'osait pas regarder vers le bas, vers la lumière des lampadaires, où Sgubin se terrait comme un clochard. Laurenti s'aventura sur le toit à quatre pattes. La silhouette était celle d'un homme chauve qui s'était évanoui, mais qui respirait encore faiblement. Laurenti lui passa les menottes et poursuivit son chemin. Il se redressa en s'agrippant à la première cheminée et arma son pistolet. Un pas de plus et, soudain, il vit trente-six chandelles. Il tomba à genoux, son arme rebondit avec un bruit métallique sur les tuiles pour finir dans la gouttière. Le même bruit que tout à l'heure, pensa-t-il fugitivement, puis il s'affala de tout son long.

Lumière. D'où venait cette lumière ? Il ouvrit lentement les yeux. C'était une lampe de poche qui l'aveuglait. Il voulut se redresser, mais quelqu'un le prit par les épaules et le força à s'allonger.

– Doucement, commissaire ! fit la voix de la petite. Ne bougez pas ! Nous sommes sur le toit. J'espère que je ne vous ai pas fait trop mal.

Laurenti était encore tout estourbi, Popeya avait une technique imparable.

– Je suis resté sonné combien de temps ?

– Quelques secondes seulement. Vous encaissez bien.

– Où est l'autre ? demanda Laurenti. J'en ai menotté un.

Il montra de la tête la silhouette de l'homme. La lampe de Pina éclaira une calvitie.

– C'est donc le déclic qui m'a rendue nerveuse ! L'autre est derrière la cheminée. Il faut attendre qu'ils reviennent à eux avant de les descendre. Là-dessus, on ne peut pas les porter.

– Va me chercher mon pistolet, dit Laurenti en indiquant la direction.

– Tout de suite ! dit Pina qui s'en fut, d'un pas léger, jusqu'au bord du toit pour repêcher l'arme de Laurenti.

– Je t'envoie quelqu'un tout de suite, dit Laurenti en se relevant.

Il se remit à quatre pattes, gagna à reculons la lucarne et se laissa glisser dans le grenier. Il appela Canovella, lui dit qu'il pouvait mettre fin à l'état d'alerte et lui demanda d'envoyer sur le toit l'homme qu'il avait placé auprès de Galvano. Puis il descendit l'escalier et attendit devant la porte du vieux. Il n'arrêtait pas de se tripoter le menton, qui lui faisait horriblement mal.

Avec la petite, il ne risquait pas de s'ennuyer !

Un matin de mai

Mia avait fermé les volets et posé sur la table de la cuisine les clés de la Fiat 500 qu'elle avait déjà remisée la veille au soir, comme si elle avait voulu éviter que quelqu'un d'autre perde du temps à les chercher. Un quart d'heure avant le moment du départ, elle avait déjà fermé l'arrivée d'eau et débranché les appareils électriques, elle avait sorti ses valises et fermé la porte derrière elle. Elle n'avait pas fumé la moitié de la cigarette qu'elle avait allumée une fois dehors que le chauffeur de taxi stoppait devant chez elle pour charger ses bagages. Elle envoya son mégot d'une pichenette dans le caniveau.

– À l'aéroport, je suppose ? L'avion de Rome ?

C'était le premier vol de la matinée. Mia acquiesça en bâillant. Elle n'avait pas fermé l'œil de la nuit, mais l'excitation du départ dissipait sa fatigue.

– Vous êtes obligée de repartir ?

– Malheureusement !

– Combien de temps êtes-vous restée ? À peine quinze jours, si je me souviens bien ?

– Mmouii…

– C'est peu pour un si long voyage. La prochaine fois, vous devriez prendre un congé plus long. Ou bien c'est Trieste qui ne vous a pas plu ?

À cette heure, la ville dormait encore. Ils eurent vite fait d'atteindre le centre, mais à l'extrémité des Rive, c'était un festival de gyrophares. Devant l'immeuble de l'ancien terminal des hydravions, désormais siège de la garde côtière, l'animation était à son comble. L'une des voies était barrée et les voitures de la police d'État et des carabiniers bouclaient l'entrée du vieux port. Sur la Piazza Libertà, les policiers contrôlaient les véhicules un par un. Mia crut défaillir lorsqu'elle se rendit compte de la situation. C'était la fin. Si près de la liberté.

– Mais qu'est-ce qu'ils veulent ? marmonna le chauffeur, tout en continuant d'avancer. Il s'est passé quelque chose au vieux port ?

Il baissa sa vitre. Un agent en uniforme se pencha vers lui.

– Les papiers de la jeune dame, je vous prie !

Mia fouilla fébrilement dans son sac, tendit son passeport australien au chauffeur qui le remit au policier.

– Vous allez où ? demanda celui-ci.

– À l'aéroport, répondit le chauffeur.

Le policier lui rendit le passeport de Mia après y avoir jeté un rapide coup d'œil.

– Bon voyage ! dit le policier en leur faisant signe de circuler.

– On peut dire que vous avez de la chance ! dit le chauffeur, goguenard, en regardant Mia dans le rétroviseur.

– Vous ne croyez pas si bien dire, répliqua Mia avec un sourire de soulagement.

*

Laurenti avait fait un saut à la maison. Après l'arrestation des deux crânes rasés que les carabiniers avaient entrepris de soumettre à la question, Laurenti avait organisé une réunion, à la questure, avec Canovella et deux de ses hommes, Sgubin, Pina, Marietta, le chef de la patrouille de service, Ettore Orlando et le procureur Scoglio. Il ne leur restait que trois heures à peine avant le rendez-vous au cours duquel Galvano devait échanger les documents et l'argent contre la jeune sourde-muette. L'interprète avait été libérée rapidement, non sans un impressionnant déploiement de forces, après qu'on eut localisé l'appel qu'avait reçu Galvano. Elle était bâillonnée et ligotée sur une chaise dans la cuisine sans lumière de son appartement. Malgré son état d'extrême nervosité, elle donna un signalement précis de sa tortionnaire. Lorsqu'elle expliqua que la fille recherchée prétendait faire partie des services secrets, Laurenti proféra un juron si violent que la pauvre femme se remit à trembler, épouvantée. Laurenti s'excusa à contrecœur. Depuis une semaine, ces personnages arrogants, qui pouvaient tout se permettre, ne cessaient de croiser son chemin. Qu'avaient-ils à voir, ces abrutis, avec l'échange d'une esclave russe sourde-muette contre des documents dont Galvano affirmait qu'ils étaient si brûlants que certains prenaient tous les risques pour les récupérer ? La police savait au moins à quoi ressemblait la femme qui détenait Irina. Mais pouvait-on faire confiance à l'interprète ? Laurenti n'en était pas absolument convaincu. Peu après, la situation s'obscurcit encore, la centrale romaine des hommes de l'ombre, jointe par téléphone, niant toute participation à l'événement.

Et Galvano ? Lorsqu'il ouvrit et qu'à son grand étonnement il reconnut Laurenti, il claqua immédiatement sa porte, au risque d'écraser la truffe du chien noir qui s'était précipité pour saluer Laurenti.

– Ouvrez ! cria Laurenti à travers la porte. Pas tant de manières !

Il dut attendre un moment avant que des pas se fassent entendre dans le couloir. Le carabinier en civil ouvrit et se figea sur le seuil, jambes écartées et bras croisés.

– Je ne puis en aucun cas vous laisser entrer ! menaça-t-il avec un clin d'œil, pour s'écarter la seconde d'après.

Canovella arriva dans la foulée et fut accueilli par une bordée d'injures. Galvano écumait de rage, lançait des mots tels que « fourberie » ou même « trahison », puis il se calma et revint sur terre. Si terre à terre qu'on ne pouvait plus rien en tirer. Ils se mirent d'accord pour ne le mettre au courant qu'au dernier moment et, par sécurité, ils laissèrent le carabinier auprès de lui.

À deux heures et demie, Laurenti sortit de la douche et passa à la cuisine. Il avait une faim de loup. Il aurait été capable d'ingurgiter des *čevapčići*, même froids. Mais il n'y avait aucun reste dans le réfrigérateur. Il mit de l'eau à chauffer et prit un paquet de spaghettis dans le buffet.

– Tu as faim ? demanda Marco, qui était rentré un quart d'heure après son père et l'avait trouvé en train de s'affairer à la cuisine.

– Je n'ai rien mangé de la journée, répondit Laurenti en choisissant quelques tomates. Comment va ton œil ?

– Tu es stressé ?

– Et comment ! Je repars tout de suite.

– Assieds-toi et détends-toi un peu, dit Marco en poussant son père pour prendre sa place devant le plan de travail. Des spaghettis avec tomates, basilic et piment ?

Il savait que c'était le plat favori de son père quand il était stressé. Laurenti se laissa tomber sur une chaise et se versa un demi-verre de vin blanc qu'il allongea avec de l'eau.

– D'où viens-tu ? demanda-t-il à Marco.

– J'ai fait un tour avec des amis.

– Et ça, dans ta poche, c'est quoi ?

Marco se palpa la fesse et sentit un paquet d'autocollants qui dépassait de sa poche arrière. Il les fit disparaître illico.

– De la pub !

– De l'Union européenne ? interrogea Laurenti, qui n'avait aperçu qu'une tache bleue avec quelques étoiles jaunes.

Il posa sa tête sur son avant-bras et pensa très fort à une assiette de pâtes fumantes… et à un lit moelleux.

*

Lorsque Branka entra dans la chambre et la réveilla, Irina la suivit sans méfiance. Elle n'avait pas peur de sa libératrice et ne se doutait pas qu'elle était son otage. Une Fiat Uno blanche était garée devant l'immeuble. Branka prit la direction de Barcola et, à hauteur de la Piazza Kennedy, prit un chemin qui descendait vers la mer et au bout duquel se trouvait le terrain du club des Amateurs de Zodiac. Branka y était déjà venue une heure auparavant et avait tout préparé. Sa fuite était soigneusement organisée.

Sa moto l'attendait dans la zone industrielle, à l'extrémité du Canale Navigabile. À deux pas du val Rosandra et pour la deuxième fois en quelques jours, Branka s'échapperait par le sentier de randonnée et passerait la frontière.

Elle avait garé l'engin près du môle et caché la clé de contact sous le garde-boue de la roue arrière. La nuit, il n'y avait personne dans les parages. À la rigueur un couple égaré à la rue à la recherche d'un refuge. Branka était repartie à pied et avait essayé d'appeler un taxi. Mais lorsqu'elle eut précisé sa position, elle s'entendit répondre qu'elle pouvait attendre longtemps. Aucun chauffeur ne s'aventurait plus dans le secteur depuis qu'un de leurs collègues y avait été assassiné, peu de temps auparavant. Branka dut poursuivre jusqu'à la route de Muggia. Elle eut bientôt la chance de tomber sur une Fiat blanche. Un modèle si ancien qu'il était facile à court-circuiter. Pas d'antivol, pas d'alarme. Le seul ennui, c'est que le réservoir était presque vide. Il fallut à Branka un certain temps pour trouver une station-service à pièces. Lorsqu'elle emprunta les Rive, elle aperçut une noria de voitures de police sur la Piazza Venezia et dans les rues adjacentes. Non loin de l'endroit où logeait le vieil homme, qui ne se doutait encore de rien.

Elle fit signe à Irina. Elles poussèrent à l'eau le bateau que Branka avait choisi une heure plus tôt. C'est en riant qu'Irina y prit place. Où cette femme pouvait-elle bien l'emmener ?

Le parcours fut bref. Le môle 0 se situait de l'autre côté de l'immense site protégé du vieux port. C'est dans ce coin sombre qu'on avait relégué l'embarquement du bétail pour le Moyen-Orient. L'embarcation était silencieuse. Branka n'accéléra qu'une seule fois, puis elle coupa le moteur et se laissa glisser sous la proue du cargo libanais amarré au môle 0, ce qui constituait une excellente cachette. Irina interrogea Branka du regard. Celle-ci lui fit signe de s'allonger et de dormir. Elle la couvrit d'un prélart. Puis elle sauta à terre et se dirigea, sans bruit, vers le hangar où les bovins étaient parqués avant d'entreprendre leur dernier voyage.

*

La mallette avec l'argent était prête sur la commode dans le couloir, à côté de la sacoche avec les documents. Où était Irina ? La police l'avait informé que l'interprète avait été retrouvée seule chez elle.

Toute la nuit, le docteur Oreste John Achille Galvano avait fait les cent pas dans son appartement ou était resté devant la fenêtre ouverte à guetter ce qui se passait dans la rue. Il avait grillé deux paquets vert métallisé de cigarettes mentholées et son salon était envahi d'épaisses nappes de fumée. Malgré ses protestations, il avait relégué l'homme de Canovella dans la chambre d'amis. Il voulait réfléchir et, pour ce faire, il fallait qu'il soit seul.

Il n'avait même pas mangé. Pour le troisième soir d'affilée, sa table était restée vide au Nastro Azzuro. Ils devaient déjà songer à son enterrement. Son réfrigérateur était vide, mais, de toute façon, il était trop nerveux pour absorber autre chose que du whisky et du vin.

L'épuisement et l'alcool finirent par le conduire dans son fauteuil. Le chien, qui suivait jusque-là d'un œil inquiet les allées et venues de son maître, s'affala à ses pieds, grogna de soulagement et partit d'un ronflement profond et régulier. Comme Galvano, dont la tête aux traits tirés s'affaissait sur son cou. La bouche entrouverte, il respirait bruyamment. De temps à autre, un cauchemar le faisait tressaillir.

Pourquoi était-ce lui, à son âge, qui devait s'occuper d'une Russe sourde-muette ? N'avait-il pas décidé, il y avait fort longtemps déjà, après la mort de sa femme qu'il avait soignée pendant des années, qu'il ne se soucierait que de lui-même jusqu'à la fin de ses jours ? Et puis il y avait eu le chien. Et puis, après le chien, subitement Irina. Pourquoi lui confier, justement à lui, un paquet de documents avec, en prime, une mallette pleine d'argent ?

Galvano se réveilla en sursaut, le chien prit peur et se manifesta par un aboiement bien juvénile pour son âge. Le vieil homme se leva et se massa la nuque. Du bruit dans la cuisine ? Puis l'odeur du café. Galvano retrouva la mémoire et consulta sa montre. Il allait être cinq heures.

Galvano se regarda dans un miroir, passa la main sur les poils blancs qui envahissaient ses joues grises et considéra sa chemise froissée. Il se changerait plus tard. Le carabinier apporta le café. L'heure avait sonné.

*

Laurenti ne fut pas peu surpris lorsqu'il vit dans quel état on avait mis sa voiture. Les portes, le capot, le coffre de l'Alfa Romeo bleue étaient constellés d'autocollants grands comme des cartes postales, avec le logo de ces anarchistes de protecteurs des animaux. Même lui n'était pas épargné ! Qu'avait-il à voir avec les transports de bestiaux ? C'est en débitant une litanie de jurons qu'il s'installa au volant, brancha sa radio et démarra. À l'est, une première lueur argentée annonçait l'aube. De lourds nuages gris étaient en marche, un sirocco encore languide soufflait doucement de la mer vers la ville. Peut-être allait-il enfin pleuvoir.

Le haut-parleur transmettait les annonces habituelles. On avait prévu suffisamment d'hommes pour boucler totalement le vieux port. Un point de contrôle avait été établi sur la Piazza Libertà, chaque véhicule était inspecté. Même chose au Campo Marzio et à d'autres points névralgiques. En outre, on venait d'arrêter une vieille dame en survêtement noir, qui enjolivait d'autocollants une voiture de service. Elle refusa obstinément de répondre aux questions, y compris celle concernant son identité. Signalement : un mètre cinquante-cinq, nez d'aigle, cheveux blancs, mise soignée, environ soixante-quinze ans. Elle avait les poches pleines de ces autocollants qu'on avait trouvés sur toutes les voitures stationnées devant la questure, ainsi que sur celles des carabiniers, Via d'Istria, celles de la Guardia di Finanza, près du petit phare, et tous les véhicules de service de la commune et de la région. La vache armée s'était multipliée sur presque toutes les vitrines du centre-ville. Laurenti intervint par radio :

– Vous pouvez m'inscrire sur la liste. Qui est cette femme ?

– Elle est en route pour la questure. Elle insiste pour vous parler, commissaire. À vous seul !

– Elle peut attendre longtemps ! repartit Laurenti, soudain pris d'un soupçon.

Pendant la veillée d'armes, ils s'étaient mis d'accord pour établir leur QG dans le bureau d'Ettore Orlando. L'immeuble de la garde côtière, à l'entrée du vieux port, occupait une position stratégique idéale. À partir de là, ils seraient en un éclair au môle 0, par terre et par mer. Laurenti gara sa voiture quelques mètres plus loin, sur les Rive. Il tenait à pouvoir réagir rapidement, si besoin était, sans attendre que ceux qui arriveraient après lui libèrent le passage. Il fit deux fois le tour de l'Alfa Romeo. Les autocollants avaient été minutieusement collés au milieu des portes, comme les étoiles de shérif dans les films américains.

Il se retourna une dernière fois avant d'entrer chez Orlando. Il aperçut Galvano, avec son chien noir, sur le Molo Audace. L'homme qui l'accompagnait portait une mallette et une sacoche. D'autres voitures arrivèrent. Toutes étaient recouvertes d'autocollants, qu'elles soient privées ou de service. Mais toutes n'étaient pas artistement décorées comme l'Alfa Romeo.

– Un café ? demanda Orlando.

Il finissait de boutonner une chemise propre. Il avait posé celle qu'il venait d'enlever, toute chiffonnée, sur le dos de son fauteuil.

– Il nous reste vingt minutes avant le début des opérations.

Il appuya sur un bouton et, peu après, une recrue en uniforme entra avec un plateau.

– Tes vedettes sont prêtes ? demanda Laurenti.

– Et même un hélicoptère. Si on n'en a pas besoin ici, ce sera sûrement le cas ailleurs. Ne crois pas que ce soit notre seule intervention ce matin, ajouta Orlando en faisant la grimace.

– Quoi d'autre ?

– *Top secret*. Un petit port entre Trieste et Monfalcone. Mais aujourd'hui, Dieu merci, tu n'as pas le temps de t'offrir une excursion sous-marine.

– Tu ne veux pas dire…

Laurenti s'était raidi.

La porte s'ouvrit et Orlando posa un doigt sur sa bouche. Canovella faisait entrer Galvano et son garde du corps. Sgubin et Pina les suivaient.

– Vous démarrez dans cinq minutes, dit Laurenti à Galvano, tout en caressant le chien noir qui, du coup, lui lécha la main. Sgubin, tout le monde est à son poste ?

Son futur ex-assistant jeta un bref coup d'œil à Orlando, puis répondit :

– Tout le monde. À part le hangar du môle 0, où il n'y a que des vaches, tout le secteur est sous contrôle. Deux petites embarcations de la police maritime sont cachées derrière l'ancienne digue, des plus grosses se seraient vues de loin.

– Les nôtres sont ici, reprit Orlando en indiquant le ponton situé en contrebas de son bureau, avec les vedettes de la garde côtière qui avaient déjà mis leurs moteurs en marche.

Un technicien agrafa un micro au revers de la veste de Galvano et lança un test.

– Sur l'ancienne digue, j'ai installé une caméra. Elle embrasse tout le secteur de l'embarquement du bétail, elle se déclenche par télécommande. Les images sont transmises sur ce moniteur.

L'homme brancha l'appareil placé sur le bureau d'Orlando. L'image était sombre, mais l'on distinguait les contours du cargo libanais et l'ensemble du bassin situé devant le hangar à bestiaux. Rien ne bougeait, à part les vagues qui se brisaient doucement sur le môle.

– Ça s'éclaircit rapidement, dit le technicien. L'image sera meilleure.

– C'est à vous, doc ! dit Laurenti. C'est l'heure d'y aller.

– Prenez ce pistolet ! dit Sgubin.

Mais Galvano refusa.

– Je n'ai jamais tiré un coup de feu de ma vie, même pendant la guerre.

– Il vaudrait mieux que vous laissiez le chien ici, dit Laurenti. On ne sait jamais.

Galvano se rebiffa.

– Pas question. C'est mon chien et il m'accompagne.

Laurenti regarda sa montre.

– Alors allez-y ! Bonne chance, doc, et faites bien attention à vous !

– Garde tes conseils pour toi ! grommela Galvano, visiblement nerveux, en quittant le bureau.

Ils le suivirent des yeux par la fenêtre. Le vieil homme portait la mallette de la main droite et, de la gauche, tenait les documents et la laisse de son noir compagnon. D'un pas mal assuré, il marchait sur les vieux pavés qui séparaient les hangars. Les poids lourds les avaient défoncés à certains endroits. Galvano trébucha par deux fois, puis il accéléra le mouvement et finit par disparaître.

– Viens ! dit Laurenti à Pina.

Sans un mot, ils descendirent les escaliers et prirent la direction du port. En rasant les murs, ils longèrent les façades des bâtiments, alors que Galvano passait par-derrière. Sur le môle 2, Laurenti s'accroupit derrière un empilement de tubes d'acier. Sa nouvelle assistante et lui distinguaient nettement la poupe du cargo et une partie du hangar à bétail. Il leur était impossible de s'approcher davantage.

Galvano jetait autour de lui des regards inquiets. Il se tenait en plein milieu de la rampe qui devait permettre l'embarquement du bétail. Dans deux minutes, il serait cinq heures et demie. Galvano était nerveux, il se sentait abandonné du monde entier, la sueur lui coulait dans le dos. Il posa la mallette, par-dessus la sacoche et la laisse du chien, et retira sa veste. Ce qu'il n'avait jamais fait, même en été, et pourtant, ce matin-là, il faisait plus frais que les jours précédents. Le ciel était chargé de lourds nuages et le sirocco gagnait en puissance. Galvano se baissa pour ramasser ses affaires. Juste au moment où il consultait de nouveau sa montre, une salve de beuglements déchira le silence.

La porte du hangar s'était ouverte. Les premiers animaux sortirent d'un pas hésitant, cherchant à s'orienter. Mais le reste du troupeau les obligea à accélérer le mouvement. Beuglant à tue-tête, ils se mirent à galoper entre les grilles censées les canaliser, fronts baissés comme à la *feria* de Pampelune. Galvano restait immobile, comme frappé d'impuissance. La bouche grande ouverte, il regardait la horde foncer vers lui. Le vacarme l'empêcha d'entendre les cris provenant du pont du cargo. Trois marins descendirent en coup de vent par une échelle de coupée et entreprirent de manœuvrer le hayon arrière. Personne n'aperçut la femme qui, pliée en deux, cachée par le troupeau qui déferlait, avançait en longeant le grillage.

Mais Laurenti et Pina l'avaient repérée et ils se lancèrent à sa poursuite. Galvano se décida enfin à bouger, à l'initiative du chien qui tirait violemment sur sa laisse. Dans un geste de panique, il sauta par-dessus la grille et se trouva nez à nez avec l'embouchure d'un pistolet. Le chien se mit à hurler à la mort et le troupeau stoppa net.

– J'attends ! cria Branka.

– Où est Irina ?

Galvano laissa tomber la mallette. Branka s'en saisit.

– Les documents ?

Galvano considéra bêtement ses mains vides. Puis il regarda derrière lui, sa veste avait été piétinée par les animaux en folie.

– Là-bas !

Branka courut jusqu'à la proue du libanais et disparut en contrebas. Galvano aperçut alors une tête qui dépassait du mur. Derrière le môle, un canot pneumatique démarra en trombe.

– Irina !

Galvano se mit à courir. La jeune femme était agrippée au mur, ses pieds touchaient presque l'eau. Galvano se pencha et l'attrapa par la main. Lorsqu'il l'eut tirée à mi-hauteur, il perdit l'équilibre.

Konec - Fin

Hors d'haleine, Proteo Laurenti et Pina étaient parvenus à la proue du cargo libanais. Ils aperçurent Galvano qui dérivait, impuissant, à une vingtaine de mètres du bord. Le chien noir nageait dans sa direction. Il l'attrapa par le col de la chemise et le ramena vers le môle.

– Vite, un câble ! cria Laurenti aux marins.

Il laissa tomber son Beretta, se dépouilla de sa chemise et plongea. En quelques brasses, il rejoignit l'homme et la bête et passa un bras autour de Galvano. Le vieux s'étranglait, mais le chien ne voulait pas le lâcher. Du pont du cargo, les marins lancèrent une bouée, mais les vagues la poussèrent vers le large. Pina s'empara d'un câble, le jeta à l'eau et noua l'autre extrémité à une bitte d'amarrage. Un poids plume comme elle était incapable de soulever un homme de la stature de Galvano, mais elle pouvait au moins le maintenir à la surface. Laurenti passa le câble autour du buste de Galvano, attacha la laisse du chien à sa cheville et sortit le premier de l'eau. Ensuite ils tirèrent le vieil homme à terre. Enfin, ce fut le tour du chien. Laurenti le prit dans ses bras, ce qui ne l'empêcha pas de s'ébrouer copieusement, tandis que Pina s'occupait du vieux. Quelques minutes plus tard, Galvano partait à l'hôpital sur une civière.

Orlando avait donné l'ordre d'appareiller dès que le canot apparut sur le moniteur. Les deux vedettes de la police postées derrière l'ancienne digue se mirent également en marche. Il ne fallut que quelques instants pour qu'un rotor d'hélicoptère se fasse entendre.

Branka s'y attendait. Elle savait qu'elle devrait brouiller les pistes. Elle était à trois cents mètres de l'extrémité de la digue. Elle bloqua la manette à fond et sauta à l'eau en pleine vitesse. Elle se laissa couler jusqu'aux blocs de pierre sur lesquels se brisaient les vagues et n'émergea que pour voir le canot filer à l'ouest, vers la pleine mer. Les deux vedettes de la police à ses trousses, tandis qu'une puissante frégate des gardes-côtes quittait le port. Branka eut bien du mal à ne pas lâcher la mallette et à ne pas se laisser projeter contre la digue par les vagues. Il fallait absolument qu'elle reste à l'abri pour ne pas être découverte. Après avoir résisté à la lame de proue des différentes embarcations, elle se tourna vers le môle 0 et aperçut un corps qu'on tirait de l'eau. Ce devait être le vieux. Ce fut ensuite un chien noir qui prit son temps pour se secouer, puis courut jusqu'au corps allongé qu'il voulut lécher en remuant la queue. Un homme l'en empêcha, d'autres firent rentrer le bétail dans le hangar. Des gyrophares apparurent. Ambulances et voitures de police. Branka retira son blouson de cuir et le laissa dériver. Elle ôta également sa chemise, ouvrit la mallette, fit un baluchon des rouleaux de billets et le fixa dans son dos avec sa ceinture. Elle regarda encore une fois autour d'elle. Deux hommes sur un skiff en bois des tropiques passèrent non loin d'elle. Ils ramaient énergiquement, la sueur au front. Lorsqu'ils se furent éloignés, Branka plongea sous l'eau en direction de la côte. Moins d'un demi-mille la séparait de l'endroit où les canots pneumatiques étaient amarrés.

Lorsque Branka démarra avec le deuxième bateau qu'elle avait préparé au cours de la nuit, elle aperçut les deux vedettes de la police qui passaient près de Miramare, dans le sens du retour. Elle accéléra à fond.

L'une des deux vedettes accosta au môle 0. Le commandant mit pied à terre. Il expliqua qu'ils avaient rattrapé le canot à hauteur du petit port de Santa Croce, mais qu'il n'y avait personne à bord. Les collègues avaient suivi l'autre, qui venait de quitter le ponton du Club des Amateurs de Zodiac. La frégate des gardes-côtes avait, en revanche, gardé le premier cap et l'hélicoptère avait également gagné la pleine mer. Les hommes de la police maritime l'avaient vu quasiment au ras des vagues, pour arrêter un bateau qui filait vers l'Istrie.

– Si elle est bonne nageuse, elle peut aborder n'importe où, dit l'homme en uniforme, tandis que Laurenti renfilait sa chemise. Ce sera difficile de la retrouver. Il suffit qu'elle se mêle aux baigneurs qui vont bientôt envahir les plages.

Laurenti ne dit rien, se contentant de montrer du doigt les nuages noirs qui s'amoncelaient au-dessus de leurs têtes. Puis il monta à bord et poussa la radio un peu plus fort. Il apprit que les collègues de l'autre unité n'étaient plus qu'à deux cents mètres du canot pneumatique lorsque, à l'extrémité du Canale Navigabile, une personne avait sauté à l'eau. Les hommes avaient lancé des avertissements par mégaphone, ils avaient même tiré lorsque le fuyard avait tenté de fuir sur une moto tout-terrain.

Laurenti saisit son micro et décréta en état d'alerte la zone industrielle et toutes les communes environnantes. Puis il appela Marietta et donna l'ordre de renforcer les contrôles aux frontières. Il fallait également prévenir les collègues slovènes et solliciter leur collaboration.

Sur place, il ne pouvait plus rien faire. Il appela une voiture de service, prit le chien de Galvano par la laisse et se fit conduire à la garde côtière.

– C'est fini, dit Orlando en lui tapant sur l'épaule.

– Rien n'est fini, répliqua Laurenti en détachant le chien. Je crains qu'elle ne nous ait échappé. Je voudrais bien savoir qui est cette femme. Elle est drôlement futée.

– Tu peux recommencer à te baigner tranquillement, comme avant. Nous tenons les deux femmes du bateau que tu espionnais à la Marina di Aurisina. Les quatre types aussi. Les hommes en gris sont en train de les cuisiner.

– Alors on ne saura jamais rien, dit Laurenti d'un air sceptique.

Ces gars-là avaient arrêté deux femmes sur un bateau. Lui en avait perdu une.

– Si tu avais gardé ici ta frégate, lança Laurenti, furieux, au lieu de la mettre aux ordres de ces imbéciles des services secrets, ça se serait passé autrement. Idem si nous avions eu l'hélicoptère !

– Ordre d'en haut, dit Orlando en haussant les épaules.

*

– Et le graffiti devant l'hôtel de ville, tu l'as fait toute seule ?

Malgré la fatigue, Laurenti ne put s'empêcher de rire. Était-il entouré de cinglés ? Il n'avait pas pu s'occuper plus tôt de cette dame et elle avait semé une panique infernale jusqu'à ce qu'elle obtienne que le commissaire en personne l'interroge. Il était presque midi et Laurenti avait l'estomac vide. Hochant la tête, il caressait le chien noir, qui avait posé son museau sur sa cuisse, et se faisait violence pour clore cet absurde interrogatoire.

– Dix mètres de diamètre, quatre couleurs. Tu es une grande artiste !

Trieste est un asile de fous, pensa Laurenti. Pourquoi ces derniers temps n'avait-il affaire qu'à de vieux tordus ou à de vieux dossiers non moins absurdes ?

– Bon, alors, qui était présent ?

Il n'était pas sûr de vouloir vraiment le savoir. Par précaution, il avait fermé la porte de son bureau pour que personne ne les entende. Il s'attendait au pire.

– J'étais seule, affirma Stefania Stefanopoulos, sur le ton du défi.

Elle non plus ne se présentait pas sous son meilleur jour. Son bandeau noir de pirate écrasait ses cheveux, son visage paraissait pâle et fatigué.

– Tu peux t'y prendre comme tu veux, Laurenti ! J'ai dit : seule !

On aurait cru qu'elle allait épeler lc mot.

– Chapeau, madame ! Quand je vais raconter à Galvano quelle forme tu tiens en comparaison de la sienne, il va crever de jalousie et il ne me parlera plus pendant des semaines, bien que je lui aie sauvé la vie, et celle du chien, ajouta-t-il en grattant les oreilles du noir compagnon couché à ses pieds.

– Tu ne perdras pas grand-chose, vu les insanités que propage ce vieillard sénile et buté.

– Ne t'imagine pas qu'il parle autrement de toi, Stefania !

Laurenti posa ses pieds sur son bureau. Peu lui importait ce que cette sorcière penserait.

– Donc, en trois nuits, à toi toute seule, tu mets une ville sens dessus dessous en rabâchant qu'il ne faut pas manger de viande de bœuf. Personne ne peut y arriver sans aide. Pas même un jeune type comme mon fils, par exemple.

– Tu me sous-estimes, Laurenti ! répondit-elle avec un sourire triomphant.

– Bien au contraire ! Comme Protée, tu peux prendre plusieurs visages. Et même te transformer en armoire à glace qui casse la figure à des chauffeurs routiers. Juste après, tu voles un skiff, tu barbouilles un cargo, un navire de croisière et toutes les embarcations des forces de sécurité, tu décores le consulat allemand, la poste principale et l'immeuble du journal. Tu te moques de moi !

– Vous, les hommes, pensez toujours que les femmes ne sont bonnes à rien.

Laurenti se prit la tête entre les mains. Elle n'avait pas tort, mais il ne se laisserait pas entraîner sur ce terrain-là.

– Quand as-tu vu Marco pour la dernière fois ?

– Chez toi, quand tu m'as invitée.

– C'est faux !

En un éclair, il se fabriqua un argumentaire que la vieille dame serait incapable de réfuter.

– Il est rentré, cette nuit, un peu avant trois heures du matin et il m'a préparé une assiette de spaghettis. Dans sa poche, il y avait ces autocollants. (Laurenti montrait ceux qu'on avait retrouvés dans la voiture de la Signora.) Il me les a donnés et m'a demandé de les distribuer, moi aussi.

Laurenti se leva, en prit un, le décolla de son support, ouvrit la porte de son bureau, le colla à l'extérieur et referma.

« Ne m'oubliez pas ! »

Le rire aigu de Marietta leur parvint.

Laurenti se rassit et caressa le chien de Galvano, qui le fixait de ses yeux injectés de sang.

– Marco m'a affirmé que tu leur avais été d'un grand secours. Je crains que tu n'aies besoin d'un bon avocat. Bien sûr, vu ton âge, tu t'en tireras avec un sursis, mais tu auras ta photo pleine page dans le journal et toute la ville saura ce que tu as manigancé. J'y veillerai. En revanche, je me fais du souci pour Marco et ses amis. Un casier judiciaire compromettrait leur avenir. Tu devrais avoir honte de pousser des jeunes à ce genre d'action.

– Ces garçons ont un idéal. Marco, Giorgio, Mitja et Ernesto savent exactement ce qu'ils veulent. Si, sous le fascisme, tout le monde avait pensé comme toi, Laurenti, il n'y aurait jamais eu de Résistance. Retiens ça !

Stefania bouillait de rage et Laurenti riait sous cape. D'abord le coup du féminisme et maintenant la Résistance !

– Donc, Stefania, pour la dernière fois, dit Laurenti d'une voix douce, comme s'il se rendait, tu as tout fait toute seule.

– Oui, répondit Stefania Stefanopoulos avec un hochement de tête approbateur.

– J'espère que tu auras assez d'argent. Repeindre un bateau, ça revient cher. Et pour remplacer les pavés de la Piazza Unità, ça coûtera une fortune. Et les circuits d'air comprimé sur les poids lourds, ce n'est pas bon marché non plus.

– Ce n'est pas ton problème. Et tu n'es pas obligé d'en faire tout un plat !

– Va, maintenant ! Fais pisser ton stupide caniche et dors tout ton soûl.

Laurenti allongea à nouveau ses jambes sur son bureau.

– Je ne crois pas que je puisse faire autre chose pour toi que te laisser le temps de concocter une excuse et de prendre conseil auprès d'un avocat. Tu n'aurais pas, dans tes relations, un médecin qui te fournisse une attestation du genre « confusion mentale » ? Demande à Galvano, il s'y connaît.

Stefania Stefanopoulos était debout devant lui et le regardait, furibonde.

– Promets-moi de ne pas inquiéter les garçons !

– Sauve-toi !

Laurenti regardait par la fenêtre. Il n'avait aucune envie de lui serrer la main. Trop de choses le préoccupaient, bien plus importantes que cette affaire qu'il n'était pas urgent de conclure. Il suffirait d'une déclaration évasive à la presse sans citer de noms, mais en multipliant les fines allusions que nul ne décrypterait. Et puis, quand, au bout de quelques semaines, personne n'en parlerait plus, il trouverait bien un moyen de faire disparaître le dossier. Si cela était possible dans une affaire de meurtre où l'ordre de Malte se révélait être légataire universel, pourquoi ne le serait-ce pas en ce qui concernait les actions du groupe qui se baptisait « *Mucca Pazza* » et qui n'agissait pas par égoïsme ?

– Viens, dit-il au noir animal couché à ses pieds. Nous allons faire une promenade.

*

Elle avait échappé de justesse aux Italiens. Une douleur aiguë lui avait transpercé le bras lorsqu'elle s'était enfuie à moto, mais ce n'était pas le moment de se relâcher. Elle fonçait à travers les rues de la zone industrielle. À la hauteur de l'usine qui fabrique des moteurs de bateaux, elle prit la direction de Bagnoli. Un soleil aveuglant s'était levé sur le karst, tandis qu'au sud de noirs nuages s'amoncelaient, obscurcissant le ciel de Trieste. À un carrefour, elle avait aperçu une voiture de police, mais personne ne la poursuivait. À Bagnoli Superiore, qui s'appelle Konec – « fin » – en slovène, elle s'arrêta un bref instant. Devant une maison, des draps séchaient au vent. Elle en arracha un, le roula en boule et pénétra plus avant dans le val Rosandra. Un quart d'heure après, elle avait atteint le petit pont qui enjambe le torrent. Elle mit pied à terre, elle n'était plus qu'à cinquante mètres de la frontière.

Elle prit le drap et descendit au bord de l'eau, sans se soucier des marques de craie qu'on avait laissées en quelques endroits de la rive. Attaché à un arbre flottait le reste d'un ruban de plastique sur lequel on pouvait lire « lice d'État – stop – Police d'État – Stop – Po ». Avec précaution, elle se lava l'avant-bras gauche. La blessure lui faisait horriblement mal. Elle en tâta délicatement les bords. Elle n'était pas sûre que la balle n'ait fait que l'effleurer. Elle déchira le drap en lanières et s'en fit un pansement. Elle fouilla ses poches, une cigarette lui aurait fait le plus grand bien.

Branka mit un certain temps pour rejoindre Parenzo. La police slovène l'avait contrôlée deux fois. Le premier barrage était installé juste après Capodistria, le second un kilomètre avant la Croatie. Au poste-frontière, elle doubla la longue file de voitures qui attendaient. Le policier vérifia scrupuleusement son passeport. Il lui demanda pourquoi celui-ci était mouillé. Elle répondit qu'elle l'avait oublié dans une poche en faisant la lessive, mais que, Dieu merci, elle s'en était rendu compte à temps. Le policier lui assura que ce n'était pas comme cela qu'elle trouverait un homme avec qui se marier. Le fait qu'elle ne porte qu'un tee-shirt et que son avant-bras gauche soit bandé ne sembla pas l'intriguer.

Branka gara sa moto à l'entrée de la localité, prit son baluchon avec l'argent, qu'elle avait caché sous la selle et, comme elle en avait l'habitude, parcourut à pied le reste du chemin qui menait au domicile de Viktor Drakič. Elle fut surprise par l'importance du dispositif policier déployé dans les rues. Avant de se présenter au chef, elle entra d'abord dans un bar pour boire un café.

– Viens !

Elle se retourna tout d'une pièce : c'était le gorille de Drakič.

Au bout de la rue, il la fit monter dans une Mercedes noire. Le chef était assis à l'arrière.

– Il vaut mieux se mettre au vert, dit-il. Tu as l'argent ?

Puis il fit signe au chauffeur et la voiture démarra.

Branka lui remit son baluchon.

– Où allons-nous ?

– Lavés de frais ? remarqua Drakič après avoir jeté un coup d'œil aux billets. Combien ?

– Compte. Je n'ai pas eu le temps. Où allons-nous ?

– Là où nous serons en sécurité.

*

– Où sont les documents, Laurenti ? Et ma veste ?

Galvano était donc encore en vie. Il avait dû attendre l'après-midi pour que Laurenti trouve le temps d'une visite à l'hôpital. Galvano était soigné à la clinique universitaire de Cattinara. Un cliché des deux imposantes tours de béton de l'établissement sur une colline près de Trieste avait été vendu, en 1986, par un photographe français à un magazine américain sous l'intitulé « Réacteur tragique à Tchernobyl », aucune image authentique du site nucléaire n'étant alors disponible. La photo avait instantanément fait le tour du monde, mais le subterfuge avait été découvert lorsqu'elle était parvenue à Trieste.

– Quels documents, doc ?

Laurenti se gratta la tête. Le vieux avait raison. Dans la confusion générale, personne n'avait pensé à ramasser la veste de l'ex-médecin légiste. Elle était restée sur le môle, piétinée et couverte de bouse.

– Les documents, imbécile ! Ceux que je devais rendre en même temps que l'argent.

– Et vous ne l'avez pas fait ?

– Ils sont tombés par terre. Au milieu des vaches.

– Vous ne les avez pas donnés ? Pourquoi ne pas l'avoir dit plus tôt ?

Laurenti sortit son téléphone portable.

– Tu es capable de parler avec les poumons pleins d'eau ?

– Je croyais que vous saviez nager !

Sgubin s'annonça à la troisième sonnerie et Laurenti lui signifia de retourner au vieux port et de rechercher les documents. Et, bien sûr, la veste de Galvano.

– Comment va Irina ? demanda le vieux.

– Elle a sa chambre un peu plus loin. Elle nous a donné une adresse à San Giacomo où nous avons trouvé les deux types – morts. Le procureur prépare une gigantesque rafle dans toute l'Italie du Nord, une vraie razzia. Vous pourrez rendre visite à Irina dès que vous serez remis sur pied, doc.

– Qu'est-ce que tu racontes ? protesta Galvano en se forçant à tousser. Je suis gravement malade.

– Quel genre de cercueil dois-je commander ?

Laurenti tira discrètement d'un sac en plastique une bouteille de Jack Daniel's.

– Tenez ! dit-il en baissant la voix. Soûlez-vous avant de passer l'arme à gauche. Mais soyez prudent, que les médecins et les bonnes sœurs ne vous y prennent pas !

– Bon ! Tu l'ouvres ?

Galvano se dressa dans son lit et jeta un coup d'œil inquiet à ses voisins de chambre.

– Là-bas, deux tasses.

Laurenti s'assit de façon à avoir la porte dans son champ de vision et à cacher la bouteille aux autres malades. Ils trinquèrent en échangeant quelques clins d'œil.

– Au fait, tu l'as attrapée ? demanda Galvano après la seconde gorgée.

– Qui ça ?

– La femme du canot pneumatique.

Laurenti hocha la tête. Il pensait à Mia.

Lorsqu'il était arrivé au bureau, à huit heures du matin, il avait trouvé Marietta tout excitée, un papier à la main, qui disait que l'ADN du cheveu qu'il avait ramassé après l'interrogatoire était identique à celui du val Rosandra. Il avait envoyé Sgubin et Pina à Servola pour arrêter l'Australienne. Ils avaient trouvé porte close et la voisine leur avait appris qu'un taxi était venu chercher Mia dès cinq heures et demie. Il n'avait pas fallu longtemps pour vérifier les listes de passagers de l'aéroport de Trieste. Elle avait réservé sur un vol pour Rome. Mais ce n'était manifestement qu'une escale. Les collègues de la capitale mirent plusieurs heures pour la retrouver et l'arrêter, alors qu'elle allait s'embarquer sur un appareil de la Singapore Airlines. Elle serait à Trieste le lendemain. Accompagnée par deux policiers.

– Réponds-moi ! Tu l'as attrapée ?

La question de Galvano le tira de ses pensées.

– Elle nous a échappé. Mais les Croates sont à ses trousses. J'en ai parlé à Živa Ravno. Vous vous souvenez ?

– Ta maîtresse ? Sers-moi encore un verre avant que quelqu'un n'arrive.

Laurenti avait failli tomber dans le piège et opiner.

– La procureure de Pola, dit-il sèchement. Ce matin, ils sont tombés sur un gigantesque dépôt d'armes. À proximité de Parenzo. En collaboration avec nos services secrets. Des mitrailleuses et de l'explosif. Goma-2 et Semtex.

Galvano se mit à tousser, il avait avalé de travers.

– Ça, c'est pour les Arabes, fit-il d'une voix éraillée. Mais qu'est-ce que ça a à voir avec la femme qui a libéré Irina ?

Laurenti haussa les épaules.

– Živa dit qu'elle marche avec Petrovac et donc…

– Avec Drakič ! La famille est à nouveau réunie. Tu n'as pas l'impression, par moments, qu'ils se foutent de toi ?

– C'est beaucoup plus grave que ça, Galvano ! répondit Laurenti en prenant une gorgée de whisky.

– Pauvre garçon ! dit le vieux avec un doux sourire.

Il contempla longuement Laurenti, toussota et dit :

– Tu ne serais pas d'accord pour que nous nous tutoyions ?

Ce fut à Laurenti de s'étrangler. Il regarda Galvano, bouche bée.

– Avec lequel de vos prénoms m'adresserai-je à vous ?

– Appelle-moi Galvano !

Le vieux sembla rentrer en lui-même.

– À part ma femme, personne ne m'a jamais appelé par l'un de mes prénoms. Ils lui appartiennent.

Oreste John Achille Galvano agita sa tasse vide. Laurenti la remplit discrètement et cacha la bouteille dans la table de nuit.

– Qu'est-ce qu'il peut bien y avoir dans ces damnés documents ?

Galvano jeta à Laurenti un regard furieux, puis leva les yeux au ciel.

– Des vieilleries, fit-il, l'air de minimiser la chose. Je ne le sais pas moi-même.

– Vous n'y avez pas jeté un coup d'œil ? Allez, racontez, Galvano !

– Tu ne devais pas me tutoyer ?

– Ne détournez pas la conversation ! Irina vous a vendu le paquet sur la Piazza Ponterosso. Ensuite vous êtes venu me voir, vous étiez hors de vous, vous m'avez demandé le dossier de Henriquez, vous avez prétendu qu'il s'agissait de vos mémoires, que vous cherchiez des preuves ultimes qui vous manquaient encore. Les avez-vous trouvées dans ces documents ?

Galvano fixa longuement Laurenti avant d'ouvrir la bouche.

– Pourquoi est-ce que tu ne me laisses pas tranquille, Laurenti ? Espérons que ces papiers soient encore lisibles malgré les bouses de vache, surtout que Sgubin les trouve avant qu'ils ne tombent en de mauvaises mains.

Ils permettraient de poser de gros problèmes à quelques personnes. Normalement, tous les documents de cette nature ont été systématiquement détruits ou mis sous clé après 1945. Nos services secrets ont eu beaucoup à faire ! Mais là, au moins, ils ont réussi. Comme si leur première compétence était le maquillage. Mais quelqu'un leur a chipé ce dossier. Mets-le en sécurité. Quand je serai sorti d'ici, je t'expliquerai tout. Mes mémoires, à eux seuls, sont déjà assez spectaculaires.

Laurenti acquiesça.

– Il faut que je parte, dit-il. Je garde le chien jusqu'à ce que vous soyez rétabli.

Lorsque Laurenti, après sa visite à la clinique, rentra chez lui, brisé et rompu, il entendit des voix bien avant de descendre les marches qui conduisaient à la maison. L'odeur du barbecue lui chatouilla les narines. Une légère bora avait dissipé, dès le début de l'après-midi, les gros nuages qui menaçaient Trieste. La pluie, une fois de plus, avait abandonné la ville. Elle n'avait donc aucunement empêché la nième soirée barbecue de se tenir. Mais que voulait-il ? Une femme heureuse et de la gaieté dans la maison, c'était déjà beaucoup. Quel mari chanceux pouvait se vanter d'avoir les deux à la fois ?

Avant que quiconque ne l'ait aperçu, Laurenti attrapa une serviette et son *Moby Dick*, décrocha les clés de la Vespa et s'en fut aux Filtri. Un bon bain lui permettrait enfin de se détendre.

RÉALISATION : NORD COMPO À VILLENEUVE-D'ASCQ
IMPRESSION : CPI BRODARD ET TAUPIN À LA FLÈCHE
DÉPÔT LÉGAL : JUIN 2010. N° 102178 (58125)
IMPRIMÉ EN FRANCE

Collection Points Policier

P18. L'Héritage empoisonné, *Paul Levine*
P19. Les Égouts de Los Angeles, *Michael Connelly*
P29. Mort en hiver, *L.R. Wright*
P81. Le Maître de Frazé, *Herbert Lieberman*
P103. Cadavres incompatibles, *Paul Levine*
P104. La Rose de fer, *Brigitte Aubert*
P105. La Balade entre les tombes, *Lawrence Block*
P106. La Villa des ombres, *David Laing Dawson*
P107. La Traque, *Herbert Lieberman*
P108. Meurtre à cinq mains, *Jack Hitt*
P142. Trésors sanglants, *Paul Levine*
P155. Pas de sang dans la clairière, *L.R. Wright*
P165. Nécropolis, *Herbert Lieberman*
P181. Red Fox, *Anthony Hyde*
P182. Enquête sous la neige, *Michael Malone*
P226. Une mort en rouge, *Walter Mosley*
P233. Le Tueur et son ombre, *Herbert Lieberman*
P234. La Nuit du solstice, *Herbert Lieberman*
P244. Une enquête philosophique, *Philip Kerr*
P245. Un homme peut en cacher un autre, *Andreu Martín*
P248. Le Prochain sur la liste, *Dan Greenburg*
P259. Minuit passé, *David Laing Dawson*
P266. Sombre Sentier, *Dominique Manotti*
P267. Ténèbres sur Jacksonville, *Brigitte Aubert*
P268. Blackburn, *Bradley Denton*
P269. La Glace noire, *Michael Connelly*
P272. Le Train vert, *Herbert Lieberman*
P282. Le Diable t'attend, *Lawrence Block*
P295. La Jurée, *George Dawes Green*
P321. Tony et Susan, *Austin Wright*
P341. Papillon blanc, *Walter Mosley*
P356. L'Ange traqué, *Robert Crais*
P388. La Fille aux yeux de Botticelli, *Herbert Lieberman*
P389. Tous les hommes morts, *Lawrence Block*
P390. La Blonde en béton, *Michael Connelly*
P393. Félidés, *Akif Pirinçci*
P394. Trois heures du matin à New York
Herbert Lieberman
P395. La Maison près du marais, *Herbert Lieberman*
P422. Topkapi, *Eric Ambler*
P430. Les Trafiquants d'armes, *Eric Ambler*
P432. Tuons et créons, c'est l'heure, *Lawrence Block*
P435. L'Héritage Schirmer, *Eric Ambler*

P441. Le Masque de Dimitrios, *Eric Ambler*
P442. La Croisière de l'angoisse, *Eric Ambler*
P468. Casting pour l'enfer, *Robert Crais*
P469. La Saint-Valentin de l'homme des cavernes
George Dawes Green
P483. La Dernière Manche, *Emmett Grogan*
P492. N'envoyez plus de roses, *Eric Ambler*
P513. Montana Avenue, *April Smith*
P514. Mort à la Fenice, *Donna Leon*
P530. Le Détroit de Formose, *Anthony Hyde*
P531. Frontière des ténèbres, *Eric Ambler*
P532. La Mort des bois, *Brigitte Aubert*
P533. Le Blues du libraire, *Lawrence Block*
P534. Le Poète, *Michael Connelly*
P535. La Huitième Case, *Herbert Lieberman*
P536. Bloody Waters, *Carolina Garcia-Aguilera*
P537. Monsieur Tanaka aime les nymphéas
David Ramus
P539. Énergie du désespoir, *Eric Ambler*
P540. Épitaphe pour un espion, *Eric Ambler*
P554. Mercure rouge, *Reggie Nadelson*
P555. Même les scélérats…, *Lawrence Block*
P571. Requiem caraïbe, *Brigitte Aubert*
P572. Mort en terre étrangère, *Donna Leon*
P573. Complot à Genève, *Eric Ambler*
P606. Bloody Shame, *Carolina Garcia-Aguilera*
P618. Un Vénitien anonyme, *Donna Leon*
P626. Pavots brûlants, *Reggie Nadelson*
P627. Dogfish, *Susan Geason*
P636. La Clinique, *Jonathan Kellerman*
P639. Un regrettable accident, *Jean-Paul Nozière*
P640. Nursery Rhyme, *Joseph Bialot*
P644. La Chambre de Barbe-Bleue, *Thierry Gandillot*
P645. L'Épervier de Belsunce, *Robert Deleuse*
P646. Le Cadavre dans la Rolls, *Michael Connelly*
P647. Transfixions, *Brigitte Aubert*
P648. La Spinoza Connection, *Lawrence Block*
P649. Le Cauchemar, *Alexandra Marinina*
P650. Les Crimes de la rue Jacob, *ouvrage collectif*
P651. Bloody Secrets, *Carolina Garcia-Aguilera*
P652. La Femme du dimanche
Carlo Fruttero et Franco Lucentini
P653. Le Jour de l'enfant tueur, *Pierre Pelot*
P669. Le Concierge, *Herbert Lieberman*
P670. Bogart et moi, *Jean-Paul Nozière*
P671. Une affaire pas très catholique, *Roger Martin*

P687 Tir au but, *Jean-Noël Blanc*
P693. Black Betty, *Walter Mosley*
P706. Les Allumettes de la sacristie, *Willy Deweert*
P707. Ô mort, vieux capitaine…, *Joseph Bialot*
P708. Images de chair, *Noël Simsolo*
P717. Un chien de sa chienne, *Roger Martin*
P718. L'Ombre de la louve, *Pierre Pelot*
P727. La Morsure des ténèbres, *Brigitte Aubert*
P734 Entre deux eaux, *Donna Leon*
P742. La Mort pour la mort, *Alexandra Marinina*
P754. Le Prix, *Manuel Vázquez Montalbán*
P755. La Sourde, *Jonathan Kellerman*
P756. Le Sténopé, *Joseph Bialot*
P757. Carnivore Express, *Stéphanie Benson*
P768. Au cœur de la mort, *Laurence Block*
P769. Fatal Tango, *Jean-Paul Nozière*
P770. Meurtres au seuil de l'an 2000
Éric Bouhier, Yves Dauteuille, Maurice Detry, Dominique Gacem, Patrice Verry
P771. Le Tour de France n'aura pas lieu, *Jean-Noël Blanc*
P781. Le Dernier Coyote, *Michael Connelly*
P782. Prédateurs, *Noël Simsolo*
P792. Le Guerrier solitaire, *Henning Mankell*
P793. Ils y passeront tous, *Lawrence Block*
P794. Ceux de la Vierge obscure, *Pierre Mezinski*
P803. La Mante des Grands-Carmes
Robert Deleuse
P819. London Blues, *Anthony Frewin*
P821. Palazzo maudit, *Stéphanie Benson*
P834. Billy Straight, *Jonathan Kellerman*
P835. Créance de sang, *Michael Connelly*
P847 King Suckerman, *George P. Pelecanos*
P849. Pudding mortel, *Margaret Yorke*
P850. Hemoglobine Blues, *Philippe Thirault*
P851. Exterminateurs, *Noël Simsolo*
P859. Péchés mortels, *Donna Leon*
P860. Le Quintette de Buenos Aires
Manuel Vázquez Montalbán
P861. Y'en a marre des blondes, *Lauren Anderson*
P862. Descente d'organes, *Brigitte Aubert*
P875. La Mort des neiges, *Brigitte Aubert*
P876. La lune était noire, *Michael Connelly*
P877. La Cinquième Femme, *Henning Mankell*
P882. Trois Petites Mortes, *Jean-Paul Nozière*
P883. Le Numéro 10, *Joseph Bialot*
P888. Le Bogart de la cambriole, *Lawrence Block*
P892. L'Œil d'Ève, *Karin Fossum*

P898. Meurtres dans l'audiovisuel, *Yan Bernabot, Guy Buffet, Frédéric Karar, Dominique Mitton et Marie-Pierre Nivat-Henocque*
P899. Terminus pour les pitbulls, *Jean-Noël Blanc*
P909. L'Amour du métier, *Lawrence Block*
P910. Biblio-quête, *Stéphanie Benson*
P911. Quai des désespoirs, *Roger Martin*
P926. Sang du ciel, *Marcello Fois*
P927. Meurtres en neige, *Margaret Yorke*
P928. Heureux les imbéciles, *Philippe Thirault*
P949. 1 280 Âmes, *Jean-Bernard Pouy*
P950. Les Péchés des pères, *Lawrence Block*
P963. L'Indispensable Petite Robe noire, *Lauren Henderson*
P964. Vieilles Dames en péril, *Margaret Yorke*
P965. Jeu de main, jeu de vilain, *Michelle Spring*
P971. Les Morts de la Saint-Jean, *Henning Mankell*
P972. Ne zappez pas, c'est l'heure du crime, *Nancy Star*
P976. Éloge de la phobie, *Brigitte Aubert*
P989. L'Envol des anges, *Michael Connelly*
P990. Noblesse oblige, *Donna Leon*
P1001. Suave comme l'éternité, *George P. Pelecanos*
P1003. Le Monstre, *Jonathan Kellerman*
P1004. À la trappe !, *Andrew Klavan*
P1005. Urgence, *Sara Paretsky*
P1016. La Liste noire, *Alexandra Marinina*
P1017. La Longue Nuit du sans-sommeil, *Lawrence Block*
P1029. Speedway, *Philippe Thirault*
P1030. Les Os de Jupiter, *Faye Kellerman*
P1039. Nucléaire chaos, *Stéphanie Benson*
P1040. Bienheureux ceux qui ont soif…, *Anne Holt*
P1042. L'Oiseau des ténèbres, *Michael Connelly*
P1048. Les Lettres mauves, *Lawrence Block*
P1060. Mort d'une héroïne rouge, *Qiu Xiaolong*
P1061. Angle mort, *Sara Paretsky*
P1070. Trompe la mort, *Lawrence Block*
P1071. V'là aut'chose, *Nancy Star*
P1072. Jusqu'au dernier, *Deon Meyer*
P1081. La Muraille invisible, *Henning Mankell*
P1087. L'Homme de ma vie, *Manuel Vázquez Montalbán*
P1088. Wonderland Avenue, *Michael Connelly*
P1089. L'Affaire Paola, *Donna Leon*
P1090. Nous n'irons plus au bal, *Michelle Spring*
P1100. Dr la Mort, *Jonathan Kellerman*
P1101. Tatouage à la fraise, *Lauren Henderson*
P1102. La Frontière, *Patrick Bard*
P1105. Blanc comme neige, *George P. Pelecanos*

P1110. Funérarium, *Brigitte Aubert*
P1111. Requiem pour une ombre, *Andrew Klavan*
P1122. Meurtriers sans visage, *Henning Mankell*
P1123. Taxis noirs, *John McLaren*
P1134. Tous des rats, *Barbara Seranella*
P1135. Des morts à la criée, *Ed Dee*
P1146. Ne te retourne pas !, *Karin Fossum*
P1158. Funky Guns, *George P. Pelecanos*
P1159. Les Soldats de l'aube, *Deon Meyer*
P1162. Visa pour Shanghai, *Qiu Xiaolong*
P1174. Sale temps, *Sara Paretsky*
P1175. L'Ange du Bronx, *Ed Dee*
P1187. Les Chiens de Riga, *Henning Mankell*
P1188. Le Tueur, *Eraldo Baldini*
P1189. Un silence de fer, *Marcello Fois*
P1190. La Filière du jasmin, *Denise Hamilton*
P1197. Destins volés, *Michael Pye*
P1206. Mister Candid, *Jules Hardy*
P1207. Déchaînée, *Lauren Henderson*
P1215. Tombe la pluie, *Andrew Klavan*
P1224. Le Vagabond de Holmby Park, *Herbert Lieberman*
P1225. Des amis haut placés, *Donna Leon*
P1228. Chair et Sang, *Jonathan Kellerman*
P1230. Darling Lilly, *Michael Connelly*
P1239. Je suis mort hier, *Alexandra Marinina*
P1240. Cendrillon, mon amour, *Lawrence Block*
P1242. Berlinale Blitz, *Stéphanie Benson*
P1245. Tout se paye, *George P. Pelecanos*
P1251. Le Rameau brisé, *Jonathan Kellerman*
P1256. Cartel en tête, *John McLaren*
P1271. Lumière morte, *Michael Connelly*
P1291. Le croque-mort a la vie dure, *Tim Cockey*
P1292. Pretty Boy, *Lauren Henderson*
P1306. La Lionne blanche, *Henning Mankell*
P1307. Le Styliste, *Alexandra Marinina*
P1308. Pas d'erreur sur la personne, *Ed Dee*
P1309. Le Casseur, *Walter Mosley*
P1318. L'Attrapeur d'ombres, *Patrick Bard*
P1331. Mortes-eaux, *Donna Leon*
P1332. Déviances mortelles, *Chris Mooney*
P1344. Mon vieux, *Thierry Jonquet*
P1345. Lendemains de terreur, *Lawrence Block*
P1346. Déni de justice, *Andrew Klavan*
P1347. Brûlé, *Leonard Chang*
P1359. Los Angeles River, *Michael Connelly*
P1360. Refus de mémoire, *Sarah Paretsky*

P1361. Petite musique de meurtre, *Laura Lippman*
P1372. L'Affaire du Dahlia noir, *Steve Hodel*
P1373. Premières Armes, *Faye Kellerman*
P1374. Onze jours, *Donald Harstad*
P1375. Le croque-mort préfère la bière, *Tim Cockey*
P1393. Soul Circus, *George P. Pelecanos*
P1394. La Mort au fond du canyon, *C.J. Box*
P1395. Recherchée, *Karin Alvtegen*
P1396. Disparitions à la chaîne, *Ake Smedberg*
P1407. Qu'elle repose en paix, *Jonathan Kellerman*
P1408. Le Croque-mort à tombeau ouvert, *Tim Cockey*
P1409. La Ferme des corps, *Bill Bass*
P1414. L'Âme du chasseur, *Deon Meyer*
P1417. Ne gênez pas le bourreau, *Alexandra Marinina*
P1425. Un saut dans le vide, *Ed Dee*
P1435. L'Enfant à la luge, *Chris Mooney*
P1436. Encres de Chine, *Qiu Xiaolong*
P1437. Enquête de mor(t)alité, *Gene Riehl*
P1451. L'homme qui souriait, *Henning Mankell*
P1452. Une question d'honneur, *Donna Leon*
P1453. Little Scarlet, *Walter Mosley*
P1476. Deuil interdit, *Michael Connelly*
P1493. La Dernière Note, *Jonathan Kellerman*
P1494. La Cité des Jarres, *Arnaldur Indridason*
P1495. Électre à La Havane, *Leonardo Padura*
P1496. Le croque-mort est bon vivant, *Tim Cockey*
P1497. Le Cambrioleur en maraude, *Lawrence Block*
P1539. Avant le gel, *Henning Mankell*
P1540. Code 10, *Donald Harstad*
P1541. Les Nouvelles Enquêtes du juge Ti, vol. 1
Le Château du lac Tchou-An, *Frédéric Lenormand*
P1542. Les Nouvelles Enquêtes du juge Ti, vol. 2
La Nuit des juges, *Frédéric Lenormand*
P1559. Hard Revolution, *George P. Pelecanos*
P1560. La Morsure du lézard, *Kirk Mitchell*
P1561. Winterkill, *C.J. Box*
P1582. Le Sens de l'arnaque, *James Swain*
P1583. L'Automne à Cuba, *Leonardo Padura*
P1597. La Preuve par le sang, *Jonathan Kellerman*
P1598. La Femme en vert, *Arnaldur Indridason*
P1599. Le Che s'est suicidé, *Petros Markaris*
P1600. Les Nouvelles Enquêtes du juge Ti, vol. 3
Le Palais des courtisanes, *Frédéric Lenormand*
P1601. Trahie, *Karin Alvtegen*
P1602. Les Requins de Trieste, *Veit Heinichen*
P1635. La Fille de l'arnaqueur, *Ed Dee*

P1636. En plein vol, *Jan Burke*
P1637. Retour à la Grande Ombre, *Hakan Nesser*
P1660. Milenio, *Manuel Vázquez Montalbán*
P1661. Le Meilleur de nos fils, *Donna Leon*
P1662. Adios Hemingway, *Leonardo Padura*
P1678. Le Retour du professeur de danse, *Henning Mankell*
P1679. Romanzo Criminale, *Giancarlo de Cataldo*
P1680. Ciel de sang, *Steve Hamilton*
P1690. La Défense Lincoln, *Michael Connelly*
P1691. Flic à Bangkok, *Patrick Delachaux*
P1692. L'Empreinte du renard, *Moussa Konaté*
P1693. Les fleurs meurent aussi, *Lawrence Block*
P1703. Le Très Corruptible Mandarin, *Qiu Xiaolong*
P1723. Tibet or not Tibet, *Péma Dordjé*
P1724. La Malédiction des ancêtres, *Kirk Mitchell*
P1761. Chroniques du crime, *Michael Connelly*
P1762. Le croque-mort enfonce le clou, *Tim Cockey*
P1782. Le Club des conspirateurs, *Jonathan Kellerman*
P1783. Sanglants Trophées, *C.J. Box*
P1811. - 30°, *Donald Harstad*
P1821. Funny Money, *James Swain*
P1822. J'ai tué Kennedy ou les mémoires d'un garde du corps
Manuel Vázquez Montalbán
P1823. Assassinat à Prado del Rey et autres histoires sordides
Manuel Vázquez Montalbán
P1830. La Psy, *Jonathan Kellerman*
P1831. La Voix, *Arnaldur Indridason*
P1832. Les Nouvelles Enquêtes du juge Ti, vol. 4
Petits Meurtres entre moines, *Frédéric Lenormand*
P1833. Les Nouvelles Enquêtes du juge Ti, vol. 5
Madame Ti mène l'enquête, *Frédéric Lenormand*
P1834. La Mémoire courte, *Louis-Ferdinand Despreez*
P1835. Les Morts du Karst, *Veit Heinichen*
P1883. Dissimulation de preuves, *Donna Leon*
P1884. Une erreur judiciaire, *Anne Holt*
P1885. Honteuse, *Karin Alvtegen*
P1886. La Mort du privé, *Michael Koryta*
P1907. Drama City, *George P. Pelecanos*
P1913. Saveurs assassines. Les enquêtes de Miss Lalli
Kalpana Swaminathan
P1914. La Quatrième Plaie, *Patrick Bard*
P1935. Echo Park, *Michael Connelly*
P1939. De soie et de sang, *Qiu Xiaolong*
P1940. Les Thermes, *Manuel Vázquez Montalbán*
P1941. Femme qui tombe du ciel, *Kirk Mitchell*
P1942. Passé parfait, *Leonardo Padura*

P1963. Jack l'éventreur démasqué, *Sophie Herfort*
P1964. Chicago banlieue sud, *Sara Paretsky*
P1965. L'Illusion du péché, *Alexandra Marinina*
P1988. Double Homicide, *Faye et Jonathan Kellerman*
P1989. La Couleur du deuil, *Ravi Shankar Etteth*
P1990. Le Mur du silence, *Hakan Nesser*
P2042. 5 octobre, 23 h 33, *Donald Harstad*
P2043. La Griffe du chien, *Don Wislow*
P2044. Les Nouvelles Enquêtes du juge Ti, vol. 6
Mort d'un cuisinier chinois, *Frédéric Lenormand*
P2056. De sang et d'ébène, *Donna Leon*
P2057. Passage du Désir, *Dominique Sylvain*
P2058. L'Absence de l'ogre, *Dominique Sylvain*
P2059. Le Labyrinthe grec, *Manuel Vázquez Montalbán*
P2060. Vents de carême, *Leonardo Padura*
P2061. Cela n'arrive jamais, *Anne Holt*
P2139. La Danseuse de Mao, *Qiu Xiaolong*
P2140. L'Homme délaissé, *C.J. Box*
P2141. Les Jardins de la mort, *George P. Pelecanos*
P2142. Avril rouge, *Santiago Roncagliolo*
P2157. À genoux, *Michael Connelly*
P2158. Baka !, *Dominique Sylvain*
P2169. L'Homme du lac, *Arnaldur Indridason*
P2170. Et que justice soit faite, *Michael Koryta*
P2172. Le Noir qui marche à pied, *Louis-Ferdinand Despreez*
P2181. Mort sur liste d'attente, *Veit Heinichen*
P2189. Les Oiseaux de Bangkok, *Manuel Vázquez Montalbán*
P2215. Fureur assassine, *Jonathan Kellerman*
P2216. Misterioso, *Arne Dahl*
P2229. Brandebourg, *Henry Porter*
P2254. Meurtres en bleu marine, *C.J. Box*
P2255. Le Dresseur d'insectes, *Arni Thorarinsson*
P2256. La Saison des massacres, *Giancarlo de Cataldo*
P2271. Quatre Jours avant Noël, *Donald Harstad*
P2272. Petite Bombe noire, *Christopher Brookmyre*
P2276. Homicide special, *Miles Corwin*
P2277. Mort d'un Chinois à La Havane, *Leonardo Padura*
P2288. Les Nouvelles Enquêtes du juge Ti, vol. 7
L'Art délicat du deuil, *Frédéric Lenormand*
P2290. Lemmer, l'invisible, *Deon Meyer*
P2291. Requiem pour une cité de verre, *Donna Leon*
P2292. La Fille du Samouraï, *Dominique Sylvain*
P2296. Le Livre noir des serial killers, *Stéphane Bourgoin*
P2297. Une tombe accueillante, *Michael Koryta*
P2298. Roldán, ni mort ni vif, *Manuel Vásquez Montalbán*
P2299. Le Petit Frère, *Manuel Vásquez Montalbán*

P2321. La Malédiction du lamantin, *Moussa Konaté*
P2333. Le Transfuge, *Robert Littell*
P2354. Comédies en tout genre, *Jonathan Kellerman*
P2355. L'Athlète, *Knut Faldbakken*
P2356. Le Diable de Blind River, *Steve Hamilton*
P2381. Un mort à l'Hôtel Koryo, *James Church*
P2382. Ciels de foudre, *C. J. Box*
P2397. Le Verdict du plomb, *Michael Connelly*
P2398. Heureux au jeu, *Lawrence Block*
P2399. Corbeau à Hollywood, *Joseph Wambaugh*
P2407. Hiver arctique, *Arnaldur Indridason*
P2408. Sœurs de sang, *Dominique Sylvain*
P2426. Blonde de nuit, *Thomas Perry*
P2430. Petit Bréviaire du braqueur, *Christopher Brookmyre*
P2431. Un jour en mai, *George Pelecanos*
P2434. À l'ombre de la mort, *Veit Heinichen*
P2435. Ce que savent les morts, *Laura Lippman*

Collection Points

DERNIERS TITRES PARUS

P2369. Déroutes, *Lorrie Moore*
P2370. Le Sang des Dalton, *Ron Hansen*
P2371. La Décimation, *Rick Bass*
P2372. La Rivière des Indiens, *Jeffrey Lent*
P2373. L'Agent indien, *Dan O'Brien*
P2374. Pensez, lisez. 40 livres pour rester intelligent
P2375. Des héros ordinaires, *Eva Joly*
P2376. Le Grand Voyage de la vie.
Un père raconte à son fils
Tiziano Terzani
P2377. Naufrages, *Francisco Coloane*
P2378. Le Remède et le Poison, *Dirk Wittenbork*
P2379. Made in China, *J. M. Erre*
P2380. Joséphine, *Jean Rolin*
P2381. Un mort à l'Hôtel Koryo, *James Church*
P2382. Ciels de foudre, *C.J. Box*
P2383. Robin des bois, prince des voleurs, *Alexandre Dumas*
P2384. Comment parler le belge, *Philippe Genion*
P2385. Le Sottisier de l'école, *Philippe Mignaval*
P2386. « À toi, ma mère », Correspondances intimes
sous la direction de Olivier et Patrick Poivre d'Arvor
P2387. « Entre la mer et le ciel », Rêves et récits de navigateurs
sous la direction de Olivier et Patrick Poivre d'Arvor
P2388. L'Île du lézard vert, *Eduardo Manet*
P2389. « La paix a ses chances »,
suivi de « Nous proclamons la création d'un État juif »,
suivi de « La Palestine est le pays natal du peuple palestinien »
Itzhak Rabin, David Ben Gourion, Yasser Arafat
P2390. « Une révolution des consciences »,
suivi de « Appeler le peuple à la lutte ouverte »
Aung San Suu Kyi, Léon Trotsky
P2391. « Le temps est venu », *suivi de* « Éveillez-vous à la liberté »
Nelson Mandela, Jawaharlal Nehru
P2392. « Entre ici, Jean Moulin »,
suivi de « Vous ne serez pas morts en vain »
André Malraux, Thomas Mann
P2393. Bon pour le moral ! 40 livres pour se faire du bien
P2394. Les 40 livres de chevet des stars, The Guide
P2395. 40 livres pour se faire peur, Guide du polar
P2396. Tout est sous contrôle, *Hugh Laurie*
P2397. Le Verdict du plomb, *Michael Connelly*

P2398. Heureux au jeu, *Lawrence Block*
P2399. Corbeau à Hollywood, *Joseph Wambaugh*
P2400. Pêche à la carpe sous Valium, *Graham Parker*
P2401. Je suis très à cheval sur les principes, *David Sedaris*
P2402. Si loin de vous, *Nina Revoyr*
P2403. Les Eaux mortes du Mékong, *Kim Lefèvre*
P2404. Cher amour, *Bernard Giraudeau*
P2405. Les Aventures miraculeuses de Pomponius Flatus *Eduardo Mendoza*
P2406. Un mensonge sur mon père, *John Burnside*
P2407. Hiver arctique, *Arnaldur Indridason*
P2408. Sœurs de sang, *Dominique Sylvain*
P2409. La Route de tous les dangers, *Kriss Nelscott*
P2410. Quand je serai roi, *Enrique Serna*
P2411. Le Livre des secrets. La vie cachée d'Esperanza Gorst *Michael Cox*
P2412. Sans douceur excessive, *Lee Child*
P2413. Notre guerre. Journal de Résistance 1940-1945 *Agnès Humbert*
P2414. Le jour où mon père s'est tu, *Virginie Linhart*
P2415. Le Meilleur de L'os à moelle, *Pierre Dac*
P2416. Les Pipoles à la porte, *Didier Porte*
P2436. István arrive par le train du soir, *Anne-Marie Garat*
P2417. Trois tasses de thé. La mission de paix d'un Américain au Pakistan et en Afghanistan *Greg Mortenson et David Oliver Relin*
P2418. Un mec sympa, *Laurent Chalumeau*
P2419. Au diable vauvert, *Maryse Wolinski*
P2420. Le Cinquième Évangile, *Michael Faber*
P2421. Chanson sans paroles, *Ann Packer*
P2422. Grand-mère déballe tout, *Irene Dische*
P2423. La Couturière, *Frances de Pontes Peebles*
P2424. Le Scandale de la saison, *Sophie Gee*
P2425. Ursúa, *William Ospina*
P2426. Blonde de nuit, *Thomas Perry*
P2427. La Petite Brocante des mots. Bizarreries, curiosités et autres enchantements du français, *Thierry Leguay*
P2428. Villages, *John Updike*
P2429. Le Directeur de nuit, *John le Carré*
P2430. Petit Bréviaire du braqueur, *Christopher Brookmyre*
P2431. Un jour en mai, *George Pelecanos*
P2432. Les Boucanières, *Edith Wharton*
P2433. Choisir la psychanalyse, *Jean-Pierre Winter*
P2434. À l'ombre de la mort, *Veit Heinichen*
P2435. Ce que savent les morts, *Laura Lippman*
P2437. Jardin de poèmes enfantins, *Robert Louis Stevenson*